Gallmeister

TRUE STORY

Kate Reed Petty

TRUE STORY

Roman

Traduit de l'américain
par Jacques Mailhos

Gallmeister

FICTION

Titre original: TRUE STORY

Éditions Gallmeister, 2021, pour la traduction française

ISBN 978-2-35178-213-2
ISSN 1956-0982

Photo de l'auteur © Nina Subin, 2019
Illustration de couverture © Emmanuel Polanco
Conception graphique : Aurélie Bert

Nous sommes, je suis, vous êtes
par courage ou lâcheté
celle ou celui qui trouve notre chemin
de retour vers cette scène
muni d'un couteau, d'un appareil photo
d'un livre de légendes
dans lequel
nos noms n'apparaissent pas.

Adrienne Rich, *Diving into the Wreck**

* "En plongeant dans le désastre".

PROLOGUE

Barcelone

2015

La dernière fois que tu es venue me demander cette histoire, cela faisait déjà des années que je me cachais à Barcelone. Je vis dans un studio spacieux en haut d'un immeuble de quatre étages, avec un sol carrelé et une grande baie vitrée coulissante qui donne sur un grand patio ; ce patio est bordé de pots en terre cuite laissés là par les précédents locataires, envahis de plantes succulentes, trop lourds pour qu'on les déplace. Cet appartement est bon marché, et il est intime ; les voisins sont discrets et la propriétaire préfère qu'on lui envoie le loyer par la poste. Ça m'a pris un peu de temps, mais je m'y sens maintenant suffisamment en sécurité pour ne pas fermer la porte du patio la nuit quand il fait chaud, laissant ainsi ma chambre ouverte aux murmures de la brise qui remonte des rues et aux intrus spectraux qui venaient naguère hanter mes rêves.

J'aime cet appartement comme les astronautes aiment leurs vaisseaux. La seule chose que je n'aime pas, c'est la devanture de la pharmacie du rez-de-chaussée, devant laquelle je passe tous les matins quand je sors pour courir. Elle contient trois mannequins de femmes qui ont des plaques en onyx ovales en guise de visage, des bras coupés au milieu des biceps, des jambes coupées au milieu de la cuisse. On leur a donné des poses aguichantes, bassin déhanché, comme s'ils présentaient des bikinis – mais au lieu de ça, ils présentent du matériel de premiers secours. Le plus proche de la porte de mon immeuble a une ceinture de soutien lombaire noire sanglée comme un corset autour de la taille, et une écharpe orthopédique bleue passée autour du cou. À sa gauche, calé sur un fauteuil roulant, le deuxième arbore une genouillère serrée au bout de sa cuisse. Le troisième s'appuie contre le mur du fond, tout raide, un masque de sommeil couvrant l'endroit où ses yeux devraient être.

Cela fait des mois et des mois, maintenant, que cette devanture n'a pas changé. J'ai beau faire des efforts pour regarder ailleurs, je ne peux pas m'empêcher d'y jeter un coup d'œil chaque fois que je passe devant, comme ces femmes qui, dans les films d'horreur, ne peuvent se retenir de monter à l'étage. Ne le prends pas mal, mais quand je vois ces mannequins, je pense toujours à toi. Toi, ma plus vieille amie, qui m'as toujours soutenue face à la misogynie ordinaire et au mauvais goût banal.

Quand tu es venue à Barcelone, j'avais réellement l'intention d'aller te voir à ton hôtel, comme je te l'avais dit. Mais, une fois dans la rue, je me suis retrouvée à marcher dans la direction opposée. J'avais besoin de temps pour réfléchir. C'était un de ces amples jours de fin d'été, et je marchais selon un grand arc de cercle, sous des orangers aux feuilles qui bruissaient dans le soleil. J'ai croisé des vieilles dames qui marchaient en se donnant le bras, des familles qui poussaient des enfants sur des balançoires dans des aires de jeu publiques bien propres. J'ai marché jusqu'au parc de la Ciutadella, où des perruches vertes sautillaient sur les pavés en se mêlant aux pigeons.

Je ne voulais pas te laisser en plan. Je me disais que je faisais un grand tour pour arriver à ton hôtel depuis l'autre côté, et puis j'ai juste continué le cercle.

Au bout du compte, ça m'a ramenée à mon appartement. J'ai éteint mon téléphone, puis je suis sortie m'asseoir sur mon grand patio, sous le soleil de l'après-midi, et j'ai fini un roman policier dont j'avais deviné la fin depuis le début. Je me suis un peu endormie, puis je me suis réveillée et je me suis préparé un dîner plus compliqué que d'habitude – des pâtes aux olives et aux cœurs d'artichaut, avec une salade d'endives en accompagnement. C'était délicieux. En fin de compte, je n'ai appelé ton hôtel qu'une fois toute la vaisselle lavée.

Je suis sûre que tu as pensé que j'étais toujours en colère. La vérité, c'est que j'étais gênée. Tu as toujours été celle de nous deux qui était courageuse – non, celle de nous deux qui était *sûre*. Tu as toujours été sûre de l'histoire que tu veux que je raconte, l'histoire que tu me réclames depuis nos dix-sept ans : L'histoire des choses qui se sont passées pendant que je dormais. "C'est *ton* histoire, me disais-tu. Si tu ne la laisses pas sortir, elle finira par prendre le contrôle de ta vie." Mais cette histoire ne m'appartient que comme l'accusation appartient à la victime, ou le harpon à la baleine. La raconter a toujours été le privilège des coupables, qui savent ce qui s'est réellement passé, et des spectateurs – comme toi – qui croient savoir.

À l'époque, je n'étais pas prête à m'expliquer. Alors j'ai dit au réceptionniste de ne pas me passer ta chambre, de se contenter de te transmettre un message disant que j'avais été appelée à Londres, en urgence, par un client très exigeant. "Dites-lui de ne pas m'attendre, avais-je dit. Je ne sais pas quand je reviendrai." Puis j'ai de nouveau éteint mon téléphone et je suis ressortie sur le patio. J'ai regardé les lumières cligner comme des yeux sur la ville, toute une constellation de veilleurs de nuit. J'espérais que tu accepterais mon excuse, même si je savais qu'elle ne te tromperait pas.

Aujourd'hui, j'espère que tu accepteras ça à la place.

Les Fiancées de Satan

par Alice Lovett
& Haley Moreland

1/9/95

FONDU À L'OUVERTURE SUR :
INTÉRIEUR, CABANE D'UNE PIÈCE AU MILIEU DE LA FORÊT – NUIT

Lisa est assise seule avec une bouteille de vin rouge et un pot de crème glacée d'un demi-litre. Elle a pleuré. Son maquillage a complètement coulé.

LISA

Je peux pas croire cet enfoiré !

Lisa s'envoie un verre de vin cul sec.

Elle s'essuie la bouche. Elle jette le verre à travers la pièce. Le verre se brise.

LISA

Quinze ans de mariage ! Et il me quitte pour… Francesca !!!

Lisa s'effondre sur la table, tête en avant. Elle gémit.

LISA

Pourquoi, Jim ? Pourquoi ? Pourquoi ?

Elle tend le bras et prend une grosse bouchée de crème glacée.

LISA

(gémissant)

Cette glace n'est même pas si bonne que ça !

Soudain, on entend un coup violent contre la porte !

Lisa sursaute. Elle se lève. Elle fixe la porte.

LISA

(hésitante)

Qui... qui est là ?

Lisa ouvre lentement la porte, et voit : un grand couteau planté dans le bois de la porte.

Lisa hurle et referme violemment la porte.

Puis : elle entend une femme rire. C'est un rire satanique.

Lisa se retourne vivement.

LISA

Qui est là ?

Il n'y a personne d'autre dans la pièce.

Mais : le pot de crème glacé a été renversé. Il y a une flaque de glace fondue sur la table.

LISA

Oh mon Dieu.

Lisa voit que quelqu'un a passé son doigt dans la glace fondue, traçant les mots :

SATAN T'AIME TOUJOURS

Lisa hurle.

Lisa court vers la porte et l'ouvre violemment.

Elle arrache le couteau.

Puis elle s'enfuit.

EXTÉRIEUR NUIT, DANS LA FORÊT, PLAN SÉQUENCE

Lisa court dans la forêt, paniquée. Elle regarde par-dessus son épaule et...

Elle trébuche ! Elle tombe ! Le couteau lui échappe !

FEMME (HORS CHAMP)
(satanique)

Bonjour Lisa

Lisa lève la tête. C'est Francesca. Femme splendide au rouge à lèvres très appuyé et au fard à paupières bleu très marqué.

LISA

Francesca ?

FRANCESCA

Contente de me voir ?

LISA

Non ! Tu m'as volé mon mari !

Francesca est d'une condescendance cinglante.

FRANCESCA

Je ne t'ai pas "volé ton mari". Je l'ai distrait. En fait, c'est TOI que je veux.

Lisa recule à quatre pattes. Elle se rapproche du couteau.

FRANCESCA

Je t'ai pris Jim pour que tu viennes toute seule dans ta cabane de vacances.

LISA

Pourquoi as-tu fait ça ?

FRANCESCA

Parce que je veux que tu te joignes à nous !

LISA

Que je me joigne à qui ?

FRANCESCA

Aux fiancées de Satan !

LISA

Quoi ?!?!

FRANCESCA

Ton mari est par-là, ligoté à un arbre. Tout ce que tu as à faire, c'est le sacrifier avec ce couteau, et alors Satan nous rendra toutes les deux puissantes !

Lisa se penche et ramasse le COUTEAU, l'observe.

LISA

Donc tout ce que j'ai à faire, c'est tuer Jim...

FRANCESCA

Pense à l'aisance avec laquelle il t'a quittée !

LISA

...Comme ça ?

Lisa se rue en avant et plante le couteau dans le cœur de Francesca.

Francesca hurle et s'effondre à genoux.

FRANCESCA

Nous aurions pu être... toutes-puissantes...

Francesca MEURT.

Lisa se relève, reprend son souffle. Elle lève les yeux, regarde la forêt. Elle réalise.

LISA

Jim !!! J'arrive !

FONDU AU NOIR.

PREMIÈRE PARTIE

Le monde de la crosse

1999

L'AUTOMNE de notre dernière année de lycée, mon pote Max Platt se fit arrêter pour avoir braqué un pointeur laser sur un avion. Nous ne savions même pas que c'était illégal. C'était une des choses les moins graves que Max ait jamais faites, et c'était hilarant de voir que ce fut à cause d'elle qu'il finit par avoir des ennuis. (C'était encore quelques mois avant toute cette histoire avec la fille du lycée privé.)

Nous étions au Denny's, bien sûr, lorsque nous apprîmes ça. L'équipe de crosse* était pour ainsi dire chez elle au Denny's. Mais ce soir-là, il n'y avait que Max et moi, et mon vieux pote Richard Roth.

Je fais ça depuis le mois d'août, dit Max. Il séchait les cours, allait dans le grand champ derrière l'amphithéâtre, s'allongeait dans l'herbe sablonneuse, pointait la lumière rouge vers le ciel en l'agitant lentement dans un sens et dans l'autre. *Comme le signe de Batman*.

* La crosse est un sport collectif d'origine amérindienne où les joueurs se servent d'une crosse pour mettre une balle dans le but adverse. Codifié en 1867 par le Canadien William George Beers, le sport original est appelé aujourd'hui la crosse au champ. (Toutes les notes sont du traducteur.)

Vraiment ? dit Richard.

Ça m'avait toujours agacé de voir à quel point Richard était impressionné par Max. Alors j'ai dit, *Mais pourquoi Batman ? À quoi ça sert ?*

Ça emmerde les pilotes, dit Max.

Max faisait des tas de trucs qu'on aurait bien aimé avoir les couilles de faire. Mais ça, en ce qui me concerne, je n'ai jamais vu en quoi c'était intéressant.

Il raconta l'histoire une nouvelle fois à l'entraînement. D'être tous là à l'entendre, ça la rendit meilleure. Max se leva et fit son imitation du flic qui l'avait arrêté. "*Qu'est-ce que tu fabriques ?*" dit-il d'une grosse voix de Sam le Pirate. Il se dandina avec les mains bien écartées du corps, comme s'il était trop gros pour les abaisser davantage.

"J'ai trébuché et je suis tombé", je lui ai crié, dit Max, *ou bien j'ai essayé de crier, je sais pas, j'étais tellement défoncé, putain, j'en sais trop rien. J'ai mis mes mains sur ma tête, et elles m'ont fait l'effet d'être en gelée, ou que je les agitais dans de la gelée.*

Nous hochâmes tous la tête comme si nous voyions parfaitement ce qu'il voulait dire. Comme si nous avions tous été trop défoncés pour mettre nos mains en l'air. Même si je savais pertinemment que certains de ces mecs n'avaient jamais fumé.

Le flic me fait, "Viens par ici, fiston. Pose tes armes à terre." Je laisse ma pipe dans l'herbe, il est pas allé voir, trop fainéant pour faire trente mètres à pied, dit Max. *Il a rien vu du tout, putain.*

On était tous hilares en écoutant l'histoire. Le flic ne se rendait pas compte que Max était défoncé ! On secouait tous la tête.

Les flics sont vraiment cons, dis-je, et ça fit rire tout le monde.

Mais le lundi suivant, Max ne vint pas à l'entraînement. Il était suspendu. Le coach nous dit que cette histoire de pointeur laser, en fait, c'était un crime fédéral. Passible de 250 000 dollars d'amende et de cinq ans de prison. Nous avions tous le moral à zéro, ce jour-là. Le championnat de l'État n'était que dans huit mois. Nous nous demandions si Max serait en prison à ce moment-là. Nous nous demandions s'il allait dire au FBI que nous fumions de la beuh. Pendant quelque temps, nous ne parlâmes que de ça, en faisant anxieusement nos tours de piste au petit trot.

Mais au bout du compte, il ne se passa pas grand-chose. Nous n'avions que dix-sept ans. Et le père de Max était expert-comptable, alors il connaissait peut-être un bon avocat. Max ne fut même pas condamné à des travaux d'intérêt général. Il fut placé en liberté surveillée, et pendant un an il dut aller se présenter chaque mois à la police. Et ce fut à peu près tout. La seule autre chose qu'on lui demanda fut de faire un discours, devant tout le lycée, sur les dangers des pointeurs laser. Ce fut, bien sûr, hilarant.

Répétez après moi : Faites gaffe où vous fourrez votre pointeur, dit Max en pointant son pouce vers le haut au-dessus du podium comme Bill Clinton. Et tout l'amphithéâtre répéta après lui : ***FAITES GAFFE OÙ VOUS FOURREZ VOTRE POINTEUR.***

M. Kaminsky, le professeur de littérature, tenta de reprendre la main – "Merci, Max, on va s'arrêter là" – mais tout le lycée continua d'entonner : ***FAITES GAFFE OÙ VOUS FOURREZ VOTRE POINTEUR ! FAITES GAFFE OÙ VOUS FOURREZ VOTRE POINTEUR !***

Pour finir, il fallut l'intervention de deux surveillants pour calmer tout ce monde, pendant que sur scène, Max nous regardait avec un grand sourire. Nous étions assis au fond, et nous l'encouragions. Nous savions qu'il était de retour à nos côtés.

Le hic, c'était que maintenant qu'il avait un casier, il ne pouvait plus se permettre de se faire prendre. Mais nous ne pensions pas que ce serait un problème. Nous avions pu nous dépêtrer d'un crime ; nous pourrions nous dépêtrer de n'importe quoi.

Je fus sélectionné dans l'équipe A dès mon année de seconde, un an avant Max. Richard et moi avions participé à un stage, et étions plutôt bons. Seuls deux autres élèves de seconde furent pris cette année-là : Ham Tierney et Alan Byron.

Nous fûmes tous les quatre appelés le vendredi de la première semaine, juste après notre dernier cours. Nous n'avions qu'une demi-heure entre le dernier cours et l'entraînement. Ça ne faisait pas beaucoup. Et le tarif pour chaque minute de retard à l'entraînement, c'était quinze pompes. Je n'étais pas si bon que ça en pompes, et, au-delà de dix, je me ridiculisais, alors je faisais bien attention à ne jamais être en retard. Je filais toujours au vestiaire juste après la chimie.

Ce jour-là, je pensais à ce qu'une fille venait de me dire à la fin du cours. Elle m'avait dit, “Nick, t'as des super jolis cheveux, pour un mec.” Je ne comprenais pas pourquoi elle m'avait dit ça. On n'était pas en train de parler, elle et moi. On venait juste de se lever de nos chaises, on rangeait nos affaires dans nos sacs, et elle m'a sorti ça comme ça, de but en blanc. Mais elle l'a dit d'une façon très gentille. Peut-être qu'elle voulait me faire un compliment, et j'aurais dû lui demander si elle voulait qu'on sorte ensemble. Peut-être que c'était sarcastique, et j'aurais dû lui dire que mes cheveux étaient aussi jolis que ma bite, *et là*, je lui aurais demandé si elle voulait qu'on sorte ensemble. Quoi qu'il en soit, je m'étais planté.

C'est à ça que je pensais quand j'ouvris la porte du vestiaire et que je vis six gars de première et de terminale assis en silence sur les bancs. C'était étrange. D'habitude, j'étais le seul à arriver si tôt. Je laissai la porte se refermer derrière moi. Puis, tout d'un coup, j'eus un étrange pressentiment. Je sentis qu'il fallait que je me tire, et vite. Mais ils s'étaient déjà levés. Ils m'attrapèrent et me clouèrent au sol.

Quand vous jouez à la crosse, vous avez l'habitude de vous retrouver écrasé sous une masse importante. On forme toujours des tas comme ça pour célébrer nos buts. On le faisait même pendant notre stage, alors que les buts comptaient pour rien. Au début, ce genre de poids vous terrorise, comme si vous vous noyiez. Mais on s'y habitue. Je m'y étais habitué. C'était une sensation plutôt familière, en fait. Cela m'aida à rester calme. Je me contentai de respirer, et je m'efforçai de la jouer cool.

Un terminale se mit à califourchon sur ma poitrine, quelqu'un me tenait les jambes, et un autre gars me tirait les cheveux. “Avec ces cheveux longs, t'es juste trop mignonne, dit quelqu'un.”

Je me demandais si j'étais vraiment si mignon. Entre la fille du cours de chimie et, maintenant, l'équipe de crosse, je me demandais si les gens allaient me répéter ça jusqu'à la fin des temps. “Tellement mignonne que ça m'excite, dit quelqu'un d'autre, et ils rirent tous.”

J'étais en rogne, mais je ne voulais pas passer pour un sale con. J'espérais que ça ne se voyait pas, que j'étais en rogne.

Le type sur ma poitrine se mit à sortir sa bite par-dessus la ceinture élastique de son short. Ça me fit flipper. Mais je ne bougeai pas. Je savais que si je ne résistais pas, ce serait bientôt fini, et ils me ficheraient la paix. Il y eut un vrombissement. "Bouge pas, ma jolie, dit quelqu'un. Faudrait pas que ça dérape."

Je compris soudain ce que la fille avait voulu dire, à la fin du cours de chimie. Elle n'avait rien voulu dire du tout. Elle avait juste dit ça parce que l'équipe de crosse lui avait dit de le dire. Ils l'avaient mise dans le coup, pour me préparer. Ça faisait partie du rituel. Ils criaient, riaient tous, et le gars de terminale assis sur ma poitrine agitait sa bite dans tous les sens. Elle était molle, bien sûr, on n'était pas des gays. Je fermai les yeux quand il se mit à l'agiter devant mon visage. Je gardai la bouche fermée. Je pensais au fait que la fille ne m'aurait jamais parlé si je n'avais pas fait partie de l'équipe, et au fait qu'elle ne m'avait rien dit, en vérité. Elle était juste la messagère.

Puis je sentis quelqu'un me frotter la tête, et je l'entendis dire : "Comme un petit singe prêt pour l'espace", et le vacarme avait un peu baissé de volume, et le poids s'allégeait au-dessus de moi, petit à petit, comme quand on se hisse hors d'une piscine, et plus personne n'avait la bite à l'air, et tout le monde la jouait cool. "J'ai cru qu'il allait se pisser dessus, dit quelqu'un."

Ils étaient tous en train de s'en aller.

Puis quelqu'un d'autre dit, *T'es pas trop mal, comme mec, Nick. T'es cool. On se voit sur le terrain.* Leurs voix avaient changé. Comme si, d'un coup, ils me respectaient.

Je me relevai pour m'asseoir sur le banc, et y restai un petit instant. Je me sentais un peu mieux. Puis je me levai et me regardai dans le miroir. Je n'avais plus de cheveux, ils me les avaient rasés, n'importe comment, en plaques irrégulières. Mon visage semblait bizarre… plus grand. Je tirai la langue à mon visage stupide.

Ils m'avaient laissé la tondeuse. Je me la passai sur le crâne jusqu'à ce que tout soit net. Je laissai quelques petites griffures de sang, que j'essuyai sur mon maillot. Un peu de sang sur le maillot, ça vous donne un air dur.

Lorsque j'arrivai sur le terrain, il était très tard. Les gars de l'équipe faisaient leurs étirements, comme d'habitude. Mais, apparemment, personne n'allait me demander de faire des pompes.

Assieds-toi, Nick, me dit le coach, en m'adressant un petit signe de tête.

Je pliai les jambes et sentis l'étirement remonter jusqu'en haut de mes cuisses. Je regardai Richard. Lui non plus, il n'avait plus de cheveux. Ham et Alan avaient les yeux rivés sur leurs genoux.

Richard me dit plus tard qu'ils l'avaient coincé dans les toilettes extérieures du gymnase. Après lui avoir rasé le crâne, ils lui avaient collé la tête dans une cuvette de chiotte. Mais pas le visage, juste le haut du crâne. Ce n'était pas comme s'ils avaient voulu le tuer. Ils lui avaient bourré la bouche de papier toilette et lui avaient fait apprendre une des chansons sacrées de l'équipe. À chaque fois qu'il se trompait, ils lui fourraient une feuille de plus dans la bouche. Il fallait qu'il la chante du début à la fin sans un seul haut-le-cœur. Je comprenais. Richard était un peu un tendre.

Mais je ne le dis pas à Richard. Je lui dis juste, *C'est fou ! Moi, ils m'ont juste passé à la tondeuse.*

Ham dit, *Pareil pour moi.* Et Alan dit, *Moi aussi, juste la tondeuse.*

C'était la première fois de ma vie que je surprenais un ami en plein mensonge. Je regardai Ham et Alan un peu différemment, après ça. Je me demandais ce que les gars de l'équipe leur avaient vraiment fait.

Mais ce qui comptait, c'était que par ce rasage de crâne nous étions tous entrés dans l'équipe, et nous y étions entrés ensemble. Ça me réchauffait le cœur à chaque fois que j'y pensais. C'était humiliant, mais, au moins, on nous avait humiliés ensemble. Ce n'était pas comme les autres humiliations habituelles, avec les filles, ou les parents, ou je ne sais quoi. Nous avions traversé quelque chose d'important. Nous participerions sans doute encore au championnat de l'État cette année-là.

J'avais envie de bien jouer ce premier jour avec mon crâne rasé. Je voulais leur montrer que j'étais un dur. Le vent froid sur ma tête et mon cou me faisait bizarre quand je courais, mais je jouai bien. Peut-être mieux que jamais. Je me demandais si pendant tout ce temps, avant, quand je me sentais humilié, quand j'étais seul et esseulé, quand je ne savais pas quoi dire à une fille, ce n'étaient pas mes cheveux qui m'avaient entravé.

À la fin de l'entraînement, un des terminales, Dean McGarvey, dit, *Salut les asticots. Ça vous dirait de venir traîner avec nous ?* Alors Richard et Ham montèrent dans sa voiture, et Alan et moi montâmes avec Matt Komen et Sam Simpson. Nous traversâmes plusieurs quartiers puis arrivâmes à la maison d'un des gars. Nous nous garâmes dans la rue et fîmes le tour pour entrer par derrière. La pelouse descendait en pente douce jusqu'à un ponton qui s'avançait au-dessus de la baie de Chesapeake. Le soleil commençait à se coucher derrière nous et le ciel était tout rose. Le ponton semblait tendu comme un doigt d'honneur.

C'est celle du coach, dit Dean à quelqu'un.

"Quoi ?" dit Richard.

J'en voulus à Richard de rappeler aux autres que nous étions des bleus. *C'est la maison du coach*, lui dis-je en m'efforçant de la jouer cool, comme si je l'avais toujours su. J'espérais avoir compris correctement.

C'était le cas. Les terminales expliquèrent que le coach avait un fils qui était en terminale quand eux étaient en seconde, et qu'ils avaient gardé le droit d'utiliser le ponton, tant qu'ils n'entraient pas dans la maison. *Alors si t'as envie de pisser, tu pisses dans la baie, c'est les chiottes de la nature*, dit Gary Wooten. Nous rîmes tous et, assis sur le bois patiné par le temps, nous nous émerveillâmes : Nous étions chez le coach.

Je devins un peu nerveux lorsque Komen dit : *Enlevez vos chaussures, messieurs. Détendez-vous.* Gary tirait sur une corde visqueuse. Nous la jouions tous cool. Nous riions, plaisantions tous. Nous n'étions pas inquiets, nous faisions partie de l'équipe. Je n'avais pas à m'inquiéter de savoir si Gary était en train de tirer une nasse de crabes. Je n'avais pas à m'inquiéter de savoir s'ils allaient forcer les crabes à pincer nos orteils. Nous avions été bizutés. Nous n'avions plus rien à craindre.

Et là encore, j'avais vu juste. Ce n'était pas une nasse de crabes. C'était une glacière bleue, accrochée à un tendeur et couverte de balanes. J'avais l'impression que nous étions sur le point d'assister à quelque chose d'incroyable.

Le frigo de la nature, dit Gary en faisant un geste du bras en direction de la baie. Il décrocha un mousqueton rouillé au bout du tendeur et ouvrit le couvercle de la glacière. Elle était pleine de canettes dorées. *Un trésor englouti*, dit Dean. Nous rîmes tous.

Dean jeta les bières aux autres, l'une après l'autre. L'odeur de l'entraînement s'éloignait lentement, à la dérive au-dessus de l'eau lente. Nous plongeâmes nos orteils nus dans la baie. Nos pieds étaient fatigués et brûlants, et l'eau nous fit du bien. Je ne savais pas si nous, les secondes, allions ou non avoir droit à une bière.

Greg Morrissey et Matt Iglehart n'en voulurent pas. J'étais décontenancé, mais je ne voulais pas paraître stupide, alors je ne posai pas de questions. Mais ils nous dirent quand même : *On est sous Oxy. Tu peux pas boire quand t'es sous Oxy.*

Ça te ratatine les têtards.

C'est bien pour ça que je déconne pas avec l'Oxy.

Moi non plus. Je les préserve pour les filles.

Ouais. C'est mieux comme ça. Quand la fille avale sa dose d'Oxy. Cela nous fit tous rire.

"C'est quoi, l'Oxy ?" Richard était mon plus vieil ami, mais j'aurais vraiment aimé qu'il ne soit pas aussi con. Dean ne nous avait toujours pas lancé de bières. Morrissey et Iglehart échangèrent un regard et éclatèrent de rire.

L'Oxy te fait voir la vie en rose, dit Komen.

Ouais, Wilbur en a eu quand il s'est cassé la cheville au mois de juin, dit Iglehart.

Matt Wilbur, un des terminales, leva sa bière en guise de salut. Il ne dit rien.

Komen dit, *C'est un vrai dur. Il en prenait, je sais pas, peut-être un cachet par jour. Autant dire rien. Alors il a pu mettre un peu de cet amour de côté pour les autres gars de l'équipe.* Komen avait deux gros trous sur le nez, comme s'il s'était gratté de vilains boutons. Il avait beaucoup de taches de rousseur, qui masquaient bien les cicatrices. J'étais assis à moins d'un mètre de lui ; je les voyais. Il avait une drôle d'allure, en fait. Mais tout le monde avait l'air de bien l'aimer. Il parla un peu. *Vous pourrez en prendre, la prochaine fois, pour voir, les gars*, disait-il. *On n'en a pas assez pour tout le monde juste là, mais on va sans doute pas devoir attendre beaucoup avant que quelqu'un d'autre se blesse et chope une ordonnance. Y a toujours des blessures.*

Puis Komen se tourna vers Wilbur. Wilbur hocha la tête. Il semblait être l'expert du groupe en matière de blessures. Il avait l'air d'être un vrai dur. Il n'avait pas encore dit le moindre mot. Et puis il dit, *Si c'est vous, vous saurez quoi faire.*

Nous hochâmes solennellement la tête. Nous fûmes d'accord du fond du cœur. Nous ne prendrions que le minimum d'Oxy. Nous mettrions un peu de cet amour de côté pour les autres gars de l'équipe.

Nous n'eûmes jamais de bières. Nous redoutions d'avoir échoué, et nous avions raison : le lundi, après l'entraînement, les terminales montèrent dans leurs voitures et s'en allèrent sans nous. Nous nous sentîmes humiliés, et nous en voulûmes à Richard, surtout. Il n'aurait pas dû demander ce qu'était l'Oxy. Il aurait dû la jouer cool.

Mais le samedi d'après, nous gagnâmes notre match amical, et nous fûmes ensuite invités à la fête. Tout le monde but. Je bus une bière, même si d'ordinaire, à l'époque, je ne buvais pas, parce que j'étais un sportif avant tout. Ham et Alan burent beaucoup. Richard but un peu. Nous chantâmes les chants sacrés de l'équipe bras dessus, bras dessous, dans le jardin de chez Wilbur. Lorsque Alan vomit dans l'allée, nous aidâmes tous à passer un coup de jet. Alan eut droit à son coup de jet, lui aussi. Ce fut hilarant. Après ça, nous fûmes invités à toutes les fêtes. Nous faisions la fête à la moindre occasion.

La fête la plus légendaire eut lieu l'été, à la fin de notre année de première, juste au début des vacances. Nous venions de remporter le championnat de l'État, pour la sixième fois consécutive. Les Matt – Wilbur, Komen et Iglehart – et tous les autres terminales de notre première année dans l'équipe avaient eu leur diplôme l'année d'avant. McGarvey, Simpson et tous ces terminales-là s'en allaient. Nous étions la prochaine promotion de terminales, et c'était maintenant nous qui dirigions les choses.

La fête se déroulait chez Dave Campbell. Il avait été sélectionné dans l'équipe à son entrée en première, en même temps que Max et cinq autres gars. C'étaient tous des mecs bien. Mais les meilleurs, c'étaient Dave et Max, avec Ham, Alan, Richard et moi. Nous étions titulaires pour tous les matchs, jouions à tous les postes, et moi, j'étais le spécialiste des entre-deux. À nous six, nous étions les meilleurs. Nous formions l'ossature de l'équipe. Nous étions la prochaine promotion de terminales qui dirigions les choses.

Cette fête était une fête de l'équipe de crosse. Mais elle était ouverte à tout le monde. Il y avait toutes sortes de gens. Il y avait des gars de l'équipe de natation, qui étaient généralement trop sages et trop coincés pour boire, et des gars de l'équipe de soccer, et même l'étudiant d'échange allemand et

Mateo, le gars qui était né au Mexique, étaient présents. Il y avait un groupe de trois filles qui s'occupaient du magazine d'art de l'école qui s'étaient pointées vêtues du même débardeur blanc. Elles avaient toutes un marqueur dans la poche arrière. Dès leur arrivée, elles s'étaient mises à demander aux gens d'écrire des trucs sur elles. Il y avait donc toutes sortes de gens. Mais tout le monde savait que c'était une fête de l'équipe de crosse.

Au début, il y avait des gens qui cherchaient des gobelets en plastique. C'était Max qui les avait. Il refusait de les distribuer. Il se mit debout sur la table de la salle à manger et brandit la pile de gobelets comme un mégaphone. Il se cogna la tête au ventilateur de plafond. C'était hilarant.

Il cria à tout le monde de faire silence. *Messieurs – et vous savez ce que je veux dire quand je dis* messieurs.

Nous étions tous tordus de rire. Puis un type interpella Max. *Couine comme un porc !* C'était un des plus jeunes de l'équipe. Il hurla, *T'as une très jolie bouche !*

Max ne se laissa pas troubler. Il brandit son majeur dans les airs. Il cria plus fort. *Messieurs !* Puis il chanta, *We are the champions, my friends !*

Max était hilarant.

Il cria, *Nous sommes les champions de l'État, une année de plus !* Puis il reprit son sérieux. On aurait presque dit qu'il allait se mettre à pleurer. L'espace d'une seconde, nous fûmes inquiets. Puis nous comprîmes qu'il jouait la comédie. Il ferma les yeux et se mordit la lèvre inférieure. Il se reprit et dit, *Nous sommes les champions de l'État, une année de plus. Et la saison prochaine ?*

Il se tut, fit mine de renifler pour retenir une larme. Cette fois-ci, nous criâmes tous. Nous lui offrîmes nos voix. Nous l'encourageâmes. Nous lançâmes tous en chœur, *NOUS SERONS ENCORE LES CHAMPIONS DE L'ÉTAT.*

Puis il distribua les gobelets et tout le monde eut de la bière et la fête légendaire commença.

À cette fête légendaire, quatre gars vomirent et Max sortit avec trois filles différentes dans la même soirée. À cette fête légendaire nous mangeâmes tous des cerises que les gars de la fraternité du frère de Ham avaient fait mariner dans de l'alcool de grain pendant un mois. À cette fête légendaire, nous fîmes nos meilleures imitations, et Richard fut assez bon en Nicolas Cage, mais c'est moi qui gagnai en faisant Jack Nicholson. À cette fête légendaire nous dessinâmes cent bites sur le débardeur d'une des filles du magazine d'art, la fille trouvait ça hilarant, et elle se vengea de nous en rusant avec Seth Marcus pour qu'il la laisse lui dessiner une bite sur la joue. À cette fête légendaire, le dealer de Max se pointa, et comme par magie tout le monde se cotisa et nous transformâmes la chambre de Dave en hotbox*.

Les flics mirent fin à la fête légendaire avant minuit. Elle était trop légendaire pour durer.

Une des filles du magazine d'art fumait sur la terrasse de devant, et elle fut donc la première à les voir arriver. Elle rentra en criant, *Les flics les flics les flics !*

Nous nous mîmes tous à courir. Tout le monde se bousculait, essayait de filer par la porte de derrière. Un groupe de gars sauta du toit de la terrasse. Il n'était pas très haut. La maison de Dave était entourée de bois. Tout le monde parvint à s'échapper.

Ma voiture était garée en bas de la rue. Je me faufilai par

* Sauna gay.

le jardin d'un voisin, montai à bord, démarrai et partis dans l'autre sens. Je roulai comme ça tout seul pendant un bon moment, trop excité pour rentrer chez moi.

Mais la magie de la fête légendaire était toujours en moi. Parce que juste au moment où je me disais qu'il fallait que je rentre chez moi, qu'il n'y avait plus rien d'autre à faire, je m'arrêtai pour un soda granité au 7-Eleven et je tombai sur Richard, Ham et Alan. Ils étaient en train de partir. Alan avait un téléphone portable, et Dave l'avait appelé pour lui demander qu'on se rejoigne tous au Denny's.

(Ensuite, c'est devenu une tradition. On savait toujours qu'on pouvait se retrouver au Denny's après la fin de la fête.)

À notre arrivée, Dave et Max étaient déjà en train de manger des pancakes. Dave sourit. *Asseyez-vous, messieurs, j'ai une histoire pour vous.*

Ce mec a une putain d'histoire, dit Max. Lui aussi, il souriait.

Dave était sorti par la cave et s'était enfui dans les bois. Puis il était revenu pour voir ce qui se passait à la maison. Le flic était toujours là, à parler dans sa radio sur la terrasse de devant. *J'ai flippé ma race*, nous dit-il. *Je voyais déjà le visage de mon père. Le visage qui dit : va me chercher une badine, petit.*

(Dave disait toujours que sa mère travaillait comme avocate et son père comme connard. Je ne savais pas si on était censés prendre cette affaire de badine au premier degré, mais personne ne lui posa la question.)

Donc, avec le flic sur la terrasse de devant, Dave ne pouvait pas rentrer chez lui. Mais sa voiture était garée dans la rue, alors il s'y faufila sans se faire voir, puis attendit que le flic ait le dos tourné, démarra et fila tout simplement pied au plancher. Il ne pensait pas que le flic avait relevé son numéro d'immatriculation ou quoi que ce soit.

Juste avant de s'engager dans la rue principale, il vit un gars qui marchait le long de la route. C'était Max. Pendant un temps, ils roulèrent ensemble au hasard dans les rues de la ville.

Dave arrêtait pas de couiner à propos de son père ceci, son père cela, qu'est-ce que je vais faire, dit Max.

Dave dit, *Et là, Max a eu une idée.*

Ils allèrent au cinéma et attendirent que deux filles mignonnes en sortent. C'étaient des filles du lycée privé. Dave et Max leur expliquèrent ce qu'il s'était passé, et elles acceptèrent de leur donner les talons de leurs tickets d'entrée.

C'était quoi, le film ? leur demandâmes-nous.

Accrochez-vous : c'était la séance de neuf heures de 60 secondes chrono.

Ça nous fit tous hurler de rire. *C'est un signe*, dîmes-nous. Richard repartit dans son imitation de Nicolas Cage.

L'histoire ne s'arrêtait pas là : Dave et Max rentrèrent à la maison de Dave, où il y avait encore des gobelets de bière éparpillés partout sur la pelouse. Dave appela la police. Il dit que quelqu'un était entré chez lui par effraction pendant qu'il était au cinéma avec un ami et deux filles. Il voulait que les flics viennent pour s'assurer qu'il n'y avait plus de danger.

Ça nous fit vraiment éclater de rire. *C'est la vérité*, dit Max, *j'étais loin de me douter que Dave avait des couilles pareilles, mais c'est la vérité. Je l'ai vu faire.* Le flic qui se pointa était le même que celui qui était venu siffler la fin de la fête. Dave la joua magistralement. Il fit semblant d'être apeuré et en colère. Max le soutint. Le flic, bien sûr, était sceptique.

"*Vous êtes en train de me dire*", dit Dave en parlant pour le flic avec la voix de Nicolas Cage, *"vous êtes en train de me dire que vous êtes en terminale et que vous n'avez pas la moindre idée de qui aurait pu entrer chez vous par effraction pour faire la fête précisément le samedi soir où vos parents ne sont pas là ?" Et moi, je lui ai juste sorti mon air de gros bébé triste et je lui ai dit, "C'est la pure vérité, monsieur !"*

C'est pas possible, il a pas pu te croire, dis-je.

Sans doute pas. Richard haussa les épaules. *Mais il est presque une heure du mat', il a envie de rentrer chez lui, en vrai, il en a rien à foutre de cette histoire de fête.*

Et on avait les tickets, dit Max. *On lui a dit qu'on était sortis avec nos deux copines, et on lui a donné le numéro de téléphone de l'une d'elles, s'il voulait vérifier.*

Cette fille est mon alibi, dit Dave. *Je crois qu'elle m'aime bien.*

Évidemment, les parents de Dave n'y crurent pas une seconde. Nous apprîmes par la suite qu'il eut de gros ennuis. Mais là, au Denny's, nous étions tous impressionnés. C'était vraiment un beau mensonge. Nous étions impressionnés par Max, pour avoir eu l'idée, et nous étions impressionnés par Dave, pour l'avoir mise en œuvre.

Nous commandâmes tous des pancakes pour fêter ça. Et nous nous mîmes à parler de ce qui s'était passé pendant la fête. La chambre transformée en hotbox. Les trois filles de Max. Tous les trucs incroyables qui s'étaient passés dans la soirée. On n'avait pas réalisé à quel point cette fête avait été légendaire avant qu'on se la raconte ensemble. Plus nous en parlions, plus nous nous rendions compte que nous avions vécu quelque chose d'incroyable. Et nous n'avions qu'une hâte : remettre ça.

Pendant quelque temps cet été-là, Dave sortit avec son alibi. *La vie imite les excuses*, dit Richard (il citait sans arrêt la série *The Kids in the Hall* comme si on était toujours en quatrième). L'alibi de Dave adorait les comédies au cinéma, et elle couchait, alors Dave ne traînait plus autant avec nous et nous le comprenions. De toute façon, c'était l'été ; certains d'entre nous étaient à la plage, ou en Europe avec leurs parents, et beaucoup d'entre nous s'étaient inscrits à des stages de crosse, surtout s'il y en avait dans l'université qu'ils avaient placée en tête de leur liste de choix pour l'année suivante. Richard, par exemple, était à la Naval Academy. Moi, je n'avais pas de premier choix particulier, alors j'étais allé à un stage organisé par l'Université du Maryland. J'avais aussi trouvé un boulot de vendeur à Lax World, le magasin de sport spécialisé dans la crosse, où je passais mes après-midi à parler à des gamins qui débutaient. Lorsque je leur disais que j'étais spécialiste des entre-deux et que j'avais une moyenne supérieure à cinquante pour cent, ils me regardaient avec un vrai respect dans les yeux, et cela me rappelait l'époque où, n'étant qu'en première année, je regardais encore l'équipe de l'extérieur.

Tout cela pour dire que nous étions tous occupés, et que Dave ne nous manquait pas vraiment. Nos fêtes, dans l'ensemble, étaient aussi plus modestes, juste quelques gars qui traînent, qui boivent et qui se remémorent la soirée légendaire en se disant qu'ils en organiseront une autre encore plus légendaire à l'automne.

Quand le mois d'août arriva, Dave et la fille s'étaient plus ou moins éloignés l'un de l'autre, et il fut de retour parmi nous à temps pour la remise en forme. C'est à ce moment-là que nos fêtes commencèrent à reprendre un peu d'ampleur. Dave disait que toutes les filles du lycée privé avaient envie de sortir. Même si lui et son alibi avaient rompu, ils étaient restés amis.

Les filles du privé étaient comme ça. Elles ne vous mettaient jamais la pression. Je ne veux pas dire qu'elles étaient le genre de filles avec lesquelles vous aviez constamment envie de traîner ni quoi que ce soit. Notre lycée public était vraiment un bon lycée. Ma mère disait que les jeunes de notre ville n'allaient dans le privé que quand quelque chose clochait, par exemple parce qu'ils avaient des difficultés d'apprentissage, ou qu'ils s'étaient fait exclure du lycée public. Nous ne savions pas exactement ce qui clochait avec les filles du privé, mais on sentait bien que quelque chose n'allait pas. Un jour, par exemple, l'une d'entre elles avec qui je discutais me dit qu'elle adorait s'acheter un pack de six bières, le vendredi, et s'en aller rouler toute la nuit, en buvant et en écoutant de la musique.

En entendant ça, je me suis dit, *C'est un petit peu extrême*. Bon, d'accord, il pouvait m'arriver parfois de prendre le volant pour rentrer d'une fête alors que j'étais un peu trop éméché pour conduire. Mais je n'allais pas jusqu'à en faire le but premier de ma soirée. J'ai continué à bavarder avec elle, pour être poli. Mais après ça, je ne pouvais plus vraiment la respecter.

La chose qu'on ne pouvait que respecter, en revanche, c'était que les filles du privé savaient faire la fête. Elles apportaient toujours une bouteille de quelque chose. Elles partageaient leur herbe. Elles dansaient, sans se soucier de savoir si d'autres qu'elles dansaient aussi. Elles étaient de bon conseil pour les dossiers de candidatures des facs. Et, le plus important, elles venaient toujours.

Ce mois d'août-là, juste avant la rentrée, nous avions très

envie d'une autre fête légendaire. Nous pensions que toutes les fêtes devraient être légendaires. Nous nous donnions du mal. Nous chantions *Here's Johnny !* en passant le seuil de la porte. Nous préparions des cassettes de musique de soirée. Nous étions tellement bons au bière-pong que ce n'en était plus drôle, alors nous inventions de nouveaux jeux. Nous disposions des bouteilles vides et nous les fracassions avec une boule de bowling que Richard avait achetée dans une brocante (nous appelions ça le *Bowling Rock*), nous chantions les chants sacrés de l'équipe. Tout était parfait, mais il y avait toujours quelque chose qui clochait.

Un soir, chez Ham, j'ai trouvé une bouteille de whiskey dans le bureau du père de Ham, et je l'ai emportée dehors avec moi. Je suis allé me poster au bord du jardin. Je voulais réfléchir à la façon que j'avais de regarder ma vie au lieu de la vivre. Je contemplais le ciel, et ça me semblait vrai. Ça m'a rendu triste, et un petit peu nerveux. C'était comme d'être assis à côté d'une fille devant un film ennuyeux, mais ce film la fait pleurer et vous avez l'impression que vous n'êtes pas censé la toucher, jusqu'à ce que vous vous disiez que c'était peut-être justement ça qu'elle voulait, que vous la touchiez. Mais alors, c'est trop tard.

Ce sentiment ne disparut jamais complètement. Il était là à toutes nos fêtes. Il était là quand je rentrais chez moi en voiture avec la musique forte pour ne pas m'endormir comme une masse, et quand je fixais le plafond parce que je n'arrivais pas à trouver le sommeil. Nous n'en parlions jamais, mais j'avais l'impression que des tas d'autres gars l'éprouvaient eux aussi.

Les élèves de première faisaient la fête comme des fous, mais nous, les terminales, nous restions plus ou moins sur le côté. Nous buvions trop de bière et nous nous sentions gênés de danser, alors nous nous contentions de regarder les filles du privé. C'étaient elles, qui faisaient la fête. Nous, on faisait de la figuration. Avec le recul, je me dis que s'il n'y avait pas eu ces filles du privé, nous n'aurions peut-être pas du tout fait la fête cette année-là. Nous aurions loupé tous ces bons moments. Et ça aurait été une tragédie.

Le premier mois de l'année de terminale, je décidai que j'allais me faire tailler une pipe par Haley Moreland. Nous étions en train de manger de la pizza dans la cave de chez Max après le premier jour de nos épreuves de sélection. Nous n'avions pas besoin de les passer, bien sûr. Nous étions l'équipe. Sauf qu'il y avait une bonne trentaine de gamins qui y participaient.

Ils sont tous affamés, nous dit le coach alors que nous regardions les gamins faire la queue pour prendre leurs maillots. Nous savions qu'il disait vrai, et ça nous inquiétait. Ces gamins couraient si vite et travaillaient si dur, et il y en avait même qui faisaient des tours de piste supplémentaires pendant les pauses, pour frimer.

C'étaient eux qui passaient les sélections, pour pouvoir être avec *nous*. Mais nous, nous devions travailler pour rester au niveau. Alors nous leur menions la vie dure. Nous allions au contact. Max choisit un jeune blond qui était vraiment bon, et il lui murmurait *bite de chatte* à l'oreille à chaque fois qu'il pouvait.

En fait, ça me dérangeait un peu. Ce jeune blond pouvait être un plus pour l'équipe, et j'essayai de convaincre Max de le lâcher. *T'es vraiment con*, dis-je à Max pendant un petit temps mort pour boire. *Ça veut rien dire, en plus, bite de chatte.* Mais en réalité, nous trouvions tous ça plutôt drôle. Et nous avions besoin de décompresser d'une manière ou d'une autre, parce que dans l'ensemble, c'était une journée bien merdique.

Nous savions ce qui nous attendait. Nous nous étions beaucoup trop amusés cet été-là. Nous étions dans une forme lamentable. Le coach le savait, lui aussi. À la fin, il tapa dans ses mains et remercia tout le monde d'être venu. Puis il dit, *Je veux voir mes terminales.*

Tous les nouveaux partirent, tête basse et pleins d'espoir. Ils avaient encore deux jours de sélection, et quatre ans de lycée devant eux. Nous, c'était notre dernière année.

Asseyez-vous, messieurs, dit le coach. Nous nous assîmes en cercle autour de lui. Nous six, les meilleurs terminales, étions juste au milieu. C'était nous que le coach regardait.

Vous avez travaillé dur aujourd'hui, dit le coach. *Je sais que vous avez travaillé dur. Mais…*

Alors qu'il laissait ce mot flotter dans l'air, je me mis à avoir froid. J'avais beau savoir ce qui allait venir, j'écoutai son speech de tout mon putain de cœur. *Je me souviens de cette pression*, dit-il, *avec la fac qui vous fixe à l'autre bout du canon. Et c'est le meilleur moment de votre vie, vos années dorées.*

En entendant ça, je me sentis un peu soulagé. Tout n'était pas noir. Le coach voulait qu'on s'amuse, qu'on profite de cette année. Je me redressai. Je regardai les autres. Sur ma gauche, Max et Dave avaient un petit sourire narquois. Ham et Alan semblaient à la fois las et en colère. Sur ma droite, Richard regardait le coach d'un air sérieux, et hochait la tête en silence, le visage calme. J'essayai d'avoir le même air que Richard.

Mais je veux aussi que vous soyez champions de l'État. Et c'est votre dernière année pour y parvenir.

En l'entendant dire ça, je réalisai pour la première fois que nous pourrions ne pas gagner cette année-là, que les choses pouvaient nous être reprises. *J'ai foi en vous*, dit le coach, et je sentis en même temps du froid et du chaud dans ma poitrine, et mes poumons me semblèrent si gros que je craignis que mes yeux se mettent à pleurer. Ils ne le firent pas. Mais c'était un bon speech.

Puis le coach demanda à chacun de nous de se fixer des buts, et nous interrogea l'un après l'autre pour qu'on les formule à voix haute. Je dis que je voulais faire monter mon pourcentage de victoires dans les entre-deux au-dessus de soixante, et le coach dit, *Bravo*, et je savais que c'était sincère.

Le coach avait fait du bon boulot. Il avait raison. Nous avions juste besoin d'être motivés. Mais à la fin, nous étions tout de même contrariés. Alors nous allâmes manger de la pizza dans la cave de chez Max, et Dave imita la voix du coach et dit, *Fixons-nous tous des buts, messieurs*, et nous prîmes tour à tour la parole pour dire quelles filles allaient nous tailler une pipe avant Noël.

Tous les autres gars mentionnèrent trois ou quatre filles. Max en mentionna cinq, dont deux qui lui avaient déjà taillé des pipes, et qui n'auraient pas dû compter. Moi, je ne citai qu'Haley Moreland. *Je suis du genre à ne vouloir qu'une seule fille*, dis-je. C'était une chose que tout le monde ne pouvait que respecter. Je n'étais pas un vulgaire coureur qui se vante de ses conquêtes. J'étais du genre à ne vouloir qu'une seule fille.

Mais c'était une erreur. Deux jours plus tard, il m'apparut clairement que j'étais foutu. Haley et moi étions ensemble en première heure, pour le cours de maths. Elle était en première, mais elle avait un an d'avance en maths. Je passai toute l'heure à la regarder. Elle était censée me tailler une pipe. Je passai mon temps à essayer de ne pas la regarder, et à la regarder quand même.

Je connaissais Haley depuis que nous étions petits. Sa mère était amie avec la mienne. Il y avait des photos de nous en train de jouer au basket à l'âge de sept ou huit ans. Il nous arrivait de bavarder entre les cours. Alors ça n'aurait pas dû paraître bizarre que j'essaie de lui parler ce jour-là. Il fallait qu'elle me taille une pipe, rien de plus. J'avais entendu dire qu'elle en avait taillé une à un des terminales de l'an dernier, un gars qui faisait de l'athlé avec elle.

Mais rien de ce que je dis ne fonctionna. Je fis une blague débile. Elle rit vaguement, mais ça ressemblait plus à un grognement. J'eus envie de me baffer. Je m'étais fixé Haley pour but parce qu'elle était facile. Et que je l'avais toujours bien aimée. Je l'avais toujours trouvée jolie. Mais lorsqu'elle s'en alla, je sentis ma poitrine se serrer, et c'est là que je compris que je m'étais complètement planté. Que j'en pinçais salement pour elle.

Je me ridiculisai auprès d'Haley pendant des mois avant d'avoir les couilles de lui demander si elle voulait sortir avec moi. Je ne voulais pas l'inviter au ciné ou un truc de ce genre de peur qu'elle me trouve nul. Alors je me contentai de lui demander si elle avait prévu d'aller à la soirée chez Dave.

C'était au mois de décembre, dernier jour des exams. Dave avait baptisé sa fête la FOOBTRA. Ça voulait dire la Fête Où On Baise Tous (Richard Aussi).

Évidemment, on ne pouvait pas dire ça aux gens, alors on

leur a dit que “la Foobtra” était une nouvelle danse. *Mais on peut pas vous la montrer*, leur disions-nous. *Elle est bien trop sexy. Si on danse la Foobtra, vous en crèverez d'excitation.*

C'était marrant, mais ce n'était pas aussi marrant que ça aurait dû l'être. Et pas seulement parce que Richard le prenait mal. Les blagues n'étaient tout simplement plus très marrantes. Notre premier match de poule était en mars, et mon pourcentage de victoires aux entre-deux tournait toujours autour de cinquante. Les dossiers de candidature pour les facs devaient se faire en janvier. Certains d'entre nous avaient fait des dossiers de candidature anticipée, et étaient sur liste d'attente. Un gars s'était pris un refus pur et simple. Un poids pesait sur nos poitrines et rien ne l'allégeait, peu importe combien nous nous donnions à l'entraînement.

Mais il y avait une lueur d'espoir. La FOOBTRA avait lieu chez Dave. C'était la première fête chez Dave depuis la fête légendaire.

Les parents de Dave ne lui faisaient plus confiance. Ils avaient engagé une chaperonne, une fille de la fac publique. Alors nous nous cotisâmes tous pour la payer, et Dave promit qu'on ne ferait pas trop de bruit, qu'on nettoierait tout bien après, et que la fête ne partirait pas en vrille.

Nous avions de grandes attentes. Nous voulions que cette fête soit géniale. Évidemment, nous faisions toujours comme si toutes les fêtes étaient géniales. Mais nous fîmes vraiment passer le mot à propos de celle-ci. Nous voulions que tout le monde soit là. Haley en avait déjà entendu parler lorsque je l'invitai. Mais elle me dit qu'elle n'avait pas encore décidé si elle venait ou non. Elle me demanda de la convaincre. Je lui dis qu'il y aurait de la bière et de la vodka. De la bonne vodka, en plus. *Je ne bois pas*, me dit-elle.

Ouais, mais tu fumes de la beuh, dis-je.

Elle me dit, *Et alors ?* Et je lui dis qu'il y aurait plein de beuh, aussi.

Il paraît qu'on dansera, dit-elle. *Il paraît qu'on dansera la Foobtra.*

Ben y en a peut-être qui danseront la Foobtra. S'ils sont bien excités. C'est une danse puissante.

Et toi, tu danseras la Foobtra ?

Si tu viens.

Elle me sourit, en plissant un peu les yeux, comme si elle réfléchissait intensément. Elle ne dit rien. Je dis, *Bon. Tu viendras ?*

Elle dit, "Nan, ça va être chiant."

Je dus lui paraître idiot.

C'était juste pour te chambrer, dit-elle, *je viendrai. Tu pourras m'y emmener ? Je devais y aller avec Georgia, mais elle est privée de sortie.*

En arrivant devant chez Haley, je dus aller jusqu'à la porte et dire bonjour à sa mère, évidemment, et sa mère ne put pas s'empêcher de me dire et de me redire combien j'avais grandi, maintenant. Elle me demanda si je savais qu'Haley avait été choisie pour tenir la chronique des ados dans le journal local à partir du printemps.

Maman, dit Haley.

"La rubrique s'appelle *Teen Scene*, et elle sera même payée."

Maman ! Haley me regarda, leva les yeux au ciel. *Y a pas de quoi en faire un plat.*

Je me redis encore à quel point Haley était cool, et intelligente.

"Allez, Lee, tu as de quoi être fière", lui dit sa mère.

Je me demandais si je pourrais un jour l'appeler Lee. *C'est vraiment super*, dis-je à Haley. Et ça l'était. *Faut fêter ça. Ça te dirait, qu'on aille se prendre un milk-shake avant d'aller…*

Haley me coupa et dit, *Avant d'aller au cinéma ? La séance est à dix heures et demie, alors on a le temps, pas vrai ?*

C'est ça, dis-je. *Avant d'aller au cinéma.*

Je serrai la main de Mme Moreland en partant, et ça la fit rire. "Tu as toujours été un amour, Nick", dit-elle. Elle me voyait encore comme un petit garçon. Je voulus lui répondre quelque chose, m'affirmer, mais je ne trouvai rien. Alors je me contentai de sourire et nous partîmes.

Finalement, le milk-shake s'avéra être une bonne idée. Je voulais passer du temps seul avec elle, de toute façon. Nous allâmes au resto grec, et Haley se plaignit de sa mère. *J'ai l'impression qu'elle est très fière de toi*, dis-je.

C'est étouffant, dit-elle. Elle me demanda si mes parents aussi étaient pénibles. Je lui dis qu'ils devaient sans doute l'être.

Nous étions en train de finir nos milk-shakes, et je trouvais que les choses se passaient bien. Quand elle s'essuya la bouche avec sa serviette, je l'imaginai en train de me tailler une pipe. Ça allait être génial. Je n'avais aucun souci à me faire à cet égard. Je passai ma main dans mes cheveux. Ils commençaient à être longs. J'allais devoir me les raser de nouveau. Il fallait que je fasse fumer Haley. J'avais un joint que je gardais pour elle, dans une boîte de pastilles en métal, au fond de la boîte à gants de ma voiture. Je voulais qu'on se détende tous les deux, pour pouvoir parler plus, et mieux, de choses importantes.

Elle me laissa payer puis me toucha la main en me disant : *Merci*. Lorsque nous arrivâmes à la fête, elle s'éloigna pour dire bonjour à quelques amis, mais elle me dit que je la retrouverais plus tard. Ça me convenait. Les choses se présentaient bien.

Je pense qu'il devait être dans les dix heures, alors. J'allai parler avec Richard et lui demandai ce qui s'était passé jusque-là. *Pas grand-chose*, dit-il. Je hochai la tête et regardai autour de moi ; une des filles du privé dansait, seule, au milieu de la pièce. Elle était vraiment partie. *Hé, bite de chatte, dégage de mon passage*, me dit Max à l'oreille. *J'ai un nouveau but.* Il me donna une claque sur la fesse et força le passage pour se rapprocher de la fille du lycée privé et danser avec elle. Il leva les mains en l'air, près d'elle, mais sans la toucher. Lentement, comme s'il les levait dans de la gelée.

Et toi, dis-je à Richard. *Tu as des buts, ce soir ?* Je le dis pour être encourageant. Sans le moindre jugement. Richard était mon plus vieil ami, mais une partie de moi s'était toujours demandé s'il était gay. Non qu'il ait eu un comportement de gay. C'est juste qu'il ne draguait jamais.

Je verrai ce qui tombe, dit-il. Et c'était ce qu'il disait toujours. Et c'était pour ça qu'il n'était jamais sorti avec aucune fille. Les filles, ça ne tombait pas comme ça. Je n'étais pas un expert, mais tout le monde savait ça.

C'est cool, c'est cool, dis-je. Nous bûmes tous deux une gorgée de bière. Ce n'était de toute façon pas comme si j'avais été en position de juger Richard, avec Haley à l'autre bout de la pièce et moi qui étais là à me demander ce que j'allais bien pouvoir lui dire quand j'irais lui parler.

La fête était sympa. Pas légendaire, bien sûr. Dave n'arrêtait pas de courir après les gens pour faire des blagues à propos de la Foobtra. Il n'arrêtait pas d'essayer de faire boire des shots à tout le monde. Certaines filles du lycée privé étaient sérieusement ivres. La fille qui dansait seule cessa d'en être capable. Elle dut s'asseoir. Elle riait, mais elle avait les yeux fermés tandis que Max lui massait les épaules sur le canapé. (J'imagine que Max était l'exception à la règle : pour lui, les filles tombaient.)

Mais bon, pour l'essentiel, les gens ne faisaient que discuter. Je me rendis compte que je me tenais en retrait, en position d'observateur. J'éprouvai soudain un sentiment d'urgence, comme si j'étais en train de laisser filer le bon temps. Je décidai que ma vie ne se passerait pas comme ça. J'allai trouver Haley.

Elle bavardait avec un petit groupe de filles du lycée privé. Je lui touchai l'épaule. Lorsqu'elle se retourna et vit que c'était moi, elle me sourit. Je lui dis quelque chose, je ne sais plus quoi. L'instant d'après, nous marchions vers les bois derrière chez Dave. Nous voulûmes nous asseoir, mais le sol était froid, alors je pris deux coussins sur les fauteuils de la terrasse et je les posai par terre, et Haley s'assit juste à côté de moi, la manche de sa veste touchait la mienne. Pendant que je sortais le joint de son sac en plastique dans la boîte de pastilles, Haley me dit qu'il lui suffisait d'une seule taffe pour être défoncée. *J'arrête toujours après ma première taffe. Tu vois, tu as de la chance, Nick. Je suis une copine économique.*

Je lui allumai le joint. Comme elle l'avait dit, elle prit une taffe puis elle me le donna. Ça me rendait complètement fou. Je pris une taffe. Elle exhala, la fumée s'enroula en volutes autour de son visage. Elle posa sa tête sur ses mains croisées sur ses genoux, son corps de liane se plia sur lui-même. Elle me donnait envie de traverser l'Europe en train. Elle était coureuse de fond. La meilleure de l'État. Je me rendis compte que tout, chez elle, tenait dans cette seule sensation.

N'avoir besoin que d'une bonne taffe. Courir pour toujours. J'aurais aimé qu'elle lâche un petit peu prise. Et j'aurais aimé être un peu plus comme elle.

Elle me parlait des pensées qui lui venaient quand elle courait. Elle faisait des séances de quatre heures de course. J'ai dû lui poser la question, parce qu'elle me dit, *Non, je ne me sens pas seule. C'est très paisible.*

Je sentis le moment alors même qu'il se déroulait. Je me penchai et l'embrassai. C'était exactement ce qu'il fallait que je fasse. Je reculai d'un rien, pour la tester. Elle se pencha en avant, garda nos lèvres collées. La sensation de ses lèvres sur les miennes était étrange. Pour être parfaitement honnête à ce propos, je n'avais encore jamais vraiment embrassé personne. J'avais dit tellement de fois que j'avais embrassé tellement de filles que j'imagine que j'avais fini par le croire, alors c'était super bizarre, de l'embrasser pour de vrai. Humide, doux, nouveau. Puis j'étais sur le dos et elle avait ses deux mains sur mon torse. Elle m'embrassait. J'ouvris les yeux et vis que les siens étaient fermés. Je regardai plus haut, le ciel, et les phares d'un avion qui clignotaient. Je me sentis flotter. J'essayai de ne pas me déconcentrer. J'avais peur qu'elle se lasse. J'avais peur de ne pas bien embrasser. Je me demandai si c'était là qu'elle me taillerait cette pipe ou si je devais d'abord en faire ma copine, et combien de temps ça pourrait prendre.

Elle s'écarta, puis roula sur le côté et s'allongea sur le dos, tout contre moi. Le ciel nocturne palpitait au-dessus de nous. J'étais écrasé par les innombrables sens de ce qui venait ou ne venait pas de se passer.

Bon, dit-elle. Elle me regarda un instant en silence. Puis elle dit, *On y retourne ?* Je ne savais pas si c'était une question ou une affirmation. Son corps mince s'incurvait, se déliant du sol. Elle appuya sa tête sur une main. Je ne dis rien. Elle se leva. J'étais furieux. J'avais fini par la lasser.

Elle se tenait au-dessus de moi, et elle tendit la main pour m'aider à me lever.

"Je suis trop défoncé", dis-je.

"Tu aurais dû t'en tenir à une seule taffe", dit-elle.

Elle me donna une sorte de petit coup de pied dans la cuisse. Ça non plus, je ne savais pas ce que ça voulait dire.

"Laisse tomber, Nick", dit-elle, et puis elle s'en alla. Je restai allongé sur le dos, à regarder le ciel.

Au bout d'un moment, je me levai et retournai à l'intérieur. Je trouvai le bureau de la mère de Dave et m'allongeai sur le canapé. Sur le mur d'en face, je vis qu'un de ses diplômes était de l'Université du Maryland, et je pensai aux nombreuses filles qu'il y avait là-bas, et à combien Haley allait être jalouse que je sorte avec toutes.

Au bout d'un moment Haley vint me réveiller. "Les autres vont au Denny's", dit-elle.

"D'accord", dis-je. J'attendis, mais elle ne dit rien d'autre.

"Je pense qu'on se verra plus tard", dis-je.

Elle dit quelque chose comme *OK*. Puis elle partit.

Une fois suffisamment redescendu pour prendre le volant, je montai dans ma voiture et allai au Denny's. C'était un peu après minuit. Ham et Alan étaient là, et il y avait aussi quelques élèves de première, et Haley. Je les vis à travers la vitrine, ils rigolaient. Je fis semblant d'avoir oublié mon portefeuille. Je me tâtai les poches, au cas où quelqu'un aurait été en train de me regarder. Je retournai à ma voiture et vomis tout ce que j'avais sur la roue avant gauche. Après, je me sentis un peu mieux. En entrant dans le bar, j'allai droit aux toilettes. Je me lavai les mains, me passai de l'eau sur la figure, puis je m'assis avec tout le monde. Entretemps, Dave s'était pointé, alors il ne restait qu'une place, en face d'Haley. Elle m'adressa un bref coup d'œil puis elle baissa les yeux, puis elle me regarda de nouveau et esquissa un genre de sourire. Comme si elle me faisait encore marcher, ou bien peut-être qu'elle était réellement timide.

Tout le monde le vit. Tout le monde eut de la peine pour moi. Nous savions tous que j'en pinçais salement pour Haley. Nous trouvions tous qu'elle était cool, et c'était vrai, c'était sympa de l'avoir avec nous au Denny's, elle était juste comme un des gars. Mais elle se comportait comme si elle ne savait pas ce que j'éprouvais. Elle devait le savoir. Tout le monde le savait. Je me dis que, peut-être, elle se servait de moi. Que, peut-être, elle en pinçait salement pour un des autres gars.

Et deux bites de chatte qui se pointent après tout le monde, dit Dave. Max et Richard étaient en train d'entrer. Ils riaient. Ils étaient partis de la fête avec la fille du lycée privé de Max, celle qui était trop ivre pour danser. Elle n'était plus avec eux.

Elle était vraiment complètement torchée, dit Haley en secouant la tête.

C'est rien de le dire, renchérit Max.

Tu lui as montré ton pointeur ? demandai-je.

Nick, t'es obsédé *par mon pointeur*, dit Max.

Nous rîmes tous. Et nous dîmes tous en chœur : *Faites gaffe où vous fourrez votre pointeur*. Je ris et je lançai un bref regard en direction d'Haley. Elle n'écoutait pas vraiment, elle enroulait l'emballage de sa paille sur lui-même pour en faire un petit tube bien serré.

Les mecs, vous me croirez pas. Richard était en train de rapprocher une chaise, pendant que Max demandait poliment au serveur s'il pouvait en prendre une à une autre table. *Sa mère a pété un plomb et nous a gueulé dessus.*

Non !

Si. Elle nous a couru après dans la rue. Max se balançait sur sa chaise. Dans son dos, le serveur l'observait avec un regard noir. Max ne le voyait pas. La fille était trop bourrée pour marcher, dit-il. Lui et Richard l'avaient portée jusqu'à chez elle, un sous chaque bras. Ils s'étaient disputés pour décider s'il valait mieux juste la laisser sur le perron ou sonner à la porte. Max était d'avis de la laisser.

Entendant ça, Haley leva les yeux. *Bande de connards*, dit-elle.

C'était un perron confortable, dit Max. *Y avait un banc.*

Et je lui ai laissé mon blouson, dit Richard.

Max et Richard racontaient l'histoire ensemble. Ils se la refilaient, chacun son tour. La mère de la fille ouvrit la porte. L'expression de son visage. *J'ai cru qu'elle allait sortir un fusil.* La mère hurla le nom de sa fille. Elle l'empoigna. *Mais elle était pas assez forte pour la maintenir debout, et la fille s'est effondrée comme une masse.* Ils ne savaient pas quoi faire. Qu'étaient-ils censés faire ? Ils dirent qu'ils étaient désolés, m'dame. Ils dirent qu'ils faisaient partie de l'équipe de crosse.

"Qu'est-ce que vous avez fait ?" Elle arrêtait pas de répéter ça en hurlant. "Qu'est-ce que vous avez fait ?" Elle était folle de rage !

Que pouvaient-ils faire ? Ils reculèrent lentement. Puis ils tournèrent les talons et s'enfuirent en courant.

Le serveur interrompit l'histoire. Personne ne voulait rien, à part une autre tasse de café. Ça agaça le serveur, mais que pouvait-il faire ? Son restaurant offrait le café à volonté. Il remplit toutes nos tasses et s'en alla.

Alors on était là, à courir dans le jardin. Et la vieille s'est mise à hurler : "Je connais ton nom de famille !"

D'où elle le connaissait, ton nom de famille ?

Richard a laissé son blouson de l'équipe sur le perron !

Ça caillait. Je lui ai mis mon blouson sur les épaules, pour la couvrir. Mais la vieille était quand même folle de rage.

Tu m'étonnes. Elle nous courait après, en hurlant, "Je connais ton nom !"

Mais on courait trop vite pour elle, bien sûr.

Bien sûr.

On est arrivés à la voiture, on a filé.

Mais elle était toujours derrière nous, pendant tout ce temps.

Dans la rue !

En robe de chambre ! Avec le putain de blouson de Richard à la main !

C'était hilarant. Nous rîmes comme des malades. Et alors que nous riions, ça nous frappa tous en même temps : la Foobtra avait-elle été légendaire ?

Haley soupira et se laissa aller contre le dossier de sa chaise. Elle lâcha l'emballage de sa paille et il se déroula en une vague spirale molle sur la table mouillée. *Vous êtes vraiment des cons,* dit-elle.

Mais nous nous regardions tous les uns les autres. Nous étions en train de réaliser que nous ne nous étions pas encore raconté tout ce qui nous était arrivé ce soir-là. C'était comme lors de la fête légendaire. Aucun d'entre nous n'avait vécu tout ce qui s'était passé. C'était trop légendaire pour qu'un seul gars ait pu tout voir. Il fallait que nous nous racontions notre soirée. La Foobtra était peut-être sur le point de devenir légendaire. Il fallait juste qu'on raconte toute l'histoire.

Je comprends la mère, dit Haley. Nous la regardâmes tous. Elle haussa les épaules. *Ça me ferait bien chier si je surprenais ma fille en votre compagnie.*

Je suis un mec bien. Tu peux me confier ta fille.

Toi peut-être, Richard. Mais Max, si je te vois traîner autour de ma fille, crois-moi, je sors mon fusil.

Nous rîmes.

Attends un peu, Haley. Avant de sortir ton fusil, tu devrais d'abord tester la banquette arrière avec moi.

T'es qu'un gros dégueulasse.

Max leva les mains, en signe d'innocence. *La dernière fille ne s'est pas plainte.*

Il se comportait comme un connard. Mais Haley le cherchait. Elle l'avait déjà traité de connard quelque chose comme trois fois. C'est pas un truc qu'on pouvait faire à Max. C'était un vrai pitbull – quand il tenait sa proie, il ne la lâchait plus. À partir du moment où je lui avais dit que *bite de chatte*, ça ne voulait rien dire, il s'était mis à le répéter sans cesse, et il le répétait tellement que maintenant on le disait tous.

Je voulais que Max lâche Haley. Je voulais l'emmener loin, dehors, la ramener chez elle. Mais elle aussi, c'était un pitbull, exactement comme lui. Elle ne lâchait rien non plus.

On parle bien de la fille qui était complètement torchée, là ? demanda-t-elle.

Elle était complètement torchée, c'est sûr, convint Richard. Max haussa de nouveau les épaules.

Et puis la voix d'Haley changea. “T'as quand même pas fait ça.” Elle regardait Max. Ses yeux se plissèrent.

J'ai quand même pas fait quoi ? dit Max. Et il se passa plus ou moins la langue sur les lèvres.

"C'est dégueulasse."

Détends-toi, Haley, je l'ai pas sautée, dit Max.

Elle se leva. "Est-ce que quelqu'un d'autre que Max peut me ramener chez moi ?"

Moi, dis-je en me levant vite. Peut-être trop vite. Tout le monde me regarda. Max avec un sourire satisfait.

Haley tourna la tête. "Il faut d'abord que j'aille aux toilettes."

Je me rassis et dis d'accord. Haley était déjà en train de s'éloigner. Tout le monde attendit qu'elle soit suffisamment loin pour ne plus nous entendre, puis éclata de rire.

Max l'a drôlement mise en pétard.

De rien, Nick.

Pardon ?

Elle est en pétard, elle est prête.

Ta gueule, bite de chatte.

T'auras peut-être plus de chance que Max.

Nous rîmes tous.

Qui dit que j'ai pas eu de chance ? dit Max.

Toi.

J'ai dit que je l'avais pas sautée.

Ah, va te faire foutre.

Juré craché. Max tendit la main et prit un minipot de crème dans la corbeille au milieu de la table. *J'étais assis à l'arrière avec elle. Elle avait besoin de quelqu'un pour la tenir assise correctement.* Il regarda Richard sur le côté. *Et pour l'aider à enlever sa culotte.* Nous entendîmes l'opercule se décoller du pot de crème, parce que nous retenions tous notre respiration. Max rejeta la tête en arrière et but la crème comme un shot de Jäger. *Sans déconner*, dîmes-nous.

Max essuya la crème sur ses lèvres et sourit. *Juré craché, c'était doux comme du beurre fondu. Ce pauvre Richard à l'avant a dû se contenter de l'odeur.*

C'est pas vrai, dit Richard.

Je le savais, dit tout le monde. *Max, tu nous racontes que des bobards.*

Richard regardait par la fenêtre.

Allez, Richard, dit Max. *On est entre amis. Tu peux le dire, ce qui s'est passé.*

Ouais, Richard. Tu peux nous le dire.

Ce qui s'est passé, dit Richard, *c'est que je me suis garé et que j'ai botté le cul de Max.*

On déconne pas avec Richard, dit Ham, et nous rîmes tous. Max leva la main pour nous faire taire.

C'est vrai, dit-il. *Richard était en colère. À juste titre ! Je me comportais comme un connard.* Nous avions tous les yeux sur Max. Même Richard le regardait. *Alors j'ai dit, "Viens donc, y en a pour deux."* Max nous sourit, nous regarda l'un après l'autre. Il ouvrit grand les bras et leva les mains, comme un roi. *Je mets toujours un peu d'amour de côté pour les autres gars de l'équipe.*

Non. Nous attendions la chute. Mais Max se contentait de regarder Richard.

Nous attendîmes.

Max dit, *Les gars, vous prenez tous Richard pour une lavette, mais moi je connais la vérité. On est allés derrière le 7-Eleven, on s'est garés dans un coin sombre. Pas vrai, Richard ?*

Richard se tourna vers la fenêtre. *Ouais*, dit-il.

Puis Haley fut de retour à la table. "Garés dans un coin sombre pour faire quoi ?"

Tout le monde se tut.

"Sérieusement ?"

Nous nous regardâmes les uns les autres. Nous éclatâmes de rire. C'était plus fort que nous. Même moi, je ris. C'était fou. *Pour savourer une herbe extrêmement odorante*, dit Max, et ça nous fit rire encore plus fort.

Haley se tourna et sortit du restaurant. Je me levai et la suivis. Derrière son dos, tout le monde m'encouragea d'un pouce levé.

Ils me racontèrent la suite plus tard. Le serveur les interrompit, disant que c'était fini pour le café à volonté, et qu'il allait appeler les flics s'ils ne partaient pas. Dave dit, *Fini pour le café à volonté, c'est un paradoxe*. Ils rirent tous, mais ça ne servait à rien. Le serveur n'en démordait pas. Ils étaient sur le point de se lever et de partir quand Richard commanda soudain des pancakes pour toute la table, une bonne pile pour chacun.

Le serveur hésita. "Vous devez d'abord payer", dit-il, d'une voix plus forte. "Vous devez payer avant que je vous les apporte."

Richard fit claquer une carte de crédit, triomphant du serveur, et c'est peut-être ça, plus que tout autre chose, qui nous poussa à croire que l'histoire de Max et Richard avec la fille du lycée privé pouvait en fait être vraie.

Alors ils la racontèrent en entier autour des pancakes. Richard était passé sur la banquette arrière, et ils avaient doigté la fille, tous les deux. Les gars ne le croyaient toujours pas, mais ensuite Richard dit qu'il s'apprêtait à lui bouffer la chatte mais qu'il avait trouvé un bout de papier toilette collé dans sa touffe. C'est là que tout le monde comprit que l'histoire était vraie. Nous étions tous très forts pour sortir des bobards, mais qui pouvait inventer *ça* ?

J'étais un peu nerveux en marchant vers la voiture, parce

qu'il y avait encore du vomi sur la roue avant. Par chance, Haley alla tout droit vers le côté passager. Je me rendis compte trop tard que j'aurais dû lui ouvrir la portière. Au lieu de ça, je me contentai d'appuyer sur la télécommande de déverrouillage, et elle monta dans la voiture.

Nous ne parlâmes pas beaucoup sur le chemin du retour. À un moment, elle dit, *Max est un abruti, hein ?* Je ris et j'en convins. C'était bon. Puis nous restâmes silencieux jusqu'à ce que je tourne dans sa rue.

Sa maison était sombre, avec juste une lumière allumée à la fenêtre. Elle dit, *Oh oh.*

Y a un problème ?

Ça ira, t'inquiète pas, dit-elle. Elle se tut, la main sur la portière, son sac sur les genoux. Elle se mordit la lèvre. J'eus le sentiment qu'il fallait que je l'embrasse, mais je n'en étais pas sûr, alors je plaisantai. *Tu veux que je te porte jusqu'à l'entrée ?* dis-je. *Que je te laisse sur le perron ?* Je voulais juste continuer à parler, mais je compris tout de suite que j'avais dit le mauvais truc. Elle me regarda comme si ça faisait une heure qu'elle respirait de vilains effluves et qu'elle venait juste de comprendre d'où ça venait. Je pensai au vomi sur la roue de ma voiture. Je ne savais plus quoi dire.

Puis elle sortit de la voiture. Elle flotta jusque chez elle, à pas lents. Ses jambes étaient si longues. Elle faisait incroyablement peu de pas, et ses pieds semblaient à peine toucher le sol. Je la regardai partir. Je fus pris d'une sorte de panique, mais je ne pouvais rien faire. Elle referma la porte derrière elle. Puis je vis l'unique lampe s'éteindre.

Nous en parlâmes pendant des semaines. C'était si bon. Richard et Max nous donnèrent tous les détails, le visage de la fille rejeté en arrière sur la banquette, l'odeur de thon si forte que Richard craignait qu'elle imprègne sa voiture à jamais. Le fait qu'ils lui avaient tous les deux juté dessus, comme des champions.

Nous leur demandâmes s'ils avaient reparlé à cette fille depuis. Nous insistâmes, et, à force, Max finit par nous dire que oui. Elle était privée de sortie pour s'être enivrée, mais à part ça tout allait bien. Il dit qu'elle était prête à remettre ça. *Peut-être avec plus d'entre nous.*

N'importe quoi, dîmes-nous. *C'est des conneries.*

Tu verras. C'est quand, la prochaine fête ? Mais aucun de nos parents ne devait quitter la ville dans un quelconque avenir proche.

À la rentrée des vacances d'hiver, nous découvrîmes que d'autres élèves en parlaient également. D'un coup, c'était devenu une chose que les gens savaient. Lorsqu'on nous interrogeait, on ne disait rien. On était des gentlemen. Mais, d'une manière ou d'une autre, tout le monde connut tous les détails, et c'était partout une blague. *Comment fait-on pour trouver une fille du privé dans le noir ? On suit son nez, c'est tout.*

Ça nous a occupés pendant la pire période de notre année de terminale. C'était une distraction bienvenue. Un bon sujet de conversation, pour changer de celles qui portaient sur la date de la prochaine fête. Un truc auquel penser en dehors de nos rédactions de candidature pour l'entrée à la fac. Nous étions déjà censés en avoir rendu les versions finales à notre professeur de littérature, M. Kaminsky. Nous ne les avions même pas écrites. Nous n'avions pas d'excuse.

La rédaction de candidature modèle était celle d'un élève qui avait perdu une jambe à cause d'un cancer et qui avait appris à jouer au soccer avec une prothèse. Il avait réussi à se faire sélectionner dans l'équipe de l'État. Sa rédaction portait sur l'adversité, et comment la surmonter.

C'était assez injuste.

Nous, tout ce que nous avions à surmonter, c'était la pression, le lycée, notre championnat de l'État, et le sentiment de plus en plus pesant de ne pas être à la hauteur. Mais écrire sur le fait de jouer à la crosse, même quand vous vous inquiétez de ne pas être assez bon, ce n'était pas assez bon.

Et puis, à la fin de cette très longue première semaine de janvier, nous apprîmes que Richard et Max avaient de gros ennuis.

Le couloir du bureau du coach était d'un bleu brillant, avec une bande jaune à hauteur de l'épaule. Cette bande continuait à l'intérieur du bureau, comme une ligne peinte sur un nid-de-poule dans la route. Elle barrait la porte du vestiaire, plongeait dans le bureau du coach par la gauche, puis en ressortait à droite. De là, elle filait derrière une longue vitrine contenant les trophées de notre lycée. Des championnats de l'État s'étirant sur cinq mètres et cinq décennies dans le couloir.

Assieds-toi, Nick, dit le coach. *Prends un bonbon. Je ne sais pas à quel parfum ils sont. Prends-en un jaune. La couleur du lycée. Ils sont sans doute au caramel.*

Le bureau était petit. Le coach nous avait dit un jour que l'architecte avait oublié de prévoir un bureau pour le prof de gym, et qu'ils avaient dû reconvertir un placard. Nous pensions qu'il plaisantait, mais son bureau était vraiment minuscule. Quand vous étiez assis, vous aviez les genoux coincés contre sa table et le dos qui touchait presque une bibliothèque remplie de dossiers qui n'était qu'à un éternuement de s'effondrer sur vous. Quand le coach vous convoquait dans son bureau, ce n'était en général pas une bonne nouvelle, et l'étroitesse des lieux ne faisait qu'aggraver la pression.

Le coach lui-même était nerveux quand il me demanda, *Comment va ta famille, Nick ? Comment vont tes parents ? Tout se passe bien, chez toi ?*

Je pris un bonbon jaune. En fait, il était au citron. *Tout va bien*, dis-je. J'essayai de penser à quelque chose de récent au sujet de ma famille dont je pourrais lui parler, mais je ne trouvai rien.

Le coach était penché en arrière, mains croisées sur le ventre. Il plissait un peu les yeux, comme s'il avait mal à la tête. Il y avait deux ou trois choses que je craignais qu'il aborde. La première était une bourse dont j'attendais des nouvelles, pour l'Université du Maryland. Et il y avait mes performances, qui n'étaient pas fameuses. Et puis mon pourcentage de victoires aux entre-deux, désormais définitivement englué sous la barre des cinquante. J'y travaillais, ceci dit ; le matin même, j'avais décidé d'arrêter de boire et de me remettre en forme. Il y avait aussi un demi joint dans un sac en plastique, dans la boîte de pastilles, dans le porte-gobelet de ma voiture, alors garée sur le parking du lycée. J'avais laissé ce joint là la veille au soir, en allant à l'épicerie. J'espérais tomber sur Haley, et je voulais avoir un truc à lui offrir. Je n'avais pas vu Haley, et j'avais oublié de le ranger, alors il y avait maintenant un joint dans ma voiture et les chiens détecteurs de drogues l'avaient peut-être trouvé, et le coach s'apprêtait à me dire que je m'étais fait prendre. Le coach baissa le regard sur ses mains croisées, et je sus que c'était grave.

T'es un bon gars, Nick. Je sais que Richard et toi, vous êtes amis, et je sais que tu aimes cette équipe.

Je fis oui de la tête, en essayant d'afficher la bonne expression sur mon visage. Je voulais avoir l'air grave, mais pas coupable. Le coach parlait de nos week-ends, et il dit que ce que nous faisions le vendredi soir, après les matchs, ça nous regardait. *Les garçons, c'est les garçons*, dit-il. Puis il rit pour lui-même et regarda le plafond. *Crois-moi, je sais ce que c'est qu'être un garçon.* Il secoua la tête et ne dit rien pendant une seconde.

Ouais, dis-je, pour lui rappeler que j'étais là.

Il plissa de nouveau les yeux, et expira. *Bon, Nick, voilà le problème : un vieux pote à moi m'a appelé ce matin.*

Le coach était un officier de police en retraite. À la fin de mon année de seconde, quand j'avais eu mon permis, il m'avait demandé de l'accompagner pour aller chercher les nouveaux uniformes pour le printemps, et il m'avait laissé prendre le volant de sa voiture, et partout où on passait il me montrait les endroits où les flics aimaient se poster pour mettre des amendes aux lycéens. Grâce à lui, je n'en eus jamais aucune. Tous les potes du coach étaient flics.

Apparemment, deux de mes gars auraient raccompagné une jeune fille chez elle en voiture après une fête le mois dernier.

Je dis, *Ah.*

On sait tous les deux qui. Attends, ne dis rien pour le moment. Je ne te demande pas de mettre qui que ce soit dans le pétrin.

L'histoire que le coach me raconta, celle que son pote flic lui avait racontée, était la même que celle que j'avais entendue de la bouche de Ham, d'Alan, de Dave et de tout le monde au lycée, même si le coach glissa sans s'attarder sur les détails. *Quand t'es flic, tu vois des tas de parents qui ont baissé les bras*, me dit-il. *Tout le temps. Des parents qui veulent que les flics fassent leur boulot de parents à leur place. Cette mère... moi j'ai envie de lui demander pourquoi elle laisse sa fille se mettre dans des états pareils. Quel genre de parent est-elle pour que sa fille sorte comme ça pour boire à toute heure de la journée ?*

Ouais, dis-je. *La plupart des problèmes sont la faute de la mère*. C'était un truc que ma mère disait souvent, mais à la façon dont le coach rit quand je le dis, je vis que ça voulait dire quelque chose d'autre pour lui. Mais je n'eus pas vraiment le temps d'y réfléchir. Parce qu'ensuite, il me dit quelque chose que je ne savais pas : la fille avait fait une tentative de suicide.

Il me fallut une seconde pour comprendre ce que le coach entendait par *vodka et paracétamol*. Il dit, *Elle a l'air d'avoir besoin de soutien psychologique, d'un genre ou d'un autre.*

Lorsque je compris, je dus le dire à haute voix pour être sûr. *Elle s'est suicidée ?*

Non ! Non. Elle a juste fait une tentative, dit-il. *Mais c'est quand même un sacré truc*. Il se pencha en avant et croisa les mains sur le bureau. *Le genre de truc qui peut faire dérailler la vie d'un jeune homme*. Il me regarda droit dans les yeux. *Nick*, dit-il. Je me redressai. *Richard a laissé son blouson de l'équipe sur le perron.*

J'avais le cerveau lent, je le reconnais. Mais quand il a dit ça, ça m'a foutu dans une putain de rogne. Je n'y croyais pas. On aurait dit qu'ils s'étaient fait piéger.

Mais... ça veut rien dire, dis-je. *Ils l'ont ramenée chez elle, c'est tout. C'est pas un crime de laisser un blouson.*

Le coach fit oui de la tête. *Je sais*, dit-il. *Tu as parfaitement raison.*

Nous en parlâmes un petit moment. Nous parlâmes de Max, un peu, mais le coach savait que Richard était mon plus vieil ami, alors c'est surtout de Richard que nous parlâmes. *Richard a un très bel avenir devant lui au service de notre pays*, dit-il. *J'ai parlé de lui avec des gens de l'équipe du député Patterson pas plus tard que cette semaine.* Richard devait obtenir une lettre de recommandation d'un député local pour sa candidature à la Naval Academy, et il avait passé tout l'automne à stresser à ce sujet. Je n'arrivais pas à croire qu'il puisse rater ça juste parce qu'il était sorti avec une folle complètement ivre. Mais le coach était terriblement sérieux. *C'est de la politique*, dit-il. *Mais c'est comme ça que ça marche. Ils vont sortir du bois. Et ils ne s'en prendront pas seulement à Richard et à Max. Ils s'en prendront à tous les gars de l'équipe.*

Ils allaient s'en prendre à nous parce qu'elle était sortie avec deux gars ? Ils voulaient nous punir nous parce qu'elle buvait trop, parce qu'elle était facile ? Alors qu'il y avait des putains de tonnes de gars qui faisaient ce genre de truc tous les soirs de la semaine. Juste parce que Richard avait laissé son blouson, parce qu'elle était trop ivre pour entrer et qu'il ne voulait pas qu'elle prenne froid. C'était pire que le pointeur laser, qui n'était qu'une règle arbitraire. Et peut-être que Max le méritait, en termes de karma. Mais Richard, non. Richard était mon plus vieil ami, et il était un peu trop tendre, et tout ce qu'il avait fait, il l'avait seulement fait parce que la fille voulait sortir avec Max, elle l'avait laissé lui masser les épaules, elle était montée dans la voiture. Et puis de toute façon, si elle avait fait une tentative de suicide, est-ce que ça ne prouvait pas tout simplement qu'elle était détraquée, qu'elle était du genre à trop boire et à le regretter ensuite ?

Je ne comprends pas ce monde, pensai-je, où les gens ne font que chercher quelqu'un sur qui faire peser la faute, alors que nous avons tous assez de problèmes comme ça.

Le plus fou, c'était que cette fille ne voulait même pas que Richard et Max aient des ennuis. C'était sa mère, dit le coach. *La fille a fait cette comédie d'appel à l'aide parce que les gens n'arrêtaient pas de la harceler. Donc oui, on est tous bien d'accord. On veut la même chose que cette fille. On veut seulement que ça se tasse.*

Ouais, dis-je. Je me penchai en avant et posai mon poing sur le bureau. Je voulais que le coach comprenne que j'étais sérieux. Je voulais qu'il voie que je m'impliquais à fond. Je voulais agir bien.

Je me sentis être un homme. Je dis, *Que voulez-vous que je fasse ?*

Le lendemain après-midi, un samedi, Haley m'appela pour me demander si ça me disait de l'emmener au centre commercial. Il fallait qu'elle achète un cadeau d'anniversaire pour son père.

Et je pensais qu'on pourrait peut-être parler un peu, dit-elle.

Bien sûr, dis-je. J'étais tellement anxieux que je craignais que ma voix ne se brise. Ça faisait des semaines que je n'avais pas parlé à Haley, et je croyais qu'elle ne m'aimait plus. *Ouais, moi aussi, je voulais aller au centre commercial aujourd'hui de toute façon*, dis-je. *Je pensais aller au cinéma.*

Ah, cool. Ouais, y a Scream 3 *qui vient de sortir*, dit-elle. *J'ai vraiment hâte de le voir.*

Génial, dis-je. *C'est super. Oui.*

Je parvins à peine à lui parler sur le trajet vers le centre commercial. Elle regardait par la fenêtre. La radio passa une chanson que j'aimais. *J'aime bien cette chanson*, dis-je, mais Haley se contenta de me renvoyer une sorte de *mm-hmm*. J'étais sûr d'être foutu.

Mais dans le centre, ça allait un peu mieux. Nous passâmes devant des rayons de T-shirts et de tongs. Nous allâmes à la librairie et dans un magasin qui ne vendait que des théières. Je vis des gars regarder Haley, puis me regarder moi, puis regarder ailleurs. Je me forçais à les regarder droit dans les yeux. *Ouais. Elle est avec moi*, leur disais-je dans ma tête.

C'était sympa. Haley était une fille sympa. Elle se moqua d'un T-shirt stupide et du genre de personne qui pourrait le porter. Je fis une blague sur une théière – mimant avec mes bras, je fis comme si j'étais moi-même une petite théière, ça la fit rire. Elle acheta pour son père un livre sur la guerre de Sécession. *Il aime la guerre de Sécession, ton père ?* dit-elle. *Mon père est fou de la guerre de Sécession.*

Ouais, dis-je, mais seulement pour qu'elle continue à parler.

Dans la queue pour le cinéma, je lui demandai de quoi parlait le premier *Scream*. *Est-ce qu'y a des trucs que je dois savoir avant de voir celui-là ?* dis-je.

Haley me dévisagea. "T'as pas vu *Scream* ?" dit-elle.

Alors je ris et je dis que je plaisantais. *Bien sûr que si, j'ai vu* Scream, dis-je. *Je l'ai vu deux fois.*

Haley rit et me donna une sorte de petit coup de poing dans l'épaule. *Bon sang, Nick, tu m'as bien eue. L'espace d'une seconde, je sais pas ce que j'ai pensé*, dit-elle.

Ah ah, dis-je. *Ouaip. Celui-là pourra jamais être aussi bon que le premier*, dis-je.

Ils sont tous *bons*, dit Haley. Elle me redonna une sorte de petit coup de poing dans l'épaule, d'une façon qui me fit comprendre *qu'entre nous*, c'était bon. Elle me laissa même lui payer un Moutain Dew.

Alors comme ça, tu aimes les films d'horreur, hein ? lui demandai-je.

Ouais, j'adore ça, dit-elle, et j'adorai la manière dont elle haussa les épaules en prononçant cette phrase. J'adorais qu'elle boive des sodas, qu'elle ne soit pas de ces filles qui font toujours tout un foin au sujet des calories. C'était facile d'être avec elle. Elle était si jolie.

Y a une question que j'aimerais te poser, dit-elle. Nos coudes se touchaient presque sur l'accoudoir. Sur l'écran, une pub voulait nous vendre un autre Mountain Dew.

Moi aussi, j'ai un truc à te demander.

Ah, d'accord. Toi t'abord.

Je paniquai. L'espace d'une folle seconde, je crus qu'elle était sur le point de me dire qu'elle était en train de tomber amoureuse de moi. Je songeai d'abord à lui dire quelque chose de sentimental, c'était peut-être ce qu'elle attendait vraiment. Quelque chose comme "Tu me plais beaucoup". Mais je me suis dégonflé. *Non, toi d'abord.*

Non, toi. Puis elle rit. *Je plaisante. J'y vais. C'est à propos de toute cette affaire avec Max et Richard. Ça fait pas mal de temps que je veux vraiment t'en parler. Je sais que Max est un connard, mais Richard ?*

Les lumières s'éteignirent et une bande-annonce démarra sur l'écran. Je me penchai vers elle, je sentis une odeur de fraises. *Ouais*, murmurai-je. *Richard est un mec bien.*

Alors il a pas réellement…

Il a pas réellement quoi ?

Elle me regardait, mais il faisait noir, alors je ne pouvais pas lire son visage. *Richard est mon plus vieil ami*, dis-je.

Elle resta silencieuse. Je me dis qu'elle avait juste besoin que je lui explique. *C'est pas comme ce que tout le monde raconte*, dis-je. *Ça, c'est juste une histoire à la con. Tu peux pas comprendre le genre de pression qu'il subit, qu'on subit tous.*

Elle rit. Je me dis que oui, peut-être, d'accord, ce que je venais de dire aurait pu être une blague. Je me forçai à rire, moi aussi, mais là je vis ses yeux, très grands. C'était un rire sarcastique, compris-je.

Tu crois que je sais pas ce que c'est, la pression ?

Ouais, je sais que tu sais ce que c'est. Je me tournai pour lui faire face. J'eus envie de lui prendre la main, mais ne le fis pas. *Je sais bien. On nous examine à la loupe. Le moindre petit détail peut prendre des proportions délirantes.*

Qu'est-ce que tu veux dire ?

Je veux dire que les gens sortent du bois pour se faire Max et Richard.

Une seconde. Elle détourna la tête. Elle écarta ses cheveux de son visage. *Une seconde.*

Elle resta silencieuse tellement longtemps que j'en vins à me demander si elle allait reparler, et puis elle dit, d'une voix différente, maintenant très agitée, "Ce que t'es en train de me dire, c'est qu'ils ont le droit de violer une fille à cause de la pression ?"

"Quoi ?" Je me redressai d'un coup. "Non. Haley, tu peux pas juste balancer ce mot comme ça."

"Elle a tenté de se suicider."

Elle se tenait droite comme un *i*. Je me souvins de ce que le coach avait dit : que je ne pouvais pas parler de ça, que je ne devais rien dire, sinon qu'il ne s'était rien passé. J'essayai de trouver ce que je pouvais dire à Haley qui se conforme à tout ça.

“Mais, cette histoire de viol. D’où est-ce que tu la tiens ? Qui t’a dit ça ?” Je sentais que je m’agitais.

“Max et Richard. Au Denny’s. Tu étais là.”

“Ils n’ont jamais dit *ça*.” Je fus surpris de voir combien ça me fit du bien d’être en colère.

“Ils ont dit qu’ils l’avaient doigtée alors qu’elle était inconsciente.”

Je lui demandai comment elle avait pu entendre ça.

“C’est Alan qui me l’a dit”, dit-elle.

L’idée qu’elle ait parlé avec Alan me rendit furieux. Et si c’était elle, qui avait tout raconté à tout le monde ? Je détestai Alan. Je la détestai elle. Je m’imaginai Alan en train de lui dire, en train de trahir Richard et Max, et de nous trahir tous – j’avais toujours su que c’était un menteur – et ça me paraissait légitime d’être en colère, c’était comme de finir une longue course et de boire une bouteille d’eau d’un seul trait. Haley ne comprenait pas qu’on était juste en train d’essayer de passer du bon temps pendant qu’on le pouvait. On devait être capables de courir cinq kilomètres en vingt-cinq minutes. On avait nos deux jambes, et rien sur quoi écrire pour nos rédactions de candidature à la fac. Quand on se cassait le bras, on ne pouvait même pas prendre nos cachets d’Oxy parce que nos coéquipiers pouvaient en avoir besoin pour en offrir aux filles. Je ne voulais même pas qu’Haley me taille une pipe. Pas si je devais me sentir comme ça pour l’obtenir.

Je fixai l’écran. J’étais tellement en colère que je ne pouvais pas la regarder. Mais je n’avais plus besoin de la supporter, parce que le film venait de commencer. Je ne savais pas si ce timing était parfait ou exécrable. Sur l’écran, un type fonçait dans les rues de Los Angeles pour arriver chez lui à temps pour sauver sa copine d'un meurtrier. Je me tournai vers Haley une fois, et elle regardait de l'autre côté, vers la porte. Juste au moment où la copine sortait de la douche – et le meurtrier était juste là, prêt à frapper – Haley se leva et s'en alla.

J'hésitai un instant, puis décidai de la suivre. Mais même là, elle ne voulut pas que je la raccompagne chez elle.

"J'ai besoin d'être seule quelque temps", dit-elle. "Je demanderai à Georgia de me raccompagner, quand elle aura fini de bosser."

Elle se tenait les bras croisés. Derrière elle, des gamins gonflaient des sacs de courses en plastique et les regardaient flotter comme des bateaux dans une petite fontaine. Je me rendis compte que j'allais devoir parler de tout ça à l'équipe. Que j'allais devoir le dire au coach. À qui d'autre est-ce qu'Haley parlait ?

Je la touchai pour la première fois depuis la fête. Juste ma main sur son coude. Je fus surpris qu'elle me laisse faire. *Tu ne peux dire à personne ce que tu viens de me dire*, dis-je. *Ces conneries sur Richard et la fille. Tu ne dois le dire à personne.*

Ma main était toujours sur son bras. Ses yeux s'adoucirent, et sa bouche s'ouvrit un tout petit peu, et l'espace d'une seconde je crus que je l'avais émue. Elle était désolée, elle allait s'excuser. Elle décroisa les bras et fit un minuscule pas en arrière, juste ce qu'il fallait pour se libérer de ma main.

"Tout le monde est au courant, Nick", dit-elle, et elle partit.

Le coach n'avait pas tort : ils ne tardèrent pas à sortir du bois pour s'abattre sur nous, et violemment. La seconde semaine de janvier fut la pire. C'était la première fois que je me confrontais à l'injustice. Nous n'étions plus des individus, des jeunes hommes talentueux avec des espoirs et des rêves. Nous étions l'équipe de crosse qui avait violé cette fille.

Le lundi il y eut une minute de silence dans les haut-parleurs, pour alerter les consciences sur le problème du suicide. C'est un élève de seconde qui la fit observer pendant les annonces du matin. Mais le haut-parleur resta tout le temps allumé, et on entendait le gars respirer. Ce n'était pas une minute de silence. C'était une minute de crachouillis au coin des lèvres d'un gars qui respirait par la bouche. Je regardai l'aiguille des secondes sur l'horloge, et la "minute" ne dura que trente secondes, ce qui me parut minable.

Ce même jour, aussi, notre cinquième heure de cours sauta pour qu'on puisse assister à une conférence sur le suicide. Le mardi, pas mal de gens vinrent au lycée vêtus de noir. Le mercredi, ce fut presque tout le monde. Puis le jeudi une fille se leva pendant le déjeuner pour crier qu'elle organisait un boycott des matchs de crosse, et demander aux gens de la rejoindre et de signer sa pétition. Dave voulut aller la voir et déchirer ses feuilles en mille morceaux, mais je lui dis de ne pas le faire. J'avais l'impression d'être grand en lui disant cela. Je lui dis ce que le coach m'avait dit : que nous devions garder notre calme. Et j'avais raison, parce qu'ensuite un mec lambda cria *suce ma bite !* et la fille devint toute rouge et partit du réfectoire en courant, et personne ne signa sa pétition débile.

Richard avait arrêté de venir au lycée la veille. Quand j'appelai chez lui, sa mère me dit qu'il était malade et qu'elle lui dirait de me rappeler bientôt. Pendant le déjeuner, Max dit qu'ils avaient tous les deux été entendus par la police.

Les flics l'avaient traité comme de la merde, dit-il. *Ils arrêtaient pas de poser les mêmes questions, comme si j'étais stupide.* Et personne d'entre nous ne dit, *Mais* t'es *stupide*, parce que les choses avaient changé, on ne déconnait plus.

Un des flics a dit qu'ils avaient parlé avec une autre fille. Cette fille que je connais pas leur a raconté que je l'avais poussée et bloquée sur un lit l'été dernier. À je ne sais quelle soirée. En disant ça, Max nous regardait comme s'il nous mettait au défi de dire que cette fille avait raison. *Elle a dit que je l'avais mise très mal à l'aise.*

On ne pouvait pas regarder Max. On n'était pas sûrs de ce qu'il fallait dire. *Je vois que notre play-boy se met à jouer les durs*, dit enfin Dave, et il lâcha une sorte de petit rire, puis s'arrêta. Personne ne riait.

De toute façon, c'était il y a des mois, dit Max. *Qu'est-ce que ça peut bien faire.*

Et nous fûmes tous d'accord : *Ils sortent du bois pour nous tomber dessus, c'est tout.*

Le vendredi, Mme Lomax nous donna toute l'heure juste pour coucher par écrit ce que nous ressentions. "Je sais que beaucoup d'entre vous êtes sans doute mal à l'aise, peut-être un peu perdus, peut-être même terrifiés. Ça peut aider, d'écrire. Ce n'est pas noté, et ceux qui le désirent pourront garder leur texte pour eux."

Dave croisa les bras et refusa d'écrire, disant qu'il n'avait rien à dire sur *les événements récents*. "On est en cours de maths", dit-il.

"Vos vies de jeunes gens sont plus importantes que les maths, dit-elle. Mais si tu ne veux pas écrire, je t'autorise à sortir et à aller attendre à la bibliothèque."

J'étais le seul joueur de crosse à être resté dans la salle, mais je n'avais pas l'intention de filer. Nous passâmes une demi-heure penchés sur nos feuilles, en silence. Tous les stylos qui s'agitaient faisaient un bruit de fourmis dévorant un homme vivant enterré jusqu'au cou. Je fixais les lignes bleues de mon bloc-notes et je n'écrivis rien. Au bout de trente minutes, Mme Lomax demanda si quelqu'un avait envie de partager son texte. Haley se porta volontaire. Elle passa devant ma table sans me regarder et se posta devant toute la classe.

À quoi ça sert, un ring de boxe ? Tu enjambes la corde de velours. Tu te défais de ton peignoir d'un petit mouvement d'épaule. Tu ne peux pas te plaindre de te prendre des coups. À quoi t'attendais-tu, pourrions-nous dire, en montant sur ce ring, les mains gantées comme ça ? Quand tu as entendu le gong ? Si tu te fais tabasser dans la rue, bim-boum, par un inconnu en short de satin ? D'accord, pourrions-nous dire, c'est pas ta faute. Ou peut-être qu'on apportera un rouleau de corde de velours, pour t'envelopper dedans, afin que quand tu te réveilles, tabassé, en colère, on puisse te dire à quoi ça sert, un ring de boxe.

Je ne saisis pas complètement où elle voulait en venir, mais je compris que c'était un bon texte. Elle avait l'air d'être bien, en le lisant. Confiante, hautaine. Je la détestai. Elle ne m'avait pas regardé de toute la semaine. Elle repassa devant ma table, et ne me regarda toujours pas.

Dave fit une fête ce vendredi-là. Nous fûmes les seuls à venir. Nous nous installâmes tous dans sa cave et nous nous enivrâmes, sauf Richard, que nous n'avions toujours pas revu. Nous passâmes la nuit sur place, allongés sur le sol. Je n'arrivais pas à m'endormir, alors je me levai et bus les deux dernières bières tout seul. Je regardai par la baie vitrée qui donnait sur la terrasse de chez Dave. Il y avait un projecteur de jardin allumé, et je regardai les papillons de nuit voleter autour.

Le lendemain matin, nous sortîmes prendre des bagels œuf-fromage. Lorsque nous arrivâmes à la boutique de bagels, il y avait un groupe de filles du lycée privé. Elles durent nous voir avant que nous les voyions. Elles étaient assises là, en silence, à nous observer. Nous nous dîmes que nous ferions sans doute mieux de partir, mais aucun de nous n'en prit l'initiative. Les filles se levèrent toutes ensemble. J'en entendis une compter *Deux, trois*, puis elles crièrent *Violeurs !* à l'unisson. Nous battîmes en retraite, en essayant de faire comme si nous venions de décider d'aller ailleurs. Nous sortîmes sur le parking et restâmes assis sans rien dire dans ma voiture, chacun regardant par sa fenêtre, affamés, sans rien pour combattre notre gueule de bois. Au bout d'un long moment, Max dit, *Les salopes*.

Toute la semaine, je m'efforçai juste de ne pas trop y penser. Je m'efforçai de me concentrer sur mon jeu. Je me réveillais chaque jour de plus en plus tôt le matin de toute façon, alors j'allais sur le terrain et je courais deux fois plus longtemps que ce qu'on attendait de nous en période de repos. Il faisait noir, il faisait froid, et mon souffle formait des petits nuages devant moi quand je courais. J'arrivais en premier à la douche, et je laissais l'eau chaude couler sur moi, tout seul. Après les cours, je retournais courir. Quand je ne courais pas, je buvais. Alors je courais aussi longtemps que je pouvais, parce que je voulais bien jouer, et pour bien jouer, je ne devais pas boire trop. Alors je courais pendant des heures. Je courus plus que je n'avais jamais couru. J'essayais de ne pas trop penser à Haley pendant que je courais. Elle se trompait. Ce n'était pas paisible.

Richard se pointa chez moi un dimanche matin. Je me précipitai dans l'escalier pour lui ouvrir la porte parce que je ne voulais pas que ma mère se réveille. Je ne lui avais rien dit à propos de Richard et de Max. Je n'avais pas envie qu'elle apprenne ça de la bouche d'un flic.

Mais ce n'était que Richard. Je ne l'avais pas revu depuis le mardi midi, au déjeuner. Il avait les mains croisées derrière la nuque, comme s'il s'étirait. Il semblait fatigué. Il avait plein de boutons d'acné sur le menton, et il avait laissé quelques petites touffes de poils en se rasant. Le pauvre, pensai-je.

Nous descendîmes à la cave pour jouer à des jeux vidéo. Nous avions tous les deux envie de ne penser à rien pendant un petit moment. Mais lorsque j'allumai la console, Richard me dit, *Attends.*

Il était à genoux, il regardait par terre. La musique du jeu tournait en boucle ; derrière lui, l'écran nous demandait de choisir entre un joueur ou deux joueurs.

Nick, on a tout inventé.

Tout quoi ?

L'histoire avec la fille.

L'histoire avec la fille ?

Arrête, Nick. Tu sais de quoi je parle quand je dis l'histoire avec la fille, putain.

Richard ne m'avait jamais parlé comme ça. Je me rappelai ce que le coach avait dit : quoi qu'il arrive, nous ne pouvions pas nous retourner les uns contre les autres, nous ne nous en sortirions qu'en restant solidaires. Alors je ne dis rien.

La fille du privé. Tout ce qu'on a fait, c'est la ramener chez elle.

On l'a pas touchée, on l'a pas doigtée, on a jamais juté sur ses nichons.

Je croyais que tu avais dit que tu lui avais juté sur le ventre.

Ouais, ça non plus. Je te dis, il ne s'est rien passé.

La musique de la console vidéo me rendait fou. J'attrapai la manette. Je sélectionnai deux joueurs. Richard prit l'autre manette. Nous commençâmes à jouer. J'essayais de réfléchir. Pour l'essentiel, j'étais juste sous le choc parce que je me rendais compte que je n'avais jamais réellement entendu Richard dire ça. J'avais entendu l'histoire de la bouche d'Alan, de la bouche de Dave. Quand Richard avait prononcé le verbe *doigter*, on aurait dit qu'il parlait comme M. Kaminsky ou quelqu'un d'autre dans le genre, comme si ça le dégoûtait. Je me demandai de nouveau si Richard n'était pas gay.

Raconte-moi tout, finis-je par dire.

J'étais content de pouvoir regarder l'écran pendant qu'il parlait. *Max était sur la banquette arrière, à peu près autant dans les vapes qu'elle. Je ne l'ai même pas vu ne serait-ce que passer son bras sous ses épaules. Elle était plus consciente que lui, en fait. Elle m'a dit où elle habitait. Après, le temps qu'on arrive chez elle, Max a refait surface, et elle, elle était à peu près complètement dans les vapes. On est allés direct de la fête à chez elle. Dix minutes. Je l'ai jamais touchée.*

Mais tu l'as soutenue dans l'allée de son jardin.

Oui, mais c'est tout.

Mais vous, vous avez mis, je sais pas, peut-être une heure avant de revenir.

Après, on est allés sur le parking de Giant, pour que Max puisse fumer. Puis il a passé quelque chose comme une heure à essayer de persuader cette espèce de cochonne de serveuse du 7-Eleven de fermer sa boutique et de l'emmener sur le toit.

Richard était en train de broyer sa manette. Les aliens trépassaient dans des gerbes de sang. *Ce qu'elle n'a pas fait. Je crois pas que Max sorte avec la moitié des filles qu'il nous dit.*

Bon, mais le coup du PQ ? T'as dit qu'elle avait un bout de PQ coincé dans la touffe.

Parce qu'après, au Denny's, Max s'est mis à me chier dessus. Comme il le fait toujours. Son joueur était mort. Je me dis qu'il n'y avait pas que Max, qu'on chambrait tous beaucoup Richard, mais c'était seulement parce qu'il ne sortait jamais avec personne. Je continuai à jouer. Richard continua à parler. *Alors je suis entré dans son jeu : Ouais, j'ai garé la voiture. Ouais, je suis passé sur la banquette arrière. Ouais, on est des vraies stars du porno.* Richard secoua la tête. *Je pensais pas que ça tournerait comme ça.*

Mon joueur mourut et je laissai la partie en plan pendant une minute, avec le cadavre de mon joueur mort gisant à terre sous les mots GAME OVER. Je regardai Richard. L'instant me semblait important. *Je te crois*, dis-je. Et c'était vrai.

Richard secouait la tête. Il ne disait rien. Il était chamboulé, je le voyais bien. Mais moi, pour être honnête, je commençais à me sentir mieux. Et pas seulement parce que ça voulait dire que Richard n'était pas devant moi, que je n'étais pas le seul gars de l'équipe à être encore puceau. Mais parce que c'était à moi qu'il avait confié ça. De nous tous, j'étais celui vers qui il était venu. J'étais celui à qui il faisait confiance.

Nous étions les plus vieux amis l'un de l'autre. J'avais l'impression de comprendre pour la première fois l'importance de ce fait. J'avais laissé mes propres conneries interférer dans notre relation. Mais nous étions *amis*. C'était tout ce qui comptait. Pas les filles et les soirées. La loyauté. Quand votre ami est dans la merde, c'est votre job de le soutenir. C'était ça qui comptait.

Je dis, *Je voudrais pas avoir l'air de sortir un cliché, mais je crois qu'on aurait bien besoin d'un verre.*

On est dimanche matin.

Qu'est-ce que ça peut te faire, t'es juif, non ?

Richard me suivit à l'étage. Mon père était à l'église, et ma mère dormait encore. Elle avait travaillé toute la nuit à l'hôpital et était sûrement dans sa chambre avec les stores fermés et ses boules Quies dans les oreilles. Nous allâmes à la cuisine, vidâmes l'eau de nos gourdes et les remplîmes de vin blanc à un cubi posé dans le frigo. C'était ma ruse depuis quelque temps. Mes parents ne buvaient ni bière ni alcool fort. Quand je pouvais mettre la main sur une bouteille de vodka, je la cachais au sous-sol, dans une boîte sur laquelle était écrit le mot IMPÔTS et que mes parents n'ouvraient jamais. Mais quand j'étais à sec, j'allais à la cuisine et je me versais du vin blanc du cubi dans ma gourde. Richard était la première personne à qui je confiais ce secret – je suppose qu'à ma manière, je voulais lui montrer que nous pouvions nous faire confiance.

Le vin avait goût de métal, surtout au début, mais je trouvais que c'était une bonne façon de s'enivrer. C'était mieux que la vodka, pour dormir. Ça vous faisait somnoler. Et il y avait toujours un cubi dans le frigo. C'était comme une inépuisable fontaine à bibine. En remplissant ma gourde, j'essayai de demander, l'air de rien, *Bon, et donc le coup du bout de PQ collé. Tu crois que ça peut vraiment arriver ?*

Richard me regarda.

T'as dit qu'elle avait un bout de…

Non, elle avait pas… ou du moins, moi, j'ai rien vu.

Je sais, je te crois. Mais d'où t'es venue cette idée ?

J'ai dû voir ça dans un porno, je sais pas.

J'ai eu un genre de rire et j'ai secoué la tête. *Putain, c'est dégoûtant*, dis-je. *J'espérais bien que cette partie-là soit inventée.*

Puis nous rîmes tous les deux, et je cessai de faire attention à la quantité de vin que je tirais dans ma gourde. Puis Richard mit la sienne sous le robinet. Il ne m'était jamais venu à l'idée que cette outre de vin en carton finirait un jour par se vider, mais le débit se réduisait maintenant à un gros goutte-à-goutte.

J'étais sur le point de faire une blague – l'angoisse de la performance ? – mais ça ne semblait pas être le bon moment, alors je dis plutôt, *Incline le cubi en avant*. Ma mère inclinait toujours le cubi en avant quand l'outre commençait à se vider.

Nous redescendîmes au sous-sol et nous nous remîmes à jouer. *OK*, dis-je. *On va trouver une solution.*

Merci. Il but une petite gorgée, puis il fit la grimace. *Ce vin est dégueulasse.*

Je sais. Mais je te promets qu'il saoule de façon sympa. Attends un peu, tu verras. Je pris une longue gorgée à ma gourde pour lui montrer l'exemple. Je sentis la bouffée d'excitation que ça déclenchait à chaque fois à l'intérieur de ma poitrine.

Le truc que je comprends pas, c'est pourquoi elle a tenté de se suicider, dis-je.

Je sais. À croire qu'elle est bipolaire ou je sais pas quoi. On cherche pas à se suicider juste parce qu'on se fait chambrer, normalement. C'est pas comme si on avait douze ans.

Ce que je veux dire, c'est pourquoi est-ce qu'elle laisse les gens la chambrer, pourquoi elle leur dit pas qu'il ne s'est rien passé ? Nous jouâmes une minute.

Puis Richard dit, *Elle était dans les vapes. Elle croit peut-être que ça s'est passé.*

Je secouai la tête. *Les filles savent ça. J'en suis sûr.*

Le joueur de Richard mourut encore. Il n'était pas bon à ce jeu. Il jeta sa manette sur la moquette. *Les gens vont jamais arrêter d'en parler. Je regrette vraiment qu'on ait lancé cette rumeur à la con.*

C'est là que je compris.

Attends. Je laissai tomber ma manette sous le coup de l'excitation. Mon joueur mourut dans une gerbe de sang. Je m'en fichais. J'avais la tête qui tournait. Je me levai, comme les avocats se lèvent à la télé. J'avais trouvé la putain de solution. Et j'allais tous nous sortir de ce merdier. Tous autant que nous étions.

C'est qu'une rumeur ! dis-je. *Et qui l'a répandue ?*

Richard me fixait d'un air interloqué. *Tout le monde*, dit-il.

Non, bite de chatte, dis-je. *C'est Haley. Elle était là, au Denny's. Elle était super en colère contre nous, tu te souviens ?*

Richard hocha lentement la tête.

Elle était tellement en colère contre nous qu'elle est allée raconter l'histoire à tout le monde. C'est sûrement elle qui a répandu la rumeur. C'était pas nous, hein ? C'est sa faute.

Mais tu l'aimes bien, Haley, dit Richard.

Je fis non de la tête. *Elle est pas comme je croyais.* Je pris une longue gorgée à ma gourde. *Richard, mon vieil ami, je sais ce qu'il faut qu'on fasse.*

Lorsque les flics vinrent enfin nous parler, nous leur dîmes ce que nous savions être vrai. La fille du lycée privé en pinçait pour Max. Elle s'était enivrée – très tôt dans la soirée, qui plus est. Elle avait dansé seule au milieu du salon. Elle buvait toujours trop. On avait entendu dire qu'elle était bipolaire. Richard leur avait proposé, à elle et à Max, de les raccompagner chez eux. Ils avaient bien agi, et l'avaient déposée chez elle, en sécurité.

Nous leur dîmes que nous nous étions ensuite retrouvés au Denny's, comme à chaque fois. Et que nous avions chambré Max à propos de cette histoire parce que la fille en pinçait pour lui. Nous leur dîmes qu'Haley avait mal interprété la chose. *Elle fume beaucoup*, dîmes-nous. Nous l'avions vue fumer plus tôt dans la soirée. Elle a pété un câble en entendant Max nous raconter qu'il avait raccompagné cette fille chez elle. On a dit à Haley qu'il ne s'était rien passé dans la voiture. Ce n'était pas que nous pensions qu'Haley était allée raconter des mensonges, pas forcément. Mais elle n'était pas cent pour cent fiable. Après tout, elle était la seule fille au Denny's, ce soir-là. C'était le genre de fille qui nous suivait partout. On l'aimait bien, mais en réalité, quand on y pensait, c'était un peu bizarre… elle avait l'air d'être en quête d'attention, voyez ? En étant la seule fille qui traînait comme ça avec tous ces mecs. Sur le moment, avant que ça dégénère, on n'avait rien dit. On ne voulait pas lui créer des ennuis. Mais maintenant, ça avait complètement dégénéré. On trouvait qu'il était temps qu'elle assume.

Ils nous interrogèrent séparément, comme font les flics à la télé, pour essayer de nous coincer. Mais nous la jouâmes cool. Nous racontâmes la même histoire, encore et encore et encore. Plus nous parlions, plus ça devenait vrai. Et bientôt, tout le monde connut aussi la vérité. Avant même que les flics ne lâchent l'affaire, tout le monde avait entendu dire que la fille était bipolaire, et tout le monde savait que c'était pour ça qu'elle prenait tous ces cachets. C'était vraiment très triste, nous en convenions tous.

Mais ce qui était encore plus triste, c'était que quelqu'un puisse être à ce point en demande d'attention qu'il se mette à balancer des trucs comme ça, comme Haley avait fait, à répandre des rumeurs tellement blessantes. Personnellement, je ne pensais pas qu'elle l'avait fait pour avoir de l'attention ; elle était juste en colère contre nous, elle voulait se venger de quelque chose contre nous. Mais la version de la quête d'attention fut celle que tout le monde répéta. Les gens se liguèrent vraiment contre elle pour ça. J'entendais des gens le dire, et quand elle entrait dans une classe, quelqu'un disait, *La pute qui veut de l'attention*, et quand je passais devant son casier, je voyais que c'était écrit aussi au gros feutre noir, *pute*, et je trouvais ça un peu raide, mais je commençais à comprendre comment le monde marchait. Et de toute façon, c'était la faute d'Haley. C'était elle qui avait lancé cette dispute avec Max. Elle qui l'avait poussé à bout.

Bizarrement, dans tout ça, Haley semblait bien s'en sortir. Elle gagna le championnat de l'État, elle était la plus rapide de l'État sur deux cents mètres. En classe, elle s'asseyait au premier rang et ne me regardait jamais. Elle parvint même à faire publier son poème sur le ring de boxe dans je ne sais quelle revue. Mme Lomax nous l'annonça fièrement en cours. Mais ça m'était égal. On était alors en mars, et notre premier match à élimination directe approchait, et c'était à ça que je pensais vraiment.

Nous n'en reparlâmes jamais vraiment. Je n'eus pas ma bourse, mais je fus admis à l'Université du Maryland, et j'en étais content. Je pouvais aller passer les sélections pour entrer dans l'équipe. Et c'était mieux comme ça, parce que ça me pousserait à travailler dur pendant l'été, pour être au top de ma forme, et là je leur montrerais que je valais quelque chose, que je pouvais faire partie de quelque chose.

Richard fut admis à la Naval Academy. Nous lui dîmes qu'il n'allait plus jamais avoir la moindre chance de boire, qu'il n'allait plus jamais s'amuser, et que maintenant c'était certain, jamais il ne niquerait. Dorénavant, pour lui, tout serait militaire. Et puis quelques semaines plus tard, il nous dit qu'il avait un truc à nous annoncer. Il était admis à Princeton.

Nous ne savions même pas qu'il y avait postulé.

Ça a foutu mon père en rogne, dit Richard. Son père avait fait la Marine. Il avait promis une voiture à Richard s'il allait à la Naval Academy. Mais Richard ne voulait pas entrer dans l'armée. Il allait à Princeton.

Princeton, dîmes-nous, en secouant la tête. On n'y croyait pas.

Donc les choses tournèrent bien pour finir. Ham obtint une petite bourse pour aller à Georgia. Alan et Max allaient à l'Université du Maryland, eux aussi. Nous chambrâmes tous Richard à propos des trucs de fous qu'on allait faire sans lui. Nous lui dîmes qu'il pouvait toujours revenir faire la fête avec nous dans nos internats quand il en aurait marre de ces petites bites de chattes de bourges coincés. Princeton n'était pas si loin que ça.

Les choses avaient bien tourné. Nous avions traversé une épreuve ensemble, nous en convenions, et ça nous avait rendus plus forts.

Le jour où nous apprîmes que l'enquête allait être classée, le coach annula l'entraînement et nous invita tous chez lui. C'était un vendredi de fin février ensoleillé et froid. La porte d'entrée était ouverte, et il y avait un mot collé sur la contre-porte qui nous disait d'entrer et d'enlever nos chaussures. Le coach était sur la terrasse de derrière, avec son gros manteau, en train d'allumer un barbecue à gaz. Il y avait du soda dans le frigo, des chips et des Cheetos sur la table de la cuisine. Il nous dit de nous servir et de le retrouver au salon.

La femme du coach était dermatologue, et il avait une grande maison. Il y avait une grande fenêtre au-dessus de l'évier de la cuisine, et de là je pouvais voir le ponton, au bout du jardin en pente, où nous étions allés ce soir-là pendant notre année de seconde, juste après nous être fait bizuter, quand nous avions rejoint l'équipe. Nous n'étions jamais vraiment retournés sur ce ponton. C'était Matt Iglehart qui était copain avec le fils du coach, et quand Iglehart était parti à UVA, aucun de nous ne s'était senti le droit d'aller traîner là-bas. Mais là, dans la cuisine, je me souvins du bois patiné par les intempéries, de l'odeur de début d'automne, de la sensation que tout commençait. Et maintenant, j'étais dans la maison. Plus que toute autre chose, le fait de revenir ici, en tant qu'élèves de terminale invités de plein droit, nous faisait penser que les choses tourneraient bien.

Assis dans le salon, par terre ou sur le canapé, nous mangeâmes des burgers et des chips dans des assiettes en carton. Le coach se tenait debout devant la télé, qui diffusait silencieusement un match de billard professionnel.

Mon pote m'a appelé personnellement hier soir pour me dire qu'ils laissent définitivement tomber l'enquête. C'est fini. Il se pencha et attrapa un sac de courses en plastique posé par terre devant lui. Le sac à la main, il avait l'air d'être presque sur le point de pleurer. Il dit, *Je suis fier de vous, les gars. Vous avez été grands.*

Puis il nous regarda tous à tour de rôle. Nous nous souvenions des discours qu'il avait pu nous faire par le passé. Quand nous avions souri d'un air narquois, ou quand nous avions feint de ne pas l'écouter. Là, nous le regardions tous avec sérieux, et beaucoup de respect. *Vous vous êtes comportés comme des hommes*, dit-il, et nous savions qu'il le pensait.

Mais il se trouve que vous êtes aussi des petits garçons, dit-il.

Nous rîmes et nous nous regardâmes les uns les autres avec un peu d'angoisse. Nous n'étions pas des petits garçons. Bien sûr que non. Le coach ne faisait que détendre l'atmosphère. Puis il expliqua : *Au cours de certaines des conversations que j'ai eues avec chacun d'entre vous au sujet de ces rumeurs, je me suis rendu compte que vous n'avez encore pas tous eu droit à la leçon sur les abeilles et les petits oiseaux.*

Ceux d'entre nous qui se trouvaient le plus près de lui virent que le sac de courses était rempli de capotes. Nous rîmes. Nous nous retournâmes pour le dire aux autres derrière nous. Bientôt, nous rîmes tous.

Messieurs, dit le coach en levant une main pour faire taire nos rires, mais en souriant, aussi. *Ça aurait été déplacé de vous donner ces trucs tant que l'enquête était en cours. Mais maintenant. Vous allez tous reprendre vos soirées… tant que vous gagnez tous vos matchs.* Nous rîmes. Bien sûr qu'on allait gagner tous nos matchs.

Je sais que vous avez beaucoup appris. À partir de maintenant, vous serez bien prudents, pas vrai ? Parce qu'il y a des cadeaux que les filles peuvent vous donner et que vous ne pouvez pas rendre. Je vous parle de l'herpès. Je vous parle des bébés. Alors, messieurs, et maintenant le coach gloussait, et nous riions tous, *n'oubliez pas de mettre ces trucs !* Il plongea la main dans le sac et se mit à nous jeter des capotes. À pleines poignées, comme des confettis. Nous les attrapâmes en riant. Pour plaisanter, nous dîmes qu'il nous en fallait plus ; et des plus grandes. Nous nous remplîmes les poches de capotes.

Puis nous nous mîmes à quatre pattes et fouillâmes partout, par terre, sous les coussins du canapé, pour être sûrs de les avoir toutes prises. Nous disions en riant que nous allions avoir besoin de chacune d'elles. Mais nous devions aussi nous assurer que la femme du coach n'en trouve pas une plus tard et se fasse de fausses idées. Le coach n'avait plus de fils à la maison sur qui faire porter la responsabilité d'une capote qui traîne. Nous étions encore en train de rire. Nous riions et riions. Nous riions en imaginant le coach essayer d'expliquer à sa femme le pourquoi de cette capote trouvée sous les coussins du canapé ; nous riions de toutes les petites causes stupides qui pouvaient engendrer un malentendu.

DEUXIÈME PARTIE

La fille, dernière version

2000

BROUILLON N°1

Pour cette rédaction de candidature à l'université, je suis censée écrire à propos d'une "expérience importante" qui a "eu un impact" sur moi. Mais je ne suis *pas* censée écrire à propos du jour où je me suis fait violer. Et… c'est ce que je viens de faire. Zut.

BROUILLON N°2

Pour cette rédaction de candidature à l'université, je suis censée écrire à propos d'une "expérience importante" qui a “eu un impact” sur moi. Je ne sais pas ce que ça peut vouloir dire. Mme McConnolly, ma tutrice, me dit qu’il ne faut pas que je m’inquiète trop, que l’intitulé du sujet n’est pas très important.

Bon sang, comment peut-on écrire une bonne rédaction à partir d’une question qui est sans importance ?

Ça me rappelle un peu la façon qu’on a tous de dire “Comment tu vas ?” sans vraiment le penser. Les gens me demandent sans cesse comment je vais, mais en réalité ils ne veulent pas le savoir. Sans doute parce qu’ils soupçonnent que je ne vais pas si bien que ça, après mon accident. Accident à propos duquel – la bonne blague – je ne suis pas non plus censée écrire.

BROUILLON N°3

Pour cette rédaction de candidature à l’université, je suis censée écrire à propos d’une “expérience importante” qui a “eu un impact” sur moi. Mme McConnolly, ma tutrice, m’a conseillé de simplement me mettre à écrire et de voir ce qui sort.

Donc : Sauce ranch et fromage suisse. Michael Stipe. Gribouillis. Pétage de plomb. Hang Ten*. Panne de courant. Coup de sifflet final. Appel au secours.

Game over. Essaie encore.

BROUILLON N°4

Pour cette rédaction de candidature à l’université, je suis censée écrire à propos d’une “expérience importante” qui a “eu un impact” sur moi.

Pour m’aider à trouver un bon sujet, ma mère m'a acheté un recueil d’exemples de rédactions de candidature dont je pourrais m’inspirer. Elles étaient toutes affffreusement nulles.

Dans l’une d’elles, un mec qui veut devenir ingénieur

* Marque californienne de vêtements et de matériel de surf.

raconte la fois où il a démonté le micro-ondes familial. Dans une autre, la fille déroule l'étymologie d'un paquet de mots qui ont eu de l'importance dans sa vie, parce qu'elle éprouve vraiment un *intérêt* profond pour les mots et qu'elle vise un cursus en lettres modernes. Dans la pire de toutes ces rédactions, une autre fille parle de la fois où sa mère l'a emmenée dans une sortie de shopping très, très, très spéciale pour acheter des chaussures.

Toutes m'ont donné l'impression d'être un monstre.

BROUILLON N°4,5

Pour cette rédaction de candidature à l'université, je suis censée écrire à propos d'une "expérience importante" qui a "eu un impact" sur moi. Un bon exemple en est la fois où j'ai démonté le micro-ondes familial. L'impact en fut qu'il explosa. Fin.

BROUILLON N°4,75

Pour cette rédaction de candidature à l'université, je suis censée écrire à propos d'une "expérience importante" qui a "eu un impact" sur moi.

Je trouve le mot "impact" vraiment *intéressant*. Je l'ai cherché dans le thésaurus parce que c'est plus *intéressant* que de commencer une rédaction en s'appuyant sur une définition du dictionnaire. Les synonymes d'impact sont : 1) effet, influence, conséquences. OU, 2) collision, heurt, choc.

Il est *intéressant* de considérer en quoi cette deuxième catégorie s'applique à ma vie.

Voici donc une brève liste de quelques chocs et collisions que j'ai connus dans ma vie. Quand j'avais huit ans, Gretchen Langeloth m'a fait tomber de la balançoire. L'impact en fut deux os du coude fracturés au contact du sol. Mon plâtre était rose vif. Le lendemain, tout le monde voulait être ami avec moi. À la fin de la récréation, il n'y avait plus de rose sur mon plâtre, tout était recouvert de signatures au marqueur. Ce fut la dernière fois de ma vie que j'éprouvai le sentiment d'être populaire.

Quand j'avais dix ans, j'étais la seule fille de l'équipe de base-ball, et un jour j'ai réussi à frapper la balle et à l'envoyer assez loin pour courir jusqu'à la deuxième base. L'impact en fut que mon cœur explosa. (Depuis lors, mes sentiments sont fracassés en mille morceaux.)

Quand j'avais douze ans, en colonie de vacances, je me suis discrètement éclipsée de ma couchette pour m'en aller traverser le lac à la nage. Comme mon amie Madeleine s'était défilée, il y avait deux garçons qui m'attendaient de l'autre côté. Alors, ce soir-là, j'ai eu mon premier *et* mon second baiser. L'impact en fut la collision de nos lèvres. Le premier garçon, notamment, embrassait vraiment trop fort.

Quand j'avais quatorze ans, on a trouvé un tueur en série dans le quartier d'à côté. On l'a trouvé parce que sa femme était dans une benne à ordures, découpée en quinze morceaux. Je ne voyais pas à quels endroits on pouvait découper un corps pour en faire quinze morceaux. Le mari déclara à la police qu'un cambrioleur s'était introduit dans la maison et l'avait kidnappée. Plus tard, la police découvrit qu'il avait raconté la même histoire dans un autre État, à propos d'une autre épouse découpée en morceaux. Après ça, j'ai essayé d'être lesbienne, mais je n'ai pas réussi. Je continuais à courir après les garçons, et puis après, quand j'avais seize ans, deux garçons ont abusé de moi à l'arrière d'une voiture au retour d'une soirée, et au lycée, tout le monde l'a appris, et tout le monde s'est montré si méchant envers moi que j'eus tout simplement envie de mourir. Un mois plus tard, j'ai eu un accident dans lequel j'ai failli mourir pour de bon. Dans un cas comme dans l'autre, j'avais bu beaucoup de vodka, et j'étais inconsciente. Donc en réalité je ne sais rien de leur impact.

Si un arbre tombe dans une forêt et que vous êtes inconscient, est-ce qu'il a un impact ?

J'imagine que l'impact, ce fut ces boulettes de papier toilette mouillé que Tonya Simpson avait pris l'habitude de lancer sur moi quand elle me croisait dans le couloir, quand j'allais encore au lycée. Elles se collaient sur les portes des casiers au-dessus de ma tête en faisant *choc, choc, choc*, ou, plus précisément, *schlop* (je l'ai pas fait exprès, disait-elle lorsque l'une d'elles me frappait au visage). J'imagine que l'impact, ce fut mon père en train de briser la fenêtre de la voiture sur le siège conducteur de laquelle je m'étais assise après avoir pris une surdose de paracétamol (c'était un accident, dit-il, c'était un accident).

BROUILLON N°4,9999

Pour cette rédaction de candidature à l'université, je suis censée écrire à propos d'une "expérience importante" qui a "eu un impact" sur moi.

Mais au fait, ça veut dire quoi, "important" ?

Mon thésaurus dit : Considérable. Remarquable. Substantiel.

Substantiel est un mot étrange. Il devrait signifier "plein

de substance", vu que d'ordinaire, les mots qui se terminent en "–iel" désignent des choses qui sont remplies d'elles-mêmes. Comme : Caractériel, plein de caractère. Ou sandwichiel, plein de sandwichs.

Aliciel signifie plein d'Alice. Et qu'est-ce que ça veut dire, que d'être plein d'Alice ?

Ça veut dire que vous avez des cheveux bruns lisses et ternes qui ne sont présentables que si vous faites un brushing. Ça veut dire que la plupart du temps vous portez une queue-de-cheval et que vous avez des mèches qui se détachent, retombent sur vos oreilles, et vous donnent l'air de porter un drôle de chapeau de pèlerin.

Ça veut dire que vous êtes plutôt bonne en physique, mais que ce que vous aimez vraiment, c'est l'écriture. Ça veut dire que vous voulez être journaliste quand vous serez grande.

Ça veut dire que votre but est d'être admise à l'Université de Virginie. Votre mère vous a emmenée la visiter et vous avez vu des gens lire Joan Didion allongés sur des plaids au soleil, et ces gens avaient l'air de pouvoir être vos amis.

Ça veut dire que vous avez travaillé sacrément dur toute cette année, aussi dur que personne ait jamais travaillé. Vous aviez abandonné le lycée, mais vous y êtes retournée et vous avez fini votre année de première, et vous avez fait un stage à l'université d'été de votre fac publique locale, et vous avez même amélioré votre GPA*. Vous travaillez dur pour préparer votre GED**. Vous êtes en train de prouver que vous êtes prête pour UVA***. Vous maîtrisez tous les acronymes.

A.L.I.C.I.E.L. : Artistique Lumineuse Intelligente Créative Impeccable Élégante Lauréate

Ça veut dire que votre prof de théâtre de CM2 vous donne le rôle de Grizabella dans *Cats*, mais c'est une autre fille qui vient sur scène chanter *Memory* à votre place

* Grade Point Average.

** Test of General Education Development : diplôme d'équivalence d'examen de fin de lycée.

*** Université de Virginie.

parce que vous chantez mal. Ça veut dire que votre animal totem est le loup. Ça veut dire que vous adorez les films d'horreur.

Ça vous paraît étrange ? C'est pourtant vrai. J'adore vraiment les films d'horreur. Mon préféré, c'est *Le Silence des agneaux*, mais je suis prête à regarder n'importe quel film d'horreur, et sans jamais fermer les yeux. J'ai vu tous les plus terrifiants, comme *Se7en*, et *Shining*, et *Le Projet Blair Witch*, et même les vraiment mauvais, comme *Massacre à la tronçonneuse*. Le pire que j'aie jamais vu, c'est *La Dernière Maison sur la gauche*, qui est tout simplement *affreux*. On pourrait croire que c'est étrange de ma part d'avoir regardé ce film, vu que c'est un film de vengeance suite à un viol. Mais ce sont mes amis du groupe Filles-Fans d'Horreur qui m'ont convaincue de le regarder, et ce sont toutes des survivantes d'agressions sexuelles, alors je me suis dit…

Oh, attendez. D'accord, je recommence.

BROUILLON N°5

Pour cette rédaction de candidature à l'université, je suis censée écrire à propos d'une "expérience importante" qui a "eu un impact" sur moi. Une des expériences importantes de ma vie a été de regarder *Le Silence des agneaux*. C'était la première fois que je regardais un film d'horreur. L'impact que cette expérience a eu sur moi est que, maintenant, j'adore les films d'horreur.

Ce que j'aime dans *Le Silence des agneaux*, c'est que ce film nous présente une femme forte, et non une femme qui passe son temps à s'enfuir en courant – des tas de films d'horreur ne font que nous présenter des femmes qui s'enfuient en courant (et qui finissent quand même mal).

J'aime le fait que lorsqu'on découvre Jodie Foster, elle est en train de faire son jogging seule dans les bois. Elle est comme toutes les femmes des films d'horreur – elle court, elle court, elle court – mais on comprend tout de suite qu'elle n'est pas en train d'essayer de fuir un meurtrier ou quoi que ce soit dans le genre. Elle fait une course d'obstacles ; elle s'entraîne.

Plus tard, on comprend que la chose qu'elle fuit se trouve en elle.

Jodie Foster n'a pas peur de Buffalo Bill, le tueur en série en cavale. C'est *lui* qui a peur d'*elle*. Elle est son monstre *à lui*. (En fait, j'ai de la peine pour Buffalo Bill. Le film est plutôt méchant avec lui. La caméra l'espionne dans sa chambre. On comprend plus ou moins qu'il se faisait salement harceler à l'école.) Jodie Foster n'a pas non plus peur d'Hannibal le Cannibale, soigneusement maintenu derrière les barreaux. Ce dont elle a peur, c'est du Dr Lecter, le psychiatre. Et peu importe qu'il soit derrière une vitre épaisse et qu'il ne puisse pas physiquement lui faire de mal. Le terrifiant gît en Jodie Foster, et le Dr Lecter, brillant psychanalyste qu'il est, possède la clé pour le libérer juste en parlant avec elle. Je pourrais continuer – je pourrais consacrer toute cette rédaction à restituer l'intrigue du *Silence des agneaux* en analysant sa signification. Au cours de l'année écoulée, j'ai vu ce film au moins une fois par semaine. Je pourrais sans doute en reproduire le script entier de mémoire ! Mais il s'agit d'une rédaction de candidature à l'université, pas d'un message à un groupe de filles fans de films d'horreur. Alors ce que je vais faire, c'est que je vais vous dire ce que ça fait que d'être Jodie Foster.

Comme Jodie Foster, j'ai travaillé très dur pour obtenir ce que je veux. Je n'ai pas grandi dans un ranch et je n'ai jamais été traumatisée par l'abattage printanier des animaux de la ferme. Mais j'aspire réellement à m'enfuir de l'endroit où j'ai grandi. Et j'ai de vraies grandes ambitions : je veux être journaliste. Et je suis prête à travailler dur pour ça. Comme Jodie Foster, je suis déterminée, et comme Jodie Foster, je n'ai pas peur des tueurs en série. Ce dont j'ai peur, c'est de ne pas être à la hauteur.

Alice Lovett

30/09/2000

566 mots

On aimerait que vous développiez un peu votre point de vue sur le sexisme.

RÉDACTION DE CANDIDATURE À L'UNIVERSITÉ

PREMIÈRE VERSION

Une des expériences importantes de ma vie a été de regarder *Le Silence des agneaux*. C'était la première fois que je regardais un film d'horreur. L'impact que cette expérience a eu sur moi est que, maintenant, j'adore les films d'horreur. Intro un peu faiblarde. Ouvrir "in medias res" ?

Pourquoi est-ce que j'adore *Le Silence des agneaux* ? Il y a beaucoup de raisons, mais la raison principale est que ce film nous montre une femme forte et puissante. Dans la plupart des films d'horreur, les femmes ne font que s'enfuir, constamment. *Le Silence des agneaux* remet d'emblée ce cliché en question. Lorsque nous découvrons Clarice Starling (jouée par Jodie Foster), elle est en train de courir dans la forêt. Mais on voit tout de suite qu'elle n'est pas en train d'essayer d'échapper à un meurtre ou quoi que ce soit de semblable. Elle est juste en train de faire une course d'obstacles, et c'est une femme puissante. Et pourtant, on lit sur son visage qu'elle fuit bel et bien *quelque chose*. Une chose qu'elle porte en elle.

Puis on lui donne pour mission d'aller parler avec Hannibal Lecter, et l'on comprend que Clarice va devoir se confronter à cette chose.

Tout le monde connaît Hannibal Lecter, qu'on ait vu le film ou non. Dites "Hannibal le Cannibale", et à peu près n'importe qui vous répondra, "Ah, ouais, le gars qui mâche des visages et qui aime les fèves au beurre." Mais ce que beaucoup de gens ignorent à propos d'Hannibal Lecter, c'est que, pour Clarice elle-même, il est le monstre parfait. Il est sa plus grande peur *à elle*. Elle n'a pas peur de Buffalo Bill, le tueur en série (en réalité, c'est *lui* qui a peur d'*elle* ;

elle est son monstre *à lui*). Elle n'a même pas peur d'Hannibal le Cannibale, qui est en prison. Ce dont elle a peur, c'est du Dr Lecter, psychiatre. Peu importe qu'il se trouve derrière une vitre ; l'effrayant se trouve à l'intérieur de Clarice, et pour le faire sortir, le Dr Lecter, en brillant psychanalyste qu'il est, n'a qu'à la faire parler.

Je suis étonnée d'apprendre que vous aimez les films d'horreur... Je veux savoir POURQUOI. Pouvez-vous approfondir votre réflexion ?

Je pourrais continuer – je pourrais consacrer toute cette rédaction à une analyse détaillée du *Silence des agneaux*. Je pourrais probablement restituer de mémoire le script entier. !! Au cours de l'année écoulée, j'ai regardé ce film au moins une fois par semaine. Mais je vais plutôt me concentrer sur ce qui est important, c'est-à-dire sur ce que cela fait d'être Clarice Starling, parce que je m'identifie beaucoup à elle.

C'est amusant, MAIS ça ne m'apprend rien de passionnant sur VOUS

Comme Clarice, j'ai vraiment travaillé dur, et je me suis beaucoup entraînée, pour atteindre un grand but. Je veux aller à l'Université de Virginie, et faire mes premiers pas sur le chemin qui me permettra de réaliser mon rêve, qui est d'être journaliste. Comme Clarice, je suis déterminée. Comme Clarice, je suis prête à travailler aussi dur qu'il le faudra. Et comme Clarice, je n'ai pas peur des meurtriers. J'ai peur d'une chose que je porte en moi.

Mais je pense être prête à l'affronter. Houlà ! Il faut qu'on parle.

J'ai presque l'impression qu'aller à UVA sera comme interroger Hannibal Lecter. À UVA, je rencontrerai de nouveaux amis et de nouveaux professeurs qui possèderont – comme Hannibal Lecter – la clé qui permettra aux monstres que j'ai en moi de sortir. Je crois que si je continue à travailler dur, je peux apprendre à me battre contre ces choses terrifiantes, et à les surmonter. Et je pourrai continuer à poursuivre mes rêves.

Alice, vous écrivez des choses vrmt puissantes. Votre rédaction sera formidable. MAIS il faut qu'on précise mieux la NATURE exacte de votre PROPOS.
Cette première version me donne l'impression de n'être qu'un premier échauffement. On va y réfléchir ensemble lors de notre prochain rendez-vous !
Mme MC

DEUXIÈME VERSION (A)

Les gens sont souvent étonnés quand je leur dis que j'aime les films d'horreur. Je suis une adolescente aux cheveux bruns tout lisses. Je ne suis pas une gothique ni quoi que ce soit du genre. Au premier abord, j'ai l'air vraiment normale. Mais je regarde au moins quatre films d'horreur par semaine. J'ai vu *Se7en* deux fois plus que ne le dit son titre.

Pourquoi est-ce que j'aime ces films ? C'est un peu comme dans les pubs pour les céréales Apple Jacks : JE LES AIME ET PUIS C'EST TOUT.

J'imagine qu'une des raisons doit être l'adrénaline. J'aime la sensation de tension et d'excitation qui m'envahit quand les premières images jaillissent sur l'écran. J'adore le suspense. C'est comme être en haut de la grande descente dans des montagnes russes. Et c'est aussi comme les montagnes russes quand ça s'arrête, quand on en sort, on se sent tellement en vie !

La plupart des gens veulent savoir ce que j'entends par films d'horreur. Est-ce que je parle des *slashers*, comme *Halloween* ? Ou même comme *Massacre à la tronçonneuse* ? Ma réponse est : je parle de *tous* les films d'horreur. Il fut un temps où je voulais même devenir cinéaste, spécialisée dans ce genre ; au collège, avec ma meilleure amie, et le caméscope de son père, nous nous sommes souvent amusées à faire comme ça des petits films d'horreur.

Ce n'est pas parce que ma vie ressemble à un film d'horreur. Même si c'est peut-être le cas ! Il nous arrive à tous de vilaines choses. Même un jour ordinaire, vous pouvez allumer votre télévision et voir un homme, qui habite dans le quartier à côté de chez vous, donner une interview parce qu'on a retrouvé le corps de sa femme, mutilé, dans une benne à ordures. Le monde est terrifiant. Je n'ai aucun mal à imaginer que Grippe-Sou, du film *Ça*, se cache sous le lavabo de ma salle de bains. Je n'ai aucun mal à imaginer un *Poltergeist* dans les murs de notre maison dans le genre de banlieue aseptisée où nous vivons. Je n'ai aucun mal à imaginer que nous sommes en pleine *Invasion des profanateurs de sépultures* ; j'ai parfois la nette impression que tous les gens qui m'entourent font partie d'un complot secret, et que je suis l'intruse étrange qui n'a pas reçu l'info.

DEUXIÈME VERSION (B)

J'ai parfois l'impression de vivre dans *L'Invasion des profanateurs de sépultures*. Quand j'ai vu ce film, au collège, je me suis dit : c'est exactement comme à l'école ! J'ai l'impression d'être la dernière survivante, le dernier être humain qui ne s'est pas encore fait tuer et remplacer par un avatar cybernétique.

Et j'ai un petit peu peur qu'écrire cette rédaction soit en train de m'endormir.

DEUXIÈME VERSION (C)

Shelley Duvall traverse la cuisine, s'assure que tout se passe bien dans l'hôtel Overlook, vérifie tous les appareils, inspecte tout. Remarquez bien que c'est *elle* qui fait le boulot de son *mari*. Jack Nicholson est la star de *Shining*, mais c'est en fait sa femme qui s'occupe de tout. C'est du sexisme !

Qu'ai-je donc à dire au sujet du sexisme ?

Je me sens un peu comme Jack, juste là. Assise à mon bureau, à essayer d'écrire. Ça fait de moi une bien morne jeune femme en colère.

DEUXIÈME VERSION (D)

Qu'ai-je envie que vous sachiez sur moi ? J'ai envie que vous sachiez que je veux aller à UVA. Mais pourquoi devrais-je aller à UVA ? À cela, je ne connais moi-même pas la réponse.

Dans un film d'horreur, quand quelqu'un ne connaît pas la réponse à une question, c'est en général que le moment est venu d'aller à la bibliothèque.

DEUXIÈME VERSION (E)

Morgan Freeman entre dans la Bibliothèque publique de New York. Il plaisante avec le gardien de nuit, un vieil ami à lui. Le gardien le laisse aller dans la salle de lecture, bien que la bibliothèque soit fermée. Morgan Freeman est l'inspecteur Somerset, et il est allé à la bibliothèque pour se renseigner sur les sept péchés capitaux, parce que Kevin

Spacey, le tueur en série, se sert de ces péchés comme d'un code.

Le film se passe dans une ville si noire, si lugubre, si violente, que la plupart des meurtres n'y sont pas signalés. Au début du film, Somerset a jeté l'éponge. Il n'a plus aucune envie d'aider qui que ce soit, et il s'apprête à quitter la ville. Le film nous offre un débat perpétuel entre lui et son successeur, Brad Pitt, sur la question de savoir s'il vaut mieux continuer à essayer, ou bien jeter l'éponge.

Le tueur en série complique leur débat, parce qu'en un certain sens, il est d'accord avec eux deux. D'un côté, Kevin Spacey est d'accord avec Morgan Freeman pour dire que le monde est perdu. Il commet ces meurtres particulièrement violents et théâtraux parce qu'il sait que le monde est tellement tordu que, sans cela, personne n'y prêterait attention. Mais d'un autre côté, il est comme Brad Pitt, en ce qu'il commet ces meurtres parce qu'il pense qu'ils secoueront les gens et les feront sortir de leur léthargie comme à coups de masse, parce qu'il pense qu'il peut changer les choses, parce qu'il pense qu'un changement est possible.

Quand j'étais au collège, ma meilleure amie et moi avions souvent de grandes discussions à propos de ce film. Nous l'avons regardé ensemble la première fois, et Haley était du côté de Brad Pitt. Elle pensait que le bien et le mal existent réellement, et que celles et ceux d'entre nous qui savent les distinguer doivent se battre contre les gens qui font le mal – elle pensait qu'il était possible de rendre le monde meilleur. Elle semblait si sûre de tout ça qu'à l'époque, elle m'avait convaincue. Mais aujourd'hui, j'ai grandi, j'ai vu d'autres choses… (et puis Haley et moi ne nous sommes pas vraiment parlé depuis la classe de troisième, et elle n'est donc plus là pour me convaincre du contraire)… et quoi qu'il en soit je comprends désormais que Somerset n'est pas vraiment en désaccord avec Brad Pitt. C'est juste qu'il a abandonné le combat.

C'est peut-être pour ça que je peine tant sur cette rédaction. Mme McConnolly dit que c'est bien de parler de cas où l'on surmonte l'adversité. Mais je ne pense pas qu'on puisse jamais vraiment surmonter l'adversité. Je pense qu'on peut au mieux comprendre comment la porter avec soi et poursuivre son chemin.

À la fin de *Se7en*, Morgan Freeman et Brad Pitt échangent leurs rôles. Brad Pitt, qui tue Kevin Spacey parce qu'il a tué sa femme, Gwyneth Paltrow (Colère !), a perdu tout espoir et a compris que le monde est un endroit mauvais. À la fin du film, Morgan Freeman reprend espoir. Il dit que le monde est un endroit mauvais, mais qu'il vaut la peine qu'on se batte pour lui. Je suis d'accord avec lui. Je crois. Mais il y a beaucoup de jours où je n'en sais toujours rien.

Dans ce film, quoi qu'il en soit, ma scène préférée est celle qui se passe dans la bibliothèque. C'est une scène magnifique, paisible et puissante, même si Somerset plonge dans ses recherches horribles sur l'enfer et les sept péchés capitaux. Pour moi, cette scène est la réponse à la question de la vie : Quand tout vous paraît excessif, allez à la bibliothèque. La meilleure façon d'affronter l'horreur, c'est l'étude.

C'est le personnage de Brad Pitt qui se rend dans l'appartement de Kevin Spacey et qui manque de l'arrêter, c'est lui qui le traque, et c'est lui qui le tue à la fin. C'est lui qui aspire à la justice. Mais c'est Morgan Freeman qui décrypte le code, qui comprend, grâce aux recherches qu'il fait à la bibliothèque. Son chemin est un chemin vers la compréhension du mal. Le comprenant, il apprend à vivre avec lui.

Est-ce que c'est nul si je dis que c'est pour ça que je veux aller à l'Université de Virginie ?

Il me reste encore une chose à dire, qui est que je pense que les films d'horreur peuvent créer du lien social. C'est peut-être là-dessus que j'ai envie d'écrire.

Je fais partie d'un groupe de filles qui se rencontrent sur un forum en ligne. Nous choisissons ensemble un film à regarder le samedi soir, puis nous tchattons en le regardant. Nous sommes toutes des survivantes d'agressions sexuelles. Il n'est pas vrai que toutes les survivantes sont fans de films d'horreurs ; il y a plein d'autres forums sur d'autres sujets. Nous sommes juste des fans d'horreur qui se sont bien trouvées.

Je pense que parler de films d'horreur est une échappatoire qui nous permet de parler de nos vrais sentiments. On atteint vite ses limites quand on parle de ses propres dégoûts, de ses propres angoisses, de sa propre culpabilité. Je préfère de loin parler de la question de savoir si oui ou non Morgan Freeman aurait pu empêcher Brad Pitt de tuer le tueur en série à la fin du film.

Alice Lovett

12/10/2000

618 mots

Ouvrez sur une phrase qui parle de VOUS !!

RÉDACTION DE CANDIDATURE À L'UNIVERSITÉ
DEUXIÈME VERSION

Morgan Freeman entre dans la Bibliothèque publique de New York. Il plaisante avec le gardien de nuit, un vieil ami à lui. Le gardien le laisse aller dans la salle de lecture, bien que la bibliothèque soit fermée, parce que Freeman est inspecteur de police. Il est venu en mission à la bibliothèque. Il doit arrêter un tueur en série qui a les sept péchés capitaux pour feuille de route.

Le film *Se7en* regorge de scènes de crimes horribles, sanguinolentes (il est intéressant de remarquer qu'il y a peu de scènes de violence effective !). Mais ce moment, au milieu du film, est un moment de pure beauté : une nuit à la bibliothèque, à lire et à apprendre.

Pas sûre de cette transition…

<u>C'est ce que j'espère trouver à l'Université de Virginie.</u>

Ah. D'accord.

Vous trouverez peut-être étrange que je vous parle dans un même souffle de mes rêves pour l'université et d'un film d'horreur. Les gens sont souvent surpris de savoir que j'aime les films d'horreur. Je suis une bonne élève, une fille normale aux cheveux bruns et lisses, je souris poliment. Mais je regarde quelque chose comme quatre films d'horreur par semaine. J'ai vu *Se7en* deux fois plus que ne le dit son titre. !

Une des raisons qui font que j'adore les films d'horreur est l'adrénaline. J'aime la sensation de tension et d'excitation qui m'envahit quand l'écran noir s'illumine brusquement de sa première image. J'aime ne pas savoir ce qui va arriver. C'est comme être en haut des montagnes russes. Et quand le film est fini, j'aime cette sensation que j'ai d'avoir affront~~er~~é le monstre moi-même, et de l'avoir vaincu. À la fin d'un film d'horreur, vous vous sentez vraiment en vie.

Mais la raison principale pour laquelle j'aime les films d'horreur est que je fais partie d'un groupe de filles qui nous rencontrons toutes sur un forum en ligne pour parler des films que nous aimons. J'aime partager des films avec mes amies. Nous choisissons ensemble les deux films que nous regarderons le samedi soir, et nous tchattons sur le forum tout en les regardant.

Ces amies du forum sont les premières amies que je me sois jamais faites sur la base d'un intérêt intellectuel commun. Avant, tous mes amis n'étaient que des gens de mon école avec qui nous étions forcés de vivre. La plupart de ces amis ne tenaient pas en cas de coup dur. Mes amies de l'horreur sont mes amies parce que nous partageons une même passion.

Leur amitié me donne un avant-goût de ce que je veux pour le reste de ma vie. Je rêve de devenir journaliste et écrivaine, et je veux travailler et passer mon temps avec des gens qui partagent mes passions. La plupart des gens de mon ancien lycée me rappelaient les aliens dans *L'Invasion*

Amusant... MAIS c'est un peu immature. Cette rédaction doit porter sur ce qui fait de VOUS quelqu'un d'unique !

des profanateurs de sépultures. Ils me donnaient l'impression de ne faire que ce que tout le monde faisait.

Voilà pourquoi j'ai ouvert cette rédaction sur Morgan Freeman qui entre à la bibliothèque. Comme lui, je sais qu'il y a beaucoup de mal dans le monde. Comme lui, je me sens souvent triste quand je pense à tout ce mal, mais j'ai quand même envie de me battre. Je veux devenir journaliste, pour apprendre, pour explorer, pour étudier, puis pour œuvrer à faire ce qui est juste. Je sais que je ne peux pas le faire toute seule. Je veux aller à l'Université de Virginie pour rencontrer d'autres personnes passionnées qui aiment travailler dur.

Je veux avoir des conversations profondes. Je veux me consacrer à mes études. Je veux trouver de nouvelles façons de voir les films d'horreur, de voir la politique, de voir tout le reste. J'ai soif de connaissances. J'ai hâte de les trouver à UVA.

Un peu confus sur la fin... Je sais que vous pouvez faire mieux que ça ! Essayons encore =)

TROISIÈME VERSION (A)

Cette nuit, je suis restée debout jusqu'à trois heures du matin, à discuter sur un forum avec mes amies pour savoir si oui ou non je devais écrire cette rédaction. Ces amies sont mes plus proches amies au monde, même si nous ne nous sommes jamais rencontrées en vrai. Nous avons deux choses en commun. La première est que nous sommes toutes fans de films d'horreur, que nous regardons ensemble chaque samedi soir tout en tchattant en ligne. La seconde chose que nous avons en commun est que nous sommes toutes des survivantes d'agressions sexuelles. Grâce à leur amitié et à leur soutien, j'ai appris à être reconnaissante et à garder une attitude positive même les jours les plus durs, et j'ai appris à me concentrer sur ce qu'il faut que je fasse pour me bâtir un avenir positif. Cet avenir positif, je le vois à l'Université de Virginie.

Mes amies m'ont toujours été de bon conseil. Mais lorsque je leur ai demandé si oui ou non je devais écrire ma rédaction sur ce second sujet, elles étaient partagées.

Certaines d'entre elles pensaient que je devais l'éviter complètement. Des amies comme AlaskaWitch et Blink1982 m'ont rappelé que leurs tuteurs et parents leur avaient dit d'écrire sur des expériences constructives, et non sur des expériences traumatiques. Comme acquérir de nouvelles compétences, ou être fières de faire partie d'une équipe sportive même dans les moments de défaite, ou tirer des leçons des exemples donnés par des figures parentales. Parler de son viol, c'est prendre le risque de déclencher une triste foire à la pitié, m'a dit Blink1982, répétant là ce que sa tutrice lui avait dit.

D'autres amies comme JillyBean16 pensaient que je

pouvais écrire sur ce sujet à condition d'être très prudente. Elles ont fait valoir que c'était une expérience sérieuse et importante, et aussi qu'il fallait bien que j'explique la chute de mes notes au cours du trimestre de printemps de mon année de première, ainsi que le parcours peu académique qui a été le mien depuis.

Mais elles étaient toutes d'accord sur une chose, qui était que si je choisissais d'écrire sur ce sujet, je devais mettre l'accent non pas sur le trauma lui-même, mais sur ma reconstruction, et la façon dont toute cette expérience a modifié mon caractère et ma vision du monde, plutôt que sur la profondeur de mon mal-être l'année dernière.

Donc : cet été et cet automne, j'ai travaillé dur et j'ai pris soin de moi. Après avoir abandonné le lycée, j'ai raccroché en m'inscrivant à l'université d'été de ma fac publique locale, pour rattraper mon retard, et je me prépare à passer mon GED. Je suis triste à l'idée de ne pas participer à la cérémonie de remise des diplômes de fin de lycée avec tout le monde. Mais comme l'a dit ma vraie amie RedHotChili-

Sarah, pourquoi aurais-je envie de monter sur l'estrade au côté de tous ces gens ?

Cette expérience m'a appris à affronter mes émotions de façon constructive. J'ai ainsi appris à être optimiste, et à gérer mes émotions de manière saine. Et… En fait, je ne trouve rien d'autre à dire.

TROISIÈME VERSION (B)

Cette nuit, j'ai veillé jusqu'à deux heures du matin, à discuter sur un forum avec mes amies pour savoir si oui ou non je devais écrire cette rédaction. Ces amies sont mes plus proches amies au monde, bien que nous ne nous soyons jamais rencontrées. Comme moi, ce sont toutes des survivantes d'agressions sexuelles, et leur amitié m'a aidée à surmonter une période vraiment noire de ma vie. La plupart d'entre elles disent que je ne devrais pas écrire sur ce sujet. Leur tuteurs et tutrices et leurs parents leur ont conseillé d'écrire sur des expériences constructives et formatrices plutôt que sur des expériences traumatisantes.

Mais, chère UVA, j'en reviens sans cesse à votre question. Vous m'avez demandé de me pencher sur "une expérience importante" et sur "l'impact" qu'elle a eu sur moi. Rien dans ma vie n'a eu autant d'impact que cette expérience-là, et j'ai le sentiment qu'il faut que je vous en parle. Par ailleurs, il faut bien que je vous explique pourquoi mes notes ont chuté l'an dernier, et pourquoi je me suis inscrite à l'université d'été de ma fac publique locale.

Au milieu de mon année de première, je me suis évanouie sur la banquette arrière d'une voiture et deux garçons ont abusé de moi. Ce qui vous surprendra peut-être, c'est que le pire, dans cette histoire, ce furent les mois qui suivirent, le perpétuel flot de rumeurs qui agita le lycée à mon sujet, et le harcèlement vicieux dont je fus la victime. À l'époque, je ne savais pas gérer mes émotions. C'est une des raisons pour lesquelles je suis allée à cette soirée alors que je n'étais pas censée y aller, une des raisons pour lesquelles je me suis tant enivrée, une des raisons pour lesquelles j'étais si vulnérable. Et c'est la raison pour laquelle je n'ai pas su gérer les piques qu'on m'adressa ensuite, et l'ostracisme dont je fus frappée. Les choses devinrent si dures que j'en vins même à tenter de me suicider. Et à cause de tout ça, mes notes chutèrent dramatiquement au cours de ce printemps-là.

Je suis longtemps restée sur une mauvaise pente. Mais ça a changé lorsque j'ai rencontré mes amies du forum. Si Internet n'avait pas existé, je ne serais peut-être pas là pour vous écrire aujourd'hui. Au début, elles m'ont aidée juste parce qu'elles comprenaient ce que je traversais. Ça me faisait vraiment du bien de me poser et de leur parler de ce que je ressentais. Et elles savaient exactement quoi dire parce qu'elles aussi ressentaient la même chose.

L'autre chose qui m'a aidée est que nous sommes toutes fans de films d'horreur. Nous choisissons ensemble des films à regarder le samedi soir, et nous en discutons tout en les regardant. C'est une forme d'évasion pour nous. Nous n'avons pas tant de choses que ça à dire au sujet de nos propres dégoûts, de nos propres angoisses, de notre propre culpabilité. Ça fait du bien de changer de sujet et de débattre, à la place, de la question de savoir si Morgan Freeman aurait dû empêcher Brad Pitt de tuer Kevin Spacey à la fin de *Se7en*. (J'espère que je ne viens pas de vous gâcher la fin du film.)

Mais grâce à ces conversations, ces amies m'ont aidée à trouver comment parler de ce qui m'était arrivé à des gens qui n'ont pas vécu cela. Ces amies, je les sens à mes côtés, en ce moment même, alors que j'essaie d'écrire ces lignes, que j'essaie de m'expliquer.

Le plus dur dans tout cela, c'est que je ne sais pas vraiment ce qui s'est produit. Dès lors, comment puis-je m'expliquer ? J'étais inconsciente lorsque ça a eu lieu. Je suis presque jalouse de mon amie JillyBean16, qui dit qu'elle a raconté son histoire tellement de fois, à sa famille, à la police, et, pour finir, au tribunal, qu'elle en a l'impression que ça ne lui est pas réellement arrivé à elle. Aujourd'hui, ce qui lui est arrivé n'est plus que cette histoire qu'elle raconte ; à chaque fois qu'elle éprouve l'envie de ne plus y penser, il lui suffit de se raconter l'histoire, et ses souvenirs s'estompent pour ne laisser qu'un vague sentiment de vide. Je lui ai dit que j'étais jalouse de ça, parce que moi, je n'ai même pas d'histoire à raconter. Je pars de ce vague sentiment de vide, et je plonge toujours plus bas.

Je ne sais pas quoi vous dire d'autre. Je crois que je vais conclure en disant simplement que j'ai déjà surmonté une épreuve incroyablement difficile, et que j'y ai survécu. Et que je vais mieux. J'ai travaillé dur pour rattraper mes cours. Je me sens forte. Je me sens prête pour UVA.

Alice Lovett

27/10/2000

668 mots

SUPER intro ! J'ai hâte de lire la suite !

RÉDACTION DE CANDIDATURE À L'UNIVERSITÉ
TROISIÈME VERSION

Cette nuit, j'ai veillé jusqu'à deux heures du matin, à discuter sur un forum avec mes amies pour savoir si oui ou non je devais écrire cette rédaction. La plupart d'entre elles m'ont dit que non.

Ces amies sont mes plus proches amies au monde, même si nous ne nous sommes jamais rencontrées en chair et en os. Mais nous avons deux choses en commun. La première est que nous sommes toutes fans de films d'horreur. Tous les samedis soir, nous choisissons ensemble deux films à regarder, nous appuyons sur PLAY toutes en même temps, et puis nous discutons pendant le film. C'est très plaisant, mais ça va au-delà de ça. J'apprends aussi beaucoup.

J'ai ainsi appris de mon amie JillyBean16 que, dans le roman dont *Shining* est tiré, la famille roule en Coccinelle rouge. Dans le film, quand Hallorann roule au secours de la famille, il passe devant une Coccinelle rouge accidentée sur le bord de la route, fracassée par un semi-remorque. C'est un présage à propos d'Hallorann (qui est sur le point de se faire fracasser lui-même), mais aussi, comme dans le roman, Hallorann ne meurt pas, c'est ~~aussi~~ la façon dont Stanley Kubrick dit à Stephen King : ceci est *mon* film, je fracasse *votre* livre.

Je mentionne cette histoire parce que je veux vous dire quelque chose de semblable : cette rédaction de candidature n'est pas partie pour prendre la tournure à laquelle vous vous attendez. Waouh. Oui ! Là, vous avez toute mon attention. :)

Parce que la seconde chose que mes amies du forum de fans de films d'horreur ont en commun, c'est que nous sommes toutes des survivantes d'agressions sexuelles. J'en ai subi une l'hiver dernier. Après, je me suis fait tellement harceler que j'ai dû quitter le lycée sur avis médical, et il m'a vraiment fallu travailler dur pour remonter ma moyenne et arriver là où je suis aujourd'hui. Je n'ai pu le faire que grâce à mes amies en ligne.

La plupart d'entre elles me disent que je ne devrais pas écrire sur ce sujet. Leurs tuteurs, leurs tutrices, leurs parents leur ont tous conseillé d'écrire à propos d'expériences constructives plutôt que sur leurs traumas. Mais ce n'est pas la première fois que je ne suis pas d'accord avec elles.

Nous avons un autre débat récurrent, au sujet d'une célèbre citation de Stephen King que nous adorons toutes. King a écrit : "Les monstres existent. Les fantômes aussi. Ils vivent à l'intérieur de nous… et il arrive que ce soient eux qui gagnent." Mes amies sont toutes d'accord pour dire que les pires monstres sont nos propres démons intérieurs, comme la jalousie et la colère, et que ces démons nous torturent beaucoup plus durablement qu'aucune personne réelle ne pourrait jamais humainement le faire.

Je trouve que c'est une façon très mature de voir le monde. Une façon, qui plus est, qui vous aide à vous reconstruire. Mais je ne suis pas d'accord. Je crois qu'il existe de vrais monstres. Qui trichent, qui mentent, qui causent des injustices. Et je pense qu'il est de notre devoir de les ~~les~~ affronter.

Voilà pourquoi j'ai décidé d'écrire sur ce sujet. Des choses terribles arrivent. Je ne veux pas me sentir obligée de sourire, je ne veux pas me sentir obligée d'écrire une gentille rédaction où je ferais semblant d'avoir surmonté telle ou telle forme d'adversité, et qui se terminerait en happy end. Je vais mieux, mais j'ai encore un long chemin devant moi.

Je veux devenir journaliste. Si vous êtes journaliste, vous devez dire la vérité. Vous devez parler des monstres au monde, afin que chacun puisse se montrer prudent.

Et c'est la raison pour laquelle je veux aller à UVA. Je sais que je ne pourrai pas atteindre ce but seule. J'ai appris que j'ai besoin du soutien d'autres gens passionnés. Je sais qu'avec les nouveaux amis que je me ferai à Charlottesville, et grâce à mon dur labeur, je serai armée pour atteindre mes buts, et me dresser face à tous les monstres, ceux de l'intérieur comme ceux de l'extérieur.

Alice, il faut qu'on parle.
- Mme MC

MILLIONIÈME VERSION

Stephen King a un jour écrit : “Les monstres existent. Les fantômes aussi. Ils vivent à l’intérieur de nous.” J’appartiens à un groupe de discussion sur Internet constitué de fans de films d’horreur, et dans ce groupe nous débattons toutes beaucoup de cette citation. Nous sommes également toutes des jeunes femmes, et nous avons toutes été confrontées à des cas de sexisme dans le monde.

Nous discutons ensemble des différentes façons dont nous surmonterons le sexisme. C’est la plus importante forme d’adversité que peuvent affronter les jeunes femmes aujourd’hui.

MILLIONIÈME +1 VERSION

Un jour, ma mère m'a emmenée pour une sortie de shopping de chaussures très spéciale. Nous avons acheté des chaussures, que j'ai vraiment hâte de porter à UVA.

Voyez ? Tout va bien dans ma vie. FIN.

VERSION LAISSE TOMBER CES CONNERIES

Stephen King a un jour écrit : "Les monstres existent. Les fantômes aussi. Ils vivent à l'intérieur de nous… et il arrive que ce soient eux qui gagnent." Un jour, ma mère et moi avons discuté de cette citation, au cours d'une sortie de shopping de chaussures très, *très* spéciale.

Alice Lovett

21/11/2000

629 mots

RÉDACTION DE CANDIDATURE À L'UNIVERSITÉ
QUATRIÈME VERSION

Ma mère est dans l'entrée, encore vêtue de ses habits de travail et des tennis blanches qu'elle porte pour les trajets. "Je t'emmène au centre commercial", me dit-elle.

Je range mes devoirs de physique, j'empile mes feuilles et mes manuels, et je me demande pourquoi elle veut m'emmener au centre commercial. On a toujours été proches. Mais ma mère rentre souvent tard de son travail et, cette année, je travaille moi-même presque non-stop pour rattraper mon retard et passer mon diplôme de fin d'études secondaires après qu'une maladie m'a tenue à l'écart du lycée tout le trimestre de printemps de mon année de première. Nous n'avons pas beaucoup de temps pour des sorties de shopping entre mère et fille.

Mais, dans la voiture, je comprends que cette sortie sera spéciale. Ma mère baisse le volume de la radio et me raconte une histoire sur l'importance des chaussures. Ça pourrait fai une bonne phrase d'intro, nor

À sa sortie de l'université, ma mère est allée vivre à Philadelphie, et elle a trouvé un travail au service d'urbanisme de la ville. Le jour de son entretien d'embauche, elle n'avait pas d'autres chaussures à se mettre qu'une paire de mocassins marron sans talons, bien confortables mais sans aucun style, qu'elle avait en plus héritée de sa sœur. L'entretien se passa mal. Le patron était brusque et cruel. C'étaient les années 1970, quand les femmes devaient encore se battre pour qu'on les respecte sur les lieux de travail. En la raccompagnant à la porte, le patron posa même une main sur le creux de ses reins. Il l'insulta et lui offrit le poste dans la même phrase : "Notre candidat préféré vient d'accepter un emploi mieux payé." Waouh. Phrase géniale (& horrible !).

Pouvez-vous l'étayer ?
À l'aide d'une citation, peut-être ?

Ce que ma mère n'avait pas compris, c'est qu'elle allait devoir travailler deux semaines avant d'avoir sa première paie. Pendant tout ce temps, elle ne mangea que du beurre de cacahuètes, en faisant durer le plus possible le peu qu'il lui restait de l'argent que ses parents lui avaient donné le jour de la remise de son diplôme.

Et lorsqu'elle eut enfin cette première paie ? Elle se sentit vraiment très bien. Elle était la première femme de sa famille à être allée à l'université, et la plupart de ses tantes et cousines n'avaient même jamais travaillé. Enivrée du bonheur d'avoir gagné son propre argent, elle dépensa l'intégralité de son salaire pour s'acheter une paire de chaussures neuves à elle.

Au magasin de chaussures, nous nous sommes mises en quête d'une paire exactement semblable mais, évidemment, ce style-là ne se fait plus. À la place, nous avons acheté une paire de babies noires.

Je sais que, comme les chaussures de ma mère, cette paire m'aidera à être grande et droite. Parce que ma mère m'a dit que ses chaussures étaient un peu magiques. Leurs talons avaient beau ne faire que deux centimètres et demi, le lundi matin dans l'ascenseur, à côté de son patron intimidant, elle fut médusée de voir qu'elle était aussi grande que lui. Depuis le début, il n'avait jamais fait que deux centimètres et demi de plus qu'elle. Mais cette différence infime était restée invisible jusqu'à ce qu'elle la surmonte.

Cette histoire m'a galvanisée. Je ne rencontrerai pas le même sexisme dans le monde du travail, mais en tant que future journaliste, je sais que j'aurai tout de même des obstacles à franchir. Je sais que l'Université de Virginie me préparera à bien les affronter. *Soyez plus précise.*

Et je sais que ma mère m'a préparée à bien les affronter. Je garde les chaussures qu'elle m'a achetées ce jour-là, une paire de jolies babies noires, pour mon premier mois à UVA. Je veux les porter le jour de la rentrée. Ces deux centimètres et demi de hauteur supplémentaire me rappelleront que j'irai loin, parce que je me tiens sur les épaules de ma mère.

Alice, je suis extrêmement fière de vous. Votre rédaction est GÉNIALE ! Plus qu'une dernière mouture pour tout lisser et faire chanter le texte – suivie d'une relecture attentive pour qu'il n'y ait pas de coquilles ! – et on y sera ! Vous ferez de grandes choses : je le sens. :)

– Mme MC

DEMI-SŒURS

VERSION BLANCHE : 21/03/96
VERSION BLEUE : 14/04/96
VERSION ROSE : 23/04/96

Écrit par
Alice Lovett & Haley Moreland

Mis en scène par
Haley Moreland & Alice Lovett

Filmé par
Alice Lovett & Haley Moreland

Effets spéciaux :
Haley Moreland & Alice Lovett

Avec:
Haley Moreland
Alice Lovett

FONDU À L'OUVERTURE SUR:

INT, CHEZ LES CORNWALL, DANS LE SALON DE TÉLÉ - APRÈS-MIDI

Salon de télé normal dans une maison normale. Deux filles se tiennent au milieu de la pièce : CYNTHIA CORNWALL et MARGARET RUSH, treize ans toutes les deux. Elles se disputent LA TÉLÉCOMMANDE.

MARGARET

Je te déteste, je te déteste, je te déteste !

CYNTHIA

Pas autant que moi !

Elles continuent à SE BATTRE pour la télécommande. Cynthia TIRE et la télécommande VOLE à travers la pièce, pour se fracasser contre le mur.

CYNTHIA

Tu l'as cassée !

MARGARET

Non, c'est toi qui l'as cassée !

CYNTHIA

Bouh, je te déteste !

Les deux filles S'AFFALENT sur le CANAPÉ, les bras croisés.

MARGARET

J'ai jamais voulu de demi-sœur.

CYNTHIA

Parce que tu crois que moi, si ?!?

MARGARET

Bon, ça nous fait au moins une chose en commun.

Cynthia GLOUSSE malgré elle.

CYNTHIA

C'est comme dans la chanson de *Diamants sur canapé*.

Margaret GLOUSSE aussi.

CYNTHIA

Et puis aussi, on déteste toutes les deux mon père.

MARGARET

Tu déteste ton père ?

Cynthia fait oui de la tête.

Margaret réfléchit.

MARGARET

Et ma mère ?

Cynthia lui lance un regard torve.

CYNTHIA

Elle aussi, je la déteste.

Margaret se redresse, se tourne vers Cynthia.

MARGARET

(excitée)

Moi aussi !

Cynthia se redresse.

CYNTHIA

Tu penses à ce que je pense ?

Margaret tend sa main pour serrer celle de Cynthia.

MARGARET

On est amies ?

CYNTHIA

On est amies.

Elles se serrent la main.

FONDU AU NOIR.

INT. CHAMBRE DE CYNTHIA

CARTON-TITRE : Trois semaines plus tard

INT, CHAMBRE DE CYNTHIA

Cynthia et Margaret sont assises sur le lit de Margaret, où elles feuillettent des magazines. Elles boivent du JUS D'ORANGE. Elles portent des MASQUES VERTS sur le visage.

CYNTHIA

(montrant son magazine)

Il est mignon, lui.

MARGARET

Pas mon genre.

Elles rient.

Cynthia roule sur le flanc et regarde Margaret.

CYNTHIA

J'arrive pas à croire qu'on soit amies, maintenant. Mais genre, vraiment amies !

MARGARET

J'avais jamais eu de vraie amie.

CYNTHIA

Moi non pl...

Soudain, Cynthia porte sa main à son ventre.

Elle GROGNE de douleur.

MARGARET

(hésitante)

Qu'est-ce qu'y a ?

CYNTHIA

(grognant)

Je ne me... sens... pas... très bien...

Cynthia VOMIT partout dans la chambre.

CARTON-TITRE : Trois jours plus tard

INT. CHAMBRE DE CYNTHIA

Cynthia est DANS SON LIT. Elle est D'UNE PÂLEUR CADAVÉRIQUE, elle a les cheveux raides et mouillés. Elle peut à peine ouvrir les yeux.

Margaret entre dans la chambre et FERME DOUCEMENT LA PORTE.

CYNTHIA

Margaret ? C'est toi ?

Margaret ne dit rien.

CYNTHIA

Je te vois très mal... rapproche-toi...

MARGARET

Cynthia. Ça me fait vraiment de la peine de te voir comme ça.

CYNTHIA

Ça va. Je... vais... guérir...

Cynthia se penche et VOMIT.

Margaret a un MOUVEMENT DE RECUL.

MARGARET

Non, tu ne vas pas guérir.

CYNTHIA

Qu'est-ce que tu racontes ?

Margaret fait un pas vers Cynthia.

MARGARET

J'aimerais pouvoir te sauver... mais c'est trop tard.

Margaret détourne le regard et se met à sangloter.

Cynthia fait des efforts pour se redresser. Elle tend le bras vers Margaret.

CYNTHIA

C'est rien. C'est juste... une grippe.

Cynthia S'EFFONDRE de nouveau en position allongée, ÉPUISÉE.

MARGARET

Non, ce n'est pas juste une grippe.

Margaret s'approche encore et s'assoit au bord du lit. Cynthia ne bouge pas.

MARGARET

J'ai un aveu à te faire.

Cynthia ne bouge toujours pas.

Margaret LÈVE la main de Cynthia. Elle la LÂCHE. La main TOMBE.

MARGARET

Oh.

Cynthia est MORTE.

MARGARET

Tu étais... ma seule vraie amie !

Margaret SE JETTE sur le lit.

MARGARET

(en sanglots)

Je suis tellement désolée ! Je t'ai tuée ! C'est à cause de ma mère ! On fait ce truc... on bouge continuellement et elle épouse des hommes célibataires, puis on les empoisonne et on prend leur argent... c'est une veuve noire... elle a dit que toi aussi, fallait qu'on t'empoisonne ! Mais t'étais mon amie !

Margaret SANGLOTE.

Margaret sort de la chambre EN TITUBANT, toujours EN LARMES.

INT. CUISINE CHEZ LES CORNWALL - LA CAMÉRA SUIT MARGARET

Margaret entre dans la cuisine EN TITUBANT, sanglote, fait de grands gestes fous.

MARGARET

Qu'est-ce que j'ai fait ?!?!

Margaret HURLE, ouvre des placards avec violence, met la cuisine à sac.

MARGARET

Je vais tuer ma mère ! Je vais la tuer !!!

Margaret TROUVE la bouteille de POISON. C'est une grande bouteille avec UNE TÊTE DE MORT ET DES FÉMURS EN CROIX sur l'étiquette.

Margaret OUVRE le FRIGO et y prend un VERRE DE JUS D'ORANGE.

Margaret verse LE RESTE DE LA BOUTEILLE de POISON dans LE JUS D'ORANGE.

MARGARET

Elle m'a forcée à tuer mon amie ! Je vais la tuer !

Soudain...

...

SURSAUT D'EFFROI : Une silhouette apparaît dans l'embrasure de la porte, derrière Margaret.

Margaret se retourne, VOIT la SILHOUETTE et HURLE.

C'EST CYNTHIA QUI SE TIENT LÀ, SUR LE SEUIL DE LA PORTE !!!

Cynthia est un FANTÔME. Elle est ENTIÈREMENT VÊTUE DE BLANC, elle est LIVIDE, ses yeux sont maquillés d'OMBRE À PAUPIÈRES TRÈS NOIRE.

Margaret S'EFFONDRE de TERREUR. Elle manque de LAISSER TOMBER le verre de jus d'orange empoisonné, mais le fantôme de Cynthia le rattrape juste à temps.

Le fantôme de Cynthia s'accroupit, prend la tête de Margaret sur ses cuisses.

Le fantôme de Cynthia porte le verre de jus d'orange aux lèvres de Margaret.

LE FANTÔME DE CYNTHIA

Rejoins-moi, chère sœur.

À moitié inconsciente, Margaret BOIT le jus d'orange empoisonné.

Margaret MEURT.

D'UNE MORT LONGUE ET THÉÂTRALE.

Enfin, elle gît INANIMÉE. Elle est MORTE.

Long silence.

SURSAUT D'EFFROI : MARGARET SE RELÈVE !!!

MARGARET EST UN FANTÔME.

Le fantôme de Margaret est ENTIÈREMENT VÊTU DE BLANC, elle a LE TEINT TRÈS PÂLE, ses yeux sont maquillés d'OMBRE À PAUPIÈRES TRÈS NOIRE.

Le fantôme de Margaret REGARDE FIXEMENT le fantôme de Cynthia.

MARGARET

Cynthia ?

CYNTHIA

Bienvenue dans le royaume des morts !

Margaret regarde autour d'elle.

MARGARET

Ça ressemble vraiment à notre maison.

CYNTHIA

C'est vrai. Mais maintenant qu'on est mortes, on peut faire ce qu'on veut !

MARGARET

Tu ne m'en veux pas de t'avoir tuée ?

CYNTHIA

Moi aussi, je t'ai tuée.

MARGARET

J'imagine que c'est une chose que nous avons en commun.

CYNTHIA

Exactement comme dans *Diamants sur canapé* !

Les deux fantômes RIENT et se SERRENT DANS LES BRAS l'un de l'autre.

FONDU AU NOIR.

TROISIÈME PARTIE

Week-end perdu

2008

Nick s'était arrêté dans une de ces stations-service perdues où les pompes ne sont même pas équipées de lecteurs de cartes de crédit, c'était un jeudi, cela faisait deux heures qu'il conduisait et il en avait déjà marre, alors quand le voyant disant PROBLÈME MOTEUR s'était mis à clignoter, il s'était arrêté à la station-service pour vérifier le niveau d'huile de la voiture de sa mère, en faisant comme s'il savait comment procéder, en se répétant mentalement, *Tu vois, Lindsey, je suis quelqu'un de responsable*, mais il n'avait visiblement pas bien coincé la tige qui tenait le capot ouvert, et la tige glissa, et le capot s'abattit violemment sur les doigts de sa main gauche.

Il anticipa le mal avant de l'éprouver, un pincement violent puis une douleur sourde, et il sut que ça allait être vilain, et puis, *Nom de Dieu*, il le sentit, soudain, puissant, de pire en pire, il sautilla un peu sur place pour essayer de franchir le pic de la douleur et redescendre de l'autre côté, pour essayer de la prendre de front, parce que tout le but de ce week-end était de se forger suffisamment de discipline pour regarder la douleur droit dans ses yeux immondes.

Quoi qu'il en soit, ses doigts lui faisaient mal, mais il n'avait pas encore assez roulé pour commencer à boire, il n'arriverait jamais jusqu'à la cabane du cousin de Lindsey s'il se mettait à boire maintenant, alors au lieu de cela il attrapa son sac à dos sur la banquette arrière, y prit la bouteille de bourbon à soixante-dix dollars qu'il avait achetée spécialement pour ce voyage et se contenta de la presser doucement contre sa main gauche pour voir si cette proximité atténuait la douleur et, voyant que non, il ouvrit la bouteille et la renifla, ce qui ne lui fit aucun bien non plus, si ce n'est qu'il respira quelques instants comme on apprend aux femmes enceintes à respirer dans les cours de préparation à l'accouchement.

Il eut envie de prendre une petite gorgée, juste pour ralentir un peu son cerveau, qu'il cesse de jacasser comme ça sans cesse, sans cesse, mais il était vraiment trop tôt pour se mettre à boire, et il y avait des gens dans les parages, alors il remit la bouteille dans son sac, se félicita de sa discipline, entra dans la station-service, acheta un paquet de cigarettes, un briquet, un paquet de cookies et un grand gobelet de Mountain Dew pour se récompenser de ne pas avoir bu. Debout devant la porte, face au soleil, il posa le soda et les cookies sur le couvercle d'une grosse poubelle rouge, et défit l'emballage de cellophane du paquet de cigarettes. Se servant de sa main droite pour allumer le briquet, tenant la cigarette entre le pouce et le petit doigt (parce que tous ses autres doigts lui faisaient encore mal) de sa main gauche, il l'alluma et y prit une longue taffe.

Un homme costaud au visage buriné passa devant Nick et le regarda comme s'il portait un costume de clown ou quelque chose comme ça, alors qu'il était simplement vêtu d'un jean et d'un vieux T-shirt Metallica. Peut-être que l'homme l'avait regardé bizarrement à cause de la façon dont il tenait sa cigarette, ou peut-être à cause de sa coupe de cheveux, ou peut-être à cause de quelque chose d'essentiel dans la personne de Nick, cet air de jeune blanc riche élevé dans une banlieue chic que Nick ne pourrait jamais complètement camoufler. Nick essaya de ne pas s'en soucier, qu'est-ce que ça pouvait bien lui faire de savoir ce que ce bouseux pensait, tout ce qui comptait pour lui était le bien que cette cigarette lui procurait, le week-end génial qui s'annonçait, et le chouette voyage qu'il était déjà en train de faire. Il se persuada que sa beuverie avait déjà commencé, que le trajet était sa récompense, que l'alcool qu'il allait boire n'était qu'une excuse pour s'isoler dans la forêt, plutôt que le contraire, et il passa sa cigarette dans sa main droite et la tint entre l'index et le majeur comme le font tous les bons Américains, le regard posé sur la route qui l'attendait, et sur les bosquets clairsemés, jonchés de cannettes et de détritus, qui s'étendaient au-delà de la station-service. Lorsque sa cigarette fut presque finie, il en prit une nouvelle et l'alluma à la première, et ce fut délicieux, mais il se rendit compte que s'il n'arrêtait pas tout de suite il fumerait tout le paquet en moins d'une demi-heure, et il fut pris par une puissante envie de se montrer bon, de se montrer meilleur, d'être strict envers lui même, et aussi d'être fou : il se mit à jeter ses cigarettes, par poignées de trois ou quatre, se délectant de l'extravagance de la chose, se délectant de sa discipline et de son masochisme, se délectant aussi du pur gâchis, t'es *vraiment* un connard, hein, *Mais oui, t'as raison sur ce point, Lindsey*, et ça allait clairement être un week-end de folie et de chaos, un happening artistique personnel format pizza pour six.

— Hé-ho, Ducon.

Nick se figea, le paquet de cigarettes presque vide dans sa main gauche, quatre cigarettes dans sa main droite, tenant le couvercle de la poubelle ouvert, sa cigarette allumée pendue au bord de la lèvre, cendre qui s'allonge, fragile, du côté allumé, et il regarda par-dessus son épaule et vit le type costaud, encore, qui sortait de la boutique, ventre en avant, un ventre à la fois gros et ferme, et qui se rapprochait, et le ventre était maintenant très près de Nick, c'en devenait gênant, et l'homme lui dit :

— C'est pas comme ça que ça se fume un paquet de cigarettes.

Nick éloigna les quatre cigarettes de la poubelle et les tint contre sa poitrine, le poing serré, et il se demanda si c'était le début d'une bagarre, il ne s'était jamais battu avec un inconnu (surtout pas avec un inconnu aussi imposant et aussi buriné), et il fut terrifié et il se demanda s'il pouvait offrir à cet homme une de ses petites flasques de whiskey bon marché en gage de paix, ça ne le dérangerait pas le moins du monde, il pourrait s'arrêter dans un autre magasin d'alcool sur la route, et c'est ainsi qu'il adressa un sourire à l'homme, lui télégraphiant de cette façon qu'il ne représentait aucune menace, puis il rangea les quatre cigarettes dans le paquet.

— J'essaie de m'arrêter, dit-il. Alors je peux pas les garder toutes, j'en jette plein, mais je vais en garder juste une, et comme je vais passer le week-end dans la forêt, ce sera ma dernière.

L'homme le regarda en plissant les yeux et dit :

— Z'allez dans quelle forêt ?

Et Nick se demanda si le type avait quelque chose dans la bouche, s'il mâchait un truc.

— Juste au-delà du parc naturel, par là-bas, dans le comté de Youngs, dit-il, et il se sentit gêné d'avoir dit *au-delà*, craignit que l'homme remarque son langage affecté, craignit aussi de s'être trompé dans ses repères, parce qu'il n'était allé qu'une seule fois à cette cabane, avec Lindsey, il y avait plus d'un an de ça, et il ne savait pas de quel parc naturel elle était proche, il savait juste qu'ils avaient envisagé d'aller y faire un tour.

— Bon, je vous conseille d'être prudent, dit l'homme en haussant les sourcils, l'air très sérieux. Y a des tueurs dans ces bois-là.

Puis son visage changea lorsqu'il se mit à rire pour faire comprendre à Nick qu'il plaisantait, un rire profond qui ouvrit grand sa bouche, et Nick sourit de nouveau de toutes ses dents inoffensives, et il lâcha une sorte de *ah* qu'il espérait très neutre. L'homme secouait la tête tout seul, riait de sa propre blague, puis il sortit un paquet de cigarettes de sa poche de chemise, l'ouvrit pour montrer à Nick l'unique cigarette qu'il contenait, le referma et le tendit, comme un présent.

— Tenez, je vous échange vos péchés, dit-il.

L'espace d'une petite seconde gênante, Nick peina à comprendre la nature du marché, mais il se ressaisit, prit le paquet de l'homme qui ne contenait plus qu'une cigarette et l'échangea contre son propre paquet, désormais à moitié vide (ou à moitié plein, selon le point de vue que l'homme adoptait sur la vie). L'homme dit :

— Les Camel, c'est pas ma marque, en général, mais un peu de nouveauté, ça a jamais tué personne.

Et là, je vous jure, l'homme *fit un clin d'œil* et haussa vaguement un sourcil, et Nick sourit, porta ses doigts contre le rebord d'un chapeau imaginaire, tourna les talons et marcha d'un pas vif vers la voiture de sa maman, en essayant de mémoriser les mots de l'homme, parce qu'il savait que c'était une histoire qu'il allait raconter pendant bien des années, en partageant des bières, peut-être pas à Lindsey, mais peut-être quand même à Lindsey, peut-être que ça la ferait rire, *Ah, Nick*, dirait-elle en secouant la tête mais en souriant de cette histoire sur le jour où un bouseux avait dragué Nick à une station-service perdue dans la cambrousse, cambrousse dont il venait seulement de comprendre qu'elle était en réalité un de ces vieux lieux de drague gay qu'Internet avait, pour la plupart, rendus complètement obsolètes. Nick sentait les yeux de l'homme sur son dos mais il ne s'arrêta pas, il continua à marcher vers la voiture du même pas décidé, gardant le dos droit, s'efforçant de ne pas avoir trop l'air de se presser.

Lorsqu'il eut ouvert ses cookies et son Mountain Dew et engagé sa voiture sur la route étroite, il était juste après midi, de sorte que s'il roulait quinze kilomètre au-dessus de la limite de vitesse il arriverait à la cabane avec encore deux heures de jour pour faire un bon feu et déjà s'enivrer joliment, mais il vit presque immédiatement le défaut de ce plan, qui était qu'il allait devoir encore rouler pendant trois heures, qu'il s'ennuyait déjà, et qu'il avait déjà mangé tous les cookies.

L'automne était bien avancé et les arbres des montagnes qui l'entouraient avaient des teintes cuivrées de rouge et d'orange, mais il y en avait juste tellement que Nick avait du mal à les trouver jolis, et en réalité ils ne faisaient surtout que lui rappeler le fond d'écran de l'ordinateur qu'il avait utilisé au cabinet de consultants de l'amie de sa mère trois étés auparavant, avant qu'on ne l'informe qu'il y avait perdu sa place de stagiaire, à cause d'une seule petite sieste dans les toilettes pour handicapés.

Ce matin-là, il était parti sur un coup de tête, et il avait oublié de prendre le cordon qui transformait le lecteur de cassettes de la voiture en un lecteur de CD, et il n'avait pas de cassettes, et la radio était minable – c'était plutôt une parodie de radio, on ne captait que trois stations diffusant toutes une même voix de stentor qui blablatait au sujet d'un personnage quelconque que Nick supposait être biblique mais qu'il ne connaissait pas (ce qui aurait beaucoup déçu sa mère), et après avoir balayé le spectre pendant une demi-heure qui lui parut une éternité, Nick tendit le bras, attrapa la bouteille de bourbon à soixante-dix dollars dans son sac à dos, et la cala entre ses jambes pour se rappeler la récompense qui l'attendait, puis il se mit sur la file de gauche et accéléra un peu, pressé d'arriver à la cabane, puis il éteignit complètement la radio et dit à haute voix : "À un moment donné, il va falloir que je me confronte à moi-même", ce qui était en réalité un des principaux buts de ce voyage – se voir lui-même clairement, avec tous ses défauts, comme Lindsey l'avait vu – et c'était justement pour ça qu'il allait à la cabane où elle lui avait demandé pour la première fois d'arrêter de boire, et qu'il comptait y passer trois jours de bon temps à se saouler la gueule.

Le cousin de Lindsey avait acheté cette cabane des années auparavant dans l'intention de la rénover pour en faire un beau chalet de vacances à louer, mais il ne le fit jamais (apparemment, ce cousin menait rarement à bien les projets qu'il se fixait), et la cabane ne fut jamais rénovée, restant plutôt dans un état de réparation permanente, luttant contre l'entropie de la forêt, et Nick et Lindsey en avaient tellement ri, quand ils y étaient venus pour l'anniversaire de Lindsey, le week-end où elle lui avait demandé de passer juste trois jours avec elle sans boire, de tomber sans cesse sur des outils cachés dans des endroits étranges, comme la scie circulaire posée sur une pile de serviettes dans la salle de bains. Alors Nick ne pensait pas que ça poserait un problème qu'il y aille maintenant, ce n'était même pas vraiment une belle cabane, et si, techniquement, il n'y était pas invité, il savait de façon certaine que personne ne l'utilisait entre novembre et février, elle n'était pas aménagée pour l'hiver, donc la beuverie de Nick ne ferait de mal à personne. Sur un coup de tête, il déboucha la bouteille de bourbon à soixante-dix dollars, jeta un coup d'œil dans le rétro, puis, n'y voyant que des camions indifférents et pas de voiture de police, il but une petite gorgée vite fait, juste pour voir ce que ça faisait de boire de l'alcool hors de prix en conduisant. Cela n'étonna personne que ce soit plutôt plaisant, ni qu'il en prenne une autre gorgée, plus longue cette fois.

Ainsi revigoré, il trouva le temps moins long. Nick pensa à la nature de l'inéluctable. Il regarda la bouteille. Il l'avait vidée d'un petit peu plus de deux centimètres. Il se dit que ça devait sans doute suffire, pour le moment. Il prit une dernière gorgée. Il fit un

C'était

NICK REVINT brusquement à lui. Se rendit compte qu'il avait brièvement décroché. Il se donna une claque. But une autre gorgée juste pour stabiliser le monde. Continua de rouler.

Un peu plus tard, il eut besoin de café, s'arrêta à un Waffle House. But deux tasses, alla aux toilettes. S'éclaboussa le visage. Sur le parking, il fit deux ou trois pompes mollassonnes. Se releva – le bitume avait creusé des petits trous dans la paume de ses mains. Il les frotta sur son jean. Se sentit un peu mieux, afficha la carte routière sur son téléphone. Erra sur le parking pour capter du réseau. Constata qu'il avait loupé la petite voie non signalée qui menait de la Route 237 à la cabane, et se sentit un peu moins bien. Il avait fait trente kilomètres de trop. Il retourna dans le Waffle House pour boire un autre café, puis il reprit le volant, en faisant plus attention cette fois. Il ne sortit pas le bourbon de son sac à dos mais il loupa tout de même l'embranchement, s'arrêta pour pisser dans une station-service, repartit dans l'autre sens. Au troisième passage, il commençait à sentir la sobriété le regagner, c'était pénible, mais il fit ce truc qu'on fait quand on repousse un plaisir, comme dans ce fameux test avec des petits enfants et des marshmallows, et il roula à cinquante kilomètres à l'heure jusqu'à enfin trouver l'embranchement, et il vit la boîte aux lettres en métal bleue dont il se souvenait après toutes ces années, ce repère que Lindsey avait cherché quand elle avait joué le rôle du copilote pour les emmener à la cabane. La boîte était tellement penchée qu'elle était presque horizontale, comme un vieil ivrogne. Il restait encore une heure avant la nuit ; en haut, le ciel était toujours gris clair, mais l'obscurité du soir commençait à remonter sous les arbres. Il but une longue gorgée satisfaisante pour fêter ça. Puis il éloigna le bourbon chic, un geste de plus pour attester de sa discipline. Le remplaça par une flasque de bibine bas de gamme.

La cabane se trouvait à vingt kilomètres de la grand-route. La petite route commençait par sinuer dans ce que l'on pourrait vaguement décrire comme une zone habitée. La piste de terre était tellement défoncée, tellement bordée de caravanes, de parpaings, de chiens aux abois et autres signes de pauvreté rurale qu'il faillit faire demi-tour. Il ne se souvenait pas que c'était si déprimant. Puis il entra dans une section où les maisons se trouvaient plus loin à l'écart de la route, étaient plus grandes. Leurs fenêtres étaient sombres. Cabanes de vacances, occupées aux beaux jours. Puis il n'y eut plus de maisons, et il roulait seul dans les bois.

La sensation d'aventure l'aida à se détendre. L'alcool aussi. Le soleil s'était maintenant couché, mais la lumière était toujours d'un gris égal. Il n'alluma pas ses phares, goûtant le crépuscule qui vidait la forêt de ses couleurs.

Puis il y eut un virage et il vit trois hommes sur le bord de la route.

Ils venaient de traverser. Entendant la voiture de Nick, ils s'étaient arrêtés, ils s'étaient retournés, et maintenant ils ne bougeaient plus, le regardaient approcher. Puis un des types brandit une lampe torche et la braqua sur le pare-brise de Nick. Il ne faisait pas encore très noir, alors ça ne l'aveugla pas, mais ça le froissa. Il répondit par un appel de phares. Craignit d'avoir à sortir de la voiture. N'avait pas envie de parler. Pensa au type de la station-service. Avait déjà évité une bagarre ce jour-là. N'avait pas non plus envie de se battre avec ces types. Fut soulagé lorsqu'ils se détournèrent, et reprirent leur chemin invisible à travers la forêt.

Ils montaient vers le haut de la colline. Allaient plus ou moins dans la même direction que Nick. Mais il était sûr que tout allait bien. C'étaient probablement des chasseurs. Même s'ils portaient ces drôles de robes marron. Mais peut-être y avait-il un monastère ou quelque chose comme ça quelque part là-haut. Quoi qu'il en soit, ils se dirigeaient indiscutablement vers un autre lieu. Il était absolument sûr que personne n'utilisait la cabane en hiver. Il le savait parce qu'il avait supplié Lindsey de l'y emmener l'hiver d'avant, c'était un mois avant qu'elle le quitte pour de bon, deux mois après qu'elle avait commencé à le menacer de le quitter, et il lui avait dit que cette fois, il y arriverait, il lui avait dit, *Allons à la cabane pour trois jours sans alcool.* Elle avait refusé. Elle avait plein de raisons de refuser, mais le temps froid en faisait partie. Cette cabane n'était pas aménagée pour l'hiver, alors personne n'y allait en hiver. Il n'allait embêter personne. Il but une autre gorgée de whiskey. Se concentra sur la conduite. N'arrêta pas d'avoir des souvenirs fugaces du film *Délivrance*. Continua de boire pour se libérer de cette peur stupide.

En haut de la côte, la route formait un coude et s'ouvrait sur une vaste prairie. Tout au bout, il y avait la cabane, avec sa terrasse rouge. Il la reconnut, eut un frisson d'excitation. Puis son ventre se noua. Lindsey lui manquait. Il but une autre gorgée de whiskey, traversa la prairie. Un troupeau de cerfs leva la tête et regarda passer sa voiture. Il les trouva très impassibles. Sont cool, ces cerfs.

Il se rappela que Lindsey avait trouvé la clé dans le ventre d'un cerf en céramique sur la terrasse. Après s'être garé sur un coin de terre battue, puis être sorti de la voiture, il vit que la ménagerie de petits animaux en céramique était toujours là, bien alignée le long de la terrasse. Mais la clé n'était pas dans le cerf. Il regarda sous une grenouille, trois ours, un flamant rose, deux canards et un nain. Finit par la trouver sous une seconde grenouille. C'était bizarre de s'être trompé sur ce souvenir-là. Insérant la clé dans la serrure de la porte, il ignora le panneau PROPRIÉTÉ PRIVÉE, DÉFENSE D'ENTRER cloué dans le bois exactement à hauteur de ses yeux. Il n'était pas pour lui. Il entra dans l'odeur de vieux feux et de petites bestioles mortes.

L'intérieur de la cabane fut une série de coups de poing à l'estomac. Le canapé moutarde où ils s'étaient lovés en regardant un film sur l'ordinateur portable de Lindsey. La table où elle lui avait appris à jouer au cribbage. La cuisine où elle lui avait fait un croque-monsieur. Ce n'était même pas une cuisine, en fait. Juste quelques appareils blancs tachés et une petite planche à découper. Elle avait fait le croque-monsieur au grill électrique, mais le grill électrique n'était plus là. Il y avait l'épaisse cheminée à un bout, avec un poêle à bois noir coincé dans sa bouche. Il y avait la rangée horizontale de bois de cerfs accrochés sur un mur, où il avait suspendu une petite culotte de Lindsey pour plaisanter. Elle avait ri très fort. Elle avait un super sens de l'humour. Cette cabane était une capsule temporelle. Des temps heureux. Ça le frappait par vagues. Ça faisait six mois qu'ils ne s'étaient pas parlé.

Il faisait très froid. Il se réchauffa avec encore un peu de whiskey, et il se rappela qu'il avait du boulot. Il était là pour boire et regarder ses défauts en face. Alors il continua à s'installer. Il ressortit sur la terrasse et trouva quelques bûches. Il y en avait un petit tas tout près de la porte. Il les rentra toutes. Les empila toutes dans le poêle à bois. Elles étaient sèches depuis longtemps et prirent feu facilement. Il se frotta les mains. Les bûches brûlaient vite mais avec un peu de chance elles tiendraient toute la nuit. Il n'y en avait pas d'autres. Mais demain, il pourrait en couper. Accrochée sur le manteau de la cheminée, une hache énorme trônait comme un trophée. Il s'en servirait demain pour couper d'autre bois. Trois jours dans le froid, il tiendrait le coup. *Tu vois, Lindsey ? Je maîtrise.* Tout allait bien.

Dehors, il fit soudain nuit noire. Comme un rideau drapé sur la maison. Nick actionna des interrupteurs jusqu'à trouver celui de l'éclairage de la terrasse. Glissa la flasque de whiskey dans la poche de son manteau. Se réjouit de voir qu'elle y entrait parfaitement. Alla à sa voiture. Prit son sac à dos et le sac de courses. Viande séchée, barres de céréales, flocons d'avoine. Il avait acheté ça dans sa ville d'origine. Le gars qui tenait la caisse était un ancien du lycée. Nick avait oublié son nom. Mais lui se souvenait du sien. "Putain de merde, Nick Brothers !" avait-il dit. L'avait accueilli avec un sourire. À l'évidence, il ne savait pas ce que Nick avait pu faire ces quelques dernières années. "Alors, qu'est-ce que tu deviens ?" avait-il demandé, et Nick avait dit qu'il s'en allait pour un week-end dans les montagnes. Dit qu'il y allait avec ses meilleurs amis de fac. Avait vu ça comme un mensonge poli. Se rendait compte seulement maintenant de l'ironie de la chose, seul avec sa bouteille.

De retour à l'intérieur, il versa les flocons d'avoine dans la cocotte-minute. De quoi tenir trois jours. Une caisse de bière dans le petit frigo. L'autre caisse resterait au frais dans le coffre de la voiture. Prit deux bières et sortit sur la terrasse. Les étoiles étaient fabuleuses. Rentra, éteignit toutes les lumières. Ressortit sur la terrasse, et encore plus d'étoiles. Nuit splendide. Eu envie de la cigarette, déjà. Se testa, la tenant dans la paume de sa main. Combien de temps pouvait-il tenir sans l'allumer ? Éternellement. Il était téméraire et discipliné. Un artiste du chaos. Il resta longtemps assis là, à regarder le mince croissant de lune. La bière était délicieuse. Il étudia la subtile texture noire du lacis des branches d'arbres. Le bleu riche du ciel nocturne. Admira sa propre éloquence. Et ses pouvoirs de perception ! Ils auraient pu vraiment tirer parti de lui, dans ce cabinet de consultants. Tant pis pour eux.

Puis, là-bas au bout du pré, il aperçut quelque chose. Non, ce n'était qu'un arbre. Non, c'étaient des gens. En cercle.

C'était une hallucination étrange. Il regardait. Attendait qu'elle se transforme en autre chose. Ça restait un cercle d'hommes. Ces hommes levèrent les bras. Tous ensemble. Et frappèrent dans leurs mains. Le son traversa la prairie. Ils étaient peut-être à un terrain de football de distance. Ou peut-être pas si loin. Quoi qu'il en soit. Ils étaient assez loin. Ils avaient toujours les mains en l'air. Ils étaient parfaitement immobiles. Comme des arbres, encore. Ça lui rappela quelque chose. Il se souvint des hommes qu'il avait vus, vêtus de leurs robes étranges. Un genre de secte bizarre dans la cambrousse ? Il eut envie de leur crier quelque chose. *Défense d'entrer ! Vous ne savez pas lire ?* Mais il avait trop peur.

Nerveux, il entreprit de s'allumer sa cigarette. Se ravisa. Il avait peur. C'était idiot. Mais voilà. Il ne voulait pas que ces païens le voient. Il remit la cigarette dans le paquet. Comme un soldat dans sa tranchée. Trop apeuré pour craquer une allumette.

Sa deuxième bière était vide. C'était peut-être ça, la solution. Ce petit vertige de peur supplémentaire pouvait se régler facilement. Il se leva doucement. Les yeux fixés sur les hommes, qui maintenant baissaient lentement les bras. Un nouveau son lui parvint. Bourdonnement sourd. Il marcha à reculons jusqu'à la porte. L'ouvrit doucement. La verrouilla derrière lui. Alla vite au frigo. But la bière en trois longues gorgées. Se concentra sur la façon dont l'alcool rinçait les veines de ses bras. Prit une autre bière, alla à la fenêtre. Regarda.

L'absence momentanée de peur rendit son retour plus violent. Le cercle bougeait, maintenant. Se déroulait. Ce n'était plus un cercle, c'était une ligne. Une ligne pointée vers lui. Il distinguait la silhouette de chacun des hommes. Il en compta douze. Il avait honte de sa peur. Mais il ne pouvait pas bouger. Pétrifié à la fenêtre. Ils se dirigeaient vers la cabane. Ils n'allaient pas faire tout ce chemin. Un terrain de foot. Ils ne venaient pas pour lui. Ils ne faisaient que passer.

Mais ils se rapprochaient. Il se rendit compte qu'ils lui rappelaient

Il avait dû s'endormir sur une pile de draps et de couvertures sur le lit pas encore fait de la chambre, parce que c'est là qu'il se réveilla, la bouche pâteuse ; dehors, le ciel brillait de fausses promesses ; sa main blessée par le capot lui faisait mal ; la gueule de bois familière tapait comme un propriétaire à l'intérieur de l'arrière de son crâne, il allait vite avoir besoin d'une bière, et d'un verre d'eau, mais il fallait d'abord qu'il pisse, ses matinées étaient toujours si frénétiques, si compliquées, si urgentes comparées au reste de chacune de ses journées.

Le froid était vif et piquant, alors il s'enveloppa dans une des vieilles couvertures et entra dans la salle de bains en titubant. Il y avait une serviette mouillée par terre, et une odeur de vomi, et aussi son flacon de somnifères, il ne pensait pas en avoir pris, mais bon, il avait dormi, mais bon, ça ne servait à rien de s'y attarder. Il essaya de ne pas penser aux rêves qu'il avait faits, ces païens qui traversaient le pré pour venir le chercher ; c'était seulement son subconscient qui essayait de l'effrayer pour qu'il s'en aille, et il n'avait pas l'intention de céder si facilement, il était vraiment motivé pour ce week-end. Il s'éclaboussa le visage, se remplit la bouche d'eau, s'éclaboussa encore, et essuya son menton sur un coin de la chemise dans laquelle il avait dormi.

Il s'habilla, mit son manteau et ses gants, au moins jusqu'à ce qu'il fasse un feu, puis alla dans la petite cuisine, mit de l'eau à bouillir sur la plaque chauffante pour se faire un café, et se servit un mug de flocons d'avoine tièdes, puis décida d'aller le manger sur la terrasse. Mais lorsqu'il ouvrit la porte, il vit que, côté extérieur, la grosse hache rouge y était enfoncée, tête tranchante profondément fichée dans le panneau qui disait PROPRIÉTÉ PRIVÉE, DÉFENSE D'ENTRER.

Quelqu'un avait tenté de défoncer la porte à coups de hache, et comme il n'y avait personne d'autre dans cette cabane, ce devait être Nick lui-même, ivre mort, qui avait tenté de défoncer la porte à coups de hache.

C'était si étrange et si choquant qu'il referma immédiatement la porte, recula jusqu'à la salle de bains, et vomit les trois bouchées de flocons d'avoine qu'il avait ingérées, puis il alla à la cuisine et mangea un peu de viande séchée, qu'il parvint à garder dans son ventre à l'aide d'une bière. Il laissa son cerveau s'imprégner lentement de l'idée qu'il était peut-être plus fou qu'il le pensait, qu'il avait pris la hache sur le manteau de la cheminée, qu'il était sorti avec elle sur la terrasse, peut-être pour couper du bois, peut-être juste pour faire son imitation de Jack Nicholson, peut-être juste pour crier *Johnny arrive !*, mais, dans un cas comme dans l'autre, c'était authentiquement suicidaire, il aurait pu se trancher la jambe, il aurait pu saigner à mort, et ça n'aurait même pas été Lindsey qui l'aurait trouvé mort, personne ne l'aurait retrouvé ici, pas avant des mois.

Il prit une deuxième bière, fourra sa bouteille de whiskey

dans la poche de son manteau, puis sortit par la porte latérale, en passant par un débarras rempli de vieux outils et de cartons aplatis, et il faisait un peu moins froid dehors, le soleil de fin d'automne réchauffait doucement la prairie, et il s'attacha à savourer cela alors qu'il faisait le tour de la maison, arrivait devant la terrasse, et contemplait la hache, fichée en plein milieu du P de propriété privée.

Il fit un pas en arrière et essaya de réfléchir rationnellement, parce que cette situation était indiscutablement inédite pour lui, il n'avait jamais fait quoi que ce soit d'aussi authentiquement suicidaire que de balancer des coups de hache assez violents pour enfoncer la tête sur sept centimètres dans une porte en bois massif en étant ivre mort. Ça lui donna envie d'aller enfin participer à une réunion des Alcooliques Anonymes, chose qu'il ne pensait pas être capable de faire sans perdre son sérieux, mais qui lui fournirait au moins un public à qui raconter cette histoire. Tout le monde dirait, *Bonjour, Nick !* puis il dirait, *Alors voilà, je me suis réveillé, le premier matin d'un week-end de beuverie que je m'étais organisé, seul au milieu de la forêt. J'avais emprunté la voiture de ma mère (vous voyez ce que je veux dire quand je dis "emprunté"*, dirait-il, et le public rirait pour le soutenir). *J'étais parti dans la forêt pour boire tellement que ça m'en passerait l'envie à tout jamais. Oui, même moi je savais que c'était stupide, même à l'époque*, dirait-il, et tous les autres alcooliques riraient et seraient impressionnés par l'honnêteté de Nick.

Mais la réalité était qu'il était encore loin de s'engager dans un quelconque programme en douze étapes. Il pensait que la plupart des gens devaient d'abord toucher le fond avant de s'inscrire aux AA, et il n'était peut-être pas en très grande forme, mais il n'était pas encore au fond du fond, seulement en chemin. Hé hé, se dit-il, oui ! Il suivait *bel et bien* un programme en douze étapes. Douze étapes vers le bas. Égales et opposées aux autres douze étapes. Quand vous considériez les choses comme ça, tout ce qu'il faisait, il le faisait sur le chemin de la rédemption.

Il finit sa bière, puis plongea une main dans la poche de son manteau et trouva le paquet de cigarettes. Il l'ouvrit et fut ravi de voir que la dernière cigarette y était encore. Quel plaisir, une récompense pour quelque part dans son futur. Il était si heureux qu'il faillit l'allumer, puis il fut de nouveau fier lorsqu'il choisit plutôt d'attendre. Cette fierté lui donna en retour l'envie puissante de fumer, à laquelle il lui fut plus difficile de résister cette fois. L'angoisse remontait lentement le long de sa nuque, et il leva les yeux et vit de nouveau la hache fichée dans le bois de la porte, et il se dit que c'était vraiment stupide, ce n'était qu'une foutue hache, et lui il était là à en être tout terrorisé, à la laisser gâcher sa matinée. Il écrasa la cannette dans sa main et la jeta, loupant le manche de la hache d'un kilomètre, mais ça le fit tout de même se sentir un peu mieux, c'était lui le chef, ici.

Il alla à la porte, saisit le manche à deux mains, tira dessus, mais la tête était si profondément fichée dans le bois qu'il ne parvint pas à l'en extraire, ce qui le replongea dans des angoisses terribles. Il lâcha prise, ferma les yeux, essaya d'analyser la chose rationnellement, parce qu'il fallait qu'il coupe du bois, sans quoi il mourrait de froid dans cette cabane. Il n'arrivait pas à arracher la hache de la porte, mais il n'avait plus trop envie d'y toucher de toute façon. Il but une gorgée de whiskey. C'était étrange qu'elle soit si profondément enfoncée. Il ne connaissait pas sa force. Il ferait peut-être mieux de partir. Oui, il ferait vraiment mieux de partir. Il attendrait d'avoir un peu dessaoulé, il prendrait ses affaires et puis il partirait.

Mais il y avait peut-être une hache plus petite dans la cabane. Une sorte de hachette dont il pourrait se servir. L'endroit était plein de vieux outils, pas vrai ? Il trouverait bien quelque chose. Il pouvait même sortir et aller couper quelques petites branches dans la forêt, pas loin. Il n'avait pas besoin de fendre ces grosses bûches. Un petit feu ferait l'affaire.

Il rentra et décida de ne pas se prendre une nouvelle bière tout de suite, au cas où il choisirait de s'en aller. Il ne savait pas encore. Quoi qu'il décide, il devait quand même couper du bois, ne serait-ce que pour remplacer celui qu'il avait brûlé. Alors il retourna dans le débarras et trouva une caisse en plastique pleine d'outils fourrée sous un seau, avec un marteau, quelques tournevis, et un bout de corde inexplicablement petit. Sous la corde, il trouva une paire de gants de travail en cuir souple. Il vérifia qu'aucune araignée ne s'y cachait et il les enfila. Il ouvrit et ferma les mains plusieurs fois, fit des flexions avec ses doigts. Ainsi ganté, il avait l'impression d'être un sacré vrai dur. Il avait l'impression qu'il pouvait sortir, aller dans la forêt, et juste prendre les bûches dont il avait besoin. Il pouvait même déraciner les arbres. Avec des gants comme ça, qui a besoin d'une hachette ?

Puis il regarda autour de lui et il vit la scie circulaire. *Oh*, pensa-t-il. *Ça c'est une idée.*

Il se rappela que Lindsey l'avait mise là quand elle l'avait trouvée sur la pile de serviettes, dans la salle de bains. Apparemment, personne n'y avait touché depuis. Il se figura que tenir cette scie serait comme tenir la main de Lindsey, ou le fantôme de sa main. Il enleva un gant, serra avec tendresse la poignée de la scie.

Il porta d'abord la scie dans la cuisine, pour la brancher et s'assurer qu'elle marchait. Elle lâcha un hurlement strident et métallique. Elle marchait. Il retourna à la caisse à outils et trouva une rallonge. Il brancha la rallonge à la prise de la cuisine, la fit passer par le débarras, sortit avec, la tira jusqu'à l'autre bout de la maison où se trouvaient un tas de grosses bûches et un billot sur lequel les fendre. Il prit une autre bière et emporta la scie, la testa de nouveau. Puis il posa une bûche sur le billot.

Il coupa la première comme une motte de beurre. Elle se changea presque toute seule en quatre morceaux de taille parfaite pour le feu. Il en poussa un cri d'excitation. Il brandit la scie au-dessus de sa tête et l'agita de bas en haut comme le fait le gars de *Massacre à la tronçonneuse*. Il prit une autre bûche, la coupa, empila les six morceaux de bois de chauffage qu'il avait désormais près du billot, posa un pied dessus et dit, *Eh ouais, putain !* Il laissa la scie tomber par terre et il s'assit sur le billot pour se reposer. Il finit la bière. Autour de lui, le jour était clair et ensoleillé, et il regarda un faucon s'élever au-dessus de la prairie en un vol ample et indolent. Et dire qu'il y a à peine une heure, il songeait à partir.

Il transporta ses six petites bûches à l'intérieur et il les mit dans le poêle. Quand le feu rugit, il le regarda rugir, se réchauffa les mains, et but un peu de whiskey pour accélérer le réchauffement. La pièce aussi se réchauffa, il enleva son manteau. Il regrettait de ne pas avoir fait de feu pour Lindsey quand ils étaient venus. Ça aurait été romantique, ça aurait fait un bon souvenir. Mais c'était en été. Il faisait trop chaud. Ils avaient pris des douches froides et avaient dormi nus sur les draps. Le deuxième jour, ils étaient allés se promener, et au retour ils étaient trempés de sueur. Ils s'étaient disputés plus d'une fois ce week-end-là, et il se souvenait que c'était à cause de la chaleur.

Une promenade, ce serait sympa, se dit-il. Profiter du beau temps. Le feu était bien lancé, et le poêle avait l'air sûr, il pouvait aller se promener, histoire de se réchauffer le sang. Il pouvait faire une longue promenade, puis revenir bien après midi, couper un peu de bois pour la soirée, et se mettre sérieusement à boire vers les trois heures et demie, quatre heures.

Il enfila son manteau, tapota ses poches, se sentit encouragé par la présence ferme et amicale de la bouteille de whiskey. Il sortit par la porte latérale et mit un point d'honneur à ne pas se retourner pour regarder la hache. Il marcha dans la prairie en direction des bois. Il sentait le soleil sur son visage, sentait ses jambes bouger. Il se disait déjà que ce serait chouette d'aller se promener le lendemain, et le jour d'après. Sa promenade quotidienne. Au troisième jour, il connaîtrait la forêt comme sa poche. Au troisième jour, il aurait parfaitement peaufiné sa cuite. Sa grande beuverie battrait son plein. Il n'y aurait plus rien à faire que la vivre jusqu'au bout. C'est là qu'il s'autoriserait à fumer sa cigarette, lors de sa promenade le dimanche, au sommet de son séjour. Ce serait le plus beau jour de sa vie. Il se verrait lui-même en pleine clarté. Après, ce serait facile, il boirait tout, dormirait comme une masse, se réveillerait le lundi matin et ne boirait même pas une seule gorgée. Il serait frais pour prendre le volant et rentrer chez sa mère, il lui rendrait sa voiture sans que son haleine ne soit chargée d'alcool. Elle serait contente de le voir. Elle ne lui demanderait pas pourquoi il avait disparu avec sa voiture pendant qu'elle était au travail.

Il sirotait le whiskey et la promenade était plaisante. Il se laissait aller dans le sens de la pente. Ne pensait que vaguement au chemin du retour, quand il faudrait remonter. Ce serait grisant, se persuada-t-il. Il en aurait bientôt fini avec tout ça. Il suivit la route pendant un temps. Sortit de la prairie. S'enfonça dans la forêt. Près d'un petit sapin, il vit un sentier étroit. Juste assez large pour une personne. Sans doute un sentier de randonnée. Il était couvert d'aiguilles de pin, et moucheté de soleil.

Il l'emprunta, et continua à s'enfoncer dans la forêt. Pourquoi pas ? Si ce sentier l'emmenait trop loin dans la mauvaise direction, il pourrait toujours faire demi-tour. C'était la vie. Parfois, il fallait faire demi-tour. Mais le plus souvent, le mieux était de continuer à avancer. Faire tout le grand tour pour revenir. Ça valait pour cette marche, ça valait pour l'alcool. Pendant trop longtemps, il avait fait demi-tour. Ce week-end, il descendrait jusqu'au bout de la pente. Jusqu'au socle rocheux. Alors il serait prêt à remonter. Il était engagé dans sa descente en douze étapes.

Il décida de dresser la liste de ces douze étapes. Histoire de savoir où il en était. C'était le but de ce week-end, après tout. Se confronter à lui-même. Prendre acte de ses failles. Et n'était-ce pas une des étapes ? Un week-end de beuverie. Ce n'était peut-être pas la première fois qu'il abandonnait trois jours de sa vie à l'alcool, mais c'était la première fois qu'il l'avait sciemment programmé. Sans aucun remords. Il décida que c'était la huitième étape. Dans ce cas, la septième devait être le mois dernier quand il avait perdu son permis pour conduite en état d'ivresse.

Il sauta sur un tronc tombé en travers du sentier. Debout sur l'écorce pourrie, il se sentit triompher. Il cheminait vers le fond. Ce week-end était une des étapes nécessaires ! Il était vraiment très motivé. Et dire qu'il y avait à peine une ou deux heures de cela, il songeait à partir ! De nouveau, il se sentit fier de lui, de sa motivation.

Il dérapa du tronc. Lorsqu'il changea de pied d'appui, une plaque d'écorce pourrie glissa et se détacha, et son pied la suivit. Son coccyx heurta le tronc. Il faillit tomber à la renverse. Se rattrapa, de peu. *Ouah*. Il se releva et se frotta les fesses, humides et froides. Il rit de lui-même. Se sentit fier de pouvoir encore rire de lui-même. Continua à marcher. But une nouvelle gorgée.

Sixième étape : La première fois qu'il perdit un ami à cause de l'alcool. Il avait donné un coup de poing à son ami Richard. Argument valable. Ils ne s'étaient pas reparlé depuis. Ils étaient amis depuis l'âge de treize ans, avaient passé leur puberté ensemble. Et Richard avait envoyé tout ça paître… à cause d'une petite bagarre. Alors que la plupart des hommes ne devenaient amis qu'*après* s'être donné des coups de poing. Richard avait toujours été coincé. Et il avait tellement changé, à Princeton, il était devenu plus snob, plus imbu de lui-même. Bon débarras, se dit Nick. Mais il n'y avait pas que Richard qui ne parlait plus à Nick. Nick n'était pas idiot. Il savait reconnaître un motif récurrent. Quand vous perdez beaucoup d'amis, vient un moment où vous vous rendez compte que c'est votre faute, et non la leur. Cela aussi, il l'assuma. Se prouva à lui-même, encore, qu'il était sage, qu'il se maîtrisait.

Il arriva à la dernière gorgée de whiskey. Il s'arrêta, bouteille en main. Il s'appuya contre un arbre et regarda la lumière filtrée par les branchages. Il porta un toast à l'arbre. Puis but. Prit bonne note de l'instant. Remit la bouteille vide dans sa poche. Dans l'idée de l'apporter au bac de recyclage. D'accord, il avait fait des erreurs, mais dans le fond, c'était un mec bien. Le genre de mec qui recycle son verre.

Il marcha quelque temps. Sans penser à grand-chose. Sentant son souffle. Sentant ses pieds. Il était temps de rentrer, décida-t-il. Il n'allait pas descendre jusqu'en bas de la colline. À un moment donné, il fallait bien rentrer. Il quitta le sentier. Il savait à peu près où se trouvait la maison. Il était fier de son sens de l'orientation. Il remontait la pente, enjambait des troncs. Il sentait le temps passer, et il sentait la brûlure intérieure du whiskey, insistante, dans sa tête. C'était la sensation qu'il avait quand trop peu de whiskey se dissipait trop vite. Mais il serait bientôt de retour à la cabane.

Il se souvint qu'il n'avait pas identifié la cinquième étape. Ni la quatrième. Les deux étaient liées. Elles étaient assez délicates à distinguer l'une de l'autre, en termes d'ordre. L'une était son premier coma. L'autre était le jour où, pour la première fois, il avait sérieusement essayé de traiter sa gueule de bois en buvant de l'alcool. Pas juste un bloody mary avec le brunch. Une cure désespérée, un lundi. Deux shots de vodka l'un après l'autre. Suivis d'une bière. Suivis d'un entretien d'embauche au bureau du shérif (il avait assuré comme une bête ! Et il avait ensuite travaillé en tant qu'agent d'accueil pendant pas loin d'un an ! Et il n'avait perdu ce boulot qu'à cause de trois petites siestes derrière le guichet !). Mais cette tentative-là pour tuer le ver n'était pas sa première. Et le coma qui l'avait précédée n'était pas le premier non plus. Il était incapable de dire laquelle de ces deux étapes avait précédé l'autre. Il y avait eu des périodes où il avait alterné les deux pendant des jours et des jours. C'était l'histoire de la poule et de l'œuf, en fait. Il continuait à marcher.

La troisième étape, c'était la fois où il avait échoué à faire l'amour parce qu'il était trop ivre. C'était la première fois que l'alcool le privait de quelque chose. C'était un point de non-retour. Qui choisirait l'alcool plutôt que le sexe ? C'était le choix qu'il avait fait. À de nombreuses reprises. Combien de fois avait-il dit à Lindsey qu'il était trop fatigué ? Plein de fois. Il s'arrêta pour faire une pause, et regretta de ne plus rien avoir à boire. Il sentait la quiétude de la forêt autour de lui, et il savait que le whiskey l'aurait aidé à l'apprécier. D'avoir pensé à Lindsey le rendit nostalgique. Alors il passa à la deuxième étape. C'était la première fois qu'il avait été ivre en famille.

C'était en même temps son meilleur Noël et sa meilleure beuverie à ce jour. Il avait dix-neuf ans, et s'était mis en retrait de la fac pour une durée indéterminée. Il était resté debout à veiller avec son frère et ils avaient parlé pendant des heures. Son frère avait dix ans de plus que lui. Avait fait le Peace Corps. Puis avait eu un poste aux Affaires Étrangères, et avait travaillé à Pékin pendant toutes les années de lycée de Nick. N'était que rarement revenu à la maison. Ce soir-là, c'était la première fois que Nick avait l'impression de connaître un tant soit peu son frère. Leur père avait quitté le foyer quelques années auparavant, pour s'en aller avec cette femme qu'il avait rencontrée à l'église, et ils en avaient parlé ce soir-là – pour la première fois, ils en avaient vraiment parlé. Et pour la première fois son frère l'avait considéré comme une personne. Et le lendemain, alors qu'ils avaient tous les deux la gueule de bois, leur mère les taquina à ce sujet, elle trouvait ça touchant. Elle leur fit un gigantesque plat de chips mexicaines avec des haricots noirs, des œufs au plat et des tonnes de fromage. Elle savait de quel genre de petit déjeuner ils avaient besoin. Elle aussi, elle avait eu la gueule de bois, dans le temps. Ils avaient tous compati autour des œufs au plat.

Il repensa au moment où, deux jours plus tôt, il s'était pointé pour frapper chez sa mère, sur un coup de tête, parce que ça faisait des mois qu'il ne l'avait pas vue, et elle n'avait pas mentionné le fait qu'il puait comme une semaine de bière bon marché et qu'il était venu à pied depuis la gare routière, à près de cinq kilomètres de là. Elle l'avait juste pris dans ses bras et lui avait fait un sandwich. Elle était encore profondément ancrée dans le royaume de la patience et du pardon (à une époque où même son frère ne voulait plus le voir à l'occasion des fêtes). Il savait qu'elle le referait, encore et encore. Il lui restait beaucoup de kilomètres à parcourir avec sa mère. Même le coup de la voiture, qu'il lui avait empruntée sans vraiment la lui demander, elle le lui pardonnerait. C'était juste pour le week-end. Ce n'était pas comme s'il s'en servait pour convoyer de la drogue. Il ne faisait que l'emprunter pour partir prendre l'air, il en avait vraiment besoin. Sa mère le comprendrait.

Puis il se rendit compte que c'était une des étapes. Une étape à venir, peut-être la onzième : le jour où sa mère cesserait de l'aimer. Elle serait la dernière personne à l'aimer, mais un jour, même sa mère arrêterait. Tout comme Lindsey. Le fait qu'il soit capable de se rendre compte que ça allait arriver le fit se sentir, de nouveau, maître de sa destinée.

Mais inutile de s'attarder là-dessus pour le moment, revenons-en à la première étape : était-ce trop simple de dire que c'était le jour où il but pour la première fois ? C'était pourtant une des données fondamentales de sa vie. C'était une vérité d'airain à propos de lui-même qu'il ne pouvait pas plus nier qu'il ne pouvait prétendre ne pas être un homme, ou ne pas être un Américain. Au lycée, il avait commencé par éviter l'alcool parce qu'il était avant tout un sportif. Puis ils avaient gagné le championnat de l'État, et il avait bu une bière pour fêter ça. Il avait bu une longue gorgée de cette bière, et puis une autre. Il n'avait pas envie que ça cesse. Il se mit à boire comme un mathématicien se met à son tableau noir, saisi par le vertige de la découverte. Il avait trouvé l'endroit où il se sentirait toujours le plus à l'aise, où il se sentirait être à la fois le plus lui-même, et la meilleure version de lui-même, et il faisait très attention à préserver ce confort pour les seules fois où il en avait vraiment besoin, alors même qu'il commençait à en avoir de plus en plus souvent besoin. Pendant tellement d'années, ça avait été une chose qui l'attendait toujours, une récompense à l'issue de n'importe quel défi, et puis, de plus en plus, au début de n'importe quel défi, et voilà où il en était aujourd'hui, tout seul dans la forêt, à boire toute la journée.

La marée de sa dernière gorgée avait atteint la marque des hautes eaux et commençait à refluer. Mais ça ne l'inquiétait pas. La forêt, autour de lui, gagnait en netteté, mais c'était sans doute juste le whiskey qui le quittait, le sevrage qui s'insinuait, et il refusait de reconnaître que c'était terrifiant. Il décida de penser qu'il avait peur de s'être perdu. Il se concentra sur le fait de bien marcher en ligne droite, en faisant comme s'il était capable d'en juger selon le soleil. Ce fut heureux, parce que sans cela, il serait tombé tout droit dans ce trou gigantesque.

Un instant. C'était quoi, ça. Nick fit deux pas en arrière et s'appuya contre un arbre. Ce n'était pas un trou normal. On aurait dit une tombe. Un long rectangle, aux parois verticales bien nettes, et bien que Nick ne fût pas le meilleur du monde pour juger des distances, il aurait volontiers misé cent dollars sur une profondeur de six pieds. À côté, posée contre un arbre, il y avait une bêche, avec des mottes de terre collées au bout de la pelle. Nick fixait le trou en laissant son cerveau faire ce truc où il reste tout vide sous le coup de l'indécision. *C'est sans doute juste une chose que les chasseurs font*, se dit-il. *C'est sans doute juste un truc de chasse.*

De chasse au cerf, se sentit-il obligé de préciser.

Ça ne devait pas être récent, de toute façon. Après tout, il n'avait vu personne dans les parages. Rien depuis ces hommes vêtus de robes qui se dirigeaient vers lui. Et son rêve de cette nuit. Nick fit deux pas en avant et s'accroupit au bord du trou, essayant de se convaincre qu'il n'y avait aucune raison d'être profondément terrorisé. C'était juste un trou dans le sol. Qui pouvait dire depuis quand il était là ? Nerveux, il donna un coup de pied dans une brindille, et l'envoya valser au fond du trou. La brindille atterrit sur la terre molle sans faire de bruit. Nick remarqua qu'il y avait autour de lui des feuilles mortes par terre, mais qu'il n'y en avait pas au fond du trou. Ce qui voulait dire qu'il devait être assez récent. Ou peut-être juste qu'il ne tombait pas de feuilles à cet endroit.

Nick se rappela soudain une histoire de fantôme que Lindsey lui avait racontée, quand ils étaient venus à la cabane. Mais il l'avait prise comme une blague, ou comme un genre de divertissement, en tout cas, elle voulait juste qu'il se détende sans boire, elle essayait de le sevrer par l'effroi. L'histoire qu'elle avait racontée disait que, jadis, des criminels et des vagabonds étaient venus squatter dans cette cabane, parce que ses anciens propriétaires n'étaient presque jamais là, et que quand son cousin l'avait achetée, il avait trouvé un fémur humain dans le placard. *Je te le jure devant Dieu*, lui avait dit Lindsey, mais Nick ne la croyait toujours pas, elle s'efforçait juste de le divertir à jeun, ce qui bien sûr ne fonctionnait pas, même si avec le recul il aurait pu lui être plus reconnaissant pour ses efforts. Quoi qu'il en soit, un fémur dans le placard, ça n'avait vraiment rien à voir avec cette tombe – si ça avait à voir avec quelque chose, ça aurait plutôt été avec un manque de tombes, un placard n'étant pas tout à fait le meilleur endroit qui soit pour le stockage de restes humains. Nick tenta de se faire rire. Au lieu de cela, il vomit, contre le pied d'un arbre.

Il s'appuya contre l'arbre, dos à la tombe, s'essuya la bouche au revers de sa manche, et eut la soudaine sensation que quelqu'un l'observait. Il eut la sensation que quelqu'un était en train de sortir de la tombe, lentement, sûrement. Sans regarder derrière lui, il se mit à courir, même s'il était trop faible pour courir vite ; il se mouvait selon ce qu'il espérait être une ligne droite, et le temps ne semblait plus avoir aucun sens, il avait l'impression qu'il courait depuis toujours, il se demanda s'il était mort, si c'était ça l'enfer – une course perpétuelle dans une forêt sans fin, sans sentier apparent. Mais il finit par émerger des sous-bois sur la piste de terre, et s'il ne reconnaissait pas ce virage-là précisément, la direction à prendre – vers le haut de la colline – était évidente, alors il se mit en marche et puis il continua et continua encore, le chemin était long, rendu plus long par le sevrage, à la fois ennuyant et épuisant, il s'arrêtait souvent pour reprendre son souffle alors que la soif gagnait progressivement du terrain jusqu'à envahir complètement son esprit, être la seule pensée dans son cerveau, la seule sensation dans son corps, et il ne pouvait pas réellement nier que c'était la seule chose qui le souciait, au moins en ce moment, tandis qu'il traversait le pré, tandis qu'il courait, ne marchait plus, jusqu'à la porte d'entrée, et il arracha la hache qui y était plantée, laissant une unique plaie bien nette dans le panneau PROPRIÉTÉ PRIVÉE, DÉFENSE D'ENTRER.

"Putain de merde", dit-il à voix haute, c'était absurde, il allait foutre le camp. Il lâcha la hache sur le canapé, alla à la cuisine, prit la deuxième flasque de whiskey, la coinça sous son bras, prit deux bières fraîches dans sa main droite, porta le tout sur la table de bois et s'assit. Il allait se tirer de cette cabane, se redit-il en finissant la première bière d'une longue gorgée, puis il ouvrit la flasque et but, assidûment, jusqu'à ce qu'il soit capable de fermer les yeux et de respirer de nouveau. Il mit le whiskey dans sa poche et il ouvrit la deuxième bière.

Tout allait bien. Rien ne sortait de la tombe, c'était juste dans sa tête, personne ne le suivait. Il se leva et se dirigea vers le canapé, se planta devant la hache. Il se sentait calme. Il n'avait pas envie de s'allonger dessus plus tard, par mégarde. Il la saisit et la tint par le cou, comme un serpent. Il chercha où la mettre dans la cuisine. La cala dans le coin contre le petit frigo. Se détendit, la sachant bien rangée. Et tant qu'il était là, il se prit deux autres bières. Qu'il emporta sur la terrasse. Il referma la porte derrière lui. Ne prêta pas attention à l'entaille dans la porte. S'assit sur la marche du haut, et but lentement.

Le soleil descendait sur la prairie. Tout allait bien, il n'y avait aucune raison d'avoir peur, mais néanmoins, il allait se tirer. C'était stupide, d'être ici. Il se pencha en arrière et regarda l'horloge à l'intérieur de la cabane. Il était près de six heures. Il attendrait un peu, le temps de dessoûler, il finirait juste cette bière bien tranquillement, et puis il attendrait d'avoir dessoûlé, et puis il partirait. Il appellerait Lindsey.

Il finit sa bière et ouvrit la suivante.

Ils s'étaient rencontrés pendant son année de fac. Ils se voyaient de temps en temps, elle flirtait toujours avec lui, elle lui avait toujours plu. Un soir, ils avaient joué au billard lors d'une fête dans une fraternité, et il l'avait battue d'une seule boule. Il n'avait compris que plus tard dans la soirée. Elle l'avait laissé gagner.

Ils s'étaient retrouvés, des années plus tard. Elle était venue à la fête d'un ami, à Richmond. Nick buvait déjà beaucoup, à l'époque. Il travaillait dans un bar. Après être parti du bureau du shérif. (Après *s'être fait virer* du bureau du shérif, disait Lindsey.) Au bar, il pouvait se prendre des shots tout au long de la soirée. Puis, à la fermeture, il pouvait rejoindre une autre fête, où tout le monde était déjà ivre. Mais c'était parfois dur de trouver une fête. Nick devait s'organiser pour que les gens continuent à boire avec lui. Les soirs où il n'y avait pas de fête, il restait au bar. Buvait avec les serveuses. C'est à une fête un soir qu'il vit Lindsey. C'était un samedi soir. Il avait deux cents dollars en poche, une bonne soirée de pourboires. Il l'emmena dans un *diner* et lui offrit un milk-shake. Elle n'en avait jamais bu au lait malté. Elle adora. Il avait toujours pensé que les milk-shakes étaient romantiques. Depuis le lycée, depuis le jour où il avait offert un milk-shake à une fille. Ce milk-shake avec Lindsey était le meilleur de tous. Elle le fit rire, il la fit rire. C'était trop romantique, de se retrouver comme ça après toutes ces années. C'était trop romantique pour être vrai. Alors il s'était décidé à vraiment profiter de cette unique soirée bidon.

La bière était finie et il avait de nouveau le whiskey à la main. La flasque était plus qu'à moitié vide. Il buvait trop vite. Mais il en avait besoin. Il pensait à Lindsey. Ils étaient rentrés chez elle à pied, après le *diner*. Des kilomètres, jusqu'à son appartement. Et il s'était endormi dans ses bras. Son lit doux, et duveteux. Ses draps qui sentaient l'herbe chaude. Ils avaient fait l'amour au matin, et il n'avait pas la gueule de bois. Ils avaient mangé des œufs, et lui, il lui souriait. Puis il lui avait dit qu'il fallait qu'il y aille. *Il faut que t'y ailles ?* avait-elle demandé. *Une course à faire*, avait-il dit, *mais je t'appelle*, et il était retourné au petit pas de course à sa voiture, sur le parking du *diner*. Avait pris le bourbon dans la boîte à gants. Seulement parce qu'il était trop excité. Et juste après, il s'était senti mieux. Il s'était dit, alors c'est ça. C'est ça l'amour.

Dix jours passèrent comme ça avant que Lindsey ne comprenne pour son alcoolisme. Il avait fait très attention. Mais n'avait pas la force de tenir plus de dix jours d'affilée. S'était évanoui à côté d'elle. Dans un cinéma. Elle ne pouvait pas le réveiller. Avait appelé les secours. Secours qui, en arrivant, l'avaient reconnu. De la dernière fois où quelque chose de semblable s'était produit.

Il s'était fait pardonner. Plus ou moins. Il se disait qu'elle devait vraiment l'aimer. Parce qu'elle n'arrêtait pas d'essayer. C'était trop romantique pour être vrai. Il continua à savourer chaque nuit bidon. Elle se mettait en colère. Puis encore plus en colère. Ils se quittaient, se remettaient ensemble. Il ralentissait sur la boisson. La rendait heureuse pendant un temps. Et puis ça le reprenait, c'était plus fort que lui. Deux ans comme ça. Elle avait essayé. Il avait essayé. C'était fini. Fallait qu'il tourne la page. Elle était mieux sans lui. Elle avait raison à son sujet. Elle avait

Il se réveilla dans le lit et se sentit merveilleusement bien, ses yeux s'ouvrirent comme s'il n'avait fait que les cligner. Le soleil par la fenêtre. Il était revigoré, plein d'énergie. C'était un matin comme il n'en avait pas vécu depuis des mois. Sa tête était claire. Il étira ses bras et bâilla. Comme un chat qui se réveille dans un dessin animé. Il était si heureux d'être ici. Dire qu'hier il avait failli partir ! Il se serait privé de cette belle sensation. Il rit de lui, se remit sous les draps en se tortillant. Il n'avait pas fait le lit. Les draps étaient empilés tout autour de lui, épousant la forme de son corps. Les lits devraient avoir la forme des corps. Ça faisait comme un nid confortable. Il se prélassait sous le soleil. C'était vraiment idiot d'avoir voulu partir. À cause d'un trou bizarre qu'il avait vu dans la forêt ? D'accord, ça ressemblait à une tombe, c'était bizarre. Mais Nick n'était pas du coin. Il ne savait pas ce que les gens faisaient pour s'amuser, ici. Qui était-il pour porter un jugement ?

Sautant du lit, il tituba. Puis se rendit compte qu'il devait encore avoir un peu de bourbon dans l'organisme. Ce qui expliquait en partie pourquoi il se sentait bien. Mais c'était tout de même un beau début de journée. Il pourrait sortir, battre de vitesse la gueule de bois. Il mangerait quelque chose. Ses doigts de pieds frétillaient dans une flaque de soleil sur le plancher.

Il alla à la salle de bains et pissa un fleuve fabuleux. Il alla à la cuisine et fut heureux de voir que la hache était toujours sagement rangée près du frigo. Il n'avait rien fait de fou. Les flocons d'avoine étaient toujours tièdes et pâteux.

Il les mâchait, debout, à la fenêtre. Le soleil brillait. Il s'était passé quelque chose avec cette fenêtre dans le courant de la nuit. Ça ondoyait lentement aux marges de sa conscience, comme un rêve que l'on est incapable de regarder en face.

Il se souvint qu'il avait laissé la scie circulaire dehors. C'était stupide. Et si un ours la prenait ? Cette pensée le fit rire. Mais il était content. Elle était toujours là. Il pourrait couper d'autre bois aujourd'hui. Il pourrait remplacer celui qu'il avait déjà utilisé. Il laisserait cette cabane exactement comme il l'avait trouvée. C'était un bon boy-scout. *Tu vois, Lindsey, je suis quelqu'un de responsable.*

Après avoir mangé, il alla chercher la deuxième caisse de bières dans le coffre de la voiture. Puis il en prit une et l'emporta sur la terrasse. Il dit "Bonjour !" à la ménagerie. Au cerf, aux grenouilles, au flamant rose. Il regarda le grand pré et vit un petit animal lever la tête. Il l'observa. Il l'observa pendant une minute et découvrit que le souvenir de la veille au soir était encore présent. Juste aux marges de sa pensée. S'il laissait son cerveau s'amollir, fainéanter, ce souvenir referait surface. Il regardait l'animal. C'était une marmotte. Elle se mouvait comme un œuf qui roule, se balançant de gauche à droite alors qu'elle avançait. Elle courait sur un ou deux mètres, en oscillant, puis s'arrêtait et se penchait pour manger. Il la regardait et laissait son esprit retrouver ce qui s'était passé dans le courant de la nuit.

Il s'était levé pour quelque chose. Pour boire, ou pour pisser, un truc comme ça. Ou bien quelque chose l'avait réveillé. Quoi qu'il en soit, il était allé à la cuisine. Il n'y avait rien à voir. Mais alors que ses yeux s'accommodaient à l'obscurité, il avait vu un visage. À la fenêtre. Et un autre visage, à l'autre fenêtre. Il y avait des visages à toutes les fenêtres, des hommes qui regardaient à l'intérieur. C'était un de ces rêves dont vous ne pouvez pas vous souvenir si vous tentez de le faire. Vous devez juste le laisser revenir lentement, tout seul. Il avait rêvé que la cabane était encerclée par des hommes qui regardaient à ses fenêtres. Après, il ne se souvenait plus de rien.

Il avait froid. La bonne sensation du matin avait disparu. Mais rien n'avait changé, c'était toujours la même situation. Ce n'était qu'un rêve. Il se leva brutalement. Il décida d'aller couper du bois.

Le soleil montait encore vers son zénith. Il n'était que dix heures, environ. Il testa la scie puis l'arrêta et entendit l'écho du moteur électrique lui revenir depuis le bout du pré alors qu'il voyait la lame ralentir avec des cliquètements métalliques. Il posa une bûche sur le billot, alluma la scie, commença à couper. Il avait oublié à quel point c'était satisfaisant de couper du bois comme ça. C'était tellement rapide, tellement puissant. Il avait l'impression qu'il pourrait le faire pendant des heures. Il pourrait peut-être laisser un bon tas de bois de chauffage. Une sorte de paiement pour l'usage de la cabane.

Il retourna à l'intérieur, prit deux bières et les posa à côté de lui. Il prévoyait de passer au moins encore une heure à couper du bois. Il couperait tout le bois qu'il pourrait trouver. Il n'y a pas d'autre remède que le labeur physique pour les cerveaux affairés. Lindsey le disait souvent. *Oui, Lindsey, tu as raison sur ce point-là.*

Il prit le bon rythme après la deuxième bûche. Ça marchait mieux s'il posait les bûches à l'horizontale et qu'il les sciait tout droit en un mouvement qui éloignait la scie de lui. Ça le fit penser à Lindsey. Il aurait aimé qu'elle le voie faire ça. Il voulait toujours l'impressionner.

La troisième bûche ne tenait pas très bien toute seule, alors il la maintint à l'aide de sa main gauche. Il se sentait maintenant assez habile avec la scie pour la manier d'une seule main. Il se contenta de bloquer le carter de protection en position haute pour ne pas avoir à le tenir de la main gauche. Il mit sa main gauche sur la bûche pour la maintenir. Il se rendit compte qu'il avait beaucoup de talents innés. Il aurait aimé que Lindsey puisse voir ça. Il était plutôt intelligent, comme gars. Il avait eu de bons résultats, pour l'année de fac qu'il avait faite, et il apprenait plutôt vite. Elle lui disait souvent qu'il gâchait un très gros potentiel, et il le savait. Mais il était encore jeune ! Il vieillissait, c'est vrai, il avait vingt-six ans, n'était plus qu'à quatre ans de la trentaine. En fait, il n'avait plus beaucoup de temps devant lui pour bien se préparer pour le reste de sa vie. Mais il pouvait encore le faire. Et ce week-end tombait au bon moment. Il règlerait tous ses problèmes d'alcool, et d'ici le mois prochain il saurait ce qu'il ferait du reste de sa vie. Il pourrait peut-être monter une petite entreprise. Ou finir ses études en criminologie. Voyez comme il est ingénieux, comme il coupe bien le bois. Il rencontrerait peut-être quelqu'un d'autre. Ou il pourrait peut-être reconquérir Lindsey. Il pourrait lui demander de l'épouser.

Elle voulait se marier. Il aurait dû l'épouser. Elle avait abordé ce sujet très brutalement. *Est-ce que tu as seulement envie de m'épouser ?* Il ne se souvenait pas de ce qu'il avait répondu. Mais ce n'était pas la bonne réponse.

Il voyait maintenant que le mariage l'aurait stabilisé. Il se serait repris en main. Lindsey le voyait, elle aussi. C'était pour ça qu'elle le lui avait demandé. Mais il avait été trop bête pour s'en rendre compte. Il avait toujours eu un temps de retard sur elle.

Mais il n'avait jamais compris ce qui avait changé. C'était venu très soudainement. Une ou deux semaines après sa question sur le mariage. Elle avait arrêté de boire un mois plus tôt. Elle était comme changée. Et puis, un jour, ils étaient sortis pour acheter un canapé. Elle allait emménager dans un nouvel appartement, avec deux chambres. Nick craignait qu'elle lui demande d'emménager avec elle. Qu'elle lui repose la question du mariage. Il faisait l'idiot. Essayait de la distraire. Il dit quelque chose à propos des coussins, à propos des ressorts, à propos de l'envie de sauter sur un canapé, comme un gamin. Il était en train de se tortiller sur un canapé blanc plein de froufrous quand il leva les yeux. Et constata qu'elle le fixait.

— Tu ne changeras jamais, avait-elle dit.

Et elle s'était levée, et elle était partie.

Nick avait été tellement surpris qu'il ne l'avait pas suivie. En fait, il était en colère. Elle avait fui ! Il était resté assis sur le canapé blanc. Il l'avait attendue. S'était discrètement éclipsé une demi-heure plus tard.

Elle ne répondait pas quand il frappait chez elle. Lui avait interdit l'accès à son bureau. Il l'avait attendue dans la rue, mais elle ne s'y était jamais montrée. Elle devait l'avoir vu. Elle devait être sortie par la porte de derrière, furtivement. Il était si furieux. Elle ne voulait même pas lui accorder une dernière dispute. Il avait dû se battre avec elle dans sa tête. Il s'en était lassé. Avait essayé d'oublier tout ça. Était passé à autre chose. Puis avait rechuté. Inquiet, soudain : y avait-il un autre homme ? C'était un mois plus tard, un mois et demi, peut-être. Il l'avait suivie. Suivie à son travail, suivie chez elle. Elle était allée chez le médecin. Elle était allée faire des courses. Elle avait pleuré dans sa voiture. Il avait failli aller la consoler. Mais comment expliquer ? Et puis aussi, il était ivre. Alors il l'avait juste regardée pleurer. Il n'y avait pas d'autre homme. Il y avait juste Lindsey, qui pleurait seule dans sa voiture. Elle avait pris du poids, elle semblait différente. Elle était différente. Plus saine sans lui. Après ça, il cessa de la suivre. Il essaya de passer à autre chose. Il était en train de passer à autre chose. Elle était mieux sans lui.

Il pourrait être mieux. Mieux sans elle. Sauf des jours comme aujourd'hui. Ou cet après-midi-là. Elle rentrait juste de la salle de gym. Elle avait enlevé son T-shirt. Elle portait une brassière de sport violette. Elle l'avait gardée pendant qu'elle

IL S'ÉTAIT COUPÉ les doigts de la main gauche. Un instant. Non, ça va pas. Ça va pas.

Il ferait sans doute mieux de lâcher la scie. Il la lâcha. Le bruit du moteur s'atténua, puis s'arrêta. Son cerveau était bloqué sur cette boucle étrange, il hurlait *mal mal mal*, mais une autre partie de son cerveau voulait que cette partie hurlante se calme et regarde ses doigts. *Doigts doigts doigts*, hurlait son cerveau.

Lorsque l'horreur lui tomba dessus comme une cascade ce fut un froid physique, non pas une métaphore, la sensation vraie et étrange d'être plongé sous l'eau. Il n'arrivait pas à y croire alors même qu'il voyait ce qui s'était vraiment produit, ce truc qui n'était qu'un truc que vos profs d'atelier vous disaient pour vous faire peur, qui n'était pas un truc qui pouvait réellement arriver. Il sentit l'air froid sur le sang humide et il s'essuya la main sur son pantalon mais sa main ne toucha pas son pantalon, sa main était plus courte qu'elle aurait dû, et il se rendit enfin physiquement compte qu'il s'était coupé les doigts de la main, *sang sang sang sang*, hurlait son cerveau et du moins comprit-il qu'il devait faire cesser l'hémorragie, alors il leva la main, comme un élève avide de répondre.

Le monde était étrangement calme et le temps était étrangement lent tandis qu'il se demandait quoi faire, et il s'était peut-être écoulé deux secondes lorsque soudain la douleur lui parvint et il hurla.

Sa vision se troubla sur les côtés et il sentit qu'il allait s'évanouir, alors il s'assit, la main toujours levée, et ses propres hurlements lui revenaient en écho depuis l'autre bout du pré. Il haleta. Il allait devoir mettre ses doigts coupés dans de la glace. Il regarda le billot et il ne les vit pas, il se les était imaginés lovés autour de la lame de la scie, comme l'espèce d'accessoire d'Halloween ringard avec lequel il s'imaginait taquiner ses futurs enfants, mais la scie était par terre et les doigts n'étaient pas là, et il vit que les projections de sang formaient une belle spirale sur la lame.

Sang sang sang, il fallait qu'il stoppe correctement l'hémorragie, il passa une main sous son gilet et sous sa chemise à carreaux, il tira sur son maillot de corps pour le décoller de son torse, et il y enveloppa sa main blessée, de sorte qu'il la tenait maintenant drapée contre son ventre, et ça l'aida à y voir clair, elle était enveloppée et hors de vue. Il chercha ses doigts du regard et ne les trouva pas. *Bourbon bourbon bourbon*, dit soudain son cerveau, solution à tous les problèmes, la vraie, la meilleure, alors il se leva prudemment, attrapa la cannette de bière, la but, puis alla à la cabane, trouva la bouteille à soixante-dix dollars et but, *trois doigts de whiskey, ah ah ah*.

Il prit une profonde respiration, une autre gorgée, puis pensa, très rapidement, *clés portefeuille rouler rouler rouler*. D'abord un bandage, son maillot de corps était trempé de sang, il ouvrit un placard et ne trouva rien, pas même un rouleau d'essuie-tout, il y avait une serviette dans la salle de bains mais elle était trop grande, son bras était fatigué, alors il prit son dernier maillot de corps propre, s'assit au bord du lit, et se prépara à déballer sa main.

Il éprouvait une douleur folle alors qu'il sentait la moiteur fraîche du sang et il se força à regarder, d'un œil, sa main, c'était un spectacle d'horreur, ça continuait à saigner et il y avait une surface plate au bout de son pouce et de ses deux premiers doigts, on aurait dit une entrecôte à l'os de dessin animé. Il eut un haut-le-cœur mais il le contrôla (*l'entraînement de toute une vie, ah ah ah*) et il se dépêcha de couvrir sa main avec le maillot de corps, puis de la bander, en retenant sa respiration, en faisant de son mieux pour serrer fort. Il se maudit de ne pas avoir emporté de ceinture. Il n'en avait même plus. Il alla à la cuisine, prit une paire de ciseaux, coupa la sangle de son sac à dos, les ciseaux ne coupaient pas très bien, ils rongeaient lentement la sangle synthétique, mais il y arriva, passa la sangle autour de son avant-bras et serra fort. Puis sans qu'il sache comment il parvint enfin à pousser son organisme à produire des endorphines, et un flot de soulagement inonda son cerveau, et s'il y avait encore de la douleur du moins était-elle bordée d'optimisme. Il se rendit compte que tout était la faute de Lindsey. Mais ce n'était pas le moment de s'y attarder. Il était temps de partir. Dehors, le soleil s'était couché, les lueurs rouges s'atténuaient dans la forêt. *Clés portefeuille fonce.*

Il monta dans la voiture, la bouteille de bourbon haut-de-gamme calée entre ses cuisses. Il y avait un bon côté, évidemment, c'était que ça lui ferait peut-être perdre une année de compassion de sa mère, ce qui le rapprocherait du fond ;

elle avait passé sa vie à essayer de l'empêcher de se crever un œil, et voilà qu'il venait de se trancher deux doigts et un pouce.

L'automutilation, se rendit-il compte, devait indiscutablement être la douzième étape. Il y était parvenu sans avoir à repousser sa mère ! Il était purifié, il avait survécu, il avait sauté plusieurs étapes et touché le fond sans avoir à se mettre sa mère à dos. Il fut pris de vertige en s'imaginant star d'une réunion des AA, racontant la terrible histoire du jour où il avait enfin touché le fond, parce que combien d'autres gens avaient comme fond le fait de se trancher leurs propres doigts à la scie circulaire ?

Le temps qu'il dépasse le pré et entre dans la forêt, il était dans un état de concentration parfaite. Il sentait clairement chaque centimètre de pneu qui entrait en contact avec la piste de terre, sentait qu'il était en mesure d'anticiper tous les virages et qu'il

C'ÉTAIT ENCORE SAMEDI, il en était à peu près sûr, et il comprit avant d'ouvrir les yeux que ce serait la pire de toutes ses gueules de bois, le regret et la culpabilité étaient présents, aussi profonds l'un que l'autre, c'étaient des sensations dont il n'avait pas encore identifié la cause, et son corps tout entier lui faisait l'impression d'être pris dans une gangue de nausée de dix centimètres d'épaisseur, une vraie matière visqueuse palpable. Il avait également très froid, ses muscles lui faisaient mal à force de frissonner, mais persistaient à frissonner, et il ne voulait pas ouvrir les yeux mais il avait tellement soif, et il avait besoin de pisser, alors il ouvrit les yeux et vit, au grand jour, qu'il était assis à l'avant de sa voiture qui avait percuté un arbre. Cette vue lui rappela le problème de sa main, mais il choisit de ne pas regarder, il n'avait pas besoin de la voir, il se contenta de laisser sa main, où elle se trouvait, bandée contre son ventre, elle n'était peut-être qu'un peu cassée, ce n'était peut-être qu'un mauvais rêve.

Il hésita, profita encore une seconde de ce moment des possibles – peut-être que sa blessure à la main n'était pas si grave que ça, peut-être que la voiture allait redémarrer –

puis il tourna la clé et le moteur ne fit pas le moindre bruit, seul le voyant problème moteur se mit à clignoter. Il tourna encore plusieurs fois la clé, ça ne marchait pas mais il se sentait trop faible et trop nauséeux pour réellement en éprouver de la colère, puis il regarda autour de lui sans autre but véritable que de trouver quelque chose qui le fasse se sentir mieux, et là, hourra ! Il vit la bouteille sur le plancher, avec encore du bon bourbon dedans. Il but tout ce qu'il y avait. Sentit le bourbon lui inonder les veines. Il inclina son siège au maximum. Ferma les yeux, tenta de se détendre. Son corps essaya de frissonner, n'y parvint pas. Ses muscles lui faisaient mal. Il avait tellement froid. Il compta jusqu'à trois. Puis recommença. La troisième fois, il arriva à se forcer à ouvrir la portière, et à sortir.

La voiture se trouvait à plusieurs mètres de la route. Des traces dans les feuilles mortes, sur un tronc d'arbre. Il regarda par-delà le capot. Si l'arbre ne l'avait pas arrêté, la voiture aurait continué. Il se serait fracassé contre la partie la plus abrupte de la colline. Il aurait pris de la vitesse et il serait peut-être mort. Petits réconforts. Ou peut-être que ça aurait mieux valu.

Il aurait bien aimé avoir encore un peu de whiskey. Il savait déjà ce qu'il allait devoir faire. La grand-route était à vingt-cinq kilomètres de là. Mais il apercevait la terrasse de la cabane derrière les arbres. Il pourrait y arriver. Là-bas, il y avait de l'eau, et une autre petite flasque de whiskey. Quelqu'un viendrait à son secours.

Serrant sa main gauche contre son ventre, il tendit l'autre pour s'appuyer à l'arbre le plus proche, en tombant. Calé contre le tronc, il déboutonna sa braguette et pissa, un petit goutte-à-goutte faiblard, il essaya de ne pas se demander mais ne put s'empêcher de se demander s'il s'était cassé la bite, mais avec un peu de chance c'était juste ses reins.

Il se redressa et se retourna, tendit le bras pour prendre appui sur l'arbre suivant, tomba en avant contre lui, s'y appuya. S'appuyant lourdement contre cet arbre, il réussit à se relever, et il se mit en marche comme ça. Il gagnait un peu en stabilité à mesure qu'il sentait le sang se remettre à circuler dans son organisme, il arrivait à marcher plus longtemps entre deux chutes.

Il n'avait pas la moindre idée du temps qu'il avait mis pour rejoindre la cabane, s'il avait dû parier il aurait dit trois ans, mais il finit par tituber jusqu'au perron, s'effondra sur les marches, se releva, passa la porte, trifouilla la poignée, puis il fut pris d'une vive douleur au

NICK SE RÉVEILLA la tête contre quelque chose de dur et de rugueux. Il avait une douzaine de petits grains de terre sablonneuse enfoncés dans la joue, et sa bouche lui faisait l'effet d'être nappée de gravier. Il s'entendit gémir. Il se hissa sur son coude droit et de sa main il essuya la terre qui collait à sa joue. Il sentit les petits creux que ça avait formé, et fit jouer sa mâchoire.

Il était dans la cabane. Il faisait sombre, mais ses yeux s'accommodaient et il distinguait les vagues contours du canapé, le tas de bois près de la cheminée, le petit réfrigérateur format chambre d'internat de la cuisine.

La douleur qu'il éprouvait du côté gauche se diffusait le long de son bras. Il se souvint de sa main.

Il essaya de se lever. Puis essaya encore. Il reconnut qu'il n'y arriverait pas. “Faut croire que je vais juste mourir ici”, dit-il à voix haute, en toussant.

Et puis, soudaine sensation de froid, il se rendit compte que c'était peut-être vrai.

C'était une première. La première fois qu'il envisageait sérieusement l'idée de sa propre mort. Était-ce une des étapes ?

Il imagina Lindsey montant à la cabane et le trouvant, son corps pourri, juste un fémur dans le placard. *Ah ah*, pensa-t-il, et il toussa de nouveau. Il l'imagina venir demain. Sa mère l'avait appelée, *Nick a pris la voiture, ça fait des jours que je l'ai pas vu*, et Lindsey savait où il était, elle savait toujours tout – elle le connaissait ! Elle le connaissait si bien !

Pensant à elle, il eut envie de pleurer. Il repensa au jour où il l'avait vue pleurer dans sa voiture. Pourquoi n'était-il pas allé la voir ? Il y retournerait. C'était pour ça qu'il était venu à la cabane. L'endroit où il avait vraiment envie d'être, c'était près d'elle.

Il retournerait vers elle. Il montrerait à Lindsey qu'il pouvait être quelqu'un de bien. Il le lui ferait comprendre.

Il essaya encore de se lever, et cette fois il y parvint un tout petit peu. Il réussit à se redresser sur un genou. En un effort herculéen, il hissa son autre jambe par-dessus son genou, fit pivoter son corps, poussa sur sa main droite et se retrouva debout, accroupi, dans le noir. Progrès !

Il se pencha en avant et s'appuya sur le dossier du canapé, se stabilisa. Puis il leva les yeux et vit une tête à la fenêtre. Il se figea. Il y avait quelqu'un juste là dehors, à la fenêtre, au bout de la terrasse, qui regardait à l'intérieur. Puis il regarda l'autre fenêtre et il vit un autre homme. Nick pivota et vit une autre tête à la fenêtre latérale. Il y en avait des dizaines, à toutes les fenêtres, qui regardaient à l'intérieur. Ils tenaient des bêches près de leurs visages, et les tenaient comme des fourches.

— Un petit instant, dit Nick.

Mais la poignée de porte cliquetait.

Les hommes ouvraient la porte, allaient entrer dans la cabane.

"Un petit instant", dit Nick, mais sa vision se noyait et se rétrécissait, un rugissement montait dans ses oreilles, et il se tourna et se rua vers le débarras. Il heurta le mur, attrapa le chambranle, se propulsa à l'intérieur, puis fit une embardée sur le côté, renversa la caisse à outils, les tournevis volèrent. Il fit une embardée de l'autre côté et attrapa la poignée de la porte latérale. Il l'ouvrit brutalement, fit deux pas dans la cour, et se figea.

La cour autour de la cabane était jonchée de tombes.

Le cerveau de Nick repassa plusieurs fois sur ce fait. Il voyait des rangées de tombes irrégulières disposées en arcs de cercle, comme des fauteuils dans un auditorium. Il entendit des bruits de coups, derrière lui, dans la cabane, les hommes aux bêches arrivaient pour le prendre. C'est forcément un rêve, c'est forcément un rêve. Il sentait les petits grains sur sa joue, il sentait la douleur dans sa main gauche, il se sentait réel. C'était réel. Il allait mourir.

Et là, pour la première fois, il se rendit compte qu'il voulait vivre.

Il mit la main sur son cœur, et pensa à Lindsey. *Je t'aime*, pensa-t-il. *J'arrive.*

Il s'imagina en train de courir. Il se concentra, puis il compta, *Un deux trois fonce*, et là il courait pour de vrai. Il filait sur le chemin de planches entre les tombes, il esquivait à gauche, il esquivait à droite, comme s'il jouait de nouveau à la crosse, et puis il se rendit compte que s'il fermait les yeux, il pouvait courir encore plus vite, ses pieds touchaient à peine le sol, les arbres filaient en sifflant de part et d'autre et c'était

NICK OUVRIT les yeux comme on ouvre des sacs Ziploc. Il vit la glissière d'une grande route qui sinuait en un flot continu.

Il leva la tête et la fit basculer sur le côté gauche et vit un homme étrange au volant d'une voiture. C'était la voiture dans laquelle Nick roulait. D'accord. Donc Nick était assis sur le siège passager d'une voiture.

Le conducteur avait la soixantaine et portait une casquette de chasse orange. Nick essaya de dire bonjour et il lâcha un son de grenouille mourante.

— Hé, dit l'homme en lui jetant un bref coup d'œil. Tout va bien, mec.

— Eccce que jjje rêvve ? dit Nick.

— Hé, mec, t'as eu un accident de voiture. Je t'ai trouvé ce matin en route vers mon affût de chasse. Tu t'es mangé un arbre. T'as dc la chance d'être en vie.

— Je rêvvvais, dit Nick.

— Tu *conduisais*, le corrigea l'homme. T'as eu un accident de voiture.

Nick se racla la gorge.

— Ça vous dit quelque chose, dit-il très lentement, articulant du mieux qu'il le pouvait, des trous dans la terre. Des genres de tombes ?

L'homme jeta un petit coup d'œil nerveux à Nick, puis tendit le bras et lui donna un petit coup de poing dans l'épaule.

— Hé, mec ! T'as dégusté. T'inquiète, on est plus très loin de l'hôpital, maintenant.

Nick essaya de se frotter le visage, mais sa main gauche ne bougeait pas. Il baissa les yeux et la vit bandée dans son maillot de corps sale, contre son ventre, et la peau autour du tissu était enflée et brillante.

— Ohhhhhh mmmmerrrde, dit-il en se souvenant de sa main.

— Ça va aller, dit l'homme.

— J'étais là-haut, dit Nick. Y avait des tombes partout. Vous creusez des tombes ? Et vous chassez les gens ?

L'homme le regarda et lâcha une sorte de petit rire, une brève expiration.

— Écoute, t'as dégusté, maintenant détends-toi, d'accord. J'ai de l'eau si tu en veux.

Il fit un geste en direction d'une bouteille dans le porte-gobelet.

Nick secoua la tête, regarda par la fenêtre.

Il se sentait vraiment mal, mais son cerveau se remettait à fonctionner. Il commençait à comprendre ce qui s'était passé. Il avait vraiment touché le fond ce week-end. Il s'était tranché la main, avait bousillé sa voiture, et avait eu de graves hallucinations. Mais en même temps, il ne s'était pas tourné les pouces. Jeu de mot involontaire. Il avait vraiment réussi à se punir au cours de ces trois jours, non ? Il avait vraiment vu le pire de lui-même. Et n'était-ce pas là son but ?

Il se tourna vers l'homme qui conduisait.

— Excusez-moi. J'ai eu des hallucinations, dit-il. (Et puis, pour la toute première fois de sa vie, Nick dit :) J'ai un problème avec l'alcool.

L'homme eut l'air embarrassé et dit :

— On y est presque.

Soudain, Nick se demanda ce qu'il dirait à Lindsey. À propos de ses doigts perdus. Je l'ai fait pour toi, pourrait-il dire. Je voulais montrer que je me déteste autant que tu me détestes. Je voulais montrer que je ne suis pas ce dont tu as besoin. Et maintenant qu'il l'avait fait, il reviendrait vers elle. Il la retrouverait, il lui expliquerait tout. Il l'épouserait ! Une bouffée d'espoir l'envahit. Il eut envie de fêter ça.

— Vous auriez pas une cigarette ? demanda Nick.

L'homme rit.

— Je crois que tu vas t'en tirer, finalement, dit-il. (Il tapota sa poche toute plate.) Désolé, j'ai arrêté.

Nick fouilla soigneusement ses propres poches, d'abord celles de son jean, puis celles de son gilet, et il fut pris d'une grande joie : sa cigarette.

Par chance, la vieille voiture de l'homme avait encore un allume-cigare. Nick se pencha, l'enfonça, attendit qu'il soit chaud. Puis il le fut enfin. Nick alluma sa dernière cigarette. Il inhala. Il sentit la bonne énergie filer dans toutes ses articulations, alors même que son estomac se soulevait. Il ne devrait pas fumer, il le savait. Mais cette cigarette était si bonne. C'était l'ultime fragment de son week-end. Bientôt, il serait à l'hôpital, l'endroit parfait pour se sevrer. Il fallait qu'il se prépare pour Lindsey. Il était plus que temps. Cette cigarette serait vraiment sa dernière, et il comptait la savourer. Pourquoi se priver de ce dernier plaisir ? Nick se trouvait suffisamment puni comme ça.

QUATRIÈME PARTIE

À nous

2011

Haley—

C'est Alice. (J'ai dû me créer une nouvelle adresse mail.)

Mauvaise nouvelle : j'ai quitté Q, puis j'ai quitté la ville, l'un après l'autre, très vite. Je suis fauchée, financièrement comme mentalement. Là, je roule vers le sud.

Ce qui m'amène à (ou plutôt, ce qui, j'espère, m'amènera à) : Bethany Beach.

Ta mère a toujours son appart ? Est-ce que je peux y aller ?

Juste quelques jours. J'ai besoin d'un endroit où Q ne pourra pas me trouver.

Ne me dis pas non,
Alice

Haley—

Je suis arrivée à l'appart hier soir, tard. L'odeur de chlore dans le hall, aussi familière qu'un vieux T-shirt qu'on aime.

La personne de l'accueil m'a donné la clé, sans aucun problème (merci d'avoir appelé).

L'appartement lui-même : faille temporelle totale. Rien n'a changé depuis ma dernière visite (ce séjour en été, après la fac, je crois). Aucun napperon n'a bougé, je te jure.

Pas pu dormir. Suis restée éveillée et j'ai compté tous les lapins. Si t'as enfin envie de savoir, y en a 187 (en comptant les bibelots et les assiettes décoratives, mais pas le papier peint de la salle de bains).

Je ne me moque pas. Tu sais que j'adore cet appart. Et je te suis si reconnaissante. Pour ta générosité ; et aussi pour les stocks de guerre de ta mère en plats surgelés, romans policiers, et bières légères. Ça fait à peine vingt-quatre heures que je suis ici, et j'en ai déjà englouti deux spécimens de chaque.

Aujourd'hui, j'ai passé l'essentiel de la journée à boire et à penser à Q. Je suis descendue à l'océan avec une glacière pleine de bières – je voulais regarder les vagues et réexaminer ma relation avec Q, depuis le début. Je voulais trouver le moment exact où j'ai commencé à me mentir à son sujet. Il m'a fallu trois bières rien que pour revoir notre premier rendez-vous.

Là, je suis sur le balcon, en fin d'après-midi, penchée sur la lueur de ce téléphone. Écrire m'épuise. Les muscles de mes doigts ne sont pas en grande forme. Mais écrire est aussi thérapeutique. Et ton mail a été le plus beau rayon de soleil de ma journée.

Pour répondre à ta question : la voiture appartient à Q. J'ai pris ses clés et son téléphone en partant. Au milieu d'une grosse dispute. Il était dans la cuisine. Il ouvrait violemment tous les tiroirs. Je suis sortie avant qu'il trouve ce qu'il cherchait.

Ne t'inquiète pas, j'ai déjà vérifié, le téléphone n'est pas traçable (Q est paranoïaque à propos de ses données). Je suis sûre qu'il a signalé le vol de sa voiture, mais elle est à l'abri dans le parking de l'immeuble, et je suis moi-même à l'abri ici, pour le moment, toute seule.

J'ai bien conscience de paraître mélodramatique. Pardonne-moi et je te raconterai tout, un jour,

Ton Alice, devant son surgelé de cuisine diététique.

Haley—

Tu sais que t'es la meilleure ? La. Meilleure. Je te suis terriblement reconnaissante pour ce PRÊT, et je te rembourserai, s'il te plaît ne discute pas.

Mais le problème, c'est qu'un transfert par Internet, ça ne marche pas.

Q a changé tous mes mots de passe. (D'où la nouvelle adresse mail.) Je ne peux pas accéder à mes comptes. J'ai honte de te dire ça, mais la seule chose que je puisse utiliser, juste là, c'est du liquide. Ça me tue de te demander ça, mais… est-ce que tu pourrais m'envoyer un mandat, via USPS* ?

Sinon tant pis. Ça ira, je te promets. Ton amitié est la seule chose qui compte. S'il te plaît, ne t'arrête jamais de m'écrire. J'ai besoin de cette distraction. Q a essayé de m'appeler. J'ai

* United States Postal Service, service postal public des États-Unis.

coupé la sonnerie, mais à chaque fois que je regarde l'écran il y a douze appels manqués, tous du même numéro.

Je ne comprends pas son raisonnement. Qu'est-ce qu'il espère ? Que je prenne l'appel ? Qu'il puisse me dire un truc qui me fera tout lui pardonner ?

Hypothèse terrifiante : il ne supporte pas que je l'ignore. Il est prêt à tout pour me faire réagir. Il n'a pas réfléchi plus loin que ça.

Ça m'épuise de penser que je risque de passer ma vie entière à fuir un homme qui n'a pas le moindre sens des causes et des conséquences. Une vie passée comme ça,

En planque,

Alice

Haley—

La paix, enfin. J’ai mis mon téléphone en mode avion. Q peut m’appeler tant qu’il veut.

Évidemment, ça signifie aussi que je ne peux pas t’envoyer ce mail. Mais ça me fait quand même du bien de t’écrire, même si c’est

Juste pour de faux,

Alice

Haley—

J'arrive pas à dormir. J'arrive pas à me défaire de l'impression que Q va venir me chercher, ce soir.

Je ne peux pas désactiver le mode avion de mon téléphone. Je préfère ne pas savoir. Je vais continuer à t'écrire ces brouillons de mails, pour me distraire. Peut-être que je te les enverrai plus tard.

Tu me dirais sans doute que je m'affole pour rien.

Mais tu ne sais même pas la moitié de ce qui s'est passé.

Je l'ai rencontré à ta soirée d'anniversaire, celle de tes vingt-cinq ans. Au Jake Rack's, le bar d'extérieur à Fort Greene. J'y étais allée avec Andy, le musicien. Je l'avais rencontré sur Internet. Tu ne te souviens sans doute pas d'Andy. Un mec super rasoir.

Sais-tu à quel point cette année-là fut difficile pour moi ? J'espère que non. J'ai passé tellement de temps à te le cacher. Parce qu'il nous était déjà arrivé de nous éloigner l'une de l'autre. Mon transfert dans le privé, en troisième. Après nos années de collège où nous étions inséparables, tu es devenue une star de l'athlétisme, et la meilleure élève de ton lycée, et moi je suis devenue la mauvaise fille sous antidépresseurs qui a besoin de soutien en maths, la fille qui fumait dans les toilettes autant que les autres mais qui se faisait prendre deux fois plus souvent. Mais ne parlons pas de ces vilaines vieilles années. Dieu merci nous nous sommes retrouvées l'été avant la fac. Nous nous sommes juré de ne plus nous éloigner l'une de l'autre.

Et puis ce furent les années de notre vingtaine : nous avons emménagé ensemble à New York, et tu t'y es sentie comme un poisson dans l'eau. Entre ton court-métrage programmé à Sundance et ton boulot à temps partiel pour le festival du film de Tribeca. Tu allais à des soirées où tu traînais avec des acteurs et des actrices célèbres. Tu travaillais sur ton premier long-métrage documentaire (un film expérimental sur la culture du viol). Tu sortais avec le guitariste d'un groupe très prometteur. Moi, je ramais pour être à la hauteur, je rêvais d'écrire un roman d'horreur, je fonçais tête baissée dans mon premier job comme rédactrice de critiques de cinéma, je me tuais à essayer d'être assez chic pour être ton amie.

J'ai fait des missions d'intérim pour payer les factures. J'ai rédigé des petits articles de réflexion sur la pop culture pour la version en ligne de *Rolling Stone*, payés des cacahuètes. Pour me faire un nom, pour essayer de me faire un nom. Mais, dans l'ensemble, ça m'a surtout valu des lettres d'insulte, elles se déversaient dans ma boîte mail comme un vrai défilé de zombies. Des tonnes de paragraphes haineux à propos de mon corps (trop gros) et de mon intelligence (trop petite). Un jour, j'avais émis l'idée d'un remake exclusivement féminin d'*Invasion Los Angeles* ; quelqu'un m'a envoyé un dessin de moi pendue la tête en bas, entre deux porcs, dans un abattoir. C'était incroyablement réaliste. Son auteur avait dû y passer *des heures*.

Je dormais très mal. Je m'énervais pour un rien. J'avais terriblement besoin de réconfort. J'ai rencontré Andy sur Internet. Ah, Andy : incroyablement chiant, incroyablement fiable. Il arrivait toujours cinq minutes en avance à nos rendez-vous. Il ne faisait jamais le premier pas pour qu'on baise, il attendait toujours que ça vienne de moi. (Et au début, ça me plaisait ; à ce moment-là, je n'avais vraiment connu qu'un seul autre homme, qui était tout aussi attentionné.) Andy dormait sur le dos, ronflait doucement, ne bougeait pas de toute la nuit. Il jouait du piano dans le hall d'un hôtel. Je le détestais, plus ou moins. Je continuais à coucher avec lui parce que je n'aimais pas être seule la nuit. J'aimais bien son odeur, ceci dit. Et cette façon qu'il avait de ne jamais rien demander. Mais j'attendais le jour où je rencontrerais quelqu'un de chic. Quelqu'un qui m'aide à t'impressionner.

J'ai eu aussi Khloé. Mon vrai grand amour ! Tu te souviens de Jordan Owen, qui m'envoyait toutes ces photos de chats abandonnés qu'il accueillait ? Khloé est arrivée dans ma messagerie le même jour que le dessin de l'abattoir. J'ai lu son histoire et j'ai pleuré. Elle avait sept ans, elle était grosse. Elle n'avait aucune chance face aux adorables chatons du refuge. Elle avait été abandonnée par une mère célibataire qui vivait avec ses deux filles à Jersey City. Le nouveau petit ami de la mère n'aimait pas les chats. J'ai répondu *je la veux je la veux je la veux* avant même de prendre le temps de réfléchir aux bacs à litière, aux frais de vétérinaire et au fait que les chats n'étaient pas autorisés dans mon appartement. Je l'ai fait entrer en douce, par l'escalier, cachée dans un sac à dos. Elle m'a suivie dans l'appartement comme un petit chien. Je l'aimais tellement tellement tellement ma douce Khloé.

Alors, pour résumer, ma vie : je couchais avec un mec chiant juste pour me sentir protégée, la nuit, contre des intrus imaginaires. J'étais gaga d'une vieille chatte obèse. Je lisais des tonnes de mails d'insulte. J'allais à des soirées où tes amis sophistiqués n'arrêtaient pas de te lécher les bottes, et où tu faisais très gentiment de ton mieux pour me garder dans la conversation, et moi, je me débattais comme une diablesse pour être à la hauteur : je plaisantais, j'émettais des opinions sur l'actualité, je racontais des anecdotes tirées de ma vie rangée de rebelle suburbaine. Q est entré dans ce tableau comme une fin de comédie romantique, il ne m'apportait pas juste une protection, mais de la confiance, de la chaleur, des compliments, tout ce que l'éducation des filles les pousse à désirer.

Chose amusante : à l'époque, j'étais heureuse pour la mère célibataire qui avait dû abandonner Khloé. Tant mieux pour toi, pensais-je. Vas-y, profite de l'amour que tu mérites. Ne laisse pas un chat t'empêcher d'être heureuse. Aujourd'hui, j'éprouve le sentiment inverse. J'ai peur de savoir comment ça a tourné. Je me demande combien d'autres concessions ce petit ami a exigé de cette femme.

Tu te souviens des braseros, au Jake Rack's, au printemps ? Quand il ne faisait pas encore tout à fait assez chaud pour qu'on s'installe dehors. Ce soir-là, j'étais en train d'essayer d'impressionner je ne sais plus lequel de tes amis chic. Andy était parti au bar. La main à moitié levée, timide, il essayait d'attirer l'attention du barman. Je me lamentais en expliquant que la gentrification de Brooklyn nous faisait fétichiser les vieux clichés sur les supposés centres-villes mal famés. Ces putains de braseros, disais-je, c'est le gimmick dont on se servait dans les années 1980 pour camper visuellement un quartier difficile. D'un geste théâtral, j'ai montré le feu qui brûlait près de la porte. Et Q est arrivé. De sorte que j'ai eu l'air de montrer Q du doigt.

Q a haussé les sourcils sous le coup de la surprise. J'ai réalisé ce qui venait de se passer. J'étais morte de honte, mon cœur s'est serré. Mais il m'a dit plus tard que c'était un truc dont il avait toujours rêvé : entrer quelque part et voir la plus belle fille de la pièce le pointer tout de suite du doigt : *C'est lui. C'est lui que je veux*.

J'ai laissé retomber mon bras. Q a regardé par-dessus son épaule, il n'y avait personne derrière lui. Il a pointé son doigt sur sa propre poitrine et il a fait *Moi ?* en articulant bien mais sans produire de son. Il avait un visage expressif, ouvert, avec des traits marqués qui ne paraissent pas jolis au premier coup d'œil, mais qui te captivent tout de suite. Comme un acteur. Il portait une chemise rouge à carreaux, et il avait les cheveux assez longs pour se les mettre derrière l'oreille, comme les rockers grunge dont j'étais amoureuse au tout début de ma puberté. J'ai fait non de la tête, *Non ! Désolée !* mais il ne me quittait pas des yeux, secouait la tête d'un air surpris, me disait en silence *Moi ? Moi ?*

Je suis allée le voir pour m'excuser. Je leur ai dit bonjour, à lui et son ami, alors que son ami – bon partenaire – était déjà en train de s'éclipser, pour nous laisser de l'espace, comme s'il ne connaissait même pas Q. Je me suis tournée vers Q. Je ne voulais pas être grossière, j'étais juste en train de parler de ce… Il m'a coupée. Ça m'a plu, il m'a dit. Et j'étais sur le point de vous montrer du doigt.

J'en avais marre d'Andy. On s'était trouvés sur un site de rencontres. Par définition, on voulait tous les deux quelque chose de l'autre. Et pourtant, il n'a jamais voulu reconnaître qu'il me voulait. Il inventait des excuses pour me faire venir à son appart. La première fois qu'il m'a embrassée, il s'est approché de moi en me disant je crois que tu as un truc dans l'œil. Et là je me tenais à côté d'un brasero et Q me regardait fixement dans les yeux, et Andy essayait vainement d'attirer l'attention du barman, et Q a dit, Je vous offre un verre.

C'était un des rares plaisirs fiables de ma vie d'alors : donner ma carte de visite. J'avais jamais eu de carte de visite. Quand j'étais petite, j'en avais fait des fausses, pour jouer. Je trouvais que rien ne donnait plus l'air d'être une adulte qu'une carte de visite. Après avoir passé des semaines à m'inquiéter de leur prix, j'étais allée sur Internet et j'avais été ravie de voir qu'on pouvait s'en faire imprimer pour l'équivalent de deux bières au Jake Rack's. J'en avais commandé cinq cents, et j'avais même payé un petit supplément pour la version gaufrée.

Non, j'ai dit à Q. Je suis avec quelqu'un. Mais, j'ai dit en lui tendant ma carte, prenez ma carte. Appelez-moi. Il a pris ma carte. Il a souri en la lisant. Il faisait courir son pouce sur le gaufrage de mon nom.

Une demi-heure plus tard, il m'envoie un texto. Merci pour votre carte, maintenant vous aussi, vous avez mon numéro. Puis, une seconde plus tard : vous avez un très joli rire. Je venais de rire. Les gens avec qui je parlais riaient encore. Je m'écarte un peu, je pose ma bière sur une table pas loin, je regarde autour de moi. Je repère Q au bar, en train d'écrire sur son téléphone. Il lève les yeux, il me voit, il me sourit. Au même moment, mon téléphone bippe : Ne vous laissez pas distraire par moi. Il me regarde avec un petit sourire. Je cherche quoi lui répondre, et je me décide pour : Je bosse sur Internet, je passe mes journées à ne pas me laisser distraire, vous ne pourriez pas me distraire même si vous le vouliez. Je tape un smiley, puis je l'efface, puis j'appuie sur Envoi.

Mes articles vivaient sur Internet. Plus je répondais aux commentaires que les gens faisaient, plus il y avait de gens qui venaient commenter mes articles. Il n'y avait donc rien d'étrange à ce que je passe tant de temps sur mon téléphone ce soir-là. Que je m'écarte du groupe pour m'occuper de mon écran. Mais là, c'était différent. C'était la conversation par SMS la plus intime que j'aie jamais eue. Le genre de conversation profonde qui te donne l'impression que ce n'est que la première, qu'il y en aura plein d'autres, et puis aussi qu'elle ne durera jamais assez longtemps. C'est bizarre comme ça a l'air romantique, quand je t'en parle comme ça. Aujourd'hui, étant donné la suite. Mais ça l'était.

Au retour, j'ai partagé un taxi avec Andy. Je lui ai dit que j'avais mal à la tête. J'ai dit au chauffeur qu'il y aurait deux arrêts. D'accord, a dit le chauffeur. D'accord, a dit Andy, avec le même degré d'émotion. Je ne lui ai plus jamais parlé depuis. Il a fini par descendre. Je me suis calée au fond de la banquette de ce taxi obscur. Encore vingt rues. Je continuais à échanger des textos avec Q, en écoutant le murmure de la conversation téléphonique du chauffeur. Khloé m'a accueillie à la porte en ronronnant. J'ai rencontré quelqu'un, je lui ai dit en la prenant dans mes bras. Miaou, elle m'a dit, toujours aussi fidèle dans son soutien.

Nous nous sommes retrouvés pour un café l'après-midi suivant. C'était magique. Une de ces journées qu'on ne voit pas passer. On se coupait sans cesse. Trop de nouveaux sujets. Pas assez de temps dans l'univers pour dire tout ce que t'as envie de dire. On est restés pour deux capuccinos, je faisais tout ce que je pouvais pour le charmer. Il a pris ma main, m'a caressé le poignet du bout du pouce, l'air de rien.

Le café s'est transformé en dîner. Et puis en verres à son appartement. Un immeuble moderne très élégant à Williamsburg, qui avait l'air hermétiquement scellé. La lumière du soir qui glisse sur la façade de verre. À l'intérieur, un ascenseur tapissé de miroirs. Le petit œil noir d'une caméra de surveillance juste au-dessus des boutons. Odeur de magasin de chaussures de luxe. Place de parking incluse. Je n'avais jamais connu de gens qui habitaient dans des immeubles comme ça. Même pas Andy, qui travaillait pourtant dans la finance. Je me demandais d'où Q tirait tout cet argent. Il faisait un doctorat. Un doctorat de philosophie. D'un héritage, je me suis dit, et j'ai honte de t'avouer que je voyais ça comme une cerise sur le gâteau.

Son appartement était plus chaleureux que l'immeuble. Grandes baies vitrées. Photos de paysages en noir et blanc encadrées sur les murs. Porte de frigo couverte d'invitations à des mariages d'amis. Il y avait une magnifique couverture de laine grise sur le canapé. On s'est enveloppés dedans tout nus et on n'a pas bougé jusqu'au dimanche en fin d'après-midi.

Avec le recul, y avait-il des signes avant-coureurs ? Peut-être que oui. Quand j'étais allée chercher le pichet d'eau dans le frigo, ce premier soir, je m'étais arrêtée pour regarder toutes les invitations. Leur nombre m'avait impressionnée. Il y avait un couple gay, la cinquantaine, leur carte était écrite en français. Un homme blanc et une femme noire, qui s'étaient fiancés en faisant de l'alpinisme. Un autre couple qui ne devait pas peser plus de quarante kilos à eux deux, et qui avait choisi de présenter son invitation sous forme d'un match de boxe. Eve et Michael.

La plupart des invitations étaient pour des mariages ayant déjà eu lieu. Mais pour Eve et Michael, les boxeurs, c'était dans pas longtemps, à peine deux mois. Je me suis tout de suite prise à rêver que Q m'y emmènerait. À mesure que les semaines passaient, j'y pensais de plus en plus. C'était devenu l'étalon auquel j'évaluais notre relation : Quand m'aimera-t-il assez pour m'inviter à ce mariage ? Je craignais qu'il ait déjà une cavalière. Je ne voulais pas le savoir. Je ne pouvais pas lui poser la question.

La semaine avant le mariage d'Eve et Michael, j'étais vraiment dans un sale état. J'ai tellement salopé une critique que les responsables du site ont refusé de la mettre en ligne. C'était la première fois qu'ils me refusaient un texte. Le samedi, je suis allée chez Q pour faire des raviolis. J'ai mis une jolie robe et des jolies chaussures dans mon sac de gym, juste au cas où, et j'avais l'impression d'être folle. À trois heures de l'après-midi, alors qu'il était encore vêtu d'un T-shirt plein de trous, j'ai fini par lui demander. Tu ne vas pas au mariage d'Eve et Michael ? C'est aujourd'hui. Il m'a regardée. Du genre, *Mais de quel mariage tu parles ?* Je lui ai montré le frigo du doigt. Ah, il me dit, C'est pas vraiment des amis proches. Ah bon ? je lui dis, et ça t'arrive souvent, d'être invité à des mariages d'amis qui ne sont pas vraiment des amis proches ? Et je me suis mise à rire. Le soulagement m'inondait comme un verre d'alcool fort. Je riais hystériquement. Je ne lui ai pas demandé pourquoi, dans ce cas, il avait mis l'invitation sur le frigo. Trop soulagée pour continuer à m'en soucier. Ce genre d'angoisses, c'était fini.

Ce n'est que plus tard que je me suis rendu compte que toutes ces invitations, Q les avait volées. Dans son immeuble, les boîtes aux lettres ne fermaient pas à clé. Les avait-il volées pour m'impressionner ? Il était fils unique, ses parents étaient morts, je n'ai jamais rencontré un seul autre membre de sa famille. Juste quelques amis, pour le dîner, et rarement plus de deux fois. Au cours de nos trois ans de vie commune, je n'ai jamais vu de nouvelle invitation atterrir sur le frigo, et on n'est jamais allés à un mariage ensemble, pas une seule fois.

Mais je m'emballe. Cette histoire de mariage, c'était au bout de huit semaines. Notre première semaine, c'est une histoire toute différente, en elle-même et pour elle-même.

Je suis rentrée retrouver Khloé le dimanche (elle m'attendait, roulée en boule devant la porte). J'ai passé les six jours suivants à me retenir d'envoyer des textos à Q. Prudence et discipline. Torture délicieuse. C'était si bon. D'avoir rencontré un homme et d'avoir passé tout le week-end avec lui. De n'avoir l'un et l'autre qu'une seule envie, celle de se voir plus. Ces sentiments ne durent pas. Je voulais quelques jours de plus comme ça. J'avais vingt-cinq ans et j'avais déjà connu plusieurs fois ces premiers bourgeonnements de l'amour. J'étais à moitié prête à passer toute ma vie avec Q. Ce qui voulait dire que c'était la dernière première semaine d'amour de ma vie, et je comptais la savourer.

Cette semaine-là, alors que je me retenais d'envoyer des textos à Q, je suis allée consulter un voyant. Ça faisait quelque temps que j'avais prévu de le faire. Voyant Conseiller Spirituel Spécialiste de l'Amour, petit auvent violet et néon bleu disant INTERPRÉTEZ LES SIGNES. J'avais toujours voulu y aller. Le problème, c'était que je n'avais jamais rien compris aux horaires d'ouverture. Quand je passais devant à sept heures du matin en faisant mon jogging, l'enseigne en néon était allumée, mais quand je repassais à huit heures, douchée, habillée, avec une demi-heure à perdre avant d'aller au travail, elle était éteinte. Quand je passais à onze heures et demi du soir le vendredi, en titubant un peu parce que j'avais trop bu, l'enseigne était allumée, mais quand je repassais le lendemain à la même heure, je la trouvais éteinte. Le mercredi soir après ma rencontre avec Q, en rentrant du boulot, elle s'est allumée pile quand je passais devant. Interprétez les signes, m'a-t-elle dit.

La personne qui est venue ouvrir la porte ne ressemblait pas à un voyant, mais peut-être que mon idée des voyants avait été façonnée par les mêmes films de je-m'en-foutiste des années 1980 qui m'avaient induite en erreur sur la question des braseros et des quartiers difficiles. Entrez, m'a dit le voyant. C'était un blanc, à grosse barbe poivre et sel, genre jeune quadragénaire. Il portait une tunique de lin blanche et un long collier de perles de bois autour du cou. Il parlait avec une sorte d'affectation polie, m'appelait mademoiselle. Il m'a proposé un verre d'eau, ou un café, m'a invitée à m'asseoir devant une table de jeu basse recouverte d'une nappe à carreaux rouge. Vous êtes ici parce que vous êtes amoureuse, il me dit. Ce n'est peut-être pas tout à fait de l'amour, je lui dis. Ah, il me dit, mais ce n'est peut-être pas *pas* de l'amour. J'ai dû reconnaître qu'il disait vrai. La petite pièce était tendue de draps striés de traits faits à la bombe de peinture dorée. Le plafond était couvert de perles de carnaval fixées de façon précaire avec du ruban adhésif. Des bougies fournissaient l'éclairage. On aurait dit une maison hantée construite par des boy-scouts.

Vous avez beaucoup d'ambition pour votre vie, et vous craignez de ne pas réussir à satisfaire vos besoins personnels tout en vous efforçant d'atteindre vos buts. Vous luttez pour trouver l'équilibre entre votre besoin d'amour et votre besoin d'indépendance, le besoin que vous avez de prendre soin de vous-même. Vous avez parfois l'impression que personne ne vous comprend vraiment, et vous craignez que ce ne soit pas la faute des gens mais la vôtre, parce que vous ne savez pas vous ouvrir pour demander de l'aide. Vous espérez que cet amour vous aidera à apprendre à être vulnérable. Et puis aussi : Méfiez-vous de votre ami aux cheveux roux.

J'ai pensé à cette dernière phrase, la seule phrase précise. J'ai pas d'ami aux cheveux roux, je lui ai dit. Un ruban de perles est tombé du plafond. Juste sur ma gauche, en faisant du bruit. J'ai sursauté. C'est un signe ! a dit le voyant. Un signe de quoi ? j'ai dit. Il m'a regardée en ouvrant grand les yeux, mains écartées. Je crois que c'est à vous de l'interpréter, il a dit.

Je lui ai donné mes dix dollars, en m'efforçant maladivement de masquer ma déception. On m'a élevée pour que je traite tout le monde avec bonté et attention, comme si tout le monde avait des sentiments aussi fragiles que les miens. Ça m'a beaucoup donné à réfléchir, j'ai dit au voyant, bien poliment. Debout dans le vestibule, sur le point de partir. Il m'a regardée en plissant les yeux. Voulez-vous que cette personne tombe amoureuse de vous ? Je n'ai pas réfléchi. Oui. Bien sûr. Le voyant a dit, je peux vous vendre un sort. Cinquante dollars. Mais il est très puissant. Je ne pouvais pas du tout me permettre de dépenser cinquante dollars pour quoi que ce soit, et certainement pas pour un sort vendu par un quadragénaire qui avait décoré son cabinet de voyant à coups de draps de lit tendus et de peinture en bombe. Mais l'amour me faisait tourner la tête, l'amour m'aveuglait.

Et il y avait du vrai dans ce qu'il m'avait dit. Si personne ne me connaissait, si personne ne tombait amoureux de moi, ce n'était pas la faute des gens, c'était la mienne, parce que je ne m'autorisais jamais à être vulnérable. Qu'est-ce que c'était, cinquante dollars ?

On peut payer par carte ? je lui dis. Trente dollars en liquide, ça vous va ? il me dit. Je n'avais pas pensé que c'était négociable. J'ai vingt dollars, je lui dis. Marché conclu, il me dit.

Quand j'étais petite, j'étais certaine de pouvoir voler comme un oiseau. Je ne l'avais encore jamais fait. Mais je pouvais sûrement le faire. Et je le ferai. J'avais sans doute juste besoin d'y croire un peu plus fort. J'ai fini par comprendre que c'était impossible. Que mon imagination m'avait menti. C'était triste et gênant. À un moment donné, au cours de ma vingtaine, je me suis rendu compte que je me trompais de la même façon au sujet de l'amour. Que je n'allais pas rencontrer un homme incroyable en sachant avec certitude qu'il était mon destin. Que je n'allais pas me faire emporter. Que j'allais devoir choisir entre les Andy chiants du monde, puis vivre avec mon choix.

Puis : Avec Q, notre deuxième rendez-vous. On n'arrivait pas à parler assez vite. On n'arrêtait pas de se toucher l'épaule, de se tenir la main, et je me disais, peut-être que je peux voler, après tout.

Devant notre troisième bière, je lui ai avoué que toute la semaine je m'étais retenue de lui envoyer des textos. Pour préserver l'excitation. Putain, merci, il a dit. J'étais terrorisé à l'idée que tu m'évites. Mais je t'en ai quand même envoyé un, ai-je protesté. Mercredi. Ma photo chez le voyant. Quelle photo ? a dit Q. Quel voyant ?

Le voyant est ressorti en se baissant pour passer sous les draps. Il portait une grosse boîte en bois. Pleine de jetons de scrabble. Gravés d'étranges runes arrondies. Parlez-moi de cet homme, il m'a dit. J'ai dit qu'il était beau, intelligent et drôle, et pendant ce temps, lui, il piochait des jetons, les arrangeait ensemble, hochait la tête. Il fait des études de philosophie, il est en doctorat, j'ai dit, et je crois que c'est pour ça qu'il est si patient et si attentionné. Sa thèse porte sur la question de savoir si les idées sont fondamentalement bonnes ou mauvaises, ou si elles sont toutes neutres. Le voyant m'interrompit en ouvrant grand les mains. Devant lui, sur la table, il y avait quinze jetons, organisés en un motif asymétrique. Comme à la fin d'une partie de dominos. Vous avez un téléphone ? me demande le voyant. J'en avais un. Prenez ça en photo, dit le voyant, et envoyez-la à cet homme, accompagnée de ce message. Il m'a tendu un bout de papier avec des mots griffonnés dessus. Je suis trop gênée pour te les écrire ici. C'était une phrase tellement mielleuse que j'en ai ressenti une décharge électrique dans la mâchoire, comme une douleur dentaire. (Sérieusement, Haley, ça te ferait vomir si je l'écrivais ici.) On aurait dit une phrase tirée d'une carte Hallmark des années 1950. Je sais, a dit le voyant, je sais, mais ne vous inquiétez pas, il ne la verra pas réellement.

Je l'ai fait parce que j'avais été prête à dépenser cinquante dollars pour ça. Parce que j'étais persuadée d'être brisée. Parce que je voulais vraiment que Q tombe amoureux de moi, et que s'il devait ne pas tomber amoureux de moi, alors tant pis, qu'il me croie folle, ça nous ferait gagner du temps à tous les deux. Enfin bon. Je l'ai fait. Je lui ai envoyé un texto avec les deux vers d'amour ridicules, et la photo des jetons.

Mais : Quelle photo ? me dit Q. La photo de chez le voyant, je lui dis, la photo des espèces de jetons divinatoires. Il m'a regardée en faisant les grands yeux. On a tous les deux ri. En se disant tous les deux que l'autre faisait une sorte de blague charmante. Le genre de fausse dispute auquel on se livre quand on flirte. Il m'a montré son téléphone pour me prouver ce qu'il disait : Pas de photo. Pas de texto. J'ai ouvert le mien pour lui prouver que je lui avais envoyé quelque chose. Je savais que j'avais tapé ce message et que je l'avais envoyé. Je n'étais pas le genre de personne qui oubliait des trucs. Mais là : Pas de texto non plus dans mon téléphone. Pas de photo. C'est bizarre, j'ai dit. Q s'est laissé aller contre le dossier de sa chaise, satisfait. Je te l'avais bien dit, il m'a dit. Je crois que je me suis fait arnaquer de vingt balles, j'ai dit.

Mais dans ma tête, je me suis dit, *Ça a marché !*

Pendant deux semaines, on n'a pas arrêté de se parler. On essayait de ne pas se voir trop souvent. On ne voulait pas aller trop vite. On s'écrivait des mails à longueur de journée, comme je le fais maintenant. Des paragraphes et des paragraphes. On reprenait le flot de conscience là où l'autre l'avait laissé. On se parlait par textos dans les transports, le soir on s'endormait au téléphone l'un avec l'autre. Malgré nos échéances, on a craqué et on s'est vus le troisième mercredi, pour partager un repas chinois sur son canapé et ne pas dormir. Je me suis traînée à mon boulot d'hôtesse d'accueil dans un bureau, assise derrière un guichet dans un recoin perdu. Absolument personne n'est passé devant moi de toute la journée. J'ai écrit un texte (jamais publié) sur la profonde beauté et la très grande sincérité des comédies romantiques.

Je suis retournée chez lui le jeudi soir, et puis le vendredi et le samedi, aussi, avec juste des petites pauses le temps de courir chez moi pour me changer et apporter à Khloé un sac en papier avec lequel jouer (elle adorait les sacs en papier).

Au début, deux ou trois fois, Q est resté dormir chez moi, mais le plus souvent, il me convainquait d'aller chez lui. Je dors pas bien dans les autres lits, me disait-il, et je voyais que c'était vrai. J'ai pas insisté. J'avais un peu honte de mon appartement. Petit. Des poils de chat partout, ça s'accrochait à tes vêtements, fallait toujours avoir une brosse adhésive à portée de main. Ma douche maculée de taches de rouille, j'avais beau la récurer tant que je pouvais, elle semblait toujours sale. Le bruissement constant d'un sac en papier dans la cuisine où Khloé s'ébattait comme un hippopotame dans une mare de boue. Q ne râlait pas trop, mais, les quelques nuits où il est resté chez moi, il se pinçait le nez au passage de Khloé, et refusait de poser sa brosse à dents sur le rebord du lavabo. J'aimais être chez moi, j'aimais avoir tous mes vêtements pour choisir lesquels mettre. Mais j'aimais plus Q. Je me suis mise à rester chez lui trois, quatre, cinq nuits par semaine.

Pauvre Khloé. Folle de chagrin. Elle a commencé à gémir quand elle entendait ma clé dans la serrure, et elle passait tout son temps aussi près de moi que possible. Quand je partais, elle me suivait jusqu'à la porte et m'implorait, les pattes avant posées sur mes mollets. Au bout de la troisième semaine, elle a pissé dans mon panier de linge sale. À mon retour, je l'ai trouvée cachée sous le canapé, honteuse. C'était une si bonne chatte. Même quand elle se rebellait, elle ne me salopait que mes vêtements sales.

Après ça, j'ai essayé de rentrer plus souvent chez moi. J'ai essayé de voir Khloé au moins une fois toutes les huit heures. Le vendredi, en rentrant du travail, je la nourrissais et je la câlinais pendant une heure, puis j'allais retrouver Q au cinéma, ou à une fête, à un dîner, et je passais la nuit avec lui. Je revenais chez moi le samedi matin pour me changer et m'occuper de Khloé, puis je retrouvais Q. Mais au fil des mois, petit à petit, j'ai fini par craquer : je laissais à Khloé double ration de nourriture le vendredi soir, je restais chez Q jusqu'au dimanche. Je prenais plus de vêtements dans mon sac.

J'avais peur qu'elle lacère les coussins du canapé ou qu'elle renverse une bouteille de vin dans la cuisine et qu'elle en mette partout. Mais c'était dur, le samedi matin, ou devant une bière le vendredi soir, quand Q, la main dans mes cheveux juste au-dessus de ma nuque, me murmurait, T'as pas un voisin qui pourrait la nourrir ?

Au bout de quatre semaines, un samedi matin, je me suis réveillée dans son lit et il n'était plus là. Je me suis levée, j'ai pris ma douche, en chantonnant toute seule. J'avais prévu de partir tôt, j'avais un article à écrire et j'avais envie de l'écrire avec Khloé sur mes genoux. Après, en sortant de la salle de bains, drapée dans une serviette, j'ai trouvé Q assis sur le lit, avec un sac qui sentait bon les bagels chauds, et deux gobelets de café sur la table de nuit. Il fronçait les sourcils. Je voulais te servir ton petit dèj au lit, il a dit.

Ça m'a émerveillée. Cette attention toute simple. Cette image élégante d'une splendide vie à deux. Je me suis vue enceinte, avec Q qui m'apporte mon petit déjeuner au lit. Je l'ai vu avec nos enfants, en train de m'apporter le petit déjeuner au lit. Je n'avais jamais été le genre de fille qui pense à sa robe de mariée et aux prénoms de ses futurs enfants, et ces idées toutes simples m'ont remuée. Je me suis vue vieille et heureuse. Avec Q qui m'apporte mon petit déjeuner au lit.

Je me suis assise sur le lit à côté de lui et j'ai posé ma tête sur son épaule. Merci, j'ai dit. Il avait toujours la main sur le sac de bagels, qu'il tenait bien fermé. Mais tu t'es levée, il a dit. J'ai pris ma douche, j'ai dit. Je fais comment, moi, pour t'apporter le petit dèj au lit, si tu te lèves ? il a dit. Je savais pas que t'allais revenir avec le petit dèj, j'ai dit. T'as cru que j'allais pas revenir ? il a dit. T'as cru que j'allais te quitter ?

On a continué à parler de ça. Les bagels refroidissaient dans le sac. On a parlé, parlé, parlé. Je ne voyais pas le problème. J'ai dû lui faire autre chose, je me suis dit. Il ruminait sûrement une blessure plus ancienne. J'ai essayé de savoir, essayé de lui faire dire ce qui se passait vraiment. Mais il n'y avait rien d'autre – juste le fait que je m'étais levée alors qu'il s'attendait à ce que je reste au lit. Pour finir, on a conclu que je me remettrais au lit, et qu'on pourrait alors manger les bagels ensemble. Je me suis dit qu'il avait juste envie de faire un truc gentil pour moi. J'ai raccroché la serviette et je me suis mise au lit. Q me regardait. Ferme les yeux, il a dit. J'ai fermé les yeux. J'ai senti son poids quand il s'est assis sur le rebord du lit à côté de moi. Réveille-toi, Alice, il a dit, je t'ai apporté le petit déjeuner.

J'ai grandi dans une famille où on ne se parle pas des choses qui fâchent. Il m'est souvent arrivé de vexer ma mère sans m'en rendre compte, jusqu'à ce qu'elle me lance une remarque sarcastique trois semaines plus tard. Alors je n'étais pas étonnée de voir Q fourrer je ne sais quel genre de vexation ancienne dans cette histoire de petit déjeuner. N'avais-je pas été moi-même émue par cette idée de petit déjeuner au lit ? C'était une idée émouvante. Pas étonnant qu'il ait voulu que ça se passe bien. Il avait juste voulu que ça se passe comme il avait prévu. La prochaine fois, il m'a dit – quand on a eu fini tous les bagels, en m'embrassant sur le front et en prenant mon gobelet vide – la prochaine fois, tu ne te lèves pas avant que je te le dise. J'ai ri et je le lui ai promis.

C'était incroyable d'être désirée avec une telle puissance, une telle continuité. Pas de manière jalouse, pas comme les garçons avec qui j'étais sortie à la fac qui semblaient terrifiés à l'idée que je puisse rencontrer quelqu'un de mieux dès que je n'étais pas avec eux. Q m'appréciait, tout simplement. Il riait de mes blagues. Avait des choses à me dire le soir qu'il avait dû garder toute la journée avant de pouvoir me les dire. Il ne se cachait pas, il ne jouait pas. Je rentrais souvent tard du boulot, lui il bossait les cours qu'il devait donner en tant que doctorant ; le soir, après ces journées épuisantes, ça faisait vraiment du bien de se retrouver tous les deux, d'être avec quelqu'un qui n'attende pas de toi que tu lui dises que tu ne voulais être avec personne d'autre que lui.

Tu te souviens de la fois où j'ai écrit un article sur Hillary Clinton, les femmes, les lots de consolation, et qu'ils ont essayé de faire crasher le site ? J'avais toujours reçu beaucoup de mails d'insulte, mais il ne s'agissait que de mails. Après ça, ils se sont mis à envoyer des colis pleins des boules puantes au bureau de ma rédactrice en chef, ils se sont mis à me faire des canulars téléphoniques, à commander cinquante pizzas en mon nom. Dieu merci mon éditrice avait elle-même subi sa propre dose de haine. Évidemment que je ne te vire pas, elle m'a dit. Mais j'ai eu du mal à me remettre à écrire, avec toute cette haine qui continuait à se déverser. Il m'a fallu trois semaines. Tous les soirs, pendant ces semaines affreuses, Q venait me voir chez moi. Il m'attendait dans mon appartement, quand je rentrais après avoir quitté les bureaux vides à six heures, à sept heures, à huit heures, il m'attendait avec un bon dîner à emporter et un massage de pieds. Khloé aimait encore plus ça que moi, elle passait tout son temps au creux de mon bras. Q la tolérait, s'asseyait de l'autre côté, me prenait, pelotonnée, dans le creux de son bras à lui.

Après la première semaine de cet assaut continuel de mails d'insulte, Q insista pour que je prenne mon dimanche. Décréta que le dimanche serait un jour sans haine. Mais si je manque une journée, j'ai dit, ça ne me fera que d'autant plus de boulot le lundi. Alors ce jour-là, il l'a fait pour moi. Je lui ai donné le mot de passe de ma messagerie. Il s'est levé avant moi et il est allé chercher des bagels et du café. Il est revenu, il s'est assis au pied du lit. J'étais nue sous les draps, je sirotais mon café. Il me décrivait mes mails tout en les effaçant, en faisant comme si c'était des mails de fans. Celui-ci dit qu'il adore la façon dont tu manies les adjectifs, il a dit, avant d'enfoncer la touche Effacer d'un geste théâtral. Celui-là trouve que tu es la plus intelligente des journalistes qui publient aujourd'hui sur le net. Je lui ai souri, et j'ai dit, C'est vraiment très gentil. Je vais pas te lire ce mail-là, il est trop flatteur, tu vas prendre le melon, il a dit, en me souriant, et puis il a refermé l'ordi, et il m'a caressé le gros orteil avec son pouce.

Je me sentais chanceuse de l'avoir. Andy n'aurait pas été présent comme ça dans les temps difficiles. Andy aurait attendu que je l'appelle. Je n'avais même jamais rompu avec Andy. J'avais juste arrêté de l'appeler, c'est tout. Q était une bénédiction. Fiable. Attentionné. Mon sauveur dans la tempête. J'avais besoin de lui. Les mails d'insulte me rappelaient trop le lycée, quand je marchais dans le couloir et que je trouvais des trucs écrits au feutre sur la porte de mon casier. Mais maintenant j'avais Q. C'est ce dimanche matin-là que j'ai fait le lien.

Pendant qu'il me massait les pieds, je lui ai un peu raconté ce qui s'était passé – les grandes lignes, mon accident. Il m'a écoutée. Il était gentil. Après, je lui ai dit que je l'aimais. C'était la première fois que je savais que c'était vrai.

Le vendredi, à mon retour du travail, Q avait fait une pizza. Il m'a ouvert la porte et m'a donné une bière. Il a pris mon sac et mes chaussures et m'a portée jusqu'au canapé. Il adorait faire ce genre de choses. Il me portait souvent. J'aimais être portée. Mes bras autour de son cou. Je lui souriais. Il m'a posée sur le canapé et Khloé a tout de suite sauté sur mes genoux. Je lui ai gratté le menton, elle a mis ses pattes sur mon épaule, m'a donné des petits coups de museau dans l'oreille. Elle était folle de joie de m'avoir eue à la maison toute cette semaine. Ça ne la dérangeait pas de devoir partager mon attention avec Q. Mais lui, ça le dérangeait. Qu'est-ce que je ferais sans toi, chérie ? j'ai dit à Khloé. C'est moi qui t'ai apporté une bière, il m'a dit depuis la cuisine. J'ai ri. On a mangé la pizza et regardé un film sur une femme qui partait vivre dans la grande ville pour rejoindre un orchestre. Elle travaillait son instrument jusqu'à ce que ses doigts saignent. Elle avait un homme bien qui l'aimait, mais elle était trop obsédée par son travail pour s'en rendre compte. Q m'apporta une deuxième bière. Mon attention s'est mise à vagabonder. Je m'étais glissée dans un espace confortable entre les coussins du canapé, j'avais les jambes sur les genoux de Q, et Khloé s'était lovée au creux de mon coude.

Je me suis réveillée dans le noir. J'avais l'impression d'avoir à peine fermé les yeux. Des heures avaient passé. La télé était éteinte. Q était assis, silencieux, dans le fauteuil à l'autre bout de la pièce. J'ai une mauvaise nouvelle, il a dit. Il m'a fait signe de le suivre dans la cuisine. Khloé était par terre. On aurait dit une image tirée d'un de ces mails haineux, un montage Photoshop envoyé par des inconnus. Sur le carrelage, une projection de sang, en forme de boucle. Les chats fouinent, disait Q, ça va aller. Je croyais qu'il voulait dire qu'elle était encore en vie. Je suis allée la prendre. Je me suis accroupie et je l'ai prise, mes mains se sont poissées de son sang.

Les chats fouinent, disait Q. Et c'était vrai. Il m'a montré la flaque d'eau de javel qui débordait du placard sous l'évier. J'avais laissé l'eau de javel dans un sac en papier. Le bouchon devait être mal refermé. Cette chatte adorait les sacs en papier, il m'a dit. Comment j'ai pu faire ça ? Je suis tellement bête, j'ai dit. Je me suis détournée de Khloé. Je ne pouvais pas la regarder. Q m'a essuyé les mains avec un torchon. A pris ma tête contre son torse. Ça arrive, il a dit, ça ira. Il s'en est occupé. Comme il s'occupait de tout. Je me suis allongée sur le canapé et j'ai tellement pleuré que j'en ai vomi. Après, ça allait un peu mieux. J'étais dans le canapé, je fixais le plafond. Et puis Q est arrivé avec Khloé dans un sac poubelle.

L'espace d'une seconde, je l'ai haï. Sors-la de là, j'ai dit. Je lui ai pris le sac des mains. Il m'a regardée, l'air mécontent. J'ai plongé une main dans le sac, j'en ai ressorti Khloé. Il l'avait emballée dans du papier journal, comme un poisson. Je lui ai crié dessus. J'ai enlevé le papier. J'ai serré le petit squelette tout raide et tout mouillé de Khloé contre mon cœur. Tu t'emportes vraiment, là, a dit Q, calme-toi, laisse-moi m'en occuper. J'ai hurlé, T'allais la jeter à la poubelle ! Je l'ai portée dans la cuisine. J'ai bousillé ma chemise. J'ai mis du sang par terre.

J'ai attrapé le sac de courses en papier. J'ai mis Khloé dedans. Puis j'ai fondu en larmes. J'ai posé le sac par terre et je me serais lovée contre lui, mais Q m'a empêchée. Il m'a relevée. A mis mes bras autour de son cou. M'a portée dans la salle de bains, a allumé la douche, m'a enlevé mes vêtements, et m'a mise sous la douche. A mis mes vêtements dans la poubelle. M'a apporté une tasse de thé. J'étais bouleversée, et épuisée. J'ai eu soudain envie de dormir ; j'avais les paupières lourdes, je les sentais qui se fermaient. Je me suis mise au lit, encore mouillée, nue, et je me suis endormie. J'ai dormi presque tout le week-end. Pendant que je dormais, Q a appelé les services vétérinaires, et ils sont venus, pour trente-cinq dollars, et ils ont emporté Khloé.

Le lundi, j'ai pris un jour de congé, j'ai passé la matinée à lire au lit, en jurant que je n'aurais plus jamais d'animal de compagnie, et en regardant des photos de chatons sur des sites de refuges. Q a séché ses heures de bureau à la fac et est venu me rejoindre dans l'après-midi avec de la soupe. Il faut qu'on te sorte de là, il a dit. J'ai haussé les épaules. Je l'ai laissé faire un sac avec des affaires à moi. J'ai pas besoin de tous ces pyjamas, j'ai dit. T'as besoin de te détendre, il a dit. Je l'ai laissé faire. Je ne savais pas si j'irais au travail le lendemain. Je me sentais comme quand j'étais ado, et que le désespoir me faisait l'effet d'être une veste trop lourde. J'ai suivi Q et mes trois pyjamas. Il était venu en voiture, il m'a conduite chez lui.

J'ai beaucoup pleuré Khloé. C'était mon premier animal de compagnie. Je savais que j'étais attachée à elle, mais j'étais loin de penser que le deuil faisait cet effet-là. À la mort de mes grands-parents, c'était triste, mais ça me paraissait naturel. Ils vivaient loin, dans un autre État. Ils me manquaient, j'en étais triste, mais ce n'était pas injuste. Khloé n'était qu'une chatte toute bête, mais elle me faisait éprouver l'injustice du monde. Les choses mouraient. Sans raison. C'était inévitable. J'avais vraiment dû être une petite fille gâtée pour m'en rendre compte seulement maintenant, à vingt-six ans, à cause d'une chatte. Je pleurais aussi parce que je me dégoûtais. Je m'en voulais pour sa mort – c'était parce que je travaillais trop, c'était parce que j'étais distraite, sinon je n'aurais jamais laissé l'eau de javel comme ça dans le sac en papier. Je refusais de parler d'elle avec Q, et il n'en parlait pas non plus. Tout le week-end, je me suis endormie en pleurant, et le lundi matin, à mon réveil, je me suis souvenue qu'elle était morte, et j'ai revécu le choc. Plein de choses ont changé après la mort de Khloé. Mais ce premier lundi, alors que je séchais le boulot, il me semblait que rien ne changerait jamais, que ce serait le gris permanent.

Le mardi, je me suis réveillée tôt. Je savais qu'il fallait que je bouge. J'étais pleine d'énergie. Je m'étais rendu compte que j'allais sombrer si je ne faisais rien. Je me suis levée, je me suis habillée, et j'étais sur le point de sortir. Q s'est réveillé. Je vais te faire des œufs brouillés, il a dit. Mais j'avais eu un appel de l'agence d'intérim et je voulais y aller. J'achèterai quelque chose en chemin, j'ai dit, il faut que je passe récupérer des vêtements chez moi, tu ne m'as pas pris de vêtements pour le boulot. Je l'ai embrassé et je suis partie. J'ai pris le métro pour chez moi en pyjama. Je suis entrée dans l'appart ; ça sentait les produits d'entretien. Q avait lavé le sol pour moi, et il avait sorti la poubelle avec le sac en papier et mes vêtements foutus. J'ai fait le plus vite possible, en essayant de ne pas penser à Khloé. J'ai rempli un sac de vrais vêtements et je suis allée passer des ramettes de papier au broyeur pour un cabinet d'avocats.

Dans la salle de repos, quelqu'un a dit que je devrais prendre un nouveau chat. Quelque chose en moi a explosé, et j'ai écrit tout un article. J'ai veillé tard, j'arrêtais pas d'écrire. Une vieille idée, qui tournait autour de Barbe-Bleue, du *Bonheur* et de *The Mist*, ces histoires qui disent que les femmes sont interchangeables. J'ai inventé une nouvelle expression pour ça : l'Effet Rebecca. Rien à foutre des trolls, je me suis dit. Ça va vous faire bouillir. J'ai fini mon article à minuit. Le lendemain matin, j'ai eu un mail de ma rédac-chef : Ton article est génial. Zéro changement. Elle a cliqué sur Publier, et l'article a commencé à se diffuser. J'ai vécu ça comme mon premier véritable succès.

Mais toi t'es pas interchangeable, m'a dit Q. Y en a pas d'autre que toi pour moi.

Après cet article, les choses ont sensiblement changé pour moi au boulot. J'ai fait quelques podcasts. J'ai été citée par un journal local. Je me suis mise à aller tous les soirs dans un café pour écrire jusque tard. Du jour au lendemain, les rédacteurs en chef s'étaient mis à répondre à mes projets d'article. Sans plus avoir à me soucier de nourrir Khloé, je travaillais jusqu'à pas d'heure, je fonctionnais aux shoots d'adrénaline alimentés par l'angoisse frénétique de ne pas louper cette fenêtre d'opportunité. J'écrivais jusqu'à être épuisée, puis je me traînais jusque chez Q. Je m'y étais à peu près complètement installée ; je ne rentrais chez moi que pour laisser un chèque à la concierge ou pour prendre des affaires dont j'avais besoin. Je passais vite de pièce en pièce, en retenant ma respiration pour ne pas sentir l'odeur de produits d'entretien qui s'incrustait, en faisant de mon mieux pour ne regarder aucun objet qui me rappelle Khloé. Le reste du temps, je le passais allongée sur le canapé de Q, je le laissais me masser les pieds, je m'endormais, puis je me traînais au lit, et je me réveillais tôt, je regardais le soleil se lever, j'écrivais à sa table de cuisine jusqu'à ce qu'il soit l'heure de sortir pour une mission d'intérim. Q m'était vraiment d'un grand soutien. Il voulait que je travaille moins, que je prenne mieux soin de moi, mais il était content que je passe la plupart de mes nuits chez lui. Je suis tellement heureux que tu m'aimes, disait-il sans arrêt.

Je ne me souviens pas de la première fois où j'ai été malade. Un jour, je suis restée à la maison à cause d'une grippe intestinale. Un autre jour à cause d'une intoxication alimentaire. Plus tard, j'ai dû sortir du cinéma en plein milieu d'un film pour aller vomir, mais, après, je me suis sentie mieux. Au début, je me suis dit que c'était juste pas de chance. Et puis je me suis dit que je tombais vraiment souvent malade. Et puis j'ai été malade. Je me suis mise à noter tout ce que je mangeais, pour essayer de chercher des causes. J'ai arrêté le gluten, puis les produits laitiers, puis le sucre, puis les trois ensemble. J'ai commencé à retourner à mon appart une ou deux nuits par semaine, pour épargner Q. J'avais peur de trop me reposer sur lui, j'avais peur qu'il prenne peur et qu'il s'en aille. Je ne suis pas allée travailler pendant trois jours de suite. J'avais de la fièvre, des courbatures. Q l'a appris le deuxième jour. Il a séché ses cours et est venu s'occuper de moi. M'a ramenée chez lui le troisième jour.

Le quatrième, je me suis forcée à aller au travail, mais j'étais fatiguée, j'avais du mal à me concentrer. Je suis partie tôt, je suis rentrée à mon appart, j'ai trouvé Q qui m'attendait, assis sur le canapé. T'as vraiment une sale mine, il a dit, en se précipitant pour prendre mon sac et en me tendant une tasse de thé.

À peu près à ce moment-là, j'ai commencé à faire un vilain rêve étrange. Je rêvais que Q avait la peau collante. Pas collante comme du miel ou de la sueur, mais comme du film étirable. Ou comme le film plastique qu'ils mettent sur les écrans d'ordinateurs tout neufs. Le genre que tu dois enlever en glissant ton ongle sous un coin et en tirant. Je me réveillais au milieu de la nuit, j'avais une joue sur sa poitrine, un bras sur son ventre, une jambe sur ses jambes, et j'étais collée à lui comme ce film plastique, il fallait que je me décolle, en commençant par le bout d'un de mes doigts. Pendant tout ce temps, j'avais la sensation d'être éveillée. Et puis après, j'avais du mal à me rendormir. J'ai fait des recherches sur Internet, et j'ai trouvé la "paralysie du sommeil", ça ressemblait bien à ce que j'avais, j'ai décidé que c'était ça. Une expression de la peur que j'avais de m'engager. Je me suis dit que j'allais surmonter ça. Ce qui revient à dire que je me suis dit que c'était ma faute.

J'ai levé le pied sur l'écriture. Il s'est passé un mois sans que je ne publie rien, mais je me disais que c'était pas grave. Je passais plus de temps avec Q. Je sentais mon attachement grandir. On sortait dîner dès qu'on pouvait, on allait voir des films qu'on avait envie de voir depuis des années, on buvait des bouteilles de vin et on passait le samedi matin au lit. Un dimanche d'automne, on a pris la voiture pour aller faire une randonnée dans le nord de l'État. J'avais l'impression que ça y était : c'était une relation adulte. J'avais un compagnon. Solide et fiable, mais aussi sexy et enivrant. Ce qui allait me permettre d'arrêter de passer tant de temps à rechercher l'âme sœur pour enfin me consacrer à ce que j'écrivais, à ma carrière, aux choses qui me tenaient vraiment à cœur. Je me disais que j'avais de la chance que ça me soit arrivé juste au moment où j'en avais le plus besoin. Il me semblait que j'étais sur le point de commencer une belle carrière. Et c'était pas trop tôt, parce que je me souviens de la semaine où le *New Yorker* a publié une petite critique sur ton premier film, Haley, et j'étais terrifiée de me dire que peu importait ce que je pouvais faire, ça ne suffirait jamais – tu serais toujours en avance sur moi. Je m'en voulais aussi beaucoup d'avoir refusé (encore une fois) de raconter ma propre histoire dans ton documentaire. J'étais tellement heureuse que ma carrière décolle (malgré la période de sécheresse que je traversais, dont je me disais qu'elle était temporaire). À moins que ça n'ait été l'inverse : peut-être que ma carrière de journaliste décollait parce que Q avait créé l'espace qui rendait ça possible.

Et puis un jour j'ai eu 39 de fièvre et j'avais une assurance santé merdique. J'avais déjà eu la grippe. Je ne pensais pas avoir besoin d'aller aux urgences. Je me suis dit que ça passerait, il suffisait que je dorme. Haley, t'avais un truc que tu voulais me dire, et j'ai repoussé notre dîner deux fois. T'étais tellement compréhensive. Mais va consulter un putain de docteur !!! tu m'as écrit.

Q m'a emmenée. Il disait que j'étais juste surmenée. Le docteur n'en était pas aussi sûr. Il voulait me faire passer toute une batterie de tests. Une dispute a éclaté, sans que je comprenne comment. Je délirais, j'arrivais pas à suivre ce qui se passait. On est partis. Q m'a dit qu'il m'emmènerait voir un meilleur médecin à NYU le lendemain. Le lendemain, je me sentais un peu mieux, et j'avais toujours une assurance santé merdique. Je me faisais du souci pour la facture que j'avais déjà accumulée. Fallait toujours attendre deux mois pour qu'ils te disent ce que tu devais payer. On a décidé que c'était seulement une grippe, que ça passerait. J'étais toujours trop mal pour aller travailler. J'ai refusé tellement de missions de travail temporaire que l'agence a arrêté de m'appeler. J'avais sept jours de retard sur un article que j'avais promis à un rédacteur en chef, et puis j'en ai eu huit. J'ai appelé pour expliquer. J'ai constaté que j'y arrivais pas. Q pense que c'est peut-être de la fatigue chronique, j'ai dit, piteuse. Parce que je travaille trop. Ne t'inquiète pas pour ça, m'a dit le rédacteur. Je ne savais pas quoi faire, j'étais contrariée, et j'avais peur. Je me suis mise à pleurer, j'ai raccroché. J'avais trop honte. Je vais passer ce temps que j'ai à écrire, je me suis dit. Je vais écrire un article tellement bon que ça rattrapera le fait que je le rende en retard.

J'en revenais pas que Q reste avec moi, alors que je m'étais transformée en une flaque de bave somnolente étalée sur son canapé, vêtue d'un vieux sweat-shirt à lui. Je te comprendrais si tu me quittais, je lui ai dit. Chut, il m'a dit, je t'aime.

J'arrêtais pas d'essayer d'écrire, mais j'y arrivais pas. C'était trop dur. Je m'installais dans le canapé avec une tasse de thé et un document Word vide, et je sentais mon cerveau se brouiller ; j'allais sur Internet ; et puis les heures passaient. J'arrêtais pas de sauvegarder des documents Word vides, avec des nouvelles dates. Je ne voulais pas laisser tomber cet article. Je suis allée voir deux autres docteurs, mais ils n'ont rien trouvé, sinon des idées d'examens hors de prix. Et mon état n'a jamais empiré. Et les deux examens que j'avais faits, au début, n'avaient mené à rien. Ça semblait être une perte d'argent. J'ai essayé l'huile de poisson. J'ai essayé l'acupuncture. Je passais l'essentiel de mon temps à dormir.

La première fois que mes parents sont venus me voir, ça les a inquiétés. Ma mère m'avait pris des rendez-vous chez des médecins, des amis de gens qu'elle connaissait, et elle était prête à payer. Mon père avait apporté pour trois semaines de plats mijotés qu'il avait surgelés. Je leur répétais que j'allais bien. C'était le stress de ma carrière de journaliste, je leur disais, j'avais juste besoin de repos. Ils se sont tournés vers Q, sans grand espoir. Q a comblé leurs attentes : il leur a dit que c'était un plaisir de s'occuper de moi. Et puis, je leur ai dit, j'ai besoin de rester à New York pour pouvoir continuer à écrire. C'était pendant le deuxième ou le troisième mois, quand j'essayais encore d'écrire.

Haley, je sais que toi aussi, tu as cherché à me voir. Et que Q t'a repoussée. Que tu m'as écrit des mails – Q me les lisait, et je lui dictais quoi te répondre. Mais aujourd'hui je m'interroge : Que t'a-t-il vraiment écrit ? Pourquoi as-tu arrêté de m'écrire ?

J'étais tellement reconnaissante vis-à-vis de Q. Il s'est occupé de mon appartement. Il est allé y prendre les choses dont j'avais besoin, et il a mis tout le reste dans des cartons. Il a payé pour le stockage. Il a mis mon appart sur Internet et il a trouvé quelqu'un à qui le sous-louer. Du jour au lendemain, sans que j'aie rien à faire, on s'est retrouvés à vivre ensemble. Je m'en suis rendu compte un jeudi soir, après qu'il était allé chercher le chèque du sous-locataire. J'ai mis le chèque à son nom. Ma part du loyer, je lui ai dit, et ça veut dire aussi qu'on vit ensemble. J'avais envie de fêter ça. Envie d'acheter une bouteille de champagne. Mais à la place, il a pris une cannette de ginger ale dans le frigo, et il nous l'a servie dans deux verres à vin identiques. À nous, j'ai dit. À nous, il a dit.

Mes parents sont revenus. Cette fois, ils se sont montrés plus insistants. Mais Q aussi. Ils l'aimaient bien. Ils n'avaient jamais aimé aucun des gars avec lesquels j'étais sortie. Q était riche et intelligent. Bientôt docteur. Il était attentionné, il était gentil, il m'apportait tout ce dont j'avais besoin, ils en étaient témoins. J'ai juste besoin de reconstituer mes forces tranquillement, j'ai dit. Ils voulaient vraiment me ramener chez eux, juste pour quelque temps. Histoire que Q se repose. Avec le recul, je me dis que ça avait été ma dernière chance de m'en sortir. Q n'aurait pas pu repousser ma mère. C'est moi qui l'ai repoussée. Je lui ai dit que j'avais pas envie de partir. La vérité, c'était qu'il me semblait que quitter New York aurait été un signe d'échec. Je me suis convaincue que j'allais me retaper. J'ai renvoyé mes parents chez eux. Je leur ai promis de me remettre rapidement. J'ai négocié un mois de plus. Si je suis encore malade d'ici un mois, je vous le promets, je rentrerai passer un peu de temps à la maison.

Peut-être y avait-il aussi une part de moi qui voulait constamment abandonner. Se faire chouchouter. Traîner sur le canapé, disparaître, être aimée.

Un peu moins d'un mois plus tard, Q a fini ses derniers séminaires et les heures qu'il donnait en tant que chargé de cours. Il allait désormais se consacrer à la rédaction de sa thèse. Je serai plus à la maison avec toi, maintenant, il a dit. C'était en fin d'après-midi, j'émergeais d'une sieste, je lui ai souri, je lui ai dit combien j'étais fière de lui. Il faut qu'on déménage, il a dit, j'ai besoin de plus d'espace si je dois écrire à la maison. L'appartement n'avait que deux pièces, sans compter la minuscule salle de bains. Il avait trouvé quelque chose de plus grand à Park Slope, un magnifique appart rénové tout en haut d'un immeuble qui donnait sur le parc, avec un bureau et un grand bow-window. On a déménagé le jour où il me l'a dit. Je me souviens que les déménageurs sont arrivés alors que j'étais encore en train de lui poser des questions. Q m'a emmenée dans un hôtel, pour que le dérangement ne me fatigue pas. Il m'a enveloppée comme un baluchon et il m'a conduite à l'hôtel. Il a appelé le room service. On est restés au lit ensemble. On a parlé de ses craintes au sujet de sa thèse, on a parlé de ses ambitions, et de ce qu'il allait écrire. On a somnolé, on s'est réveillés. On a fait l'amour, tranquillement. Ce soir-là, il m'a demandé de l'épouser. Il m'a offert une grosse bague magnifique.

Je ne t'avais jamais dit qu'on s'était fiancés, Haley. Je ne l'ai jamais dit à personne. Ça ne me semblait jamais être le bon moment. Et j'étais tellement fatiguée.

Le nouvel appartement avait une belle lumière, des beaux murs couleur crème, une belle vue sur le parc. Les fenêtres ne s'ouvraient pas (on était au septième étage, je crois), et on n'avait pas Internet (pour que Q puisse écrire sans être distrait). Une place de parking en sous-sol, près de l'ascenseur. Q m'avait promis qu'il m'emmènerait à la bibliothèque si j'avais besoin d'aller sur Internet. J'avais accepté, même si je savais que je n'irais jamais à la bibliothèque. Ça faisait alors deux mois que je n'avais même pas ouvert mon ordinateur. Je ne savais même pas où il était depuis le déménagement. Q m'apportait de la lecture, des romans policiers, et on regardait des films. J'avais rien à écrire. Rien à dire. Les jours passaient.

Notre première nuit dans le nouvel appartement, j'ai rêvé qu'il me prenait mon sang. Comment t'as appris à faire ça, je lui ai demandé, je ne voyais rien de mal à ce qu'il me prenne mon sang, j'étais juste épatée par ce talent caché. Ça fait des mois que je te prends ton sang, il m'a dit, pour tes examens, et il a mis un sparadrap pour faire tenir la boule de coton sur le petit point de sang. J'ai fait ce rêve pendant des mois et des mois. Et j'en ai fait un autre : Je me levais pour aller aux toilettes, et il me suivait pour prendre un échantillon de mon urine. C'est pour tes examens, il me disait. J'étais assise, tremblante, sur les toilettes, je mettais mes bras autour de son cou, ma tête sur son épaule, et je faisais pipi dans le flacon qu'il tenait pour moi. Tous les matins, à mon réveil, il m'apportait une tasse de thé. J'avais pas de sparadrap au creux du coude, et j'avais envie de faire pipi, comme d'habitude. Je deviens folle, je disais. Chut, disait Q, je t'aime.

J'adorais cet appartement le matin. Je buvais du thé pelotonnée dans le fauteuil près de la fenêtre, je regardais le parc, où les gens se déplaçaient lentement. Comme quand on regarde par le hublot, en avion. J'avais vraiment l'impression d'être en avion, la plupart du temps, c'était paisible. J'étais patiente. Je flottais. Je commençais à reconnaître des gens dans le parc. Je ne voyais pas leurs visages, je les reconnaissais à la couleur de leur manteau, de leur poussette, ou bien à la façon qu'ils avaient de marcher. Ou je les reconnaissais à leur posture habituelle. Ces deux personnes voûtées qui se tiennent par le bras et marchent prudemment (un couple de personnes âgées), ou cette personne qui pousse un fauteuil roulant (un aide-soignant et son patient), ou cette grande poussette qui se déplace vite (une mère qui fait son jogging). J'étais moi-même cette chose pelotonnée à la fenêtre, bougeant à peine, somnolant au soleil, comme une chatte.

La thèse de Q avançait bien. Il travaillait à heures fixes, il progressait. Il empilait des livres sur son bureau, scotchait des notes au mur en face de lui. Venait me voir toutes les trois heures, exactement, me réveillait si je m'étais endormie, m'apportait quelque chose à boire, quelque chose à manger. Je suis désolée que tu doives t'occuper de moi, je disais. C'est toi qui t'occupes de moi, il disait, sans toi, je finirais par être couvert de mousse, à force de rester assis à mon bureau. À la fin de la journée, après neuf heures de travail et trois pauses, il s'arrêtait et me rejoignait sur le canapé, il me massait les pieds, on regardait des films en mangeant des dîners à emporter.

Un temps incroyablement long passa comme ça. Le couple de personne âgées disparut, mourut peut-être. La mère qui faisait son jogging emmitoufla sa poussette dans quelque chose de blanc et de duveteux, comme un nuage. Les arbres perdirent leurs feuilles, je regardais la pluie tomber, la neige tomber. De nouveaux couples arrivèrent. Les arbres se couvrirent de bourgeons. Je ne t'avais pas parlé, ni à personne, depuis l'été. Je n'étais pas allée sur Internet, je ne m'étais pas servie du téléphone. J'étais ébahie de voir comme le temps avait passé. Si t'es malade pendant un jour, ça te paraît un an. Si t'es malade pendant un an, ça te paraît un jour. Tous les matins, je me réveillais en me disant que j'allais appeler ma mère. Et toi aussi, Haley, je me disais tout le temps que j'allais t'appeler. Et les après-midi, j'étais toujours trop fatiguée pour mener ces projets à bien. Puis j'ai fini par décider que c'était trop tard. Je savais que tu étais en colère, que ma mère était en colère, que tout le monde était en colère contre moi. Je savais que j'avais trahi tout le monde. Je savais que j'avais perdu ton amour en t'empêchant de m'aider. C'était plus simple d'attendre un jour de plus. Au moins, me disais-je, j'avais Q.

Je ne saurais pas te dire exactement quand j'ai compris. Quelque part vers le moment où j'ai refait le rêve du film plastique. De façon occasionnelle, au début, puis de plus en plus souvent. Je me réveillais avec la peau collée à la sienne. Collée de plus en plus fort. Le temps que les arbres retrouvent toute leur verdure, ce n'était plus de la colle, c'était de minuscules attaches, comme des crochets de Velcro, et tandis que je m'asseyais en décrochant d'abord mes doigts, puis ma main, puis mon bras de son torse, je voyais apparaître un million de petites piqûres d'aiguille, de petites gouttelettes de sang, en un motif de quadrillage bien régulier. Après, il fallait que je décroche ma joue. Je le faisais d'un coup sec, ça me brûlait comme de la cire. Puis Q bougeait dans son sommeil, il soupirait, il se retournait, il me prenait en cuiller, et je sentais le million de petits crocs qui s'enfonçaient dans mon dos, dans mes épaules. Je m'endormais comme si je m'évanouissais, comme un lourd rideau de théâtre qui tombe. À mon réveil, il était là, assis au bord du lit, avec mon petit déjeuner. Je deviens folle, je lui disais. Chut, il me disait, je t'aime.

Le soir, il me lisait une page de ce qu'il avait écrit, sa thèse. Assise dans le canapé, emmitouflée jusqu'au menton dans la couverture de laine grise, je m'efforçais de suivre. Mes pensées étaient lentes, fatiguées. Ce qu'il écrivait avait toujours l'air bien. Son grand point de vue était que les idées ne sont intrinsèquement ni bonnes, ni mauvaises. Une idée, c'est comme un mot, ça ne prend du sens que par l'usage. Je me déconcentrais. Il était assis à côté de moi, il tenait ses feuilles de la main gauche. Son bras droit était posé sur le dossier du canapé, il me caressait le cou du bout du pouce. Je me suis souvenue de la façon qu'il avait eue de me caresser la main, la première fois qu'on avait pris un café ensemble, et je me suis dit – pas pour la première fois – que j'avais vraiment de la chance d'avoir un homme si dévoué et si attentionné pour s'occuper de moi pendant cette grippe longue et étrange. Je l'écoutais lire. J'essayais de ne pas m'endormir. J'avais la tête si lourde. Je me penchais sur le côté, je posai la tête sur son bras. Et puis j'ai remarqué qu'il n'avait plus du tout de poils sur le bras. Sa peau était complètement lisse. Mais quand j'ai essayé de relever la tête, j'ai senti la friction puis la traction du million de petits crocs. C'était la première fois que je faisais ce rêve alors que j'étais absolument certaine d'être éveillée. J'avais le visage collé contre son bras. Je l'ai arraché, et j'ai senti ma joue me brûler. J'y ai porté mes doigts, et ils se sont couverts de sang. Je l'ai regardé, et j'ai vu qu'il n'avait plus de sourcils, plus de poils sur les bras. Qu'est-ce qui va pas, Alice, t'as l'air d'une folle, il a dit. Il n'avait plus du tout de poils, ça lui faisait des yeux immenses, une tête chauve gigantesque. Je vais te chercher quelque chose, il a dit. Il s'est levé et est allé dans la cuisine, et j'étais là à regarder l'endroit où il était assis. Je me suis rendu compte qu'il avait été le seul à m'aider, la seule personne que j'avais vue depuis six mois.

Et peut-être – l'idée suivante m'est venue dans un brouillard épais. Comme si un conducteur de train avait annoncé le nom de ma gare alors que je ne l'écoutais pas. Je cherchais ce que mon subconscient avait entendu et mis de côté pour que je l'écoute plus tard – peut-être qu'il ne m'aidait pas vraiment.

Et pourquoi étais-je là s'il ne m'aidait pas ? Mais j'étais vraiment malade. Alors qu'est-ce que j'avais, si ça n'était pas de l'aide. Je ne savais même pas ce que j'avais. De nouveau, le conducteur de train a annoncé quelque chose que je n'ai pas compris. J'ai fermé les yeux. J'ai respiré. Je l'ai entendu revenir de la cuisine. J'ai pris une grande inspiration, et j'ai rouvert les yeux. Je l'ai regardé. Il avait des sourcils et des cheveux. Ce n'était pas un monstre. Il m'apportait une tasse de thé et une assiette avec des toasts beurrés. Détends-toi un peu, il a dit. Je deviens folle, j'ai dit. Chut, il a dit, je t'aime.

J'ai pas touché au thé, j'ai pas touché aux toasts. T'as pas faim ? il m'a demandé, puis il a dit, T'as besoin de te détendre. J'ai fait semblant de ne pas l'entendre. J'ai fait semblant de m'endormir. Il était assis à côté de moi, il me caressait la taille du bout du pouce. On est restés assis comme ça pendant des heures. Je faisais semblant de dormir et il me regardait.

C'était tellement étrange de ne pas être endormie. Je n'avais pas de mal à faire semblant, je ne m'ennuyais pas, tellement j'étais émerveillée par cette sensation d'être éveillée. À quand remontait la dernière fois où j'étais restée éveillée plus de deux ou trois heures ? Puis, à un moment, dans le noir, il a dit, je sais que tu ne dors pas. J'ai pas ouvert les yeux. J'ai des haut-le-cœur, j'ai dit, j'ai pas envie de bouger, c'est tout. T'es "nauséeuse", c'est ça le mot juste. Ton cœur n'a rien à voir là-dedans. Il n'a rien dit d'autre. Il est resté assis et il a continué à me regarder.

On a passé la nuit comme ça. J'ai pas bougé. Il a pas bougé. J'avais l'esprit clair, je me sentais de nouveau capable de penser. Je n'avais touché ni au thé ni aux toasts qu'il m'avait apportés – tu es peut-être allergique aux toasts ou au thé, me disait le conducteur du train. Plus tard, alors que le jour se levait, un affreux mal de tête m'a frappée entre les deux yeux puis il s'est diffusé partout dans mon cerveau, une douleur pas croyable. Ça me rendait nauséeuse. Je me suis répété ce mot comme un mantra pendant ce qui m'a semblé être une année, mais qui n'était peut-être qu'une minute. J'étais nauséeuse. J'ai fermé les yeux et essayé de supporter la douleur. Q ne disait rien.

J'ai ouvert les yeux. Un soleil d'automne doré se levait sur le parc à travers le bow-window. J'avais encore mal à la tête, mais je n'avais plus de nausées. Je me suis assise. Tu sais, je me sens un peu mieux, j'ai dit. C'était le matin le plus clair que je vivais depuis des mois. Aucun sommeil ne me collait les cils. Ouvrir les yeux ne me donnait pas l'impression de remonter à la nage depuis les profondeurs de l'océan. J'étais reconnaissante envers Q pour avoir veillé toute la nuit sur moi, mais en même temps il y avait quelque chose qui clochait, quelque chose dont je n'arrivais pas encore à me souvenir.

J'ai demandé à Q de m'emmener à la bibliothèque. Je veux écrire un mail à Haley, je lui ai dit. (Oui, Haley, en cet instant, tu étais la personne à qui j'avais envie de parler.) Il a hoché la tête, pas de problème, il a dit. Je vais d'abord t'apporter ton thé du matin, il a dit. Il a pris le thé de la veille que je n'avais pas touché, et il est allé à la cuisine. J'ai regardé l'endroit où la tasse se trouvait. Tu sais quoi ? je lui ai crié. Quoi ? il a dit en revenant de la cuisine. J'ai envie d'un cappuccino, j'ai dit. Il se tenait à la porte du salon, il me fixait. Mais y a du lait dans les cappuccinos, il a dit. S'il te plaît, j'ai dit, j'ai envie d'essayer un cappuccino.

Je ne sais pas pourquoi il a cédé. Peut-être qu'il savait que j'étais sur le point de comprendre et qu'il avait besoin de battre en retraite. Peut-être qu'il avait pas le cœur de me dire non. Peut-être qu'il m'aimait vraiment. Quoi qu'il en soit, il s'est assis devant la porte d'entrée, il a fait ses lacets et il est parti.

C'est là que je me suis rendu compte qu'il avait jeté tous mes vêtements. Il n'y avait rien dans la commode, rien dans le placard. C'était comme si j'étais entrée par mégarde dans la chambre d'un célibataire. Il y avait les vêtements de Q, bien rangés, qui prenaient toute la place. Dans le dernier tiroir du bas, il y avait une pile de T-shirts et de pantalons de pyjama à moi. En coton, à rayures. J'ai même pas pu trouver un soutien-gorge. Ça remontait à quand, la dernière fois que j'avais porté un soutien-gorge ? C'est alors que j'ai compris le marché que j'avais passé avec Q, le prix que je payais pour qu'il s'occupe de moi.

J'ai cherché des chaussures pendant ce qui m'a semblé être des heures. J'ai fini par me contenter de grosses chaussettes et des sandales en plastique de Q. J'avais mis un pantalon en flanelle et une des chemises de Q. Je me suis fait une queue-de-cheval. À New York, on s'habille comme on veut, je me suis dit.

Dans l'ascenseur, je me tenais au mur pour rester debout. Il y avait un miroir sur la paroi du fond ; j'y ai vu un squelette aux cheveux teints d'un roux sombre flamboyant, aux yeux bouffis et tout plissés, et à la peau très pâle. Quand l'ascenseur a fait *ding*, le squelette dans le miroir a sursauté en même temps que moi. Je me détournai, essayant de me rappeler quand mes cheveux avaient été teints, et quand Q avait enlevé le miroir de la salle de bains. Je suis sortie dans la rue en titubant, chamboulée, désorientée. Il y avait trop de lumière, et trop de gens partout. J'ai gardé la tête basse et j'ai forcé mes jambes raides à se mouvoir.

Par chance, je suis partie dans le bon sens. Je ne sais pas où Q était allé pour le cappuccino, mais je ne l'ai pas croisé. J'ai demandé à un homme assis sur les marches d'un perron où se trouvait la station de métro la plus proche. J'y suis allée, j'ai attendu que quelqu'un sorte par l'issue de secours, et je m'y suis faufilée. Je me suis rendu compte que les gens m'observaient mais évitaient de croiser mon regard ; j'avais l'air misérable. Je suis allée jusque chez toi, dans York Street.

Remontant les escaliers du métro en titubant, je repensais à la dernière fois que nous nous étions perdues de vue, et que tu étais venue me trouver – l'été après le lycée. Je lisais *Misery* sur la terrasse du jardin de mes parents. Le titre parle pas de moi, j'ai dit en te montrant le livre. Ça ne t'a pas fait rire. On ne s'était pas vraiment parlé depuis des années. Mais tu savais ce qui m'était arrivé. Tu m'as donné un paquet d'Oreos – tu te souviens ? – et puis t'es restée là comme ça, debout, les mains dans les poches de ton jean. Je serais venue te voir plus tôt, mais j'étais pas sûre que t'aies envie de me parler, tu m'as dit. Je suis tellement désolée, t'as dit, puis t'as fondu en larmes. Ce qu'ils t'ont fait, t'as dit, et tu t'es arrêtée. Tu veux un biscuit ? j'ai dit. J'étais contente de te voir, mais j'avais pas envie de parler du passé. J'ai eu du mal à ouvrir le paquet d'Oreos. Moi aussi, je pleurais. Le paquet résistait, résistait, et puis d'un coup il s'est ouvert, projetant des biscuits partout sur la terrasse. On a ri. On en a mangé quatre chacune. Après ça, on était de nouveaux les meilleures amies du monde, comme par magie.

J'espérais que ces retrouvailles-là seraient aussi faciles, mais j'avais peur. J'étais certaine que tu me haïssais pour mon si long silence. J'étais certaine que tu me haïssais pour être restée si longtemps avec Q. Mais j'avais besoin de ton aide pour tout tirer au clair. Je ne savais pas quoi faire. Tu avais toujours vu la vérité.

T'avais déménagé. C'est une propriété privée, madame, a dit le portier alors que je trépignais contre le bouton de l'ascenseur bloqué. Vous ne pouvez pas rester ici.

Je me suis réveillée dans un taxi. Le portier m'avait poussée hors de l'immeuble et m'avait installée sur la banquette arrière alors que je commençais à m'évanouir, puis à me ressaisir, puis à m'évanouir de nouveau. Il ne voulait pas avoir affaire à moi. La tête posée contre la fenêtre du taxi, je regardais le concierge parler avec un flic. Les deux hommes en uniforme secouaient la tête. Puis le chauffeur du taxi m'a crié dessus en me disant de sortir de son taxi si je n'étais pas capable de lui dire où aller. Mon mal de tête était revenu, et l'idée de me retrouver sur le trottoir à me demander quoi faire me semblait insurmontable. Je lui ai donné l'adresse de Q. Ça l'a fait taire, mais il a quand même gardé les fenêtres ouvertes. Une fois arrivée, j'ai sonné à l'interphone. Gardant le bouton enfoncé, j'ai demandé à Q s'il pouvait venir payer ma course. Le chauffeur hurlait à sa fenêtre, le compteur tournait. Q est descendu en trombe. Il a jeté une liasse de billets par la fenêtre du taxi, il m'a prise par l'épaule et il m'a raccompagnée à l'appartement. J'avais même pas besoin de parler. Même pas besoin de chercher une excuse. Il s'en chargeait pour moi. T'étais perdue, il a dit, j'étais tellement inquiet, tu as bien fait de prendre un taxi, je suis désolé de m'être absenté, je ne te laisserai plus jamais seule. Merci, j'ai dit en le regardant.

On a essayé de reprendre notre vie d'avant. J'avais envie que quelqu'un s'occupe encore de moi. J'ai passé la semaine à dormir, mais ça ne changeait plus rien. C'était soudain si évident qu'il mettait des trucs dans mon thé. J'étais prise de nausées et submergée par la fatigue avant même d'avoir bu toute une tasse. Q m'en apportait toutes les trois heures, comme une infirmière consciencieuse. Mais c'était fini, je ne voulais plus dormir. Je ne voulais plus avoir envie de vomir. Je voulais que Q s'occupe de moi comme il le faisait avant, quand je travaillais encore, pas comme il le faisait maintenant. J'avais envie de pizza et de bière, pas de toasts et de thé. Mais Q avait changé. Son haleine avait une odeur de métal. Ses yeux étaient toujours très grand ouverts, il me fixait, comme possédé. Enfin, au bout de six jours, j'ai refusé de boire. Même pas une goutte. Il faut que tu boives, il m'a dit. Je veux juste de l'eau, j'ai dit. Il est parti et il est revenu avec une tasse de liquide jaune pâle. C'est pas de l'eau, j'ai dit. C'est de l'eau avec ton médicament, il a dit. Je l'ai regardé. J'ai pas bougé. Comme tu voudras, il a dit, si t'as pas soif. Je l'ai entendu vider la tasse dans l'évier. Ce soir-là, il a mis un verrou à la porte de la cuisine. Y a des produits chimiques dans la cuisine, il a dit. Je voudrais pas que tu te fasses du mal.

J'ai pas tenu plus d'un jour. J'avais pas l'habitude de refuser de la nourriture. J'ai craqué. La soupe était un peu amère, mais je mangeais tout ce que je pouvais avant de m'évanouir. Je me réveillais brièvement, comme si je sortais d'un rêve. Puis je m'évanouissais de nouveau.

C'est incroyable ce qui peut paraître normal juste parce que ça se produit tout le temps. J'ai remarqué, par exemple, que Q était devenu très grand. Présence immense au bout du canapé, il me massait les pieds, sa tête touchait le plafond. Mes pieds étaient comme des petits galets entre ses mains. Son haleine sentait toujours le sang, ses bras n'avaient jamais de poils. Ses yeux étaient gigantesques et désespérés.

Ni lui ni moi ne savions où nous allions. Dans une nouvelle impasse. Ça me fait presque rire, de l'écrire aujourd'hui, parce que ça ressemble au genre de trucs qui arrivent fréquemment dans les couples. On ne se parle plus. On ne veut plus les mêmes choses, on n'est plus sûrs de savoir communiquer. Et l'un de nous deux est en train de m'empoisonner. Tout ce que je pouvais faire, c'était refuser de manger. Boire l'eau du robinet, dans la salle de bains, en la prenant dans le creux de mes mains, quand j'arrivais à faire en sorte que Q me laisse y aller seule. Je cherchais mon reflet sur le dos des cuillers pour voir si les racines de mes cheveux étaient brunes. Je patientais des jours entre deux repas, je patientais autant que je pouvais, et je me sentais devenir plus affûtée. J'aimais cette sensation de vigilance aiguë. J'aimais le fait d'avoir recouvré mes esprits. Je dois avouer que l'ancien Q me manquait. Cette compagnie paisible que nous partagions.

J'en ai appris plus sur la façon dont Q vivait. Il se faisait livrer ses courses et ses livres, ne quittait jamais l'appartement. Il écrivait, peut-être qu'il travaillait encore sur sa thèse, ou peut-être qu'il ne faisait que taper sur son clavier comme Jack Torrance. Je me suis rendu compte qu'il avait constamment besoin que je le rassure. Quand il me lisait des passages de sa thèse. Quand il me demandait si je l'aimais. J'ai découvert que ce n'était pas un homme solide. Quand je ne supportais plus la faim, je finissais par le laisser me nourrir, j'emmagasinais autant de calories que je pouvais, et puis je dormais pendant ce qui me semblait être une semaine. Je me réveillais avec une chevelure rousse fraîchement teintée et un mal de crâne aussi tenace qu'un invité qui s'éternise. Mais au moins j'avais dans mon organisme de la nourriture pour tenir quelques jours de plus. Mes cheveux pouvaient se remettre à pousser avec des racines de couleur naturelle.

De mon côté, je rendais Q fou. Il écrivait moins. Passait plus de temps à me surveiller. Puis, un après-midi, soudain, il est sorti. Je reviens tout de suite, il a dit. Il ne m'a pas dit où il allait. Je ne lui ai pas demandé. Il s'est levé et il est parti. Je n'avais rien mangé, rien bu depuis deux jours. Je me sentais affûtée et tendue. Je me suis précipitée à la cuisine, j'ai essayé de tirer sur le loquet de la porte, en vain. J'avais si faim que j'en aurais pleuré. Puis je me suis figée. Je me suis dit : je pourrais partir. Je suis retournée dans le salon, j'ai regardé la porte de l'appartement. Ça a été mon premier gros échec. Je ne voulais pas partir. Je ne savais pas où aller. J'ai repris ma place sur le canapé. Vaincue par la faim. Quand Q est revenu, je l'ai laissé me nourrir. Je me suis endormie au milieu de mon omelette. J'ai dormi des heures. Sans rêves.

J'avais beaucoup plus de temps pour réfléchir que je n'en avais jamais eu. Même avant, quand je n'étais pas malade, je ne m'asseyais jamais comme ça juste pour penser. J'ai découvert des nouvelles profondeurs de contemplation, et l'agréable bouffée d'énergie que je ressentais dans ma poitrine quand je restais immobile pendant des heures. Assise à la fenêtre, à regarder l'hiver. La mère qui faisait du jogging avait de nouveau emmitouflé sa poussette dans le même nuage blanc. La neige est venue tôt. Les anges de neige allongés sur le dos me regardaient. Je pensais aux gens que je connaissais quand j'étais plus jeune. Khloé me manquait. Elle aurait adoré traîner à cette fenêtre avec moi. Quand elle était en vie, j'étais trop occupée. Maintenant je n'avais plus que du temps.

À ce moment-là, bien sûr, je savais que Q l'avait tuée. J'avais compris pourquoi. C'était une concurrente. Bien sûr qu'il l'avait tuée. Ce que je ne comprenais pas, c'était pourquoi il m'avait laissée la voir. Il y avait mille façons de la faire disparaître. Il avait voulu que je la voie morte. Je voyais ça comme un coup aux échecs. Une énigme sur laquelle s'angoisser. Je comprenais que j'étais en danger, mais je ne le ressentais pas encore. Je regardais Q, je m'interrogeais.

Q se mit à sortir tous les jours, à des heures différentes. Il ne me disait jamais où il allait. Parfois, il revenait au bout de dix minutes, parfois il ne revenait que le soir. Je ne savais pas s'il verrouillait la porte, parce que je n'avais jamais essayé de voir. C'était un test, et, chaque jour, je le réussissais, ou j'y échouais, selon le point de vue.

Plus éveillée, je lui parlais plus. Je voulais l'atteindre. Il s'était éloigné de moi. Notre vieille magie n'était plus là. Mais je me rendais compte qu'il continuait à considérer ce que nous avions comme une vie de couple. Il fallait que je le convainque que moi aussi, je voyais les choses comme ça. Nous ne nous parlons plus vraiment, tentai-je. Assis sur le canapé avec un livre, prenant des notes, mes jambes sur ses genoux, il me massait les pieds avec son pouce sans y penser. Tu as été malade, il a dit, et cette thèse me tue. Ah bon ? j'ai dit, dis-moi à quoi tu penses. Je me suis redressée et j'ai posé mon bras sur ses épaules. Il m'a lancé un regard sur le côté. Bon, il a dit.

Il en était arrivé au moment de sa thèse où il fallait qu'il définisse ses principaux concepts : les Idées, les Mots, le Bien, le

Mal. Ces mots qui sont les blocs de construction primaires avec lesquels on élabore toutes nos définitions, et qui sont de ce fait presque impossibles à définir. Mais il pensait pouvoir y arriver. Il parlait pour ne rien dire. Sans rien dire de sensé. Il s'était redressé, le dos bien droit, il faisait des gestes avec ses mains. M'a dit que ça faisait six mois qu'il n'avait parlé de ça avec personne. Je n'avais pas fait attention, je dormais. Maintenant, je le regardais, de plus en plus inquiète. Q avait disjoncté.

Tu pourrais peut-être, j'ai dit pour essayer de le ramener sur la terre ferme, tu pourrais peut-être laisser tomber les définitions et contourner le problème ? Il m'a regardée comme si je lui avais suggéré d'écrire en espéranto. Ou bien tu pourrais peut-être les définir à travers des exemples, j'ai dit, en te servant de l'idée qui est au cœur de ton travail. L'idée selon laquelle ce sont nos idées qui modifient ce que nous croyons, et pas l'inverse. Je lui ai dit que d'une certaine manière sa thèse portait sur ses croyances, et pas sur les idées. Dis ça, c'est tout, j'ai dit. D'un ton plaintif, il m'a dit, Je suis tout seul dans cette affaire, j'y arriverai jamais. Je suis avec toi, j'ai dit. Il a dit, Je peux te faire confiance ? Je peux vraiment te faire confiance ? Il me regardait avec des grands yeux pleins de désespoir. J'ai peur que tu veuilles me quitter, il a dit. Je peux pas partir, j'ai dit, tu m'as pris mes chaussures. En le disant, je me suis rendu compte que c'était une erreur. Il a posé sa tête en arrière sur le haut du dossier. Je suis vraiment désolée, j'ai dit. C'est pas ce que je voulais dire. Il s'est levé et s'est planté à un mètre de moi, les poings serrés, pressés contre ses yeux. Tu vas pas me quitter, hein ? il a dit. Je vais pas te quitter, j'ai dit. Promis ? il a dit. J'ai vu qu'il était sincèrement terrorisé à l'idée que je m'en aille, mais cette terreur ne rendait en rien la chose moins dangereuse.

Tout devint clair pour moi cet après-midi-là, alors que je regardais des joggeurs minuscules sous les premiers bourgeons du printemps. La raison pour laquelle il m'avait laissée voir Khloé. C'était la même que celle pour laquelle il mettait de la drogue dans mon thé. Ma mère m'a dit un jour que si un homme est au meilleur de lui-même quand il te fait des excuses, il gâchera ta vie à créer des raisons de s'excuser auprès de toi. Je me suis réveillée au milieu de la nuit. J'ai regardé Q. Je n'étais pas collée à lui. Là dans le lit à côté de moi, il était gigantesque, et il ronflait doucement. Ses pieds dépassaient du matelas, ils reposaient bien fermement sur le plancher. Sa tête était deux fois plus grande que l'oreiller. J'ai enfin entendu ce que le conducteur de train annonçait : si un homme est au meilleur de lui-même quand il prend soin de toi, il gâchera ta vie à créer des raisons pour prendre soin de toi.

Je suis partie le lendemain. Je n'avais pas mangé depuis huit jours, nouveau record. Je me sentais affûtée et clairvoyante. Q était sorti sans tambours ni trompettes en fin de matinée, pour sa mystérieuse course quotidienne. J'ai mis la même grosse paire de chaussettes et les sandales Adidas. J'ai mis le même pantalon en flanelle et la même chemise. J'ai fouillé partout à la recherche d'argent liquide, ou d'une carte de crédit, ou de n'importe quoi, mais l'appartement ne contenait que des livres et la stupide couverture en laine. Je suis restée un instant pétrifiée, debout au milieu du salon. Et un plan m'est venu, un plan peut-être fou, mais suffisamment bon pour me faire sortir de l'appartement. J'irais dans un bar, j'essaierais de draguer un homme en lui racontant que j'étais à la rue parce que la porte de mon appartement s'était refermée avec les clés dedans, le jour de la lessive. Un Andy. Quelqu'un de gentil. Je passerais la nuit sur le canapé de cet homme, je rassemblerais mes esprits, et j'emprunterais son téléphone pour appeler Haley. Ou mes parents. Il fallait juste que je commence par trouver quelqu'un dans un bar. Je m'entraînais déjà à sourire, j'essayais d'arranger mon visage pour lui donner un air aguichant, quand j'ai ouvert la porte.

Q se tenait dans le couloir, il attendait. Il était à la fois surpris et pas du tout surpris de me voir. Il attendait que je lui brise le cœur comme ça. Il ferma fort les yeux. Serra les poings. Resta une seconde immobile. J'avais le visage figé dans son air aguichant auquel j'étais en train de l'entraîner au profit d'un autre homme. Oh, j'ai dit, tu m'attendais ? Il s'est soudain rué sur moi, m'a attrapée par les épaules, m'a repoussée dans l'appartement, a claqué la porte derrière lui, m'a poussée contre le mur, violemment, à deux reprises.

Je ne m'étais jamais fait secouer comme ça. Les bras pliés devant ma poitrine, les yeux fermés, je sentais le choc du mur contre mon dos. Cette sensation, je ne savais pas qu'elle existait. Je pensais que la mort de Khloé m'avait montré combien la vie était fragile. Ça n'était rien comparé au fait de se faire projeter contre un mur. Cette expression dans le regard de Q, qui ne voulait pas croire qu'il allait me tuer mais qui le redoutait, c'était comme un puits noir qui s'ouvrait brusquement sous mes pieds. Cette sensation d'être impuissante.

Il s'est rendu compte de ce qu'il avait fait et il a reculé. Il m'a regardée, en colère. Il faut que tu ailles à l'hôpital, il a dit. Je le regardais, paralysée. Il était paniqué, marmonnait dans sa barbe. Il a sorti ses clés de sa poche, maladroitement. A fait tomber son téléphone, l'a envoyé valser d'un coup de pied, très énervé. A fait tomber ses clés. Les a ramassées, a trituré nerveusement le trousseau à la recherche de la clé de la cuisine. A foncé vers la porte comme un enragé. J'ai eu une impression de déjà-vu en le regardant cafouiller pour ouvrir le cadenas. Il faut que tu ailles à l'hôpital, il disait. Il a fini par ouvrir la porte. A disparu dans la cuisine. Je tremblais de partout comme un petit chien mouillé. J'ai ramassé son téléphone, j'ai pris les clés qui pendaient au cadenas de la porte de la cuisine. Je suis partie en courant, hors de l'appartement, dans le couloir.

Je suis arrivée à l'ascenseur et je l'ai attendu en tremblant. Je suis entrée dedans. Les portes se refermaient lentement, comme des limaces. Je regardais, pétrifiée. Q est sorti de l'appartement. Il était gigantesque. Presque trop grand pour le couloir. Il baissait la tête pour ne pas toucher le plafond. Il essayait de courir, ses larges épaules frottaient contre les murs du couloir. Le couteau de boucher qu'il tenait dans la main ne semblait pas plus grand qu'une petite cuiller. Il faut que tu ailles à l'hôpital, il rugissait, agitant le couteau dans les airs tandis que les portes se refermaient entre lui et moi, il faut que tu ailles à l'hôpital.

En grande panique dans le parking souterrain, je courais entre les voitures, à la recherche de la sienne. Attentive au bruit du prochain ascenseur qui allait arriver. Ou des portes de l'escalier qui s'ouvriraient avec fracas. J'appuyais frénétiquement sur le bouton de la télécommande. Enfin, sa voiture a bippé. Je suis montée dedans, j'ai démarré. Suis sortie de la place de parking étroite et j'ai passé le coin, accélérant pour prendre la rampe qui montait vers la rue. Je l'ai vu dans le rétroviseur. Silhouette sombre encadrée par la porte de l'escalier, couteau qui scintillait dans sa main. J'ai enfoncé la pédale d'accélérateur, je suis sortie.

J'ai commencé à ressentir les tremblements pas loin de la frontière sud du New Jersey. J'ai dû me garer sur le côté et attendre que mon corps se détende. Je suis sortie de la voiture et j'ai sauté sur place deux ou trois fois. Je me suis secouée. J'ai couru en rond autour de la voiture jusqu'à ce qu'un automobiliste inquiet vienne s'arrêter près de moi. Un homme à casquette de base-ball. J'ai failli hurler. Je suis remontée dans la voiture et je suis partie pied au plancher avant qu'il ait le temps de serrer son frein à main.

Je n'avais pas d'argent. Je portais des sandales de douche que j'avais volées à Q, sur des chaussettes que je n'avais pas changées depuis trois jours. Je me suis arrêtée dans un supermarché, j'ai essayé une paire de tennis légères, j'ai mis les sandales de Q dans la boîte à leur place. Et je suis sortie, comme ça. Tu as déjà volé des trucs à l'étalage ? Moi, je n'avais jamais fait ça, même pas un petit chewing-gum alors que j'avais cinq ans. C'est fantastique, putain, comme sensation. J'ai volé, mendié et emprunté plusieurs autres trucs en route vers ici, à Bethany Beach. Des tas de bonnes histoires que je te raconterai plus tard : La femme au minibus plein de gosses qui m'a payé un plein d'essence. Les voies de péage automatique réservées aux abonnés par lesquelles j'ai filé sans m'arrêter – leur alarme fantastique qui pousse une sorte de rugissement scandalisé, c'est parfaitement en phase avec ce que je ressens. Q recevra les factures par courrier d'ici un petit mois. Ce sera la dernière fois qu'il entendra parler de moi.

Et je suis là. Dans l'appart de ta mère à South Bethany, à t'écrire des mails sur un téléphone bloqué en mode avion. Des mails que je ne t'enverrai jamais. Parce que je sais ce que tu me dirais : Alice, pourquoi il faut toujours que tu te caches derrière des clichés de genre. Pourquoi faire de Q un véritable monstre, alors que ce qu'il t'a fait était déjà très monstrueux ? Quand est-ce que tu diras la vérité ?

Assise sur le balcon, au lever du soleil, je me sens étonnamment pleine d'optimisme. Et c'est tellement approprié, que j'écrive tout ça sur un téléphone ! C'est comme ça que mon amour pour Q a commencé. Q a d'abord été un texto avant d'être vraiment quoi que ce soit d'autre. Maintenant, il n'est plus qu'une série d'appels manqués, et notre histoire est une série de mails, enfouis à jamais dans mon dossier de brouillons.

Je te dirai ce qui s'est passé. Un jour, bientôt. En personne, sans doute. Je te dirai tout ce que je pourrai (et puis tu rempliras toi-même les blancs – à ta manière à toi, tu feras aussi de Q un monstre). Mais peu importe tout ce que je pourrai te dire, tu voudras que je t'en dise plus. Tu voudras que j'écrive sur Q. Tu voudras m'interviewer pour faire un autre documentaire. Tu voudras que je sois une, ouvrez les guillemets, survivante, fermez les guillemets. Mais tout ce que je veux, c'est être en sécurité. Je veux retrouver ma vie.

Ou peut-être que ce sera différent cette fois. Après tout, la prochaine fois que je te verrai, je vivrai dans une nouvelle ville, j'aurai un nouveau travail. Je serai peut-être une nouvelle personne. Peut-être qu'à partir de maintenant, il n'y a plus que toi et moi.

À nous,

Alice

EN QUINZE MORCEAUX

D'APRÈS LA TERRIFIANTE HISTOIRE VRAIE

VERSION BLANCHE : 15/10/96
VERSION BLEUE : 3/11/96
VERSION ROSE : 13/11/96
VERSION JAUNE : 20/12/96

Écrit par
Alice Lovett

Scénario
Alice Lovett & Haley Moreland

FONDU À L'OUVERTURE SUR :

INT. NUIT, SALON DES LEDBETTER

Maison banale dans un quartier banal. Tellement banale, en fait, qu'elle est IDENTIQUE à toutes les autres maisons du quartier.

La caméra explore la pièce pour bien montrer toute la déco. Le salon est décoré avec goût. Une BAIE VITRÉE COULISSANTE donne sur un jardin avec pelouse. Des photos de famille de M. ET MME LEDBETTER trônent sur le manteau de la cheminée.

Il y a un seul détail qui jure dans la déco...

...la caméra descend lentement...

...pour révéler...

...UN CADAVRE !!!!

CUT BRUTAL SUR :

CARTON-TITRE : EN QUINZE MORCEAUX

INT., SALON DES LEDBETTER, LE LENDEMAIN MATIN

Le cadavre est recouvert par un DRAP BLANC maculé de TACHES DE SANG rouge vif.

Une INSPECTEUR est accroupie auprès du corps. C'est l'INSPECTEUR MORGAN, trente ans, longs cheveux bruns, visage intelligent et attentif, visage qui dit ON ME LA FAIT PAS, À MOI.

L'inspecteur Morgan SOULÈVE le drap blanc et REGARDE le corps. Elle grimace.

Elle repose le drap et elle se lève. Observe la pièce.

Elle se tourne et examine la BAIE VITRÉE COULISSANTE.

Un JEUNE AGENT entre en courant dans la pièce.

LE JEUNE AGENT

Inspecteur Morgan ! C'est le troisième cadavre dans le quartier ce mois-ci ! Tous découpés pareil !

INSPECTEUR MORGAN

(s'adressant surtout à elle-même)

En quinze morceaux. Qui peut couper un corps en quinze morceaux ?

LE JEUNE AGENT

C'est un tueur en série !

L'inspecteur Morgan ignore le jeune agent. Elle regarde le MANTEAU DE LA CHEMINÉE, sort un mouchoir et l'époussette à la recherche d'une EMPREINTE DIGITALE.

LE JEUNE AGENT

Vous devez l'arrêter. Vous êtes le meilleur homme qu'on ait !

INSPECTEUR MORGAN

Je ne suis pas votre homme.

La caméra ZOOME AVANT sur l'air SÉRIEUX, DÉTERMINÉ de l'inspecteur Morgan.

INSPECTEUR MORGAN

Mais je suis votre seul espoir.

FONDU AU NOIR.

INT., CABINET DE M. LEDBETTER – APRÈS-MIDI

C'est un cabinet de psychologue, avec DIPLÔMES au MUR, GRAND BUREAU, derrière lequel est assis un HOMME IMPOSANT.

M. LEDBETTER est un homme d'âge mûr, un peu chauve, chaussé de LUNETTES. Il porte un COSTUME et une CRAVATE.

Il PLEURE DE FAÇON INCONSOLABLE.

On le regarde PLEURER pendant quelques instants.

La caméra PIVOTE vers l'autre côté du bureau : l'inspecteur Morgan est assise sur une chaise.
Elle regarde M. Ledbetter d'un air dubitatif.

INSPECTEUR MORGAN
(sèchement)

Mes condoléances, monsieur Ledbetter.

M. Ledbetter RENIFLE, essaie de se ressaisir.

INSPECTEUR MORGAN

Je comprends que vous soyez triste. Je suis vraiment navrée pour le meurtre de votre femme.

M. Ledbetter GÉMIT en entendant le mot “meurtre”. L’inspecteur Morgan lève subtilement les yeux au ciel.

INSPECTEUR MORGAN

Mais j’ai quelques questions à vous poser.

M. LEDBETTER

Vous ne pourriez pas (il sanglote) au moins attendre (il gémit) qu’on l’ait (il bafouille) p-portée en terre !!!

L’inspecteur Morgan se lève brutalement et FRAPPE VIOLEMMENT DU POING sur le bureau de M. Ledbetter.

INSPECTEUR MORGAN

On a affaire à un tueur en série, là ! Si on attend que vous la portiez en terre, Dieu sait combien d’autres femmes risquent de mourir !

La caméra ZOOME AVANT sur le visage de M. Ledbetter, qui semble CHOQUÉ.

Puis pendant une minute : son visage SE DÉFORME pour exprimer une RAGE INCONTRÔLABLE.

Puis, EN UN ÉCLAIR, sa rage DISPARAÎT.

M. Lebetter se ressaisit.

M. LEDBETTER

Vous avez raison. Pardonnez-moi.

Il se passe un mouchoir sur le visage. Pendant qu'il fait cela, l'inspecteur Morgan se penche furtivement sur le bureau et y VOLE un CRAYON.

Elle tient le crayon avec un MOUCHOIR EN PAPIER. Elle glisse le crayon dans sa POCHE.

M. Ledbetter croise les mains, prêt à répondre aux questions.

INSPECTEUR MORGAN

Je n'ai qu'une seule question pour vous.

La caméra se resserre sur le visage de M. Ledbetter. Il semble NERVEUX.

INSPECTEUR MORGAN

Votre première femme. Elle a été tuée de la même façon. Il y a dix ans. La police n'a jamais retrouvé son meurtrier.

L'expression de RAGE passe de nouveau brièvement sur le visage de M. Ledbetter.

INSPECTEUR MORGAN

Vous pensez que c'est la même personne ?

Silence.

M. Ledbetter S'EFFONDRE de nouveau en SANGLOTS. Il ne répondra à AUCUNE question aujourd'hui.

L'inspecteur Morgan lève les yeux au ciel.

FONDU AU NOIR.

INT., DOMICILE DE L'INSPECTEUR MORGAN - SOIR

La maison de l'inspecteur Morgan ressemble beaucoup à celle des Ledbetter. Pas de cadavre, mais la même baie vitrée coulissante, la même cheminée, etc.

Elle vit SEULE. Elle est dans la CUISINE, en train de faire du POP-CORN.

Soudain...

SURSAUT D'EFFROI : il y a un HOMME DERRIÈRE LA BAIE VITRÉE !!!!

...C'EST L'ASSASSIN !!!!

C'est un HOMME IMPOSANT. Il est entièrement vêtu de noir et porte une CAGOULE noire.

L'inspecteur Morgan NE LE VOIT PAS. Il se tient DERRIÈRE ELLE.

La caméra ZOOME AVANT sur la POIGNÉE de la BAIE VITRÉE COULISSANTE.

L'Assassin s'accroupit légèrement et SOULÈVE la POIGNÉE de la BAIE VITRÉE COULISSANTE de l'extérieur. (Quiconque possède ce genre de fenêtre coulissante connaît ce POINT FAIBLE.)

Le loquet S'OUVRE.

L'inspecteur Morgan L'ENTEND et pivote juste à temps pour voir l'ASSASSIN OUVRIR EN GRAND la baie vitrée et ENTRER DANS LA PIÈCE.

Elle CRIE.

L'Assassin SE RUE SUR ELLE, la frappe violemment.

Elle TITUBE à reculons.

L'Assassin est armé d'un COUTEAU.

Il SE RUE sur l'inspecteur Morgan. Elle lui envoie un COUP DE PIED dans la main, le couteau VOLE.

L'inspecteur et l'Assassin SE BATTENT.

L'Assassin PROJETTE l'inspecteur à l'autre bout de la pièce.

Elle RAMPE À QUATRE PATTES jusqu'au bureau où son ARME l'attend.

Elle ESSAIE D'ATTRAPER son arme.

INSPECTEUR MORGAN

Ah, nom de Dieu...

Elle ATTRAPE son ARME.

Elle PIVOTE et se lève, tenant le pistolet à deux mains.

Son salon est DÉSERT.

L'Assassin s'est ENFUI.

FONDU AU NOIR.

INT., CABINET DE M. LEDBETTER – LE LENDEMAIN MATIN

Le Jeune Agent se tient près du bureau de M. Ledbetter.

INSPECTEUR MORGAN

Vous n'irez nulle part, monsieur Ledbetter.

M. LEDBETTER

Qu'est-ce que vous faites ici ? Ma femme est morte ! Vous devriez être en train de chercher l'assassin !

INSPECTEUR MORGAN

J'ai trouvé l'assassin.

La caméra ZOOME AVANT sur L'AIR SURPRIS de M. Ledbetter.

M. LEDBETTER

Qu'est-ce que vous voulez dire ?

INSPECTEUR MORGAN

(au Jeune Agent)

Menottez-le. Il pourrait tenter de fuir.

Le Jeune Agent MENOTTE M. Ledbetter.

M. LEDBETTER

Qu'est-ce que ça signifie ?!!

INSPECTEUR MORGAN

C'est la baie vitrée coulissante qui m'a mise sur la voie. Tous les habitants du quartier savent que ces verrous ne servent à rien. J'en ai déduit que l'assassin vivait dans le quartier.

M. LEDBETTER

Mais ça ne prouve rien !

INSPECTEUR MORGAN

J'ai également trouvé les empreintes digitales de l'Assassin sur les lieux du crime. Et hier soir, un homme m'a agressée chez moi. Il est parti en laissant un couteau derrière lui. Les empreintes correspondent à celles de l'Assassin. Elles correspondent aussi à celles que j'ai relevées sur ce crayon. Je l'ai pris sur votre bureau hier.

La caméra ZOOME AVANT sur le visage de M. Ledbetter, VRILLÉ DE RAGE. Il ne fait désormais PLUS D'EFFORT POUR LE MASQUER.

Il SE TRANSFORME en l'ASSASSIN que nous SAVONS qu'il est.

INSPECTEUR MORGAN

Échec et mat, monsieur.

M. LEDBETTER

Vous ne m'aurez jamais vivant !

M. Ledbetter PIVOTE et FRAPPE le Jeune Agent de ses poings menottés.

Le Jeune Agent titube en arrière.

M. Ledbetter tente de s'enfuir...

L'inspecteur Morgan FAIT FEU SUR LUI.

Le sang JAILLIT DE SA POITRINE.

Il tombe en arrière contre le mur.

Il MEURT.

Silence.

L'inspecteur Morgan secoue la tête. Le Jeune Agent se redresse lentement.

Les deux policiers se tiennent au-dessus du CADAVRE de M. Ledbetter.

LE JEUNE AGENT

Il a tué sa propre femme. J'arrive pas à y croire.

INSPECTEUR MORGAN

Moi si. Je l'ai toujours su...

La caméra ZOOME AVANT sur le visage de l'inspecteur Morgan. Elle semble déterminée.

INSPECTEUR MORGAN

On ne peut jamais faire confiance à un homme.

FONDU AU NOIR.

CINQUIÈME PARTIE

Vieilles amies

2014

1

NICK L'IDIOT

La première chose que Lindsey dit quand elle ouvre la porte est, "Oh mon Dieu !" Puis elle te regarde en plissant les yeux et elle te dit, "Tu fais les douze étapes ?"

Son appartement se trouve dans une grande résidence en briques, à Brooklyn. Appartement H5 (ce qui n'a aucun sens, vu qu'il est au premier étage). Tu as attendu à l'extérieur de la résidence, en faisant semblant de consulter ton téléphone, jusqu'à ce qu'un type y entre avec ses clés, et tu t'es faufilé derrière lui ; tu n'avais pas envie de t'expliquer avec Lindsey à l'interphone. Debout dans le couloir maintenant – trop tard – tu réalises que ça fait étrange de frapper comme ça chez elle après avoir déjà franchi la porte de sa résidence.

Tu lui offres un grand sourire idiot. Elle dit vrai. Tu fais les douze étapes. (Lindsey en a toujours eu une bonne d'avance sur toi.)

Tu dis, "Tu aurais préféré que je sois venu pour t'emprunter de l'argent ?"

Elle lève les yeux au ciel mais t'offre un demi-sourire, et tu ressens un petit pincement de satisfaction. Tu es surpris de voir à quel point tu continues à avoir envie de l'impressionner.

"Bien, dit-elle avant de faire un pas de côté pour ouvrir grand la porte. Je crois qu'on attendait ça depuis longtemps."

Tu gardes tes mains dans tes poches et tu la suis à l'intérieur. Tu vois tout de suite qu'un enfant vit chez elle. Dans la cuisine étroite, quelques céréales en forme de lettres parsèment le sol ; le réfrigérateur est couvert de peintures au doigt.

"T'as un enfant", dis-tu.

Lindsey se contente de faire oui de la tête.

"Pourquoi t'es venu ?" dit-elle.

Elle a les bras croisés et tu as le sentiment qu'elle est en train de faire des efforts pour se retenir, mais se retenir de quoi – te prendre dans ses bras ou te frapper –, ça, tu ne saurais le dire. Tu l'imites, toi aussi, inconsciemment, tu croises les bras.

"Écoute, je sais que ça fait…"

"Nick !" s'exclame Lindsey.

Tu te dépêches de remettre ta main gauche dans ta poche, mais c'est trop tard. Lindsey claque ses deux mains sur son visage comme si elle se protégeait d'une scène d'horreur en plein milieu d'un film.

"Qu'est-ce qui est arrivé à ta main ?" dit-elle.

"J'ai eu un accident, dis-tu. C'est juste deux doigts."

Lindsey ne dit rien, le visage toujours caché derrière ses mains.

"C'est rien, je t'assure, je vais bien."

Elle expire, regarde le plafond, les yeux pleins de larmes.

"J'ai toujours su que tu te ferais du mal, et oh mon Dieu, *bien sûr* que tu t'en es fait."

Tu as tant de trucs à expliquer. Les choses ont changé. Tu sais qu'elle comprendra. Tu ne sais juste pas par où commencer. Et puis il y a un bruit de petits pieds qui courent sur le plancher, le bruit que fait une enfant qui aime le bruit que font ses pieds quand elle court, et voilà qu'entre la fille de Lindsey.

Bouclettes blondes courtes coiffées en deux couettes inégales, bouche ouverte, langue sortie, tandis qu'elle se concentre sur une petite figurine de My Little Pony qu'elle essaie de garder en équilibre sur sa tête.

Tu la reconnais tout de suite. Elle ressemble à toutes les photos de toi quand tu étais petit, celles qui sont accrochées dans le hall d'entrée de chez ta mère.

"Regarde, maman !" dit la fillette en louchant vers son front alors qu'elle tient son poney en plastique d'une main, sans duper qui que ce soit.

Lindsey se transforme, c'est une sorte de magie maternelle lumineuse ; c'est à peine si tu peux encore voir qu'elle était contrariée.

"Waouh, Katie-cœur", dit-elle d'une voix aimante en se frottant un œil du bout du doigt comme pour enlever un cil coincé.

Évidemment que Lindsey est une excellente mère. Espèce de con.

Tu regardes Lindsey, puis la fillette, puis de nouveau Lindsey. Tu dis :

"Quand est-ce que tu comptais me le dire ?"

"Certainement pas maintenant ! dit Lindsey d'une voix brillante et ferme. Katie, je te présente Nick. Un vieil ami à moi."

"Katie."

Tu dis ce nom lentement.

Katie ne dit rien. Le poney glisse de sa tête et tombe par

terre, mais elle lève les yeux au ciel et cambre son petit torse, bien campée sur ses jambes. Elle hausse les sourcils, comme si elle était en train de faire un autre tour impressionnant. Elle ne croise pas ton regard, mais elle jette un petit coup d'œil dans ta direction, et puis un autre. Elle s'assure que tu es bien en train de la regarder.

Elle veut que tu sois impressionné.

La douleur est comme une chute, elle accélère, se change en désespoir.

"Je suis un idiot", dis-tu.

Et à compter de ce moment, ta fille, ravie de son propre sens de l'humour, ne t'appellera plus que Nick l'Idiot.

Lindsey passe deux jours à réfléchir à la question. Tu es dans un magasin de bricolage, en train d'acheter un rouleau de papier tue-mouches pour ta chambre de motel, quand elle t'appelle pour te donner sa réponse.

— Tu as du retard sur les pensions, dit-elle, mais si tu peux le rattraper, je veux bien que tu fasses partie de sa vie. Si tu es vraiment sobre.

Tu lui promets que tu es vraiment sobre.

Lindsey a fait quelques calculs. Étant donné ce que tu as gagné au cours de la vie de Katie, jusqu'à ce jour, et tes futurs salaires potentiels – qui, soyons honnêtes, se résument à presque rien, après tous les emplois que tu as perdus – elle estime que tu lui dois dix mille dollars.

— C'est vingt mille, en fait, dit Lindsey. Mais si j'ai pas d'avocat à payer et que tu me verses les pensions au noir, on peut partir sur dix.

Elle veut un plan de remboursement mensuel, et elle le

veut en liquide. En raccrochant ton téléphone, tu comprends qu'elle veut que tu lui prouves que si elle peut compter sur toi, tu resteras dans le coin.

Bon sang, bien sûr que tu resteras dans le coin.

Tu files tout droit vers le distributeur le plus proche. Tu tires tout ce que tu peux tirer en allant jusqu'à la limite de ton découvert autorisé : quatre cents dollars. Tu les apportes tout de suite à l'appartement de Lindsey. Pour assurer le lien. Une fois qu'elle aura accepté tes billets, elle ne pourra plus changer d'avis.

Elle t'accueille à la porte, te dit merci. Elle te sourit même presque. Elle ne t'invite pas à entrer, mais tu constates qu'elle est impressionnée. Tu t'en vas en te sentant un homme neuf. Voilà ta chance d'agir comme quelqu'un de bien.

Tu emménages à New York en mai. Tu loupes le versement de ce mois-là, mais c'est seulement parce que ton ancien propriétaire, en Virginie, t'a arnaqué de ta caution. Lindsey ne t'en tient pas rigueur. Tu te dis qu'elle est impressionnée de voir que tu as déménagé pour te rapprocher de Katie. Elle est impressionnée de voir que tu tiens la durée. Elle ajoute encore cinq cents dollars d'intérêts à la somme que tu lui dois, mais ce n'est que justice. Tu es déjà content qu'elle ne te demande pas d'où tu tiens ton argent.

À l'automne, tous les trois, vous avez votre routine. Le premier samedi du mois, tu vas les retrouver dans un café près de Fort Greene Park. Katie a droit à une pomme, parce que Lindsey ne veut pas qu'elle t'associe à des douceurs. Lindsey prend un latte géant, tu prends un café noir, puis vous marchez ensemble jusqu'au terrain de jeu, quand il fait beau, à la bibliothèque, quand il ne fait pas beau.

— Idiot ! dit Katie dès qu'elle te voit, puis elle court te serrer fort dans ses bras.

Tu adores ça, même si tu la soupçonnes de ne le faire que pour embêter sa mère.

Un samedi, en route vers le café, dans Joralemon Street, tu passes devant le stand d'un type qui vend des tas de babioles. Tu remarques un sachet de stickers, pour vingt-cinq cents. Des stickers de petits chiens. Katie raffole des chiens. À chaque fois qu'elle en voit un dans la rue, elle se précipite vers lui les bras ouverts pour lui faire un énorme bisou. Tu plonges ta main dans ta poche en quête d'une pièce de vingt-cinq cents.

Lindsey ne veut pas que tu offres des cadeaux à Katie. Toi, tu aimes quand même acheter des trucs. Tu te dis que tu arriveras à les lui refiler en douce. *Dis à ta mère que tu l'as eu à l'école.* Tu sais que demander à ta fille de cacher des choses n'est pas une bonne manière de progresser vers la garde partagée. Mais tu ne peux pas t'empêcher de lui acheter des trucs. Tu as toute une pile de petits poneys en plastique et de bracelets de perles élastiques sur le comptoir de ta cuisine. Cette pile croît peu à peu, comme un sablier, tandis que tu essaies de t'attirer les bonnes grâces de Lindsey avant que Katie ne soit trop vieille pour les petits poneys. Ou trop vieille pour s'attacher à son père biologique.

Dans la queue du café, tu sens le sachet de stickers au fond de ta poche. Vingt-cinq cents, c'est vraiment comme si tu les avais eus pour rien.

Alors tu attends que Katie regarde ailleurs – elle inspecte méticuleusement sa pomme pour s'assurer qu'elle n'abrite pas de vers – et puis tu dis,

— Lindsey. Ça t'ennuie si je donne à Katie ces stickers de chiens que j'ai trouvés ?

Tu sors le sachet de ta poche pour montrer à Lindsey qu'il s'agit réellement d'un tout petit cadeau.

Mais Katie les voit. Elle se fige, au milieu d'une bouchée, puis elle dégage ses dents de la pomme.

— Des chiens-chiens ? dit-elle.

Elle tend le bras, attrape ta bonne main, la tire vers le bas pour bien voir les stickers.

Ça ferait bizarre de les lui cacher, maintenant.

— Ouais, dis-tu. Tu connais quelqu'un à qui ça ferait plaisir ?

Lindsey croise les bras et soupire. Mais toi tu regardes Katie – ses grands yeux, son visage baissé en signe d'humilité exagérée. Tu es impressionné par sa sagacité. Elle sait que tu es en train d'enfreindre des règles, et elle fait très attention à jouer correctement le jeu. Elle fait de son mieux pour ne pas gâcher ses chances.

— Disons… dit-elle en laissant sa voix traîner sur la dernière syllabe. Peut-être que je pourrais les avoir ?

Lindsey laisse faire, et Katie sautille de joie sur tout le chemin jusqu'au terrain de jeu, tapotant la pochette de stickers en chantant, "Des chiens, des chiens-chiens, des chiens, des chiens-chiens !" Au parc, elle s'assied sur un banc entre toi et Lindsey, elle décolle les papiers des stickers un par un puis elle les lisse sur le sac à main de Lindsey, ton manteau, ses propres joues, en leur donnant chacun un nom.

— Lui, c'est Lécheur, dit-elle en collant un golden retriever sur son manteau à elle.

Tu te laisses aller contre le dossier et tu essaies de t'imprégner de ce moment. Il est presque parfait. Tu regardes le parc, tu veux savourer le soleil, l'odeur de l'automne, ces heures précieuses passées au côté de ta fille.

C'est là que tu remarques un homme au teint pâle assis sur un banc, à peut-être vingt mètres de toi. À la seconde où tu le regardes, il détourne le visage.

— Lui, c'est Pêcheur, dit Katie en collant un labrador sur le banc.

Cet homme t'observait-il ?

Tu regardes ailleurs, puis tu le regardes de nouveau, tu l'examines. Il est grand et mince, pâle, presque blafard, il a les cheveux gris. Il lit un magazine, il porte un imperméable. Il te lance un nouveau coup d'œil, puis il détourne le regard. Tu fronces les sourcils.

— Idiot ! dit Katie en te tapotant l'épaule pour te montrer quelque chose d'urgent.

Tu baisses les yeux, et le doux visage de ta fille te rappelle que tu es probablement en train de te faire des idées. T'imaginer que des hommes étranges te suivent est une histoire qui appartient à ton passé d'alcoolique. Tu es sobre, maintenant. Tu essaies d'arrêter de voir des choses.

— J'ai *dit*, lui, c'est Faucheur, dit Katie en caressant le petit terrier qu'elle a collé sur ton manteau.

Le chien est couvert de paillettes et porte un béret à motifs écossais rouges. Tu le gardes sur ton manteau tout le reste de la journée. Il te procure une réelle sensation d'optimisme. Tu es presque à mi-chemin – tu as donné quatre mille dollars à Lindsey. Et peut-être que le fait de laisser Katie garder les stickers est le signe qu'elle te lâche un peu la bride. Peut-être que pour une fois tu as fait quelque chose de bien.

Ce soir-là, tu vas au cinéma pour voir un film d'action débile. C'est ton remède habituel contre la déprime qui s'installe après tes rencontres mensuelles avec Katie, quand le mois de solitude s'étire devant toi comme un vilain mal de gorge. Aujourd'hui, le film te fait vraiment du bien. Tandis que le générique défile, tu te sens un peu plus léger que de coutume, tu vois l'avenir avec plus de clarté, tu aperçois le moment où tu repenseras à ces temps difficiles au lieu de les vivre.

Puis tu rentres chez toi et tu passes devant un bar dont la porte est ouverte. Au fond, il y a un juke-box serti d'un néon rouge, à côté duquel se tient une femme vêtue d'une robe décolletée dans le dos. L'envie d'entrer et de lui payer (et de te payer) un verre est si puissante que tu t'arrêtes et que tu poses une main contre le mur de la façade pour ne pas perdre pied.

Tu regardes le juke-box et la femme à l'intérieur. Cette scène est d'une composition parfaite. Comme un instantané de film noir. Tu changes de pied d'appui, pour te forcer à t'en aller.

Tu entends un bruit métallique et tu baisses les yeux. Tu te tiens sur une de ces trappes de sous-sol qui ponctuent les trottoirs de New York. Il n'y a que quelques millimètres d'acier entre les semelles rafistolées au ruban adhésif de tes chaussures et une chute périlleuse le long d'un escalier abrupt. Quelle métaphore.

— Tu n'entres pas, dis-tu, à voix haute.

Puis tu fermes ton manteau et tu remarques que Faucheur est tombé, tu l'as perdu. Ce qu'il te restait de bonnes sensations de cette journée s'enfuit de ta poitrine. Tu suffoques à deux reprises. Deux sanglots bruyants, sans larmes.

Tu rentres chez toi en titubant et tu passes la nuit allongé sur le dos sur ton matelas d'occasion posé à même le sol, à écouter tes voisins d'en haut se disputer à travers le vieux plâtre, en te demandant si le fait de te demander *Est-ce que je suis en train de penser à me suicider ?* compte comme une envie de te suicider.

Le jury n'a toujours pas rendu son verdict, et tu es toujours éveillé, à six heures du matin, quand ton téléphone bippe pour un texto d'un vieil ami : Travail urgent. Ramène-toi.

2

À L'ABRI DE LA PEUR

00 : 00 : 00 Bon alors je vais juste cogiter là comme ça une petite seconde, sur ce truc, sur la question de savoir quel genre de début il faut. J'ai déjà tout planifié. Si j'avais le temps, ce livre, je pourrais l'écrire moi-même.

…

Je vous balance le truc tel quel. Vous êtes prête ?

…

Ça commence comme ça : Avant, tout me faisait peur. Je suis le cadet de trois frères. Je suis aussi le plus petit et le plus maigre. Alors je connais la peur depuis mon plus jeune âge.

00 : 00 : 30 C'est un de mes plus anciens souvenirs, je dois avoir six ans, et je suis enfermé à la cave avec mes frères de l'autre côté de la porte qui me disent que les moisissures noires de la cave sont sur le point de relâcher leurs spores, et que ce sont des spores qui te rentrent par le nez, s'attaquent à ton cerveau, et te rendent psychotique. Voilà de quoi je parle quand je parle de peur.

Flash forward, vingt ans plus tard, j'ai vingt-six ans. Je suis P-DG de ma propre entreprise. Ça fait deux ans que je l'ai montée et on fait déjà des bénéfices, j'ai quinze personnes qui bossent pour moi, je me fais deux cents K par an, les offres d'investisseurs affluent. Vous voulez que je parle moins vite ?

…

00 : 01 : 00 Ouais, j'oubliais, ça enregistre. Bon, je reçois des offres, je dirige mon entreprise, on pourrait croire que je suis le roi du monde, pas vrai ? Mais le truc dingue, c'est ça : je continue à être gouverné par la même peur.

Vous pouvez souligner ça, Alice. C'est un point très important.

Maintenant imaginons – parce qu'on veut vraiment captiver notre lecteur, là – imaginons que vous avez acheté ce livre en vous disant que vous avez besoin d'un nouveau rituel matinal pour rebooster votre vie. Vous espérez peut-être que je vais vous conseiller de donner des poignées de main plus fermes, ou, je sais pas, de vous tenir debout bien campé sur vos pieds, ce genre de merde, pour vous redonner confiance. Résoudre tous vos problèmes.

00 : 01 : 30 Je suis ici pour vous dire que tous ces trucs, c'est des conneries.

Rien ne pourra marcher – et soulignez ce que je vais dire – *tant que vous n'aurez pas surmonté votre peur !*

Et une fois que vous avez surmonté votre peur ?

Rien – mettez-moi ça en lettres capitales – RIEN ne vous entravera plus. Et vous pouvez le souligner, pour faire bon poids.

…

Voilà ce que j'étais en train de taper – je transcrivais un entretien avec un client – quand Haley m'a appelée.

J'étais assise dans un café de grande chaîne, quelque part en banlieue. C'était la première fois que je rentrais à la maison depuis que j'étais partie à Barcelone, trois ans auparavant. Ma mère était déçue que je doive travailler, mais j'avais une deadline. Je devais rendre un bout d'essai pour être la prête-plume d'un homme d'affaires qui voulait écrire un livre de développement personnel sur comment surmonter sa peur grâce à une méthode qu'il appelait "L'Abri de la peur". J'avais promis à Fox de lui remettre une première version de l'introduction avant la fin de cette journée. Si mon texte lui plaisait et qu'il m'engageait pour écrire tout le livre, j'aurais assez d'argent pour prendre six mois de vacances. Il était presque l'heure de déjeuner quand Haley m'appela, et je n'avais même pas écrit la première phrase.

J'ai coupé la sonnerie et basculé l'appel vers ma boîte vocale. Je me suis dit que c'était à cause de la deadline. Que c'était une question de discipline, que ça n'avait rien à voir avec ma relation avec Haley.

La vérité, c'était que je n'avais aucune discipline. J'avais commencé à travailler comme prête-plume – je rédigeais des manuels de développement personnel, des mémoires, et autres projets vaniteux du même genre – parce que je fuyais Q, et que ce travail me permettait de rester cachée. Je pensais aussi que je pourrais m'y consacrer à temps partiel ; je me disais que ce travail pourrait se caser bien proprement dans des séances quotidiennes de quatre heures, ce qui me laisserait plein d'énergie pour écrire un roman d'horreur, chose que je rêvais de faire depuis des années. Mais en réalité, je n'écrivais que très peu. Je procrastinais sur tous les projets en cours, je perdais beaucoup de temps à me promener sur Internet ou à installer de nouveaux logiciels de blocage pour m'empêcher d'aller me promener sur Internet. Je ne me mettais au boulot que quand c'était vraiment trop tard. Là, j'écrivais comme une folle, dix heures par jour, et je rendais ma copie trois jours après la date limite. Pendant la phase de correction et de réécriture, j'alternais entre ces mêmes périodes de procrastination et de panique ; quand le livre partait enfin chez l'imprimeur du vaniteux, j'étais trop épuisée mentalement pour faire autre chose que sortir pour de longues promenades, ou flâner chez les bouquinistes, jusqu'à ce qu'on me confie un nouveau projet, et que le cycle recommence.

Tout ça pour dire : J'aurais pu faire une pause de cinq minutes et prendre l'appel d'Haley. La vraie raison pour laquelle je n'ai pas décroché est que nous ne nous étions pas parlé depuis presque un an, et que j'étais toujours en colère.

J'ai laissé mon téléphone posé l'écran contre la table et je me suis remise à transcrire les cassettes.

00 : 02 : 00 Ce livre, c'est donc l'histoire de comment j'ai surmonté ma peur. L'idée, fondamentalement, c'est qu'au lycée j'étais du genre premier de la classe coincé et que je suis devenu un des Cinquante Célibataires Les Plus En Vue de New York.

…

Bon. J'étais ce petit binoclard maigrelet qui se faisait bourrer la bouche de papier toilette au lycée…

…

Ouais, c'était pas joli, joli. Mais ce petit gars que j'étais est devenu un homme d'affaires qui a vendu sa première entreprise pour sept virgule cinq millions de dollars, alors, ouais… Qui c'est qui rit, maintenant ?

…

Transcrire les enregistrements est une de mes méthodes de procrastination préférées. L'agence pour laquelle je travaille possède déjà les transcriptions de tous mes entretiens, mais je finis toujours par les retaper moi-même. C'est une petite ruse minable pour faire bouger mes doigts au son de la voix du client. Ça m'aide aussi à oublier ma propre voix. Le logiciel de l'agence n'enregistre que l'autre bout du fil, pour économiser sur les coûts de transcription. Ma moitié de l'entretien reste silencieuse.

Mais ce jour-là, la ruse ne marchait pas. J'avais du mal à me fondre dans la voix de Fox.

> 00 : 13 : 30 Croyez-moi : j'étais du genre à sortir de chez moi avec du dentifrice sur le visage parce que j'avais trop honte de me regarder dans le miroir. Je ne pouvais pas me regarder dans les yeux.
>
> …
>
> Je vous jure !
>
> …
>
> Alors si moi, j'ai réussi à surmonter ma peur, n'importe qui peut le faire.
>
> …

Il avait l'air d'un vrai connard quand j'écoutais les enregistrements. Pendant nos entretiens, en revanche, je l'appréciais beaucoup. Il était amical, le genre d'entrepreneur qui met un point d'honneur à faire fi des règles de bienséance rigides propres au monde des affaires. Il me traitait avec une sorte d'affection désinvolte, comme une barmaid dans son café favori. Oui, il était condescendant, mais tous mes clients étaient condescendants ; les gens ont honte d'avoir recours à un prête-plume. Alors quand il se comportait comme si c'était mon boulot d'écrire sous la dictée, je me disais que c'était parce qu'il se sentait honteux.

> 00 : 17 : 00 Surmonter ma peur n'a pas été facile. Mais ça n'était pas non plus de l'astrophysique.
> Il s'agissait de changer de tournure d'esprit, en la modifiant par une pratique quotidienne, avec au fond, surtout, l'idée que ma vie valait le coup. Que je valais le coup. Et je veux que vous sachiez que vous aussi, vous valez le coup.
> Soulignez ça, Alice. *Vous valez le coup.*
> ...

Il y avait aussi le fait que Fox allait me payer vraiment très bien. Il avait spécifiquement demandé à ce que ce soit moi qui lui écrive son livre, et il me proposait trois fois mon tarif habituel. Après notre première conversation, j'ai raccroché et je me suis dit, *Ça, ça va être les douze mille dollars les plus facilement gagnés de toute ma vie*, en ricanant toute seule parce que je n'avais en fait jamais gagné douze mille dollars. Bien sûr, que je l'appréciais.

Mais sa voix ! Je me demandais comment je pourrais transformer ses élucubrations en quoi que ce soit de lisible. On aurait dit qu'il avait passé des années à ne rien regarder d'autre que *Glengarry Glen Ross* et des discours de motivation de Tony Robbins. Il s'exprimait avec précision, mais il parlait trop vite. J'entendais le désespoir qui poussait pour percer sous le vernis de sa confiance.

00 : 34 : 00 Je vais vous montrer comment on fait pour surmonter sa peur. Parce qu'une fois que vous avez surmonté votre peur, vous pouvez faire ce que vous voulez. Vous pouvez accomplir vos rêves.

…

J'ai arrêté de taper et je me suis détendue, laissant l'enregistrement continuer à bavasser. J'ai jeté un coup d'œil à l'écran de mon téléphone, j'ai vu qu'Haley n'avait pas laissé de message, et j'ai été contente de ne pas avoir décroché. Je me suis dit qu'elle avait dû m'appeler par erreur. J'ai regardé par la fenêtre du café, en essayant de ne pas me lamenter sur notre amitié perdue, en essayant de ne pas m'imprégner du désespoir de Fox. C'était un mardi calme et ensoleillé en banlieue. J'ai regardé une femme extraire deux enfants de l'arrière de sa voiture et les sangler dans une poussette double.

Je me demandais de quoi Richard Fox pouvait avoir si peur.

00 : 52 : 30 D'abord, vous devez identifier vos peurs. La peur passe son temps à s'auto-justifier. La peur ne veut pas partir. Elle essaie de nous convaincre qu'on a besoin d'elle. Elle essaie de nous convaincre que, si nous baissons la garde, il va se produire quelque chose d'horrible. Oui, arrêter d'avoir peur est aussi une chose dont nous avons peur ! C'est stupide, non ?

…

Alors que la femme du parking manœuvrait sa poussette double pour monter sur le trottoir, j'ai arrêté le lecteur, enlevé mes écouteurs, et je me suis précipitée pour lui ouvrir la porte.

— Vos enfants sont vraiment trop mignons ! j'ai dit. Ils ont quel âge ?

— Presque deux ans, elle a dit.

— Ce sont des jumeaux ? j'ai demandé.

— Oui, elle a dit. Faux jumeaux.

Je l'ai accompagnée jusqu'au comptoir, en roucoulant sur les petits et en posant des questions polies. Ils me regardaient tous les trois d'un air dubitatif, mais j'ai foncé, j'ai continué à bavarder sans m'arrêter pendant qu'on faisait la queue. Je voulais un supplément d'eau chaude pour mon thé. Et je voulais aussi que la femme se souvienne de moi.

C'était un mécanisme de défense dont je n'arrivais pas à me débarrasser, alors même que je n'étais plus certaine d'en avoir encore besoin. Rien ne m'indiquait que Q s'intéressait toujours à moi, ou qu'il était toujours dangereux. Mais je continuais à être inquiète. Quand je me déplaçais, j'allais jeter un coup d'œil à ses profils sur les médias sociaux pour m'assurer qu'il n'était pas dans le coin. J'avais coupé mes cheveux court et je les avais teints en blond ; j'avais toujours un spray au poivre dans mon sac. Je savais que Q avait probablement tourné la page – ça faisait des années – mais je continuais à ressentir ma vulnérabilité à des moments inattendus, comme quand on porte une robe qui remonte trop haut lorsqu'on s'assied.

Alors je faisais en sorte d'être l'amie de tout le monde ; je voulais que les gens m'écoutent au cas où j'aurais dû appeler *À l'aide*. Au café ce jour-là j'avais déjà bavardé avec la serveuse trop-piercée-pour-son-âge et avec la quadragénaire bien avancée qui m'avait demandé si elle pouvait prendre l'exemplaire de *USA Today* que quelqu'un avait laissé sur le siège à côté de moi. Et j'étais là, à bavarder pour faire amie-amie avec cette jeune mère perplexe :

— Des jumeaux, ça doit être dur ! Si vous avez besoin de quoi que ce soit, je suis assise juste là.

J'ai remercié la serveuse en l'appelant par son prénom et j'ai fait au revoir aux jumeaux. En regagnant ma place, j'ai souri à la quadragénaire, qui a levé les yeux de son journal et m'a souri en retour. Je me suis répété que tout irait bien.

Et là j'ai réalisé que c'était peut-être pour ça que j'appréciais Richard Fox. Je n'avais jamais vraiment aimé les livres de développement personnel. La vie est dure ; les gens qui vous proposent des raccourcis vous mentent probablement sur ceux qu'ils ont dû prendre eux-mêmes. Mais plus je l'écoutais, plus j'étais sûre que la confiance de Fox était une construction. Si je percevais du désespoir dans sa voix, c'était peut-être parce qu'il avait vraiment surmonté quelque chose de terrible. Peut-être que si j'écrivais son livre, j'apprendrais moi aussi à le faire. J'ai ouvert un nouveau document pour enfin me mettre à rédiger l'introduction.

Puis mon téléphone m'a interrompue d'un tintement insistant. C'était un texto d'Haley.

> Salut Alice, je voulais juste t'informer, ma mère nous a quittés. Il y a deux semaines. J'aimerais beaucoup qu'on se parle, quand tu seras disponible. Je t'aime comme une sœur.

J'ai mis quelques minutes à me calmer, mais j'ai fini par prendre mes affaires et par sortir.

— Alice ! a répondu Haley en prononçant mon nom d'une voix très chaleureuse. J'étais pas sûre que tu m'appellerais.

— Je suis vraiment désolée, j'ai dit. Je savais pas, pour ta mère.

Il y a eu un silence ; j'imaginais Haley, à l'autre bout du fil, en train de cligner des yeux pour retenir ses larmes. Je me sentais minable de ne pas l'avoir appelée pendant tous ces mois.

— Merci, elle a dit. Ça faisait longtemps qu'elle était malade.

— La dernière fois qu'on s'est parlé, elle suivait un traitement expérimental, je me souviens.

— Ouais, elle en a eu plusieurs. (Haley a soupiré profondément.) C'est comme ça.

— Y a eu un enterrement ? j'ai demandé.

— Une petite cérémonie, juste avec la famille.

Je suis restée silencieuse une minute.

— Merci de m'avoir prévenue, j'ai dit. Je suis vraiment désolée.

J'ai cherché un souvenir de sa mère que j'aurais pu partager. Le jour où elle m'avait appris à faire des tresses plaquées à Haley. Ou bien l'odeur de la cannelle qu'elle ajoutait à son café moulu. Mais le plus important, c'était le fait qu'elle ne m'avait jamais traitée comme un produit avarié ; après ce qui s'était passé au lycée, la mère d'Haley avait été la seule adulte à me parler d'une voix qui ne soit chargée ni de pitié ni de terreur honteuse. Mais je ne voulais plus jamais reparler de cette époque de ma vie avec Haley.

Pour finir, j'ai juste dit :

— Je suis désolée.

— Merci. Mais toi, comment tu vas ? Toujours en Espagne ?

J'ai fait un petit *hmm* de confirmation.

— Et t'es toujours prête-plume ? a dit Haley.

Et d'un seul coup ma sympathie a disparu. Sa voix était faussement enjouée et curieuse ; j'y entendais tous les sermons qu'elle m'avait infligés pendant toutes ces années, sur le fait que je devais *raconter mon histoire*, que je devais *revendiquer ma voix*. Je savais qu'elle voyait le travail de prête-plume comme un acte de lâcheté.

— En fait, j'ai dit alors que la culpabilité et l'agacement se livraient bataille au fond de ma gorge, je suis charrette, là, il faut que j'y aille.

Haley a dit,

— Oh. (Elle a lâché un petit rire sarcastique.) Je vois que tu continues à me punir.

— Non, j'ai juste un boulot de dingue. Une journée de dingue.

Elle n'a rien dit. Je voulais qu'elle se sente mieux, mais je ne voulais pas céder. Je me suis rappelé que cette fois, c'était elle qui était responsable de notre éloignement (elle avait publié une tribune qui incluait une description de ce qui s'était passé au lycée).

— Je te rappelle, j'ai fini par dire.

Elle ne disait toujours rien.

Je me suis trouvée piégée, à attendre qu'elle parle. Je sentais de nouveau monter en moi l'envie puissante de m'excuser, et de nouveau je me suis forcée à ne pas céder. J'ai fermé les yeux. Je n'avais aucune raison de m'excuser. J'ai écarté mon téléphone de mon oreille et pris une grande respiration.

Puis j'ai compris ce qu'elle faisait. Le silence est le truc le plus vieux en matière d'interview.

— Arrête, Haley, j'ai dit.

— Quoi ? elle a dit.

— Tu restes silencieuse pour que moi je continue à parler, pas vrai ? j'ai dit. Je connais le truc, je me ferai pas avoir.

— Au fait ! Je voulais te dire, aussi, elle a dit. J'ai retrouvé deux ou trois de nos vieux films. Les cassettes VHS.

C'était typique d'Haley, de passer du coq à l'âne ; le brusque changement de sujet n'était qu'une autre tactique pour continuer à me faire parler.

— Elles étaient au grenier, quand j'ai vidé la maison de maman, elle a continué. Ces films sont *déments* !

Je me rappelais les films que nous avions faits quand nous étions au collège – à l'époque où nous étions de toutes nouvelles amies. Empreintes de mains blanches fantomatiques sur le mur de la cabane dans l'arbre du petit frère d'Haley ; bouillie de flocons d'avoine et colorant alimentaire vert pour nos effets spéciaux de vomi ; deux filles pliées en deux, mortes de rire, dans une salle de jeu.

— Je les avais complètement oubliés, j'ai dit.

— Moi aussi ! Ils sont fascinants, j'ai déjà dû les regarder quelque chose comme huit fois. Un mélange très étrange de puérilité et de sophistication – on voit clairement qu'on se prenait super au sérieux, mais en même temps on avait quoi, treize ans ?

— On était en quatrième, j'ai dit. Ouais.

— J'ai aussi retrouvé les scripts. Je veux vraiment en faire quelque chose. Je me dis que je pourrais les mettre dans un film. Tu vois ? Genre, *Portrait de la documentariste en jeune fille*.

C'était encore une autre tactique. Elle voulait me forcer à chercher des idées. Haley n'arrêtait pas d'essayer de m'aspirer dans son travail. C'était comme ça depuis l'article pour sa rubrique *Teen Scene* qu'elle avait voulu écrire à mon sujet quand on avait dix-huit ans ; ou son film de diplôme de terminale, un court-métrage documentaire sur la culture du viol au lycée.

— Ou bien les insérer dans un documentaire sur la façon dont les films d'horreur ont façonné notre féminisme ? disait-elle.

— Je suis sûre que tu trouveras quelque chose, j'ai dit. Il faut que j'y aille.

Elle resta de nouveau silencieuse.

— Je te rappelle bientôt, j'ai dit.

J'étais sur le point de raccrocher quand Haley dit,

— Alice. Ça fait *vingt ans* qu'on est amies. T'es sûre que tu veux vraiment…

J'ai soupiré.

— Tu te trompes un peu dans ton calcul, j'ai dit. Faut enlever nos années de lycée, et celles où j'étais avec Q.

— Ouais, mais je préfère arrondir.

— Il faut vraiment que j'y aille, j'ai dit.

— Hé. Alice.

— Quoi ?

— Tu me manques vraiment. J'aimerais qu'on se parle plus. Je sais que c'est difficile, vu que t'es à l'étranger, et que je suis très occupée, mais… on essaie de rester en contact ? Est-ce qu'on peut essayer de rester un peu plus en contact ?

Je suis restée une minute immobile sous le soleil suburbain. Elle avait raison : je la punissais. Mais pourquoi ? Je ne lui faisais plus confiance. Je comprenais pourquoi elle avait écrit cette tribune, et je savais qu'elle ne m'avait pas vraiment volé mon histoire – elle n'avait écrit que sur des choses qu'elle avait vécues elle-même – et je savais aussi que ma colère ne s'enracinait pas dans cette trahison mais dans des années d'épuisement ; j'étais fatiguée de la façon qu'elle avait de perpétuellement m'encourager à raconter mon histoire ; me montrer froide à son égard n'allait rien y changer. Je voulais lui dire quelque chose qui soit à la fois gentil et vrai.

— Tu me manques aussi, ai-je fini par dire, et puis j'ai raccroché avant qu'elle puisse répondre quoi que ce soit.

Je suis retournée dans le café, j'ai éteint mon téléphone et j'ai commencé à rédiger l'introduction du livre de Fox :

> Avant, j'avais peur de tout. En tant que cadet de trois frères, et cadet maigrichon, j'ai découvert la peur alors que j'étais très jeune.

J'avançais enfin bien dans l'écriture. Je ne me suis arrêtée qu'au bout de deux heures ; quand j'ai fini par me lever, et m'étirer, et consulter mes mails, j'ai vu que j'avais reçu un message d'Haley.

> Pardonne-moi, je sais pas pourquoi, je dis toujours ce qu'il faut pas. J'espère que tu sais que je suis toujours là pour toi.
> Bref. Je me disais que tu aimerais sans doute voir les scripts. Ceux de nos vieux films d'horreur. Je les ai scannés pour toi, je te mets le PDF en pièce jointe.
> Bises

Le fichier joint était intitulé *Sœur et Femme Productions* ; c'était un document scanné contenant les scripts de nos films, tapés bien des années auparavant sur la vieille machine à écrire de mon père. J'y ai jeté un bref coup d'œil, en m'émerveillant de constater que nous maîtrisions déjà le format. Je me suis souvenue que nous avions demandé au documentaliste du collège de nous commander le script de *Reservoir Dogs*, en lui faisant croire que c'était un film sur la SPA. La témérité des jeunes filles qu'on était (et qu'Haley était encore) m'a fait rire, puis j'ai senti une grosse pointe de douleur et je me suis dépêchée de fermer le document. Je l'ai laissé sur mon bureau pour le lire plus tard. J'étais charrette, je me suis dit ; ce n'était qu'une question de discipline, ça n'avait rien à voir avec mes sentiments pour Haley.

Je me suis forcée à écrire et écrire tandis que les heures passaient et que la clientèle du café changeait – les jeunes mères et les femmes d'âge moyen cédaient la place à des groupes d'adolescents en quête d'un endroit où flirter en début de soirée. J'étais encore en train d'écrire quand les adolescents sont rentrés chez eux pour être remplacés par d'autres gens comme moi, qui travaillaient sur leurs portables. Finalement, la serveuse a rangé les chaises à l'envers sur les tables et nous a tous mis dehors. J'ai terminé dans la chambre d'amis de chez mes parents et j'ai envoyé l'introduction à Fox à minuit moins cinq, puis je me suis mise au lit sans me déshabiller, trop lessivée pour même me laver les dents.

Le lendemain à mon réveil, j'avais un mail de Fox. *J'adore, vous avez le job*, disait-il. *Quand est-ce qu'on se met à travailler sur le livre entier ?*

3

DERNIÈRE VERSION

QUELQUES SEMAINES plus tard, alors que j'étais de retour en Espagne, on a fait notre dernier entretien. À ce moment là, on avait déjà parlé pendant des heures, et j'avais déjà écrit près de quarante mille mots avec sa voix. Toute la tendresse que j'avais pu éprouver à son égard à l'issue de notre premier entretien avait disparu – j'en avais plus que marre de lui, et il nous restait encore dix mille mots à écrire.

On faisait la plupart de nos entretiens le soir, à cause du décalage horaire avec New York. Ce soir-là, j'ai pris mon ordinateur portable avec moi sur le patio pour regarder les étoiles tout en parlant.

> 10 : 00 : 00… en ce moment c'est la folie au boulot, vraiment un truc de dingue. Honnêtement, je sais pas comment je vais survivre aux deux semaines qui viennent. Mais. Bon. Mais c'est pour ça que je suis content de vous avoir ! Que vous soyez là, à écrire ça pour moi. C'était super, de bosser avec vous.
> …

Vous pipeautez sacrément bien. Bon, j'imagine que c'est précisément pour ça que je vous paie !

…

C'est une des raisons pour lesquelles on engage un prête-plume, non ? Se faire masser l'égo ?

…

10 : 00 : 30 Pourquoi ?

…

Pour moi c'est tout l'inverse. J'écris pas bien, et je m'en fiche. C'est flatteur d'avoir quelqu'un qui vous écoute parler pendant… je sais pas, ça fait trois semaines qu'on travaille tous les deux, combien d'heures d'entretien on a pu faire ?

…

10 : 01 : 00 Un truc du genre dix heures ! Nom de Dieu. Enfin bref, dépêchons-nous de finir, je voudrais pas trop abuser de votre temps aujourd'hui. J'ai l'impression de vous avoir déjà donné plein de super trucs sur quoi bosser.

…

10 : 01 : 30 Ah ouais ? On a dit ça ?

…

Oh. Non, j'en sais rien, je suis très confiant. Non, sérieux, vous faites pas trop de bile pour ça. Je suis sûr que ce que vous m'enverrez sera super. Que ce livre sera super.

…

10 : 02 : 00 Vous écrivez vraiment très bien. J'en crois à peine mes yeux. Ce que vous m'avez envoyé hier, c'était génial. Je reconnais mes mots, mais vous les arrangez si… Je sais pas ce que vous faites, mais ça claque super bien !

…

Alors je me disais, on pourrait peut-être juste couper les deux derniers chapitres. On les supprime.

…

10 : 02 : 03 Ouais. Pour être franc, je pensais que ce livre, ça se ferait plus vite.

…

Je me disais juste, c'est pas la peine de bourrer plein de trucs en plus juste pour bourrer plein de trucs en plus. Vous faites pas de bile pour vos honoraires, je vous paierai pour le nombre de mots qu'on avait dit.

…

10 : 03 : 00 Ouais. Court et classe. Droit au but… Mes lecteurs aussi, c'est des gens occupés. Et puis, comme ça, c'est plus facile pour vous, aussi.

…

10 : 03 : 30 Absolument !

…

D'accord. On peut faire ça. Vous avez besoin de quoi ?

…

D'accord, d'accord, ça oui, c'est facile. Je peux vous le donner tout de suite : Donc l'anthropologie de la peur nous dit que la vie moderne fait que la peur s'accumule dans nos corps, c'est ça ?

…

10 : 04 : 00 Je vois ça comme les fumeurs et le cancer des poumons. L'homme moderne a rarement l'occasion de faire l'expérience d'un vrai danger – et je veux dire vrai, le genre *vrai* qu'on souligne – alors du coup, on ne sait pas du tout comment gérer notre peur. Il y a des siècles, nos ancêtres avaient de vraies raisons d'avoir peur. Soulignez ça. Les tigres à dents de sabre et les conneries comme ça.

…

10 : 04 : 30 D'accord, il y a des millénaires. Ah ah, vous

avez sûrement raison. Je vais demander à un stagiaire de vérifier ça.
Le truc, c'est que nos ancêtres avaient peur de choses réelles, et ils savaient quoi faire avec leur peur. T'évites le tigre, tu fuis, et puis après, t'as plus besoin d'avoir peur.
Aujourd'hui, on a des vies très sûres. Alors quand quelque chose déclenche la peur – par exemple quand un taré prend son flingue et s'en va faire un massacre dans un cinéma dans une banlieue quelconque – on sait pas quoi en faire ! Du coup, on s'y accroche. Et elle modifie la chimie de notre cerveau. On ne connaît plus ce moment où la peur s'évacue.
…
10 : 05 : 00 Faut évacuer la peur. Tout comme on a besoin de suer quand on fait du sport, on a besoin d'expulser la peur après qu'on a eu peur. À la fin de ce livre, le lecteur aura appris comment, physiquement, évacuer la peur.
…
10 : 05 : 30 Bon, alors, pour physiquement évacuer la peur, d'accord, je dis pas qu'il faut se mettre réellement en danger, il s'agit pas d'aller se faire bouffer par un tigre à dents de sabre.
Pas de réaction ? Bon, je trouvais ça drôle, moi. Enfin bref, je dis pas, ce que je dis, c'est qu'on doit vivre nos peurs. Après, on peut les évacuer.
…
10 : 06 : 00 Alors, c'est simple. "À l'Abri de la peur", ça veut dire à la fois qu'il y a de la sécurité dans la peur, qu'on s'accroche à la peur comme à une sorte d'enveloppe de protection, et en même temps ça nous enjoint d'éviter la peur à tout prix, d'avoir effectivement peur de la peur au lieu d'avoir peur d'évacuer la peur. Ça va ? Il y a un double sens.

C'est clair maintenant ?

…

10 : 06 : 30 Non, je comprends. Ce que je veux dire, c'est qu'il faut s'entraîner à avoir peur de la sécurité, peur de l'abri, c'est qu'il faut travailler à recâbler la chimie de notre cerveau pour fuir en hurlant devant tout ce qui nous fait nous sentir trop à l'abri, ou trop à l'aise, parce qu'alors on devient motivé pour toujours faire les choses dont on a peur, et qu'on est alors en mesure de vraiment changer, de vraiment grandir. Donc ouais, voilà.

…

Je crois pas. Les gens comprendront.

…

10 : 07 : 00 J'ai eu plein de bons retours, là-dessus.

…

Super, je suis content que ça vous plaise.

…

Quoi que vous fassiez, ça m'ira bien. S'il vous plaît, ne vous tuez pas pour ce truc. Je veux dire… C'est pas ce que je voulais dire. C'était une mauvaise blague. Je voulais juste dire, vous voyez ce que je veux dire, hein ?

…

Merci. Oui.

…

10 : 07 : 30 Bon, vous avez besoin de quoi d'autre, de moi ?

…

Plus d'anecdotes ? Du genre, des anecdotes vécues ?

…

J'ai l'impression que j'arrête pas de vous parler de moi depuis… bah, depuis dix heures, maintenant ! C'est rude, ce que vous me dites là.

…

10 : 08 : 00 Il faut que j'y réfléchisse.

…

Ouais, l'histoire des spores, à la cave ! Celle-là, je l'adore.

…

Une autre ?

…

Y a eu ce truc, dans ma ville d'origine, vraiment un truc de dingue. On a eu un tueur en série.

…

Moi aussi ! J'ai une fascination pour les tueurs en série. Ça fait assez barré, de dire ça, non ? C'est dégoûtant, de s'intéresser aux meurtres.

…

10 : 09 : 00 Ouais, je vois ce que vous voulez dire. S'intéresser à ce qui nous fait peur peut nous aider à en avoir moins peur. Mais bon, je suis pas sûr que ça s'insère bien dans notre livre. Mais vous pouvez peut-être m'expliquer, ceci dit. Je crois que ça montre juste… Je sais pas ce que ça montre. Mais ça m'a affecté.

…

Peut-être que c'est ça : C'est un exemple de la façon dont la vie moderne fait s'accumuler la peur en nous – parce que j'ai grandi dans une banlieue résidentielle assez chic, voyez, la bonne banlieue tranquille. Y a pas plus sûr ! Mais une femme y a été assassinée.

…

10 : 09 : 30 Un cambrioleur s'est introduit dans la maison et il a assommé son mari. Et on a retrouvé son corps dans une benne à ordures derrière une église, coupé en quinze morceaux, je m'en souviens précisément parce que je me

suis dit, mais il a coupé où, pour faire ses quinze morceaux ? Même si on coupe à chacune des articulations…

…

Enfin bref, le truc, c'est qu'on a découvert que le meurtrier, en fait, c'était le mari. Il avait fait exactement pareil avec sa première femme, du genre dix ans plus tôt. Les flics de là-bas avaient gobé son histoire, et les flics de chez moi l'auraient gobée aussi, si y avait pas eu…

…

10 : 10 : 00 Pardon ?

…

Non. Non, c'était autre chose. En fait, je m'en souviens même pas. Mais je sais que l'histoire que vous me racontez, c'est pas la même que la mienne.

…

Non. Où ça ?

…

10 : 10 : 30 Ça c'est bizarre. Non, j'ai grandi en Floride. En Floride. Sacrée coïncidence ! Ah, zut, vous quittez pas ? J'ai un autre appel.

…

J'ai raccroché.

Je fixais la photo de profil de Richard Fox sur mon écran – une photo ronde de son visage qui apparaissait à chaque fois qu'il m'appelait. Elle était trop petite pour que je distingue ses traits ; je ne voyais que des yeux sombres et un grand sourire. Je sentais ma gorge se serrer, de plus en plus fort. J'ai refermé brutalement mon ordinateur tandis que mon corps se nouait autour d'une chose enfouie que je ne voulais pas connaître. Je suis rentrée et j'ai enfilé mes chaussures de jogging.

Courir est la seule chose qui ait jamais marché pour moi. Cinquante kilomètres par semaine, c'est le seul remède fiable contre le désespoir. Traçant de longs parcours en boucle à travers les parcs et les rues de la ville, je m'ébahis moi-même – moi, la fille d'intérieur qui avait constamment un point de côté, qui séchait sans arrêt les cours de gym. Je ne savais pas qu'on pouvait apprendre à tenir la douleur. Jusqu'à ce qu'Haley m'apprenne à courir. Elle est venue me voir l'été après la terminale, et m'a trouvée engluée dans la dépression, vêtue d'un vieux sweat-shirt. Elle m'a emmenée au stade.

Ce soir-là, je suis sortie de mon appartement, je suis descendue dans la rue et je me suis mise à courir. La ville grouillait de gens qui rentraient du travail, et de familles encore dehors à jouer au foot dans les parcs. Je courais aussi vite que je pouvais, mais le serrement que j'éprouvais dans ma poitrine ne disparaissait pas, et la voix de Richard continuait à résonner dans ma tête.

> Je sais que l'histoire que vous me racontez, c'est pas la même que la mienne.
> J'ai grandi en Floride…

J'ai couru jusqu'à un promontoire près du sommet de Montjuïc et j'ai regardé la Méditerranée. J'avais couru trop vite. Mon cœur était sur le point d'exploser. J'ai fait les étirements de jambes qu'Haley m'avait appris à faire ; j'ai fait les exercices de respiration qu'Haley m'avait appris à faire, pour ralentir mon rythme cardiaque. Je me suis demandé si elle n'avait pas raison depuis le début. *Si tu ne contrôles pas ton histoire, c'est ton histoire qui te contrôlera.* Je m'étais toujours dit qu'elle ne savait pas du tout de quoi elle parlait. L'élève modèle, la star de l'athlétisme, la petite fille gâtée qui n'avait jamais vraiment souffert. Comment pouvait-elle savoir ce qui me ferait du bien ? Mais j'étais là, à ahaner en haut de la ville, toujours en train de fuir une histoire que je pensais avoir laissée loin derrière moi depuis longtemps.

Je ne pouvais plus courir. Je suis redescendue de la montagne en marchant à travers les ombres du parc. J'ai vu des jeunes couples pleins de fougue enveloppés l'un dans l'autre sur des bancs. J'ai vu un homme au visage émacié dormant sur un carton. Au bout d'un long sentier piéton en courbe, j'ai retrouvé la rue. Je suis rentrée à mon immeuble, en m'achetant au passage un paquet de cigarettes. Une fois dans mon appartement, j'ai enfin ouvert mon ordinateur pour chercher une photo de Richard Roth, un gars qui m'avait un jour raccompagnée chez moi en voiture après une soirée à l'époque du lycée.

Je l'ai trouvée dans les archives du journal de ma ville d'origine. Il était "L'Ado de la Semaine". Je n'avais encore jamais vu de photo de lui ; j'avais toujours évité les albums de classe et les articles de la presse locale comme celui-ci. Je n'avais jamais voulu le voir. Et maintenant il était là, un grand sourire aux lèvres, dans un portrait scolaire sur un fond gris marbré. J'ai ouvert une nouvelle fenêtre et j'ai fait une recherche sur Richard Fox, l'homme d'affaires. J'ai vu le même grand sourire. J'ai refermé mon ordinateur, je suis allée sur mon patio et j'ai fumé toutes mes cigarettes.

Toute la nuit, et tout le lendemain, j'ai rêvé de vengeance.

Je lui donnerais rendez-vous dans un parc. Il se plongerait lui-même un long couteau dans le ventre pour me montrer qu'il regrettait. Il mourrait à mes pieds, le corps plié en deux, tandis que des excuses continueraient à gargouiller au fond de sa gorge.

Je lui donnerais rendez-vous dans un musée, et ce serait moi qui lui plongerais le couteau dans le ventre. Il tomberait à genoux, en sang, et il me demanderait pourquoi je n'ai pas pu juste oublier tout ça.

Ou je lui donnerais rendez-vous dans le hall d'un vieil hôtel. Pendant qu'on parlerait, un fantôme sortirait discrètement d'un tableau sur le mur. “Tu donnes à cette histoire des proportions hallucinantes”, dirait-il tandis que, sans un bruit, le fantôme s'approcherait dans son dos. “Tu es complètement folle”, dirait-il, tandis que le fantôme poserait ses deux mains sur son cou. Il mourrait avant l'arrivée des secours. D'une crise cardiaque tellement violente qu'elle ferait exploser un vaisseau dans sa gorge.

Dans certains de mes rêves, il me faisait des excuses. Dans d'autres, il ne disait rien, mais dans ses yeux je voyais le moment où il comprenait que j'allais le tuer, le moment où il se rendait compte qu'il l'avait mérité. Et quand les flics venaient pour m'arrêter, je leur racontais tout, et eux aussi, ils comprenaient.

Mais c'est là que mes histoires s'effondraient. Quand je disais tout aux flics. Quand je disais tout à n'importe qui. Parce que qui me croirait ? Ce que Richard avait fait était trop fou, trop horrible, pour qu'on puisse se l'imaginer. Si c'était dans un film, vous n'y croiriez pas. Il faudrait que ce soit un documentaire.

L'idée m'est venue comme ça. Simple, et déjà complète. J'avais les preuves – les enregistrements des entretiens – et j'allais faire un documentaire sur Richard. Haley m'aiderait.

J'ai acheté un billet d'avion l'après-midi même, avec l'argent que Richard m'avait donné. J'étais tellement surexcitée, tellement nerveuse, que j'ai malencontreusement coché la case disant que je transportais des explosifs, des produits dangereux et des armes à feu.

Haley a crié quand je lui ai appris la nouvelle.

— Tu viens à New York ? C'est vrai ?

— J'espère qu'on pourra se voir, j'ai dit. Il faut que je te parle d'un truc.

Je me sentais déjà pleine d'espoir. Peut-être que ce film serait le début d'un nouveau chapitre de notre amitié. Un projet créatif qui nous ferait nous retrouver, comme les films d'horreur que nous avions faits en quatrième.

— Arrête, Alice, me disait-elle. Qu'on se voie ? Mais tu rigoles. Tu viens vivre chez moi ! Alice !

Des visions de Q planaient comme des menaces dans mon esprit. S'il apprenait que j'étais en ville, que je frappais à la porte d'Haley.

— Tu as emménagé l'an dernier, c'est bien ça ? j'ai demandé.

— Ouais, j'ai hâte de te montrer mon appart. J'en reviens pas, a dit Haley. Je suis tout excitée. Reste avec moi pour toujours !

Elle riait, pleine de joie, et je souriais malgré moi. J'avais oublié combien Haley pouvait vous faire vous sentir bien. Sa confiance était contagieuse. Et Q ne pouvait pas connaître son adresse. Tout irait bien.

— Est-ce que ça veut dire que t'as fini d'être en colère contre moi ? elle a demandé.

— On va parler, j'ai dit.

4

PETITS BOULOTS

Le texto disait : TRAVAIL URGENT. RAMÈNE-TOI.

Mais c'est ton vieil ami Richard, et "urgent" est un terme très relatif quand il s'agit de Richard. Richard vit dans Mott Street, ce qui, depuis ton sous-sol de Brooklyn Heights, représente soit un petit trajet de métro, soit une longue marche. Après la dure nuit que tu viens de passer, tu optes pour la marche. Tu aimes traverser le pont de Brooklyn à pied de temps à autre, avoir une nouvelle perspective sur le monde.

Tu arrives devant chez Richard, une copropriété de luxe dans un bâtiment historique tout en pierre de taille, avec une porte à gros barreaux de fer. Tu appuies sur le bouton de l'interphone et tu attends, en faisant rouler ton cou pour essayer de faire passer ton torticolis – mais ce salaud s'accroche – et là tu remarques du mouvement de l'autre côté de la rue.

Tu regardes ce que c'est et tu vois un homme barbu devant la ruelle. Il est grand et tu le trouves vraiment suspect, à traîner comme ça dans une ruelle à sept heures du matin. Tu décides de l'ignorer. Tu te rappelles que tu n'es plus parano.

De toute façon, l'interphone grésille, diffuse la voix de Richard dans une bouillie de crépitements et de parasites. Impossible de comprendre ce qu'il dit.

— C'est le pape, réponds-tu, en sachant que Richard ne peut pas t'entendre non plus.

Ça a toujours été comme ça entre vous deux. Le verrou électrique, au moins, réagit à ta blague.

À l'intérieur, tu trouves la porte de l'appartement de Richard entrouverte. Tu frappes et tu entres.

— Richard ?

Depuis l'entrée, tu entends le bruit de l'eau qui coule sur des assiettes et la radio calée sur la station publique. Le soleil du matin passe par les grandes fenêtres et inonde l'appartement de lumière, s'étirant en bâillant jusque dans le couloir. Il y a une vague odeur florale, peut-être une lotion pour les mains ; quelque chose te dit qu'il y a une femme, quelque part dans l'appartement.

— Je suis là, dit Richard, et tu t'avances et tu le vois debout devant l'évier, pieds nus, en jean et maillot de corps, occupé à récurer une poêle sous l'eau du robinet. Même à cette heure matinale, un dimanche, il a l'air puissant, avec ses dents d'un blanc presque radioactif et ses cheveux noirs lissés en arrière, tel un Al Pacino jouant le rôle du diable.

Tu prends une grande tasse à café sur la table ; elle a un croissant de rouge à lèvres sur le rebord.

— Elle t'a brisé le cœur ? dis-tu en rassemblant tous les indices : La porte ouverte, l'odeur de lotion pour les mains, et Richard là pieds nus en train de faire la vaisselle d'un petit déjeuner que personne n'a mangé. Tu te dis qu'elle est déjà partie.

— Nan, dit Richard. (Il se retourne, te prend la tasse des mains, la pose dans l'évier, puis sert deux nouvelles tasses.) Tu sais que mon cœur est en acier trempé, dit-il.

Vous vous asseyez tous les deux à table.

— Ouais, dis-tu. Comme ma bite.

— Et ton plug anal, dit Richard en souriant.

— Mais tu m'as pas fait venir à l'aube pour qu'on parle de filles, dis-tu.

— Non, dit-il. (Il se laisse aller contre le dossier de sa chaise, les yeux plongés au fond de sa tasse qu'il tient à deux mains sur son ventre. Il ne bouge pas, ne te regarde pas, pour dire :) Tu te souviens de cette fille, au lycée ?

Tu penses immédiatement à Haley Moreland.

— J'ai toujours eu envie de savoir ce qu'elle devenait, dit-il. J'ai toujours eu des remords.

— Attends. Tu parles de la fille du lycée privé ?

Richard hoche la tête, soupire, se masse le visage.

Ça fait des années que tu n'as plus pensé à ça. Tu t'en souviens à peine, maintenant ; tu étais souvent ivre, à cette époque ; mais ce dont tu te souviens n'est pas plaisant. Tu te souviens d'un canapé en cuir, d'une pièce aux murs couverts de diplômes, et de toi allongé sur le dos en attendant d'être assez sobre pour prendre le volant. Tu te souviens du scandale, des accusations portées contre Richard. Mais ça remonte à tellement loin.

Richard se lève pour se resservir du café. Il repose la cafetière sur la gazinière puis serre ses deux mains sur le rebord du comptoir, comme pour se donner des forces.

— Je flippe comme un malade, Nick, dit-il. (Puis il se tourne vers toi, l'air très sérieux.) C'est Haley Moreland.

Et Haley, qui rôdait déjà sous tes pensées conscientes,

déboule comme une balle en plein ventre, ses longues jambes fines de coureuse juste hors de ton atteinte.

— Qu'est-ce qu'elle a ? dis-tu.

Tu t'inquiètes de ce que fait ton visage alors que tu sens une vague de gêne adolescente noyer tes joues de rouge. Cette stupide ancienne peur d'un coup de cœur éventé.

Heureusement, Richard ne te regarde pas. Il regarde quelque chose qui se trouve quelques centimètres au-dessus de ta tête. Tu entends une très belle voix d'alto :

— Bonjour.

Tu te retournes et tu vois une femme debout contre le chambranle de la porte de la cuisine. Blonde, pulpeuse, vêtue d'une chemise qui appartient de toute évidence à Richard.

— Je suis Nick, dis-tu.

Elle te regarde en fronçant les sourcils, puis elle adresse le même regard à Richard ; il est clair qu'elle ne s'attendait pas à avoir de la visite.

— Nick est un collègue à moi. C'est mon *consigliere*, dit Richard.

— Ton quoi ? dit-elle d'un air suspicieux.

— T'as jamais vu *Le Parrain* ? (Richard te regarde les yeux écarquillés, feignant l'outrage.) Nick, elle a jamais vu *Le Parrain* ! (Il se détourne de toi, regarde de nouveau la femme. Tu la regardes aussi, et, avec un pincement de jalousie mêlée de dégoût, tu te rends compte qu'elle est très jeune.) Emma, il faut que tu voies *Le Parrain* !

Richard traverse la pièce, se dirige vers Emma ; passant devant la table, il s'arrête, tend le bras, attrape une liasse de feuilles agrafées. Il te la fourre dans les mains comme s'il la jetait sous un bus.

— Lis ça, Nick, je reviens tout de suite, dit-il. (Puis il est à l'autre bout de la pièce, les mains sur les hanches de la femme, et, la suivant à moitié, la poussant à moitié, il l'éloigne vers la chambre.) Je suis désolé, Emma, mais il faut que je travaille, ce matin…

Sa voix n'est plus qu'un murmure dans le couloir. Tu ressens un petit pincement au cœur pour les dimanches matin ensoleillés, les femmes, et le fait de n'avoir aucun souci d'argent. Tu regardes les feuilles et tu vois le nom HALEY MORELAND écrit en haut, dans l'en-tête d'une compagnie appelée Sœur et Femme Productions, et l'anachronisme des souvenirs de lycée dans ta vie new-yorkaise est si étrange que tu peux à peine lire. TRUE STORY, dit le titre. UN FILM D'HALEY MORELAND.

Tu fixes la première page. C'est une lettre à une certaine Cheryl, pour demander de l'argent. Tu lis les mots FONDATION FAMILIALE ET ENGAGEMENT POUR L'ÉGALITÉ DES SEXES ET PROJET EN COURS, sans trop savoir quoi faire de tout ça, jusqu'à ce que tu lises qu'UN GROUPE DE GARÇONS A AGRESSÉ SEXUELLEMENT FRANCESCA*, LA MEILLEURE AMIE DE MORELAND.

Tu suis l'appel de note jusqu'au bas de la page et tu apprends que *LE NOM DE LA SURVIVANTE A ÉTÉ MODIFIÉ POUR PROTÉGER SON IDENTITÉ.

Tu reprends au début, et tu comprends progressivement de quoi il s'agit :

> Francesca n'a jamais pu savoir ce qu'il s'était vraiment passé ce soir-là. Les plaintes contre les coupables furent classées sans suite, lui refusant non seulement la justice, mais également la vérité. Aujourd'hui, quinze ans plus tard, un trésor

retrouvé de films de jeunesse fait de nouveau se réunir Francesca et Haley. Elles se mettent au travail, et commencent à rassembler les indices – films amateurs, coupures de presse et nouvelles images vidéo – pour créer un collage de ce qui s'est passé au lycée.

Mais au moment où Francesca entrevoit ce qui pourrait être une sorte de conclusion, elle a accès, par une étrange "coïncidence", à des heures et des heures d'enregistrement audio… d'entretiens avec l'un des coupables lui-même. Désormais adulte, rongé par la culpabilité mais refusant d'avouer, le coupable livre un témoignage qui rallume la colère de Francesca et la pousse à se demander si elle pourra jamais fermer ce chapitre de son histoire. La somme de ces parties, *True Story*, sera un film complexe remettant en question nos conceptions de la culture du viol au lycée, de la justice, ainsi que du repentir.

— Emma était stagiaire chez nous. (Tu relèves d'un coup la tête alors que Richard est de retour dans la pièce. Il sourit comme s'il venait de pisser dans la piscine.) C'est pas trop dégoûtant, si ? Je veux dire, elle *n'est plus* stagiaire. Je sais que c'est un peu dégoûtant, mais juste un peu, non ?

Tu montres le document avec le nom d'Haley écrit partout dessus. Le visage de Richard s'effondre.

— C'est quoi ce bordel ? dis-tu.

— Une demande de bourse, dit Richard en s'asseyant et en se prenant la tête dans les mains. Moreland fait une collecte de fonds pour financer un film sur moi.

— Je savais pas que la fille du privé était la meilleure amie d'Haley, dis-tu.

Richard hausse les épaules.

— Haley a toujours été une chasseuse d'ambulances. Mais de toute façon, je crois pas que ce soit la vraie fille.

Un vrai bout de cœur brisé se détache quelque part tout au fond de ton corps, et commence à flotter dans ton système sanguin. Tu te sens vieux et triste. Ce choix que tu as fait remonte à des années ; tu as choisi Richard plutôt qu'Haley. Pourquoi est-ce qu'il te la ramène comme ça maintenant ?

— Il faut que j'empêche ce film de se faire, dit Richard.

Tu feuillettes le reste des pages agrafées – encore du texte, des tableaux budgétaires, des photos, rien que tu comprennes.

— Comment tu as eu ça ?

— Mon vieux pote Ed est au CA de la fondation.

— Ça dit qu'elle a "des enregistrements accablants". "Des heures" d'enregistrements accablants. À qui elle a parlé ?

Richard secoue la tête.

— À Max, peut-être.

— Merde, dis-tu. (Tu avais oublié Max depuis longtemps. Tu bois ton café et tu essaies de l'imaginer à trente-deux ans – les yeux toujours injectés d'herbe, le même sourire narquois aux lèvres.) Je pensais qu'il serait mort ou en prison à l'heure qu'il est, dis-tu.

Tu regardes le visage de Richard qui se crispe puis s'effondre et tu comprends que tu as vu juste.

— Quand ?

— Il y a deux ans. Conduite en état d'ivresse.

— Merde, dis-tu encore. Mais pourquoi Max serait allé voir Haley ? (Tu joues la montre – tu ne veux pas donner à Richard une occasion de te demander de l'aide sur ce coup-là. Tu sais que c'est pour ça qu'il t'a dit de venir. Tu ne veux pas aider Richard sur ce coup-là.) Et… Richard, qu'est-ce que

Max pouvait avoir à dire ? Vous ne l'avez même pas touchée, cette fille.

Richard détourne le regard.

— Je crois pas qu'elle ait parlé à Max. Comme je te l'ai dit, je crois qu'elle a tout inventé.

Tu regardes encore le document. *Le film protègera l'anonymat de Francesca tout en lui offrant une tribune qui lui permette enfin de dire sa vérité.*

Tu te crispes. *Tribune* est le genre de mot que Richard utilise. Et voilà qu'Haley fait une demande d'argent auprès d'un pote de Richard qui siège au CA d'une sorte de fondation pour le droit des femmes. Tu pousses le document sur la table. Tu ne veux rien avoir à faire avec ça.

— Alors tu vas faire quoi ? demandes-tu.

— Je t'ai appelé, dit Richard en repoussant le document vers toi.

Tu avais treize ans quand tu as rencontré Richard. À l'époque, Richard faisait peine à voir. C'était le gamin juif qui observait la cacherout dans une banlieue par ailleurs intégralement épiscopalienne ; le dernier d'entre tous à perdre sa virginité ; le lauréat d'un prix d'analyse littéraire pour son interprétation subtile de *L'Adieu aux armes*. Vous étiez tous les deux dans l'équipe de crosse, mais vous disiez tout le temps que Richard *jouait dans* l'équipe, mais qu'il n'en faisait pas *partie*. Tu te rends compte aujourd'hui que vous étiez tous jaloux. Vous saviez depuis le début que Richard cheminait vers quelque chose de mieux.

Il se trouva que ce fut Princeton. Puis une année à l'aventure, sac au dos à travers l'Amérique du Sud. Puis sa start-up dans la high-tech, qu'il revendit cinq ans plus tard pour une somme si phénoménale que tu ne te rappelles plus le chiffre exact.

C'est faux. Tu te rappelles le chiffre exact : soixante-quinze millions de dollars. L'entreprise de Richard vaut soixante-quinze millions de dollars parce qu'en échange d'un abonnement annuel elle nettoie Internet de toutes les histoires qui risquent de vous embarrasser. Richard appelle ça "gestion de réputation". En public, c'est un vaillant héraut de la protection de la vie privée à l'ère du numérique. En privé, il ne cache pas sa propre histoire intime, celle qui l'a vu changer de nom, passer de "Roth" à "Fox", pour échapper aux pages de résultats de recherches sur Internet qui renvoyaient à une fausse accusation dont il n'arrivait pas à se défaire depuis le lycée.

Richard est la première personne que tu as appelée, il y a deux ans, quand tu venais de t'inscrire au programme des AA et que tu devais présenter tes excuses à tous les gens auxquels tu avais pu faire du mal. Tu te disais que Richard serait le plus facile, et tu avais raison. Il avait sauté sur l'occasion de prendre une bière avec toi (et une eau pétillante pour toi). Tu avais dû insister pour qu'il te laisse aller au bout de tes excuses. "C'est pas la peine ! répétait-il. C'est pas la peine !" Avant ce jour-là, la dernière fois que tu avais vu Richard, tu lui avais donné un coup de poing au visage à cause d'une bière renversée. En d'autres termes, tu t'étais comporté, selon votre expression, comme *une vraie bite de chatte*. Tu t'es senti chanceux que Richard te pardonne, et qu'il te pardonne si facilement. Vous avez passé le reste de la soirée à boire des bières (et des eaux pétillantes) en rattrapant le temps perdu, et si ce n'était pas tout à fait comme au bon vieux temps, tu te sentais tout de même soulagé de parler avec quelqu'un qui croyait vraiment sincèrement aux vertus de l'eau qui s'écoule sous les ponts.

Plus tard, quand tu es venu t'installer à New York, ton vieil ami t'a bien facilité les choses. Tu as emménagé dans le sous-sol d'une maison que Richard possède à Brooklyn Heights, pour lequel tu ne paies que neuf cents dollars de loyer par mois. Ce n'est pas une location légale – ce sous-sol n'a pas de fenêtres, et il a déjà été inondé après de grosses chutes de neige – mais les appartements du dessus se louent quatre mille dollars par mois. Tu as l'impression de faire une bonne affaire. Sans compter que tu n'as ni les moyens de payer une caution ni le profil ad hoc pour te loger ailleurs.

Il t'a aussi proposé un travail dans son entreprise. Mais tu l'as refusé après y être allé un jour pour déjeuner et avoir trouvé les locaux remplis de jeunes gens alertes aux coupes de cheveux splendides. Comparé à eux, tu te sentais comme un vieil ivrogne qui serait venu pour mendier. À la place, tu as trouvé un boulot dans une agence d'intérim. Maintenant, tu passes beaucoup de temps à broyer des documents et faire de la saisie de données ; maintenant, tu travailles très souvent dans des placards. Le salaire n'est pas formidable, et le travail est sans intérêt, mais c'est le seul boulot que tu puisses trouver en dehors de barman, et tu ne te fais pas confiance pour être barman. Tu t'es résigné à ton destin. Jusqu'à ce que tu aies versé à Lindsey tout ce que tu lui dois. Après, tu reprendras tes études et tu rêveras plus grand.

De temps à autre, cependant, tu fais des petits boulots exceptionnels pour Richard.

Ces boulots sont vraiment "exceptionnels". Tu comprends pourquoi Richard a besoin d'un vieil ami pour les faire. Il t'est par exemple arrivé de réserver une salle privée dans un club de strip-tease et de négocier avec le gérant pour que Richard et quelques autres hommes entrent et sortent par la porte de derrière du restaurant voisin. Un jour, tu t'es fait passer pour un analyste programmeur et tu es allé à un entretien d'embauche dans une entreprise concurrente pour récolter des informations. Une autre fois, déguisé en livreur de repas, tu as planqué un micro dans une salle de réunion.

Ces boulots sont la raison pour laquelle Richard te présente comme son *consigliere*. Ça te fait toujours grimacer. Tu es plutôt la gâchette de Richard, mais en beaucoup moins cool. Mais tu ne te plains jamais. La honte fait partie de ta pénitence. Et puis, Richard te paie, putain. Si les tarifs varient, dans l'ensemble, c'est aux petits boulots de Richard que tu dois l'essentiel des quatre mille dollars que tu as déjà versés à Lindsey.

Mais cette fois-ci tu fais non de la tête.

— Je peux pas faire ça.

— Je sais que tu peux le faire, dit Richard. Nick, je te le répète sans arrêt : Il faut que tu *croies* en toi !

— Merci, dis-tu. Ce n'est pas ce que je voulais dire.

— Alors quoi, t'as trop de boulot ?

Tu es gêné. Tu fais un petit mouvement pour t'assouplir le cou.

— Tu peux pas étouffer ça ? Tu as créé une entreprise qui offre aux gens exactement ce service-là.

— C'est ce qui rend cette histoire vraiment parfaite. Un mec lambda se fait accuser, tout le monde s'en tape. Mais un mec qui a fondé une entreprise de gestion de réputation ? Là, ça devient viral. Plus que viral. Viral façon Hiroshima.

Il dramatise, comme d'habitude.

— Tu dramatises, dis-tu.

— Ton prix sera le mien, dit Richard. Je paierai ce que tu veux. Ce que tu veux.

— Il est hors de question que je fasse chanter qui que ce soit.

— Arrête de dire que c'est du chantage. C'est pas du chantage.

— Tu me demandes de chercher des saloperies sur Haley puis de les donner à un journaliste pour qu'il écrive un article qui pourrisse son image et que le film ne voie jamais le jour.

— Mais c'est ce que font les journalistes ! Sois pas si mélodramatique.

Richard se lève et se ressert du café. Tu dis :

— Tu n'as rien fait. Je vois pas pourquoi ça ferait toute une histoire vu que t'as jamais touché cette fille.

Richard gémit.

— Tu connais pas le pouvoir des apparences.

Tu ne lui promets rien, tu lui dis juste qu'il faut que tu réfléchisses.

Tu rentres chez toi en métro, et tu t'arrêtes au passage prendre une part de pizza à un dollar au coin de ta rue. Tu manges debout, en regardant dehors. Tu comprends le raisonnement de Richard – il ne pourra jamais prouver qu'il ne s'est rien passé. La seule chose que tu puisses faire, c'est montrer qu'Haley fonde son film sur une idée douteuse. Et c'est le cas, puisqu'il ne s'est rien passé.

Tu ne penses pas non plus qu'Haley soit quelqu'un de méchant. Elle est juste en colère. Et Richard a dit quelque chose de très juste : Ce n'est pas à Haley de raconter cette histoire. On dirait qu'elle ne le fait que pour le bien de sa carrière à elle.

*Et toi, là, tu te préoccupes de ce qu'*Haley *peut ressentir ?* dit la voix de Richard dans ta tête. *On est amis, ou quoi ?*

Tu as envie d'aller marcher le long de l'Hudson River, mais c'est dimanche, il fait très beau, et la promenade sera encombrée de familles heureuses avec poussettes et petits gamins qui courent. Katie te manque.

Tu rentres à ton sous-sol et tu enlèves ta chaussure gauche. Il y a un trou dans ta chaussette. Tu remues ton gros orteil à travers le trou. T'es un putain de clodo.

Puis tu enlèves ta chaussure droite et tu entrevois un petit éclair de blanc sous la semelle. Tu regardes mieux. C'est Faucheur, collé sous le talon. Il n'y a presque plus de paillettes, mais tu distingues encore le petit béret rouge et le sourire stupide que ce con de chien arbore.

Quand tu as cru avoir perdu ce sticker, hier soir, devant ce bar, tu as pris ça pour un mauvais présage. Le voir maintenant, collé sous ta semelle, ça te brise le cœur.

Tu appelles Richard.

Richard ne dit même pas bonjour.

— Dis-moi ton prix.

Tu prends la somme que tu dois encore à Lindsey et tu la doubles. Tu as déjà vu Richard marchander et tu sais qu'il divise toujours l'offre de départ par deux.

— Douze mille dollars, dis-tu. Si tu me donnes douze mille dollars, je le fais.

— Marché conclu, dit Richard.

Et il raccroche.

5

DÉTECTIVE PRIVÉ

Il y a un nouveau carillon à l'entrée du Happy Pancake Diner. Il te donne l'impression que tu viens juste de trouver la bonne réponse à *Jeopardy !*, et ça te fait sourire. Tu as décidé d'être à l'aise vis-à-vis de ce boulot.

Après tout, c'est bien pour ça que tu es au Happy Pancake. C'est ton adresse préférée en ville. Tu manges rarement à l'extérieur ; en général, tu te nourris de sandwichs au beurre de cacahuètes, de parts de pizzas à un dollar et de crackers. Parfois, Richard te paie un grill, ou des huîtres. Mais environ une fois par semaine – quand tu te sens très heureux, ou quand tu te sens très triste – tu vas au Happy Pancake Diner, dans le Village, et tu t'offres un milk-shake.

Aujourd'hui, tu es assis dans ton box habituel, dans le coin, le dos au mur. Un des serveurs s'approche de toi et te regarde d'un air impavide. Tu commandes, et il s'éloigne.

— Attendez, dis-tu. (Il s'arrête et se retourne vers toi. Le chèque que tu as dans ta poche – la moitié de la somme, encaissable tout de suite – te donne envie de flamber.) Je vais le prendre au lait malté.

Tu te laisses aller contre le dossier de la banquette et tu

étends les bras comme si tu possédais l'endroit. Le Happy Pancake Diner te fait toujours te sentir comme un homme.

Pendant que tu patientes, les films d'Haley passent et repassent dans ton esprit. Elle a fait un court-métrage documentaire à la fac, puis, en 2010, un long-métrage intitulé *Cabine de vérité*, mais on ne les trouvait plus nulle part – ils n'étaient pas visibles en ligne et la bibliothèque de Brooklyn Heights n'avait pas les DVD. Alors à défaut de les voir, tu as lu tout ce que tu as pu. Tu as trouvé des articles sur son travail ; des communiqués de presse sur les bourses qu'elle avait reçues. Tu as lu le dossier de presse sur *Cabine de vérité*, qui décrit la façon dont ce film a été fait : Haley a aménagé un camping-car en studio de tournage vidéo, puis elle s'est baladée avec pour draguer des hommes dans la rue – imitant *Girls Gone Wild* – et les forcer à lire des témoignages de survivantes de viols, à la première personne, face caméra. Apparemment, la plupart des hommes qui faisaient ça finissaient par pleurer.

Dans tous les articles sur Haley, tu as reconnu des bouts de la fille que tu connaissais au lycée ; tu as vu sa confiance, son assurance. Mais tu ne t'attendais pas à lire des choses sur son génie. Un mois avant la sortie de *Cabine de vérité*, une brève critique parue dans le *New Yorker* décrivait Haley comme “une étoile montante, en marge d'Hollywood” travaillant à créer “des immersions radicales dans ce que le mot ‘empathie’ peut avoir de plus profond”. Tu as ressenti une vilaine bouffée de jalousie en lisant ça.

Et puis tu as lu toutes les autres critiques.

Les gens *détestaient* les films d'Haley. De nombreux titres comportaient des mots comme EXASPÉRANT, DYSFONCTIONNELLE OU PROFONDÉMENT MALAVISÉE. Les critiques débordaient de joie sadique. Une d'elles décrivait ce film comme "un amas d'ordures". Tu secouais la tête, ébahi par la férocité du journaliste. "C'est un exemple parfait des pires dérives du féminisme moderne", écrivait-il. Tu avais noté son nom – Willem Connor – et tu l'avais contacté.

Et le voici. Willem Connor entre dans le restaurant à l'instant même où ton milk-shake arrive. Grand, élégant, brun à longue mèche, chaussé de lunettes rouges qui lui donnent l'air intelligent. On dirait un acteur jouant un journaliste. Il sourit en te voyant, vient vers toi, te serre la main.

— Nick Brothers. Heureux de vous rencontrer.

Il n'a pas envie de manger.

— Je jeûne, dit-il en posant une main sur son ventre.

— Vous jeûnez ? dis-tu. C'est intéressant, j'ai jamais entendu parler de ça.

Puis tu restes un moment à l'écouter parler en détail de son régime stupéfiant, qu'il appelle une *diète*.

Tu es très patient ; tu poses de gentilles questions.

— Mais vous vous en fichez, dit Willem en s'en rendant soudain compte.

— Non, c'est vraiment fascinant, dis-tu. (Mais tu y es allé trop fort. Tu en as fait des tonnes, et le voilà gêné, mal à l'aise ; tu vas devoir la jouer fine pour le mettre dans ta poche.) Venons-en au but.

— D'accord. Ed Brand m'a dit que vous avez quelque chose sur une réalisatrice ? dit-il. C'était très mystérieux.

Tu hoches la tête. Ed Brand est le vieil ami de Richard, un type puissant. Tu lui as demandé de te mettre en relation avec Willem ; Richard ne veut pas se mêler des détails de l'affaire.

— Toute cette affaire me met un peu mal à l'aise, dis-tu. Alors je suis désolé, mais je ne vous dirai pas tout aujourd'hui.

Willem sort un carnet.

— Comme vous le sentez, dit-il.

— C'est *off*, on est d'accord ?

Willem écrit OFF en grandes lettres en haut d'une page blanche, puis retourne son carnet pour te le montrer.

— Merci, dis-tu.

Willem incline la tête, mime un salut avec un chapeau. Il ne prend pas les choses très au sérieux.

Ce n'est pas grave. Ça viendra.

— Bon, dis-tu, la première chose que vous devez savoir, c'est qu'au lycée, Haley Moreland et moi, nous étions amoureux. Elle est la première fille que j'aie jamais aimée.

C'est vrai. Coller à la vérité émotionnelle est un de tes secrets pour bien mentir. Willem hoche la tête malgré lui – il a de la compassion pour ce premier amour, il est charmé par ta "sincérité".

— Haley m'a contacté il y a deux semaines pour me demander si elle pouvait m'interviewer pour un documentaire sur lequel elle travaille, dis-tu. Vous connaissez ses films ?

— Oui, dit Willem.

Évidemment qu'il les connaît. Tu l'as choisi pour ça. Tu veux juste le forcer à confirmer certaines données de base. C'est un de tes autres secrets pour mentir.

Willem se racle la gorge.

— Pour tout vous dire, j'ai écrit un article pour le *Daily* à propos de son premier film.

Tu te demandes si le raclement de gorge est le tic par lequel Willem se trahit quand il bluffe. Il prend vraiment beaucoup de précautions au sujet de cette mauvaise critique.

— Donc vous savez qu'Haley peut se montrer très virulente, dis-tu. C'est bien pour ça que j'ai refusé d'être dans son film.

Willem prend son crayon.

— Vous croyez qu'Haley a l'intention de vous accuser de quelque chose ?

— Non, non. Elle ne me ferait pas ça. Et puis, si vous connaissez les films d'Haley, vous savez bien… qu'elle ne raconte pas ses propres histoires. Elle exploite celles des autres.

Willem griffonne quelques mots.

— Ce qui m'inquiète, c'est un ami à moi, un ami du lycée, Max Platt, qui est mort il y a deux ans. Je crois que le prochain film d'Haley risque d'être construit autour d'une fausse accusation à son encontre.

Tu expliques toute l'histoire. C'est une histoire cohérente : Haley a toujours détesté Max. Au lycée, elle a répandu des accusations contre lui, en se servant d'une autre fille. Un cas typique de chasse aux sorcières contre les stars du sport. La plainte a été classée sans suites. Ça s'est passé il y a quinze ans. Mais maintenant Max est mort et Haley cherche à relancer cette vieille affaire. Tu as toujours des sentiments pour Haley, mais tu en as aussi à l'égard de la vérité.

Soudain, Willem se met à prendre beaucoup de notes, d'une écriture experte, serrée, que tu ne peux pas lire. Tu attends sans rien dire. La patience est une grande qualité pour être un bon menteur. C'est un peu douloureux – mentir est un art que tu as peaufiné au fil de tes nombreuses années passées à cacher ton problème d'alcoolisme aux gens qui te sont chers – mais c'est tout de même plaisant d'exercer un talent.

Sans cesser d'écrire, Willem dit :

— Qui est la femme avec qui elle travaille ?

— Pardon ?

Il lève la tête.

— Vous m'avez dit qu'elle fait un film avec une fille qu'elle connaît du lycée. S'agit-il de la fille qui avait porté plainte contre Max à l'époque ?

— Oh, dis-tu. La fille du lycée privé. (Attends. Nick. Tu ne connais pas son nom ?) Ouais, dis-tu pour essayer de gagner du temps.

C'est vrai. Tu ne connais pas son nom. Et tu n'en reviens pas de ne pas y avoir pensé plus tôt. Mais tu la joues cool. Tu secoues la tête et tu écartes les mains, comme pour dire *personne le sait, putain*. Tu dis :

— J'en sais rien. Apparemment, Haley ne va pas se servir de son vrai nom. Alors qui peut le savoir de façon certaine ?

Willem pose son crayon et croise les mains.

— C'est une grosse histoire, Nick. Vous avez des preuves ?

Tu fais mine d'hésiter. Puis tu finis par dire :

— J'ai des preuves. Mais je ne suis pas certain… je ne suis pas certain de pouvoir vous les donner. (Tu regardes Willem droit dans les yeux ; il est presque déjà en train de se lever.) Je veux être sûr de pouvoir vous faire confiance.

C'est le dernier et le meilleur de tes secrets de menteur : Donner à l'autre l'impression que c'est à lui de te prouver son honnêteté.

Willem se racle la gorge, et tu sais que tu l'as ferré.

— Je comprends, dit-il.

— Je vois que vous êtes quelqu'un de bien. Je veux juste prendre un ou deux jours pour penser à tout ça. Haley compte encore énormément pour moi. Je veux être sûr… que vous la traiterez avec justice.

Willem lève la main droite avec trois doigts tendus.

— Parole de scout, dit-il.

Une fois Willem parti, tu envoies un texto à Richard pour lui demander le nom de la fille du lycée privé. Puis tu restes à ta table pour finir ton milk-shake.

Évidemment, Willem va essayer de parler avec Haley. Il l'appellera probablement aujourd'hui-même. Tu te demandes si elle acceptera de le rencontrer. Haley déteste sûrement Willem, c'est clair, mais en même temps, elle n'a peur de personne. C'est une des choses que tu admires chez elle. Elle aura peut-être assez de courage pour l'affronter, et pour lui accorder un entretien. Tu es curieux de voir ce qu'elle va faire.

Mais, qu'elle parle avec Willem ou non, ça ne change rien. Ce qui compte, c'est l'intérêt que Willem éprouve pour elle – le risque d'une mauvaise publicité. Tu n'auras sûrement besoin que de quelques jours pour exhumer des choses gênantes au sujet d'Haley ; comme Richard et son entreprise te l'ont appris, la plupart des gens ne sont pas bien protégés contre ça. Tu ne sais pas encore si tu trouveras ce que tu cherches en consultant sa fiche de police, en piratant son ordinateur ou en parlant avec des ex, mais tu le trouveras. Puis tu le montreras à Haley, et elle sera prête à faire n'importe quoi pour t'empêcher de le montrer à Willem. C'est du chantage, tu le sais, mais tu as décidé que c'était mieux que ce que Richard te proposait – il voulait que tu lui donnes personnellement les informations préjudiciables pour qu'il s'en serve lui-même pour détruire sa carrière.

Tu laisses un billet de dix sur la table, tu te lèves, tu tires sur le col de ta veste. Les choses se passent exactement comme tu l'avais prévu.

Mais alors que tu sors du restaurant, un texto de Richard fait biper ton téléphone. *Je connais pas son nom*, dit-il. Ça t'étonne ; pendant l'enquête, elle était restée anonyme, mais bon, tout le monde la connaissait. Tu te dis que Richard s'est efforcé de l'oublier depuis longtemps, pour passer à autre chose. Toi, c'était la boisson, plein de noms s'y sont noyés. Tu passes la porte, déclenches le carillon, mais cette fois-ci il te paraît trop clair, faussement enjoué, comme un steward d'avion qui t'explique qu'il n'a pas le droit de te servir plus de deux verres d'alcool.

Sur le trottoir, tu prends à droite, en direction de la banque. Après, tu iras à la bibliothèque. Tu ne dois rencontrer ton contact à la police que demain. En attendant, tu pourras peut-être retrouver le nom de la fille du lycée privé dans la base de données de LexisNexis, dans un article du journal de la ville, ou dans un vieux registre du lycée. Si tu trouves son nom, tu pourras demander à ton contact dans la police de te donner son dossier.

En arrivant au carrefour, tu remarques un type de petite taille qui se dirige vers l'ouest et attend que le feu pour les piétons passe au vert. Tu ralentis et tu l'observes. Il regarde des deux côtés, comme s'il s'apprêtait à traverser la rue. Mais il ne traverse pas. Le feu vert s'allume, et il ne bouge pas.

Tu enregistres son blouson noir, sa casquette de base-ball et ses lunettes de soleil. Il est plus petit que toi, un mètre soixante-dix, peut-être, et il est si râblé qu'il n'a presque pas de cou – sa tête pivote directement sur ses larges épaules alors qu'il regarde d'un côté, puis de l'autre. Ton cœur s'emballe. Il mijote quelque chose.

— Pardon, dit une femme vêtue d'un blouson de cuir, d'un ton cassant et sarcastique en te bousculant volontairement, et tu te rends compte que tu es immobile au milieu du trottoir, en train de faire exactement ce que fait le type qui te semble louche.

Tu te forces à arrêter de flipper comme un taré. C'est fini, tu ne vois plus d'hommes dangereux en hallucinations. Tu passes devant lui et tu poursuis ton chemin.

La banque est un de ces anciens bâtiments avec des colonnes qui montent jusqu'au premier étage et un perron de larges marches de pierre. Tu les gravis au pas de gymnastique et tu te sens un peu comme Rocky Balboa. Tu n'as jamais été dans une situation financière qui nécessite une visite dans une vraie banque depuis que tu as ouvert ton compte courant avec deux cents dollars l'automne dernier.

La caissière ne cligne pas des yeux à la vue de ton chèque. Elle semble presque lasse ; quelque chose te dit qu'il faut bien plus que six mille dollars pour l'impressionner. Mais elle ne peut rien déposer directement sur le compte de Lindsey. Elle doit tout mettre sur le tien, et puis faire un virement.

Tu fais des petits roulements de tambour avec tes doigts sur le comptoir.

— Donc elle l'aura vendredi ? dis-tu.

Tu rêves de Lindsey qui t'appelle, pleurant des larmes de joie. Ou, encore mieux : Elle vient directement chez toi, avec Katie, et, toutes les deux, elles te prennent dans leurs bras. *On savait bien que t'y arriverais !*

— Vendredi au plus tard, monsieur Brothers, dit la caissière avec un gentil sourire.

Tu te sens mieux. Ça faisait longtemps que personne ne t'avait appelé monsieur. Alors que tu sors par les portes dorées de la vieille banque, ton pas est plein d'allant. Tu sens que tu es sur la bonne voie.

Puis tu te figes.

Le type de tout à l'heure est là, sur le trottoir. Il te tourne le dos, fume tranquillement une cigarette. Même casquette de base-ball noire. Même *bomber* noir. Même silhouette râblée. Pas de cou.

Tu fais un pas de côté, tu te caches à moitié derrière une des épaisses colonnes de pierre. Ton cerveau passe en revue les possibilités qui s'offrent à toi. Tu pourrais faire demi-tour, rentrer dans la banque et te cacher. Tu pourrais essayer de filer sans te faire voir.

Mais tu sais quoi ? Tu n'en as rien à foutre. Tu vas te comporter en homme, et puis c'est tout.

Tu descends le perron. Tu te diriges droit vers ce type sans cou. *Attends un peu, Sans-Cou,* te dis-tu en rassemblant tes nerfs.

Tu es à mi-chemin quand il se tourne, légèrement. C'est un mouvement sans but, il se détend juste les jambes tout en fumant. Il jette un coup d'œil dans ta direction. Il ne semble pas te remarquer particulièrement. Mais juste après il fait demi-tour et s'éloigne de ton passage d'un air très détendu. *Trop détendu.*

Tu essaies d'éprouver de la colère plutôt que de la peur. Tu regardes autour de toi. Il y a un stand de pralines tout près qui dégage une odeur délicieuse. Au carrefour embouteillé, un conducteur klaxonne, un autre lui répond, on dirait des cigales, et ce jeu d'appels et de réponses finit par s'étirer sur trois blocs vers le nord. Ce n'est qu'un jour ordinaire à New

York. Tout va bien. Tu ne t'arrêtes pas et tu vas te poster juste à côté de Sans-Cou.

Il te regarde en haussant les sourcils derrière ses lunettes noires. Tu dis :

— Hé… je peux vous en taxer une ?

Sans-Cou hausse les épaules, sort un paquet de sa poche, te le tend avec un briquet. Tu allumes une cigarette et tu lui rends le tout.

— Merci, dis-tu.

— De rien, dit-il.

Tu fumes à côté de lui un petit instant, en regardant autour de toi.

— C'est cher, les cigarettes, dis-tu. Et je sais que c'est chiant de se faire taxer. Alors je vous remercie vraiment.

Sans-Cou hausse de nouveau les épaules. Les klaxons se sont calmés ; les voitures se sont remises à bouger. Quelque part à l'est, une sirène de pompiers fait entendre sa plainte.

— Vous travaillez dans le coin ?

— Ouais. Par là-bas, dit-il en indiquant vaguement une direction du doigt, sans te regarder. (Il jette son mégot par terre et se détourne de toi.) Bonne journée, dit-il en s'en allant.

Tu le suis des yeux jusqu'à ce qu'il entre dans la banque.

Tu jettes ta cigarette et tu te mets à marcher vers le nord. Tu essaies de ne pas marcher trop vite. Tu essaies de montrer que tu n'as pas peur. Mais au bout de dix blocs, c'est plus fort que toi, tu t'arrêtes sous l'auvent d'un salon de manucure fermé et tu ouvres ton portable à clapet, comme si son écran affichait quelque chose d'intéressant qu'il faut vraiment que tu voies. Tu jettes un coup d'œil derrière toi, en quête de Sans-Cou.

Tu laisses passer quinze bonnes minutes. Il n'y a personne d'autre que toi sur ce trottoir, si ce n'est huit millions d'habitants qui vaquent à leurs occupations. Aucun signe de Sans-Cou.

Tu secoues la tête et tu ranges ton portable. Puis tu te remets en marche, arrives à la bibliothèque, et commences à chercher le nom de la fille du lycée privé.

6

UN TÉMOIN

Deux jours plus tard, tu es devant l'immeuble de Quinn Mitchell. Tu vérifies deux fois l'adresse, parce que l'endroit est plus chic que ce à quoi tu t'attendais – belles plantes en pots sombres dans le hall, ascenseur noir luisant, assorti au noir luisant des murs. Tu vois ton reflet dans les portes noires polies. Un type costaud aux yeux injectés de sang te renvoie ton regard. Tu détournes la tête.

Au septième étage, une femme t'ouvre sa porte. Elle t'offre un grand sourire ; ses cheveux sont d'un roux flamboyant, et ses dents du bonheur rendent son sourire vraiment charmant.

— Je suis Nick, dis-tu. J'ai parlé avec Quinn au téléphone.

Elle dit qu'elle s'appelle Kyra et t'invite à entrer.

— Je ne vous serre pas la main, j'ai une sorte de gastro, dit-elle par-dessus son épaule tandis que tu la suis dans un salon aux murs intégralement couverts de livres.

Pendant qu'elle disparaît dans la cuisine pour te servir un café, tu laisses tes pas te mener jusqu'à un grand bow-window. Ses fenêtres offrent une vue magnifique sur Prospect Park.

Tu ne t'attendais pas à ça. Tu t'attendais à quelque chose

de sombre et de miteux, parce que tu as trouvé cette adresse sur la fiche de police de la fille du lycée privé.

— Le dossier Alice Lovett, t'a dit ton pote au poste de police en te tendant une enveloppe kraft aussi fine qu'un rasoir. On n'a rien sur Moreland.

Ta gorge s'est nouée.

— C'est tout ? as-tu demandé.

Tu avais passé trois heures à la bibliothèque, à éplucher les archives du lycée, les interviews et les articles dans le journal local. Tu avais fini par tomber sur son nom dans une liste de "remerciements particuliers" pour le premier film d'Haley – *À ma sœur-femme, Alice Lovett*, avait écrit Haley, et ça t'avait rappelé le nom de la maison de production de *True Story*. Tu étais extrêmement fier de ton travail de détective, et tu t'attendais à ce qu'il te rapporte plus qu'une fine enveloppe tendue par ton pote flic.

Mais une fois chez toi, quand tu as regardé ce que l'enveloppe contenait, tu as compris que tu avais de quoi faire.

Tu te détournes de la fenêtre quand Kyra revient dans le salon. Elle te tend une tasse chaude.

— Quinn est en train de méditer, il sera là dans une seconde.

Tu acceptes son invitation à t'asseoir dans le canapé, mais elle, elle reste debout, comme prête à t'apporter une autre tasse à tout moment.

— Alors comme ça, vous êtes journaliste, dit-elle, les mains serrées sur son cœur.

— Pour le plus grand chagrin de ma mère, dis-tu.

Elle rit d'un air sceptique.

— Vous enquêtez sur quoi ?

— Je ne sais pas si je dois…, commences-tu.

Tu es interrompu par une voix en provenance du couloir qui mène à la chambre.

— Il enquête sur Alice.

Tu lèves la tête et tu vois un homme de grande taille, costaud, à peu près de ton âge, qui se tient dans l'embrasure de la porte. Quinn Mitchell. Il a des cheveux blonds lisses coiffés en chignon au sommet de son crâne ; il ressemble un peu à Lee Marvin – traits marqués, cuir épais.

— Vous pouvez parler ouvertement, vous dit Quinn. Kyra sait tout ce qu'il y a à savoir au sujet de mon ex.

— Et je n'ai pas envie d'en savoir plus, dit-elle d'une voix enjouée en s'éloignant vers la chambre. Je vais vous laisser et m'allonger un peu.

Lorsqu'elle passe devant lui, Quinn l'arrête, pose une main sur sa hanche et la regarde droit dans les yeux.

— Tu te sens bien ? dit-il.

Tu ressens un pincement de jalousie devant la familiarité de ce geste, l'intimité patente d'un couple stable.

Kyra acquiesce.

— Juste un peu nauséeuse.

Elle embrasse Quinn sur la joue, vous fait un petit salut amical, et disparaît dans la chambre.

Quinn traverse la pièce en trois grands pas et te serre la main. Il a une main immense ; c'est comme serrer une grappe de bananes.

— Merci d'avoir accepté de me parler, dis-tu.

— Pas de problème, dit-il. Alice est importante pour moi. Si vous écrivez sur elle, je veux être sûr que vous racontiez la vérité.

Quinn s'assied en face de toi. Tu sors ton carnet et l'ouvres sur une page blanche, tu joues au journaliste. Tu t'éclaircis la voix, tu lèves les yeux sur Quinn. Puis tu t'arrêtes : Cet homme te regarde comme si tu étais un docteur sur le point d'annoncer une mauvaise nouvelle.

— Ça va ? demandes-tu.

Quinn se reprend et rit.

— Ouais, ça va. C'est juste que… J'en peux plus de ce suspense. Ça fait des années que j'ai plus de nouvelles d'elle. (Il rit, étire ses bras, fait jouer ses doigts, puis il soupire et dit :) Bon, rappelez-moi d'où vous tenez mon nom.

Hier, chez toi dans ton sous-sol, tu as ouvert l'enveloppe kraft et tu as étalé trois pages de fiche de police sur ton plancher. Il y avait des photocopies, une d'un Rapport d'Incident (une page), et une autre d'une Ordonnance Restrictive (deux pages). Toutes deux dataient de 2011. Toutes deux étaient plutôt brèves et sans grand intérêt. Le Rapport d'Incident, par exemple, ne semblait pas parler d'un incident vraiment digne de ce nom :

> À la DATE mentionnée ci-dessus, la CONTREVENANTE N°1 a été vue par le TÉMOIN n°1 en pleine violation de propriété dans le hall d'un immeuble résidentiel.
> La contrevenante-1 appuyait frénétiquement sur tous les boutons de l'ascenseur, dans l'espoir de l'activer malgré le digicode.

Alice Lovett était la CONTREVENANTE N°1, et elle était coupable d'IVRESSE SUR LA VOIE PUBLIQUE. Les notes étaient succinctes, et il n'y avait pas eu d'arrestation.

Le second document était une ordonnance restrictive obtenue par Alice Lovett. Tu as du mal à regarder Quinn dans les yeux quand tu lui dis :

— Dans une ordonnance restrictive prononcée contre vous.

— Qui fut immédiatement annulée, dit Quinn immédiatement.

— D'accord, dis-tu. (Tu te rends compte que tu te tiens les mains croisées entre tes genoux ; tu te laisses aller contre le dossier et tu remets ta main gauche dans ta poche – juste parce que c'est plus simple si les gens ne la voient pas.) Je ne suis pas là pour vous accuser de quoi que ce soit.

Quinn hoche la tête. Tu attends.

— Je vous écoute, dit-il enfin.

— J'espérais que vous pourriez m'en dire un peu plus à propos de l'époque où vous étiez avec Alice. Vous viviez ensemble, n'est-ce pas ?

— C'est à propos de drogues ? dit Quinn.

Tu essaies de ne pas avoir l'air surpris. Tu te souviens du Rapport d'Incident. Tu te racles la gorge et tu hoches la tête d'un air évasif mais ouvert.

— Que pouvez-vous me dire à ce sujet ?

Quinn soupire et se laisse aller contre le dossier de son fauteuil.

— Alice a un problème, dit-il. Je l'aime, et j'ai essayé de la sauver. D'après mon psy, ça, c'est mon problème à moi. Je crois toujours que je peux sauver les gens.

Il secoue la tête, comme ébahi par sa propre folie.

— Quel genre de drogues ? dis-tu.

Quinn se tient la tête dans les mains. Tu attends une minute. Puis il finit par dire :

— Le genre qui se vend sur ordonnance. (Puis il se redresse et te regarde en soupirant longuement.) C'est vraiment douloureux pour moi, dit-il.

Tu refermes ton carnet et tu attends. Quinn se comporte comme s'il était à sa première réunion chez les AA. Le soulagement de la confession le rend tout mou.

— Je l'ai protégée. Du mieux que j'ai pu. Elle a demandé cette ordonnance restrictive pour me punir. Elle était très vindicative. Autodestructrice. Elle était tellement autodestructrice. (Son histoire est longue et confuse. Tu n'as pas besoin de prendre de notes. C'est une vieille histoire, dont le cœur est bien connu : Quinn devait régulièrement trouver de nouvelles manières de sauver Alice, mais elles ne marchaient que pendant un temps, jusqu'à ce qu'Alice replonge dans son addiction.) Pour tout vous dire, j'attends le jour où quelqu'un viendra me faire part de sa mort, dit-il.

Tu n'en reviens pas de voir à quel point cet homme s'est fait briser le cœur.

— Elle est toujours en vie, dis-tu d'une voix douce.

Son visage s'illumine.

— Vous savez où elle est ?

— Non.

— Mais vous la recherchez ?

Tu fais un petit bruit qui passe pour un oui. Quinn hoche la tête d'un air intéressé.

— Je peux vous aider. (Il se lève, marche vers une étagère, attrape une boîte à archives en bois.) J'ai son dossier médical.

Tu dis :

— Vous avez son dossier médical ?

— Juste des photocopies, dit Quinn en revenant, serrant contre sa poitrine une chemise en plastique imitation cuir. Je me disais que c'était bien de les garder pour un jour comme celui-ci.

Quinn vous met la chemise dans les mains ; le nom d'Alice y est écrit en lettres d'or gaufrées.

Il se penche au-dessus de votre épaule pendant que vous feuilletez le dossier.

— Elle était hypocondriaque. Hystérique. Toujours en quête de drogues. Les médecins qu'on allait voir me prenaient à part pour me prévenir, me dire qu'elle avait réellement besoin de se faire aider.

Il y a environ quatre douzaines de pages, remplies de lignes irrégulières mais assurées écrites par des médecins, imprimées sur des feuilles blanches, bleues et roses.

— Vous avez fait des copies de son dossier médical ? dis-tu.

— Le plus important, c'est ce document-là, je pense, dit Quinn en sortant une feuille rose datée de 2011. (Il te la tient pour que tu la lises.) Ce médecin-là… il recommande explicitement qu'elle fasse une thérapie. Il dit qu'il n'a trouvé aucune cause physique susceptible d'expliquer les symptômes d'Alice, et il émet l'idée qu'elle souffre du syndrome de Münchhausen. C'est une maladie mentale qui pousse les gens à se faire eux-mêmes du mal pour avoir de l'attention.

Tu te souviens d'une vieille rumeur.

— Était-elle bipolaire ? demandes-tu.

— Elle a quelque chose, c'est sûr, dit Quinn en secouant la tête.

Tu fixes le document. C'est dur de croire qu'il parle de la fille sur qui Haley a décidé de faire un film. Tu t'es renseigné sur la carrière d'Haley. Tu sais qu'elle est devenue radicale. Mais tu as du mal à croire qu'elle puisse s'enflammer à ce point.

Un grand bruit sourd se fait entendre dans la chambre. Tu sursautes.

Quinn te sourit comme s'il se moquait de ton sursaut.

— C'est juste Kyra, dit-il. Elle vient d'avoir la grippe.

— Oh, dis-tu.

— Au moins, elle, c'est pas une toxico ! dit Quinn en éclatant d'un rire qui cherche à te faire rire, toi aussi.

Tu ris pour être poli.

— Elle s'est peut-être fait mal, non ?

— Je suis sûr que non. Je vais aller vérifier…

Quinn se lève.

— Bon. (Tu tiens le dossier médical.) Je peux le garder ?

— À une condition, dit-il. (Il te raccompagne à la porte, sa grosse main lourdement posée sur ton épaule.) Quand vous l'aurez trouvée, vous me direz où elle est ?

Dans l'ascenseur à l'intérieur luisant, tu regardes le dossier en faux cuir, le mot ALICE imprimé à grands frais. Tu penses à cette pauvre Kyra, en concurrence avec cette folle dans le crâne de Quinn. Tu es content d'être sorti de cet appartement ; tu ne sais pas pourquoi, mais il te donnait la chair de poule.

Tu traverses lentement le hall, puis tu sors de l'immeuble. Tu as envie de réfléchir une minute. Tu descends la colline puis tu prends la Huitième Avenue. Tu croises des joggeurs, des nounous et des mères avec poussettes, des gens qui parlent au téléphone assis sur leur perron. Tu passes devant un petit restaurant d'allure chic, aux fenêtres ouvertes. Des gens discutent autour de verres de vin blanc, et pour la première fois depuis longtemps tu n'éprouves aucune jalousie.

Les relations sont des blessures, et l'alcool un pansement. Aujourd'hui, tu es prêt pour cicatriser.

Tu arrives à Grand Army Plaza. Tu trouves un banc, tu serres les dents. Et tu appelles le numéro qui figure en haut de la demande de bourse d'Haley.

Pendant que ça sonne, tu regardes autour de toi, l'arche, la fontaine. Il y a une femme liée par six laisses à un éventail de chiens. Il y a une poignée de gens sur les autres bancs, tous courbés sur leur téléphone, comme déséquilibrés par un shoot d'héroïne.

Tu tombes sur la messagerie. *Vous avez composé le numéro d'Haley Moreland*, dit l'enregistrement. Tu ne reconnais pas la voix d'Haley, mais à quoi t'attendais-tu après quinze ans ? *Je n'écoute jamais cette messagerie, alors envoyez-moi plutôt un texto…* dit-elle, et juste à ce moment-là tu vois un homme coiffé d'une casquette de base-ball noire qui se dirige d'un pas lent vers la fontaine. Tu te lèves très vite. Le répondeur fait *BIP !* et tu fais un bond de cinq centimètres dans les airs. Tu raccroches. Tu recules de deux pas. Tu t'accroupis pour te cacher derrière un banc.

Entre les lattes du banc, tu vois la fontaine et un des six chiens en train de tirer sur sa laisse pour sauter dans l'eau. Tu prends deux petites respirations hachées, puis l'homme pénètre dans ton champ de vision. Tu le reconnais de façon certaine.

C'est Sans-Cou. Il se promène tranquillement dans le parc ; sa tête pivote de droite à gauche sur ses larges épaules. Comme s'il cherchait quelqu'un.

Comme s'il te cherchait toi.

Tu cours entre les rangées de box des bureaux de Richard, ahanant, paniqué, et tu fonces droit dans une femme qui court dans l'autre sens.

— Pardon ! (Tu t'apprêtais à repartir, mais tu te reprends, tu te figes pour mieux regarder le visage de la femme, qui n'est que coulures de maquillage.) Ça va ?

Elle ferme les yeux, baisse la tête, te contourne et s'en va d'un pas vif. Tu t'éloignes également ; trois pas plus tard, ça te revient : C'est la femme que tu as vue chez Richard, dimanche matin.

— Emma ? dis-tu en te retournant, mais elle est déjà loin.

Tu as de la peine pour elle et pour ce que Richard a pu faire pour lui briser le cœur, mais alors que tu te rapproches du bureau de Richard – un écrin de verre dans le coin, net et racé comme un vaisseau spatial – tu ne peux pas t'empêcher de penser qu'elle aurait dû savoir dans quoi elle s'engageait.

Richard ne te regarde pas quand tu ouvres la porte. Il a les pieds croisés sur son bureau et il consulte un dossier, feuilletant les pages comme on envoie valser des mégots dans le caniveau.

— Putains de juristes, dit-il en te montrant ses dents.

— Y a un type qui me suit, dis-tu.

Richard referme le dossier en le faisant claquer et le jette sur son bureau.

— Ces enfoirés du département juridique me lâchent jamais la grappe. (Il te regarde seulement maintenant. Il pointe immédiatement du doigt le dossier en faux cuir que tu tiens sous le bras.) C'est quoi, ça ?

— Écoute, y a un type qui me suit. Ça fait trois fois que je le vois. Le même homme. Partout où je vais, il est là à m'attendre.

— Pourquoi veux-tu que quelqu'un te suive ?

— J'en ai aucune idée. Ça me fout les jetons. Y a quelqu'un d'autre qu'est au courant, pour la mission que tu m'as donnée ?

Richard hoche lentement la tête, et enlève ses pieds de son bureau.

— D'accord, dit-il.

— Je vois pas qui peut savoir, personne d'autre le sait, hein ?

— Assieds-toi, dit Richard en se penchant en avant, mains jointes comme en prière.

Tu t'assieds sur le rebord du fauteuil de cuir noir qui se trouve devant son bureau.

— Je vois pas ce qu'on pourrait me vouloir, si c'est pas lié à notre…

Richard te coupe.

— Tu sais que tu as déjà fait ça.

— Non. (Tu te lèves, fais les cent pas.) Je bois plus, là.

— Je dis pas que tu as des hallucinations… encore…

Il laisse le dernier mot planer entre vous deux.

Tu te rends compte que tu fais les cent pas et tu te forces à arrêter. Tu t'assouplis le cou, tu te rassieds. Ça fait quarante--cinq minutes que tout ton corps est tendu – tu es parti de Grand Army Plaza en courant, tu as utilisé ton dernier ticket de métro pour venir ici, sans cesser de regarder par-dessus ton épaule. Tu sais que tu as l'air fou. Mais l'urgence que tu sens dans ton corps est maintenant si dense que tu as envie de cogner dans quelque chose. Tu serres les dents et dis :

— Ça a jamais été comme ça.

Richard se dirige vers une bibliothèque contre le mur du fond. Tous ses livres sont faux ; il tire sur un panneau de grands classiques au dos relié de cuir rouge et un petit spot s'allume tout seul : c'est un minifrigo rempli de liquides bruns et translucides. Il ouvre deux cannettes d'eau pétillante et t'en donne une.

— Je te crois, Nick, dit-il en s'asseyant sur l'avant de son bureau comme un prof de collège compatissant. Mais ça ne peut être qu'une étrange coïncidence.

— Ce mec qui me suit a l'air sacrément louche, dis-tu.

— On est à New York ! dit Richard.

Tu inspires, tu expires. Tu bois une longue gorgée, tu rotes.

— Donne-toi encore un jour, dit Richard en haussant les épaules. Si tu revois ce type, appelle les flics.

— Ils me croiront pas.

Tu réprimes un second rot.

— Alors appelle-moi, et je te prendrai un garde du corps.

Tu observes Richard. Il sourit et ouvre grand les mains, silhouette héroïque dans le contre-jour d'une vue sur Lower Manhattan. Ici dans son bureau de verre, sa bulle de confiance tranquille, rotant comme un idiot, tu parviens à regarder ta panique avec un peu de recul.

— D'accord, dis-tu. D'accord.

Richard te donne une tape sur l'épaule et retourne se poster derrière son bureau. Il repose les pieds sur le plateau, recroise les mains derrière la nuque, et dit :

— Maintenant parle-moi de cet autre truc.

Tu lui donnes la totale. La fiche de police, le dossier médical. Tu lui expliques qu'Haley est allée trop loin, qu'elle exploite une droguée pour son film. À ton avis, elle a dû se laisser emporter ; dès qu'un observateur clairvoyant lui expliquera la chose, elle se sentira gênée et rectifiera le tir.

Tandis que tu parles, Richard se met à vibrer de façon prudente et maîtrisée, comme une panthère.

— Voilà, j'ai plus qu'à contacter Haley, conclus-tu.

Richard montre du doigt le dossier en faux cuir.

— Alors, c'est tout ?

Tu fais oui de la tête.

Ses yeux grandissent d'excitation. Puis il penche la tête en arrière et il hurle, tapant des talons sur le bureau comme un bébé heureux.

— T'as eu son dossier médical, putain ! T'es un foutu cador ! Tu l'as fait, Nick !

— Te réjouis pas comme ça, dis-tu. C'est du poisseux, ce truc.

— Je sais. C'est vraiment très poisseux. (Richard sourit.) Je peux voir le dossier ?

— Certainement pas.

Richard supplie, mais tu ne cèdes pas. Tu lui rappelles qu'il te paie pour t'occuper de tout.

— Je te préviendrai quand Haley aura convenu de laisser tomber l'affaire.

Mais Richard secoue la tête.

— Tu ne peux pas lui montrer ça.

— Et avec quoi tu veux que je la fasse chanter ?

— Si elle voit ce dossier, elle trouvera un moyen pour le contourner. Non, Nick, tu dois tout de suite le confier à Willem. Pousse-le à écrire un article dévastateur sur elle. Fais en sorte que plus personne, jamais, ne croie en son travail.

— Non. C'est pas ce qu'on avait dit. Je veux pas faire ça à Haley.

— Sois pas sentimental.

— Je m'occupe de tout. Tu m'as pas dit que tu refusais d'être mêlé aux détails ?

Puis quelque chose te frappe.

Richard dit :

— Ça te plaît, de me faire tourner chèvre comme ça, pas vrai ?

Tu dis :

— Comment tu sais qu'il s'appelle Willem ?

Richard se fige une fraction de seconde.

— Quoi ?

— Le journaliste. Tu m'as dit de confier ce dossier "à Willem". Mais je ne t'ai jamais dit son nom.

— J'ai dit Willem ?

— Tu disais que tu voulais rester en dehors de tout ça.

Richard sourit lentement.

— Tu m'as eu. (Il ouvre grand les mains, comme s'il te montrait son jeu.) J'ai demandé à Ed Brand. Fallait que je sache. Ça fait des jours que je meurs d'angoisse, ici.

Tu le regardes fixement. Il te regarde tout aussi fixement, sans cesser de sourire. Il joint ses mains comme en prière.

— S'il te plaît, Nick, donne-moi ce dossier. Je le donnerai à Ed et à Willem. C'est bon, t'as fini ta mission, là. Prends le reste de tes honoraires et rentre chez toi.

— Je ferai ça à ma façon.

Tu te lèves.

Richard aussi se lève.

— Non, dit-il.

Tu te figes, tu fronces les sourcils.

— T'as sacrément les jetons, hein ?

— Tu dois me donner ce dossier.

Tu marches jusqu'à la porte, tu poses la main sur la poignée.

— T'inquiète pas, dis-tu. Donne-moi seulement encore un jour.

Vous vous regardez. Richard a vraiment l'air de réfléchir. Tu te dis qu'il est inquiet, c'est tout.

— Tu peux me faire confiance, dis-tu.

Richard acquiesce d'un air soucieux.

— D'accord, dit-il. Parfait.

Il se détourne de toi et il décroche son téléphone. Il est déjà passé à son affaire suivante.

— Je te promets que ce sera fait ce soir, dis-tu.

— Je sais, dit Richard juste avant que tu refermes la porte.

Dans le hall de l'immeuble, tu te heurtes à un flot de jeunes cadres qui remontent tous vers leurs bureaux avec leur téléphone portable et leur gobelet de café. Tu obliques de quatre pas sur la gauche, pour les laisser passer, puis tu t'appuies contre le mur et sors ton téléphone. Pas de nouveau message.

Tu écris un texto à Lindsey : Tu ne vois rien de bizarre sur ton relevé de compte ? Tu réfléchis un instant, puis tu l'effaces. Mieux vaut que Lindsey le constate par elle-même. Et de toute façon, tu ne fais ça que pour gagner du temps.

Tu appelles Haley, et tu retombes sur sa messagerie. “Salut, Haley, dis-tu. C'est Nick Brothers. Tu te rappelles, depuis le lycée ? Je sais, je débarque un peu de nulle part. Je sais aussi que tu dis que t'écoutes jamais cette messagerie, mais je tente quand même ma chance. Je suis à New York, et il vient de m'arriver une sacrée drôle de coïncidence… enfin bref, faut que je te parle. Rappelle-moi.”

Tu raccroches. Elle ne te rappellera pas. Tu vas devoir faire ça à l'ancienne.

Tu consultes ta montre – il est un petit peu plus de quatre heures, il va falloir que tu marches vite. Tu vas aller à son immeuble, à l'adresse qui figure sur le papier à en-tête de sa boîte de production, et l'accoster quand elle en sortira à la fin de sa journée.

Tu passes les portes à tambour et tu mets cap à l'ouest, en te demandant ce que ça te fera de la revoir. Sera-t-elle encore en colère contre toi après toutes ces années ? Elle est en colère contre Richard, mais toi, peut-être qu'elle t'a pardonné ; elle aura peut-être de la nostalgie pour l'ancien temps. Tu songes à lui demander si elle se souvient d'avoir fumé un joint avec toi dans le jardin de quelqu'un. Tu la vois en train de rire, *On était que des gamins !* Tu lèves la tête et tu te rends compte que tu arrives sur Broadway ; tu es parti dans le mauvais sens. Tu t'arrêtes brutalement, tu tournes les talons – et là, sur le trottoir, derrière toi, tu vois Sans-Cou.

Vos regards se croisent. Ses yeux s'écarquillent sous l'effet de la surprise ; à l'évidence, il ne s'attendait pas à ce que tu fasses demi-tour. Il cligne des yeux et s'éloigne rapidement, bifurquant sur la droite. Il franchit à grands pas une porte de verre coulissante et disparaît dans un Duane Reade.

Tu te mets à courir.

Tu passes l'entrée du métro direction Brooklyn et tu traverses la rue pour t'engager de l'autre côté de la station, pour aller vers le nord. Tu évites un groupe d'adolescentes qui titubent sous le poids de leurs sacs de shopping, et tu contournes en courant toute une rangée de boîtes à journaux. Tu descends l'escalier comme un danseur de claquettes, passes ta carte d'un geste vif dans le lecteur, et tu te cognes contre le tourniquet.

— Crédit insuffisant, dit un vieil homme derrière toi.

Tu regardes de part et d'autre, puis tu sautes par-dessus le tourniquet. Le vieil homme hurle au scandale, mais tu l'ignores et tu continues, vers le bruit d'une rame en approche. Tu descends une autre volée de marches au pas de course, puis tu traverses vers le quai opposé, direction Brooklyn. Tu arrives juste à temps, tu te faufiles entre les portes.

La rame est presque vide. Il y a un jeune couple aux sweat-shirts assortis qui se tient par la main. Trois hommes en uniformes de la Metropolitan Transport Authority. Une femme qui lit un livre. Une publicité d'un avocat spécialisé dans les préjudices corporels. Une voix enregistrée lance un appel à la vigilance. Tu t'assieds. Tu as ta dose. Tu décides de rentrer chez toi ; tu pourras voir Haley demain ; juste là, tu as besoin de réfléchir.

Tu ne peux pas appeler les flics, et après ce qui vient de se passer tu n'iras pas interroger Richard. Avant d'être en mesure d'y mettre un terme, tu dois comprendre ce qui se trame.

Sans-Cou est apparu le jour où tu as vu Willem. Est-ce qu'il travaille pour lui ? Willem t'a fait l'effet d'être franc du collier, mais ce n'était peut-être qu'un air qu'il se donnait. Peut-être doute-t-il de toi depuis le début, et il a engagé quelqu'un pour te suivre et obtenir ainsi tous les détails du scoop.

Mais les journalistes ne procèdent pas comme ça. Tu sais qui d'autre procède comme ça ? Richard. Te suivre, c'est un boulot pour lequel Richard t'engagerait *toi*. Sauf que Richard te fait confiance. Tu le connais depuis toujours. Et s'il ne te faisait pas confiance, pourquoi donc t'aurait-il engagé ?

La seule hypothèse cohérente est celle qui te terrifie le plus. Personne n'a engagé Sans-Cou. Sans-Cou s'est engagé tout seul, pour collecter une dette cosmique.

Au bout d'une éternité, les portes du métro s'ouvrent à la station High Street. Tu sors et tu te dépêches de monter le grand escalator. Le temps d'arriver en haut, tu es à bout de souffle, mais tu ne t'arrêtes pas pour respirer. Tu te forces à avancer, tu sors de la station, tu traverses l'esplanade en ciment en direction de Cranberry Street, tu veux rentrer chez toi.

Puis derrière toi une voix hurle :

— Hé !

Tu te retournes.

C'est Sans-Cou. Il court vers toi, très vite. La panique te submerge comme une grosse vague. Tu pivotes pour t'enfuir, et au même moment Sans-Cou plonge, te plaque d'un puissant coup d'épaule au creux des reins, ça te fait mal comme un coup de poignard, et tu voles vers l'avant, et tu voles vers le bas, et ta tête heurte le

Ton téléphone sonne.

Ton visage est froid.

Ton téléphone sonne de nouveau.

Tu clignes des yeux, les ouvre. Le jour est gris, crépusculaire. Un bus passe, rugissant. Tu es dans un parc. Tu es sur un banc. Tu te redresses lentement et tu exhumes ton téléphone de ta poche.

— Nick ?

C'est Haley – cette fois, tu reconnais sa voix. Tes tripes font un salto.

— Allô ?

Tu devrais dire quelque chose.

— Allô, Heeh-lee.

Tu parles comme si tu avais la bouche remplie de beurre de cacahuètes.

— J'ai eu ton message ! Tu déboules vraiment de nulle part, Nick !

— Jjjcroyais que t'écoutais pas ta messsacherie.

— Pardon ?

Tu es pris d'une quinte de toux. Tu éloignes le téléphone de ton oreille et tu tousses dans ta main.

Quand tu remets le téléphone à ton oreille, Haley est en train de parler.

— … d'avoir de tes nouvelles, mais je suis complètement débordée. Je commence à travailler sur un nouveau film, un truc vraiment très important pour moi, et j'ai pas du tout le temps juste là.

Tu vois des éclaboussures rouges dans la paume de ta main ; tu tousses du sang, ou t'as perdu une dent ?

— Peut-être cet été ? dit Haley. Tu peux me rappeler dans deux mois, on trouvera le temps de se prendre un café ?

— Une checonde, dis-tu. Tu ffeux pas me parler ?

— Non, non, c'est juste que, ce mois-ci et le prochain, c'est de la folie pour moi, avec ce projet, je trouve à peine le temps de dormir. Je suis désolée. Mais cet été, ça ira mieux, on se parle cet été.

Tu n'y crois pas. Haley t'envoie bouler.

— Ah, mince, Nick, j'ai un autre appel, il faut que je le prenne, il faut que je te laisse. Mais ça m'a fait plaisir de t'entendre ! On se rattrape cet été, dit-elle.

— Mais… dis-tu.

Mais elle a déjà raccroché.

Tu regardes ton téléphone.

— Chalope, dis-tu.

Tu essaies de te lever. Ton rein droit n'est pas d'accord. Tu te rassieds. Ton rein te dit que tu devrais aller à l'hôpital. Lindsey te dirait d'appeler les flics. Mais tu leur dirais quoi ? Et tu n'as pas d'assurance santé.

Tu vérifies tes poches : clés, portefeuille. Tu passes ta langue sur tes dents : tout est là, rien ne bouge, tu as juste une grosse plaie à l'intérieur de ta lèvre inférieure. Tu te tâtes la tête : tu as une bosse sur le front, grosse comme une balle de golf. En dehors de ça, et de ton rein, tout semble OK.

— OK, dis-tu à voix haute.

Tu serres les poings, tu serres les dents, et tu te lèves, et là tu te rends compte que le dossier médical d'Alice a disparu.

7

LA VÉRITÉ

Tes voisins sont encore en train de se disputer.

Tu n'as jamais vu ces gens. Tu les as seulement entendus à travers les murs, tu ne les connais que par les mots les plus bruyants qu'ils se hurlent l'un à l'autre : *Puéril* ou *va te faire foutre* ou *salope*. Tes voisins sont riches, leur appartement a des fenêtres, mais eux aussi, ils sont seuls.

Tu passes une heure à essayer de rédiger un texto pour Lindsey. Tu décris ce qui t'est arrivé de cent manières différentes, en espérant qu'elle compatira – agressé dans le parc ! attaqué dans le parc ! – et tu effaces ces cent versions. Enfin, tu appuies sur le bouton envoi : Juste pour te dire que je pense à toi et à Katie.

À minuit les murs de ton appartement tremblent lorsque l'un des voisins sort en claquant la porte. Tu te lèves pour aller pisser, et Dieu merci tu ne vois pas de sang. Tu regardes ton téléphone : pas de réponse de Lindsey. Tu te demandes pourquoi Haley t'a rappelé si vite. Elle disait qu'elle n'écoutait jamais sa messagerie. Alors que la nuit s'éclaircit et que le jour se lève, les pièces s'agencent d'un coup, tu reconstitues le puzzle.

Si Sans-Cou avait voulu se venger, il t'aurait tué. S'il travaillait pour Willem, il n'aurait pas su qu'il fallait te prendre ce dossier ; s'il travaillait pour Richard il ne t'aurait pas agressé.

La seule hypothèse cohérente est qu'il travaillait pour Haley. C'est Haley qui profite le plus de la disparition de ce dossier.

Pourquoi Haley t'aurait-elle appelé, sinon ? Une heure après que tu t'es fait agresser ? Et t'appeler juste pour t'envoyer paître ? Ça n'a pas de sens, putain. Si elle avait seulement voulu te rejeter, elle t'aurait envoyé un texto. C'était bien tenté, Haley. Elle t'a appelé une heure après que Sans-Cou t'a agressé parce qu'elle voulait apparemment s'assurer que tu n'étais pas mort. C'est la seule chose qui te montre qu'elle a encore un peu de conscience. Tu fais les cent pas jusqu'à ce que tu te rendes compte que tu fais les cent pas, et tu te forces à t'asseoir.

Tu te relèves et tu vas boire de l'eau directement au lavabo, la tête sous le robinet. Tu regardes ton téléphone, encore et encore. Tu rêves de bourbon, de sommeil lourd et sirupeux, d'oubli.

Enfin, tu prends une douche et tu te rases, et à sept heures tu es devant l'immeuble des bureaux d'Haley, avec un gobelet de café noir et trois doubles doses d'ibuprofène à l'œuvre dans ton organisme. Pendant une heure tu regardes des gens passer, par milliers, tous ces salauds de veinards qui se rendent à leur travail rémunéré. Tu as hâte de pouvoir hurler sur Haley. Tu as hâte de lui dire que tu n'as pas besoin de ce dossier ; tu vas y aller au bluff, ça t'est égal, tu cherches à lui faire peur ; tu vas lui dire que tu as tout ce qu'il faut pour la démolir. Même sans ce dossier, tu connais la vérité. Tu comptais lui offrir une porte de sortie… mais elle a fait monter les enchères, et maintenant tu vas la démolir.

Puis tu la vois arriver sur le trottoir d'en face, et tes genoux flagellent.

Elle ressemble exactement à ce qu'elle était à dix-sept ans. Ses cheveux sont d'un blond plus sombre, mais elle a la même queue-de-cheval haute. Elle porte un jean délavé et un rouge à lèvres rouge vif, et une veste couleur crème qui épouse ses contours aussi précisément qu'une enveloppe épouse ceux d'une carte de remerciements.

Tu slalomes entre les voitures pour traverser la rue. Tu cries :

— Haley !

Et ta voix sonne comme celle de Bobcat Goldthwait. Tu te racles la gorge, tu cours, tu la rattrapes, tu poses une main sur son épaule.

— Haley ?

Elle se retourne et fronce les sourcils.

— Je suis Nick, dis-tu. De l'équipe de crosse, tu te rappelles ?

Elle te regarde avec des yeux comme des soucoupes. Tu ris.

— J'ai tellement changé que ça ?

Tu as pris vingt-cinq kilos et mariné dix ans dans l'alcool fort, tu as un œil au beurre noir juste en-dessous de ta bosse sur le front. Tu savais tout cela il y a cinq minutes – mais là ça te frappe, tu le lis sur le visage d'Haley, et encore, elle n'a pas vu ta main blessée.

— Je sais, dis-tu. J'ai changé.

Sa bouche s'ouvre quelques secondes avant qu'un son n'en sorte.

— Salut, Nick, dit-elle enfin, puis elle te sourit, d'un sourire aussi éclatant que faux. Qu'est-ce que tu fais là ? dit-elle.

Tu ris, un petit jappement amer.

— Tu voulais qu'on se prenne un café !

Elle pâlit, décontenancée.

— Quoi ?

— Ah, pardon, excuse-moi. C'est vrai, t'as dit que tu voulais *pas* qu'on se voie. J'ai dû me tromper ! Désolé, j'ai un peu de mal à aligner deux idées cohérentes depuis que ta petite frappe m'a assommé.

Elle recule d'un pas. Le mélange de peur et d'incompréhension qui se lit sur son visage au front plissé te paraît authentique. Tu es ébahi par ses talents d'actrice.

— Joue pas les innocentes, dis-tu. Je *sais*.

Elle recule encore d'un pas.

— Je suis désolée… j'ai une réunion, je dois rencontrer un producteur…

— Non, il faut que tu me parles. J'ai lu le dossier d'Alice avant que tu me le voles. *Je sais tout sur ton film*. Je connais la vérité. Je me fous de ce dossier. C'est pas fini. Ton film est mort, Haley, d'accord ?

La peur disparaît de son visage, et le plissement de son front s'accentue.

Tu la tiens.

Elle dit, avec prudence :

— Qu'est-ce que tu veux dire, quand tu dis que tu sais tout sur mon film ?

— Je veux dire que je sais tout, dis-tu.

Elle t'observe un instant.

— Tu fais ça pour Richard ? C'est lui qui t'envoie ?

— Non, c'est ta conscience qui m'envoie, dis-tu.

Elle regarde autour d'elle.

Tu dis :

— Cette fois, tu es allée trop loin, Haley.

Elle semble prendre une décision, hoche la tête en silence.

— Allons parler quelque part.

Tu la suis jusqu'à une bodega au coin de la rue. Une des bodegas chic, avec deux tables métalliques derrière le comptoir. Il y a une file d'attente de gens qui veulent prendre un café et un petit déjeuner à emporter, mais toutes les chaises sont libres. Haley choisit une table et tu t'assieds en face d'elle.

— Bon, dit Haley en croisant les mains. Tu es venu pour me menacer, pour me proposer de l'argent, ou quoi ? Il veut quoi, Richard ?

— C'est pas le plan de Richard, dis-tu. C'est mon plan à moi. Je suis au courant, pour Alice, et je trouve que ce que tu fais, c'est méprisable. Tourner ce film, déjà, c'est pas mal méprisable… mais engager je ne sais quelle petite frappe pour me suivre, pour m'agresser, ça, ça dépasse vraiment tout.

Elle se penche en avant et claque ses deux mains sur la table, t'interrompant.

— Nick ! Écoute-moi bien. Je ne comprends rien à ce que tu me dis.

— Tu fais un film, t'es au courant ? dis-tu en plissant les yeux d'un air sarcastique.

— J'ignorais complètement que tu t'étais fait agresser.

Elle semble authentiquement inquiète – inquiète pour toi – et tout d'un coup, toi aussi, tu te sens un peu inquiet.

— Arrête de mentir, juste une fois dans ta vie, dis-tu d'un ton bravache.

Elle ouvre grand les mains et secoue la tête.

— Je sais pas quoi te dire. Qui t'a agressé ? T'as appelé les flics ?

Vous vous regardez pendant une seconde. Ta colère s'effiloche, et ta gêne la remplace. Tu t'attendais à ce qu'elle ait déjà cédé, là. Au lieu de ça, c'est toi qui as l'air fou.

— Non, dis-tu. Je me suis dit que les flics me croiraient pas.

— Ça va, Nick ? J'ai l'impression… que tu as peut-être besoin de te faire aider.

Ça, c'est un euphémisme. Tu sens les larmes qui montent, elles te bouchent les sinus.

— Ça va, dis-tu. (Tu te redresses sur ta chaise et tu serres les dents.) Ça va. Oublions la petite frappe. Ce qui compte, c'est que tu ne dois pas faire ce film.

Elle regarde sur le côté, elle baisse les yeux, elle attend que tu te reprennes.

Tu croises les bras et tu réprimes l'envie de pleurer.

— Tu fais du mal aux gens. C'est vraiment la merde.

D'une voix très douce, Haley dit :

— Comment t'as fait pour te retrouver mêlé à cette histoire ?

— T'avais vraiment besoin de remuer tout ça ? Les vieilles rumeurs ? Les accusations à la con ? Fallait que tu les exhumes, que tu ressortes cette pauvre fille pour la faire parader dans ton film ?

— Mais c'est Richard qui l'a poussée à le faire.

— Ah, donc c'est Richard qui fait le film, maintenant ?

— Il te l'a pas dit ? dit-elle.

Tu la regardes, les larmes te brûlent, cherchent à sortir derrière tes yeux. Tu as envie de te lever et de partir en courant. Tu passes rapidement une main sur tes yeux, tu te mouches. Les yeux d'Haley sont comme des projecteurs.

Elle dit :

— Richard a retrouvé Alice, et il l'a contactée.

— Quoi ? dis-tu.

En un éclair, tu repenses au document de collecte de fonds : Dix heures d'entretiens accablants. Richard a dit que c'était Max ; Richard a dit qu'il ne se souvenait plus du nom d'Alice ; mais Richard ne te regardait pas en face quand il a dit tout ça.

Haley croise les mains sur ses genoux, baisse les yeux.

— Alice travaille comme prête-plume. Il y a quelques mois de ça, on lui a proposé beaucoup d'argent pour travailler sur un projet de livre. Elle a parlé avec un type pendant des semaines, par téléphone. Elle a écrit son livre. Elle n'avait pas la moindre idée de qui c'était.

Elle lève les yeux et ausculte ton visage.

— C'était Richard ? dis-tu en postillonnant. Mais c'est complètement fou.

Les yeux d'Haley grandissent et elle écarte les mains.

— C'est *maniaque*.

— Et donc, les enregistrements, dans ton film…

— Alice fait des cassettes de ses entretiens.

— Oh, dis-tu.

Haley fronce les sourcils et se penche en avant.

— Tu les as écoutés, ces entretiens ?

Tu baisses la tête, cales ton front sur la table.

— T'as vu ma demande de financement ? dit-elle d'une voix un cran plus haut dans les aigus.

Tu réussis à acquiescer sans décoller le front de la table.

— Tu devrais faire attention à qui tu demandes de l'argent, dis-tu.

Et le téléphone d'Haley fait un petit bip.

Tu te redresses, tu la regardes sortir son téléphone et lire ce qui s'affiche sur l'écran. Son visage s'effondre. Elle s'écrie :

— Oh, Alice !

— Qu'est-ce qu'il y a ? dis-tu.

— Il faut que j'y aille, dit-elle. Il faut que je téléphone.

Elle rassemble ses affaires pour partir, tape frénétiquement un message sur son téléphone d'une main tout en mettant son sac sur son épaule de l'autre.

Tu regardes la salle autour de toi.

— Mais je ne comprends pas, dis-tu. Pourquoi Richard engagerait-il Alice pour lui écrire son livre ?

Sans cesser de taper, elle dit :

— Il cherchait à payer sa dette sans avoir à lui demander pardon. Il n'avait pas l'intention de lui dire qui il était, mais il a trébuché. Elle est venue à New York et m'a demandé de l'aider à faire un film sur cette histoire.

— Alors tu ne l'exploites pas, dis-tu.

D'un mouvement vif et brusque, Haley relève les yeux vers toi. Puis elle détourne le regard.

— Je n'en suis pas si sûre, dit-elle.

Elle secoue la tête et se remet à taper frénétiquement sur son téléphone.

— Je ne te crois pas, dis-tu.

Cette fois, Haley lève la tête très lentement. Puis elle te fixe d'un regard de pierre.

— Richard me l'aurait dit, dis-tu.

— Tu t'imagines, Nick ? (Elle te fixe, les yeux écarquillés, comme si elle attendait que tu réagisses d'une manière ou d'une autre.) Tu imagines ce que ça peut te faire quand tu te rends compte que tu as passé des heures à parler avec ton violeur sans le savoir ?

Elle continue à te fixer en silence. Tu ne sais pas quoi répondre. Tu te sens tout engourdi, perdu.

— Mais, en vrai, Richard ne l'a jamais touchée, dis-tu. C'était juste une rumeur.

— Va te faire foutre, Nick, crache-t-elle, et elle se lève brutalement, faisant racler sa chaise contre le carrelage.

Mais tu ne comprends toujours pas. Tu as besoin qu'elle t'explique bien les choses. Tu tends la main et tu attrapes Haley par le poignet.

— Attends un peu.

Elle se libère d'un geste brusque.

— Me touche pas ! hurle-t-elle.

Ça s'entend jusque dans la rue. Les gens qui font la queue te regardent. Tu les sens hésiter, prêts à intervenir, et ce ne sera pas toi qu'ils viendront aider.

Dans le silence, ton téléphone sonne. Haley tourne les talons et s'en va.

— Attends ! dis-tu en cafouillant pour sortir ton téléphone de ta poche. Je veux juste…

L'écran affiche le nom du contact : LINDSEY.

Tu décroches "Salut, Lindsey, quitte pas…" tout en te levant et en tendant le bras pour rattraper Haley, mais tu te heurtes à ce qui ressemble à un bloc d'une douzaine d'ouvriers du bâtiment qui viennent de rejoindre la file d'attente. Ils encombrent les lieux, ils te barrent le passage.

— Nick, dit Lindsey dans ton oreille d'un ton de mise en garde.

— Juste une seconde, dis-tu. (Tu baisses la tête et essaies de te frayer un chemin dans la foule.) Pardon, pardon, je voudrais passer, dis-tu, mais les hommes ne bougent pas.

Entre leurs épaules, tu regardes Haley sortir avec fracas de la bodega.

— Nick, c'est quoi, ces six mille dollars que j'ai sur mon compte ? dit Lindsey.

Ton attention se retourne d'un coup vers le téléphone, ton cœur bondit. Tu te rassieds sur ta chaise.

— Ouais, dis-tu. C'est moi qui te les ai virés.

— Nick, tu m'écoutes pas. T'as complètement foutu en l'air ma demande de prêt ! (Lindsey hurle, maintenant. Tu entends Katie pleurer à l'arrière-plan.) Tu fous toujours tout en l'air !

— Attends, je voulais pas... dis-tu, et tu te lèves trop vite. Tu te cognes contre le dos d'un ouvrier du bâtiment. Il se retourne et te regarde d'un air noir, mais tu es concentré sur le téléphone.

— Je suis désolé, Lindsey, je peux t'expliquer...

— C'est quoi qui *cloche*, chez toi, Nick ? Je *savais* que je pouvais pas te faire confiance, dit-elle.

Et elle raccroche.

Tu regardes ton téléphone désormais silencieux.

— Connard, dit l'ouvrier du bâtiment au regard noir avant de te tourner le dos.

Richard ne te prend pas au téléphone. Il est à son bureau de Brooklyn le vendredi, te dit sa secrétaire. Mais la secrétaire de son bureau de Brooklyn te dit qu'il est à Manhattan.

Tu le trouves chez lui en début d'après-midi.

— Je sais que tu es là, cries-tu en tambourinant à sa porte.

— Merde, Nick, dit Richard en t'ouvrant. Qu'est-ce que tu t'es fait à la tête ?

Il est vêtu de lycra et trempé de sueur, serviette autour du cou.

— Il faut qu'on parle.

Richard te fait un grand sourire.

— Ah… alors t'es au courant ?

Tu entres en le bousculant. Tu ne penses qu'au bar qu'il a dans son salon. Tu traverses la pièce, tu regardes le meuble avec envie. Puis tu prends une grande respiration et tu t'assieds sur le canapé.

— J'ai merdé.

Richard enfile un vieux sweat-shirt gris. Tu mets un quart de seconde à le reconnaître – le numéro 36 imprimé par transfert est tout craquelé et se décolle de partout. Son vieux sweat-shirt de l'équipe de crosse.

— De quoi tu me parles ? Le film d'Haley est mort, non ? Ed m'a dit qu'il était mort.

— Non, dis-tu. J'ai merdé avec Lindsey. Peut-être pour de bon.

Richard rit de soulagement.

— Oh ! Je croyais que tu voulais dire que t'avais merdé sur ta mission !

— Elle répond pas à mes appels. Tout ce que j'ai fait, c'est lui faire un virement de la somme que je lui devais, je pensais l'impressionner.

— Je suis sûr que c'est pas grave. Allez, Nick, c'est un bon jour : t'as réussi. Haley fera pas son film.

— J'ai peur qu'elle me laisse plus voir Katie.

— Je suis sûr qu'elle va se calmer. Écoute, Nick, t'entends ce que je te dis ? Ed Brand vient de m'appeler. T'as réussi. Haley appelle ses financiers pour leur fourguer une histoire à la con comme quoi Alice aurait soudain quitté New York ce matin. C'est une excuse minable ; Alice a mis les bouts parce que Willem va s'attaquer à ses *problèmes de santé mentale*. Le film est foutu, c'est clair. J'étais tellement excité que j'ai dû faire vingt kilomètres à vélo.

— Elle se calmera pas.

Richard te regarde d'un air stupéfait pendant une seconde.

— Ah, t'es toujours sur Lindsey. (Il soupire, tapote ses genoux et se lève.) D'accord, on parle d'abord de tes problèmes, comme d'habitude. (Il se dirige vers son bar.) Ça t'ennuie pas, j'espère ? Je suis sur le point d'exploser. (Il boit un shot de bourbon, puis te regarde.) Tu veux trinquer avec moi ? Faire une petite exception ?

Tu serres les poings et tu secoues la tête. Il se sert un deuxième verre et revient s'asseoir en face de toi.

— D'accord. Qu'est-ce qui s'est passé ?

— J'ai viré six mille dollars sur le compte de Lindsey. J'étais tout fier. J'avais fini de lui rembourser les pensions que je lui devais. Je croyais que j'allais pouvoir voir Katie toutes les semaines.

— Et pourquoi elle t'en veut ?

— Apparemment, elle est en train d'essayer d'acheter un appart. Cette arrivée d'argent inexpliquée sur son compte a torpillé l'affaire, un truc comme ça. Je savais pas que c'était possible.

— Ah ouais, mec, merde. Les organismes de prêt sont hyperpointilleux sur les relevés de compte. Un virement mystérieux, t'es mort. (Richard pose une main sur ton épaule ; l'odeur de bourbon te frappe comme un baiser soufflé.) Ça ira, va. Elle est en train d'acheter un appart, et ça la stresse. Elle se débrouillera, elle est intelligente. Elle reviendra vers toi quand elle se sera calmée.

— Je crois pas, non.

Il hausse les épaules.

— Alors tu pourras l'attaquer pour avoir la garde de la petite.

Tu vois Lindsey en larmes au tribunal. Tu vois Lindsey en train de te hurler dessus.

— Je peux pas faire ça.

— C'est bien tout ton problème ! dit Richard. T'attends que les autres fassent des choses pour toi. T'as toujours eu tendance à te poser en victime. Tu ne prends pas ce qui t'appartient.

Tu le regardes fixement.

— Ah, et aussi : tu m'as menti.

Richard cligne des yeux, mais ne se départ pas de son sourire.

— À quel sujet ?

— Les enregistrements, dans le film d'Haley. C'est toi qui parles, sur ces dix heures de bande.

Il cligne des yeux et rit.

— C'est du délire !

— Va te faire foutre, Richard. Je vois bien quand tu mens.

Il continue de sourire, finit son verre. Puis il le repose bien soigneusement, croise les bras et te regarde droit dans les yeux.

— Donc Haley t'a parlé.

Tu hoches la tête.

— Et c'est pour ça que tu ne voulais pas que je lui parle.

— Non, je me fichais pas mal que tu lui parles ou non. Comme je te l'ai dit : elle aurait enterré le dossier. Fallait le transmettre directement à Willem.

Tu te laisses aller en arrière et tu poses tes deux mains sur ton visage. Tu entends Richard se lever ; tu l'écoutes marcher vers le bar. Tu dis :

— En fait, je veux bien un verre.

— Je m'en doutais, dit-il.

Au bout d'une minute, tu entends le bruit clair du verre contre la table basse, devant toi.

— Je crois que tu exagères, dit Richard. Tu manques de recul, là. T'as résolu l'affaire. T'as fait un super beau boulot en quoi, quatre jours à peine ? C'est une grande réussite, mon ami. Je crois que c'est le début d'un nouveau chapitre de ta vie.

Tu retires tes mains de ton visage et tu regardes le verre de bourbon. Si tu te redresses, tu peux l'atteindre.

— Tu m'as menti au sujet de ces entretiens.

— Si je t'avais tout raconté, tu ne m'aurais pas aidé, dit-il.

Tu revois Lindsey, en train de te hurler dessus au tribunal. Mais elle ne hurle plus à propos des pensions. *Tu as sali la réputation d'une fille qui a tenté de se suicider au lycée ?* hurle-t-elle. *C'est quoi qui cloche chez toi, Nick ?*

— Pour être honnête, j'étais pas sûr que tu trouverais des trucs, dit Richard. Mais tu l'as fait !

— Pourquoi est-ce que tu m'as engagé, alors ?

Richard sourit.

— Parce que t'es mon plus vieil ami.

— Mais tu ne me faisais même pas confiance, dis-tu. Tu m'as fait suivre.

Tu scrutes le visage de Richard et tu sais que tu dis vrai. Tu te laisses aller en arrière et tu remets les mains sur ton visage.

— C'était juste une police d'assurance. Écoute, je suis désolé pour ton œil au beurre noir, il était pas censé faire ça.

Mais il fallait que je mette la main sur ce dossier médical pour le passer à Willem ! T'allais le donner à Haley, Nick… T'es vraiment trop naïf ! Si Haley avait vu ce dossier, elle aurait mis toute une équipe d'attachés de presse sur le coup et ils l'auraient coulé en moins d'une demi-heure. Non, fallait que ça sorte dans la presse. Et ça, j'ai essayé de te le dire ! T'avais fait la moitié du boulot, mais t'étais trop sentimental pour le finir. Vois ça comme un travail d'équipe. (Richard se met à faire les cent pas, et ajoute :) Je suis vraiment désolé pour ton œil au beurre noir.

Tu te redresses et tu tends la main vers le verre de bourbon. Tu le tiens, tu le regardes, et Richard dit :

— Je crois pas que tu réalises à quel point c'était important pour moi, Nick. T'imagines pas comme j'ai souffert toute cette semaine.

— T'étais pas obligé de la contacter, au départ.

Tu portes le verre à ton nez et tu le humes. L'odeur familière t'inonde d'une culpabilité nauséeuse.

— Je me sentais mal, d'accord ? dit-il.

Tu reposes le verre de bourbon sur la table. Tu y renonces. Tu te lèves.

— Tu aurais pu juste lui demander pardon.

Il ouvre grand les bras, comme pour s'offrir à un peloton d'exécution.

— Mais pardon de quoi ? Je lui ai rien fait !

Richard s'approche de toi. Il pose ses deux mains sur tes épaules et te regarde droit dans les yeux.

— T'étais dans le coup, Nick, dit-il. (Tu sens ton corps se tendre. Tes poings se serrent.) Je suis désolé, je sais que tu te sens mal, là, mais tu t'y feras.

Tu te dis, *le fais pas*.

— Mais réfléchis : au bout du compte, est-ce que ta loyauté n'a pas toujours payé ? dit Richard.

Tu le fais.

Tu le cueilles d'un direct en pleine face. Il hurle de surprise et titube en arrière, heurtant la table basse. Ton verre de bourbon se renverse, une tache brune s'épanouit sur le tapis.

Richard se plie en deux, se tient le nez à deux mains.

— Putain ! crie-t-il.

Il se masse le nez, puis laisse ses bras retomber et se redresse. Vous vous regardez pendant une minute, sidérés. Puis les yeux de Richard deviennent noirs.

— T'es vraiment un boulet, dit-il, même quand tu fais quelque chose de bien, tu le foires.

Puis il se rue sur toi.

Vous basculez tous les deux par-dessus le canapé pour retomber devant le bar. Tu te débats à quatre pattes, tu cherches à lui faire une clé de jambes ; tu lui mets un coup de poing dans les côtes, et il t'envoie un coup de talon dans les reins, là où tu avais mal. Enfin, vous vous séparez, vous vous éloignez vite l'un de l'autre en poussant sur vos pieds, en glissant sur vos culs. Vous êtes assis face à face, tous les deux à bout de souffle.

Richard touche le sang qui coule sur sa lèvre supérieure. Il rit, un *ah* bref et amer.

Tu ne dis rien. Tu continues à reculer pour pouvoir t'adosser au mur.

— C'était hors de propos, dit-il.

Tu fermes les yeux. Tu entends ton téléphone bipper au fond de ta poche.

Richard dit :

— On s'excuse tous les deux, ça te va ?

Tu sors ton téléphone. C'est un texto de Lindsey.

> Je dois annuler ta visite ce mois-ci. Je suis désolée, Nick, mais je sais pas du tout où t'as trouvé cet argent, et très franchement, juste là, j'ai pas besoin de tes plans foireux. S'il te plaît, arrête de m'appeler, et ne m'envoie plus de textos. Je te rappellerai dans une quinzaine de jours.

— C'est pas facile pour moi de te dire ça, parce qu'en réalité, c'est moi qui souffre, là, dit Richard. C'est ma vie qu'on était en train de détruire, d'accord ? Toi, tu repars avec douze mille dollars.

Tu roules vers l'avant pour te mettre à genoux, puis tu te lèves. Tu tangues un peu et tu te tiens au rebord du bar. Tu regardes de nouveau l'écran de ton téléphone – *annuler ta visite ce mois-ci.*

— Je sais présenter mes excuses. Donc : pardon, c'était hors de propos, dit Richard.

Tu le regardes. Il tend la main, pour que tu l'aides à se relever. Tu replies ton téléphone, tu le remets dans ta poche, tu fermes les yeux.

— Vieille branche, dit Richard, sérieux ?

Tu tournes les talons et tu marches vers la porte.

T'es un sale con, dis-tu – à Richard, à toi-même – et tu t'en vas.

8

ŒIL NOIR

C'EST SOMBRE, c'est irlandais, c'est vide. Le genre de bar que tu aimes.

L'odeur puissante de levure et de savon de la bière renversée a quelque chose d'archaïquement relaxant ; sitôt entré, tu dois aller pisser. Les graffitis épars dans les toilettes déclenchent une nouvelle bouffée de nostalgie : ces conseils de vie absurdes écrits au feutre au-dessus de l'urinoir te frappent si violemment que tu dois t'appuyer au lavabo comme si tu étais déjà ivre. Tu te regardes dans le miroir. Le sang qui s'est épanché de ta bosse sur le front luit désormais d'un violet-noir profond sous ton œil gauche. Tu as une croûte de sang séché sur la lèvre, fendue dans la bagarre. Tu as l'air d'un monstre. Tu détournes le regard.

Tu retournes dans le bar désert, ce n'est que le début de la happy hour. Le barman est en haut d'une échelle, en train de descendre un carton de vin d'une étagère ; il t'adresse un petit signe de tête, *je suis à vous dans une minute*. Tu cales ton ventre contre le bord du bar et tu te penches par-dessus comme si c'était un bastingage. *Bon voyage*, te dis-tu.

C'est le premier verre que tu bois depuis quatre ans. Il

n'est pas aussi bon que dans ton souvenir. Ce ne sont pas les somptueuses retrouvailles auxquelles tu t'attendais. C'est un peu métallique. C'est pas si mal. Mais c'est pas ça.

Tu prends une deuxième petite gorgée pour atténuer la déception et repousser la puissante vague de culpabilité que tu sens monter en toi. Cette deuxième gorgée a un peu meilleur goût. Tout a meilleur goût quand on s'attend à moins. Tu finis ton verre de vin blanc d'un seul trait.

Et c'est donc ivre, plus tard dans la soirée, que tu laisses un long message sur le répondeur de Lindsey à propos d'attentes incroyablement grandes conçues pour te faire échouer.

Tu es toujours ivre quand, juste après, tu laisses un bref message : "Pardon pardon pardon, Lindsey. Je suis tellement désolé."

Tu es toujours ivre le lendemain matin quand tu rentres chez toi en titubant et trouves une enveloppe glissée sous ta porte avec les mots SANS RANCUNE, VIEILLE BRANCHE ! écrits dessus à la main. Elle contient six mille dollars en liquide et un tiré à part d'un article du *Times* signé Willem Connor. Tu le froisses sans le lire. Tu mets de côté trois billets de cent – l'argent de la bière – puis tu jettes le reste dans l'évier, tu craques une allumette et tu y mets le feu. Les billets font des flammes orange, puis ils crachent de la fumée, puis ils s'effondrent. Tu laisses le tas finir de se consumer lentement, heureux que ton appartement ne soit pas équipé de détecteurs de fumée. Tu vas te coucher sur ton matelas avec ta toute nouvelle bouteille de bourbon.

Tu es toujours ivre quand tu te réveilles, plus tard dans l'après-midi, mais tu prends tout de même ta bouteille avec toi sous la douche, on ne va pas lésiner.

Tu es toujours ivre plus tard, quand tu composes le numéro d'Haley. *Je n'écoute jamais cette messagerie*, dit-elle, puis tu entends le BIP, et tu ne sais pas quoi dire. Tu raccroches. Tu es toujours ivre quand tu la rappelles et la rappelles encore, mais même à la quatrième fois tu ne peux pas parler. Tu te forces à arrêter. Tu attrapes ton blouson et les trois billets de cent rescapés, et tu prends le métro pour Manhattan. Tu as envie d'un milk-shake. Tu t'en prends un au lait malté. Une fois qu'il est fini, tu pars vers un autre bar. Tu ne sais pas trop où tu vas. Tu es d'humeur pour un lieu sombre et désespéré. Tu vas juste marcher jusqu'à ce que tu le trouves.

Tu es toujours ivre, alors, après avoir titubé sur plusieurs blocs, quand te vient l'impression que quelqu'un te suit, tu n'en as rien à foutre. "Ouais, ouais, marmonnes-tu. Viens te battre, Sans-Cou."

Tu accélères le pas, tu te diriges vers l'est. Des gens passent dans les deux sens. Le bruit de pas continue à te suivre. "Ah, et puis merde", dis-tu, enfin, et tu te retournes.

Tu vois un homme immense. D'abord, tu ne le reconnais pas. Il te fait signe, puis, en quatre pas rapides, il couvre la distance qui vous sépare, et tu remets son visage.

— Quinn ? dis-tu.

— Où est Alice ? dit-il.

Il te prend et te secoue un peu par les épaules. Ses yeux sont gigantesques, et fous.

— Je sais pas, dis-tu en reculant pour te libérer de son emprise.

— J'ai lu l'article du *Times*. Elle est à New York, dit Quinn en faisant un pas vers toi. Vous devez me dire où elle est.

Tu recules encore, d'un pas, avant de réaliser que tu te

castres toi-même. Tu serres la mâchoire et tu fais un pas en avant. Tu poses une main sur la poitrine de Quinn et tu le repousses.

— Je sais pas où elle est, dis-tu. C'est du passé, ce boulot.

Quinn te repousse.

— Je vous ai donné son dossier médical. Vous étiez censé la retrouver.

Tu vois que deux personnes traversent la rue pour vous éviter. Stupide bagarre de bar. Tu n'es pas assez ivre pour ces conneries.

— Je sais pas quoi vous dire, dis-tu en tournant les talons. Je travaille plus là-dessus.

Mais il t'attrape par les épaules et te force à te retourner. Tu es de nouveau ébahi par la taille de ses mains.

— Vous étiez censé la retrouver, grogne-t-il.

— J'ai arrêté, dis-tu.

Vous vous regardez l'espace d'une seconde, chacun cherchant les yeux de l'autre. Autour de vous, la rue est vide. C'est comme un début de bagarre dans un film. Mais tu ne vas pas te battre avec lui – vu sa taille, ce serait du suicide. Tu te tiens juste prêt à esquiver son coup.

Il serre les dents et tu te prépares.

— C'est pas si difficile de retrouver une femme, dit-il.

— Alors faites-le vous-même, dis-tu.

— Je veux pas qu'elle sache que je la recherche, dit-il. C'est une surprise.

Tu fais un pas, pour t'éloigner.

— Je vous ai dit que je peux pas vous aider. Cette discussion est close.

— Moi, j'ai retrouvé *la vôtre*, de femme, dit-il.

Tu restes un instant silencieux.

— J'ai pas de femme, dis-tu.

— Appartement H5, dit-il.

Le monde autour de toi enfle d'un coup, devient un espace infini, noir et silencieux.

Il dit :

— Et la fillette, aussi.

Le monde zoome arrière, se contracte, n'est plus qu'un infime point brûlant.

— Vous avez pas intérêt à leur faire quoi que ce soit, putain ! cries-tu, et tu te rues sur lui.

Tu donnes des grands coups de poing dans le vide. Quinn attrape ton poignet et le serre douloureusement. Tu cries, tu essaies de lui donner des coups de pied dans les tibias, mais il n'a aucun mal à te maintenir à bonne distance. Si tu n'étais pas en plein shoot d'adrénaline, tu serais horrifié par sa taille et sa force. Au lieu de ça, tu continues à le provoquer.

— Vous avez pas intérêt à leur faire quoi que ce soit, craches-tu.

Quinn te tire violemment vers lui, et tu perds l'équilibre ; il te retient, approche son visage juste devant le tien.

— Trouvez Alice avant demain, ou vous ne retrouverez jamais Lindsey et la fillette, dit-il.

Il te lâche. Tu masses tes poignets endoloris, l'espace d'une seconde, tu fermes les yeux de douleur ; tu les ouvres juste à temps pour voir le coup de poing de Quinn t'arriver en pleine tête.

Le choc est puissant. Tu tombes en arrière contre une voiture garée, son alarme se met à hurler.

— Trouvez-la, dit-il alors que ta vision vire au noir pétillant et que ton oreille interne se noie.

Tu titubes dans trois directions différentes avant de

retomber contre la même voiture, dont la sirène continue à hurler. Tu distingues à peine Quinn dans le noir. Il s'éloigne, il est déjà à un demi-bloc de toi.

Tu as envie de le tuer.

Tu pousses contre la voiture pour te redresser et tu retrouves l'équilibre. Tu te stabilises. Tu touches le sang sur ta lèvre supérieure. Tu prends une profonde respiration, et ta vision s'aiguise.

Tu vois Quinn au carrefour. Il commence à traverser sans regarder. Il manque de se faire renverser par un camion. Le camion passe en rugissant, son klaxon hurle ; Quinn tressaille à peine, dresse son majeur et continue à traverser. Comme s'il ne se souciait même pas de se faire renverser par un camion. Mais peut-être que tu le pousseras sous le prochain, et on verra bien alors ce que ça lui fait.

Tu n'arrêtes pas de le voir en train de tenir Lindsey par les poignets. Tu ne peux même pas l'imaginer en train de faire du mal à Katie. Et qu'en est-il d'Alice ? Ou de Kyra, que tu as entendue tomber dans son appartement ? Tu frémis en pensant au mal que cet homme pourrait faire. Tu te forces à avancer. Tu gardes une main sur ta tête pour calmer les vertiges. Tu marches aussi vite que tu peux.

Cinq blocs plus loin, tu es à environ trois mètres de lui. Tu te cales sur son pas. Il ne se retourne pas, il n'a pas l'air de te remarquer. Tu élabores des plans : tu vas le suivre jusqu'à la bouche de métro et tu le pousseras dans l'escalier. Ou bien tu le pousseras sur la voie.

Et puis tu remarques une trappe métallique ouverte sur le bord du trottoir. Elle est devant un de ces salons de massage avec une petite statuette de chat qui fait coucou dans la vitrine. Cette section de rue est sombre et silencieuse.

L'instant se charge d'une grande intensité d'attention concentrée ; les choses s'enchaînent comme quand on saute d'un plongeoir. Sans que tu y penses. Tu te mets à courir. Au dernier moment, tu te baisses et tu le heurtes avec ton épaule. Il lâche un grognement de surprise, titube de deux pas en avant, marche sur la trappe ouverte et tombe.

Le choc avec Quinn te propulse sur le côté. Tu vois sa tête heurter le rebord de la trappe. Son cou se brise dans l'autre sens, son grand corps dégringole dans le vide en se ratatinant comme un parapluie télescopique, et disparaît.

Pendant une minute, tu n'entends rien d'autre que le bruit de ta propre respiration.

Tu regardes autour de toi, tu scrutes la ville nocturne. Il y a un couple à un demi-bloc de toi de l'autre côté de la rue ; ils se tiennent tellement serrés l'un contre l'autre qu'on croirait une seule grosse créature quadrupède. Il y a un vieil ivrogne à l'autre bout du bloc, il marche en titubant, col de manteau relevé. Sinon, la rue est déserte.

Tu fais un pas en avant et tu regardes enfin la cave. Tu vois Quinn en bas de l'escalier métallique escarpé, sa tête repose sur la dernière marche et le reste de son corps forme des angles étranges. Sous lui, le sol est maculé de sang.

Tu tournes les talons et tu t'en vas. Comme si tu avais une corde accrochée à la poitrine. Tu mets environ trois blocs pour vraiment te rendre compte de ce que tu viens de faire. Et là, tu marches beaucoup plus vite.

Du temps passe. Tu marches jusqu'à ce que tes jambes te fassent mal.

Tu ne l'as pas touché, donc tu es à peu près sûr qu'on ne trouvera pas d'empreintes. Quinn n'a sûrement dit à personne qu'il te suivait. Kyra pourrait te désigner lors d'une séance d'identification organisée par la police, mais elle n'aurait aucune raison de te relier à Quinn ce soir, et il n'y a de toute façon aucune raison que la police te colle dans une séance d'identification. Et personne ne t'a vu.

Tu vas t'en sortir comme une fleur.

Cette pensée te fait presque te sentir plus mal.

Tu te retrouves sur le pont de Brooklyn. C'est bien, penses-tu. C'est bon de traverser ce pont à pied de temps à autre. Tu dois prendre du recul, t'éloigner un peu des rues et regarder la ville. Tout n'est que question de perspective.

Tu essaies de te convaincre que tu as fait ce qu'il fallait. Tu penses à Katie. Tu n'as fait que protéger Katie. Kyra aussi, peut-être. Et quels qu'aient été les projets de Quinn pour Alice – quelles qu'aient été les raisons qui le poussaient à la retrouver – tu es content d'y avoir mis un terme.

Le pont est silencieux à cette heure de la nuit. Tu t'arrêtes au sommet. Tu regardes la ville. Tu songes à appeler Lindsey. Tu as envie de lui dire que tu seras toujours, toujours là pour protéger Katie.

Et là, tu sens une grande bouffée d'espoir. Tu vas appeler Lindsey !

Pas tout de suite. Tu vas attendre le matin, bien sûr. Tu vas attendre d'avoir dessaoulé. Mais pour la première fois de ta vie tu comprends ce que ça veut dire que d'expier pour ce que tu as fait. Tu ne peux pas attendre de Lindsey qu'elle te pardonne. Tu vas lui présenter tes excuses. Tu vas travailler à gagner sa confiance. Tu vas devenir le genre de mec qui mérite de voir sa fille une fois par semaine. Tu seras toujours là pour protéger Katie.

Et pas seulement Katie. Quinn était dangereux, point final.

Maintenant qu'il est rayé de la carte, qui sait combien d'autres femmes pourront reprendre une vie normale ?

ÉPILOGUE

Barcelone

2015

Oh, Haley, je suis tellement désolée de m'être enfuie de New York comme ça. On a passé une si jolie semaine ensemble, et puis je suis partie sans te dire au revoir. Quand tu es venue à Barcelone six mois plus tard, je t'ai fait faux bond. Depuis, un an s'est écoulé, et tu ne m'as toujours pas abandonnée. Tu continues à m'envoyer des mails régulièrement, pour prendre de mes nouvelles. Peu de gens ont la chance d'avoir une amie aussi dévouée que toi.

Je suis heureuse de t'avoir, ma vieille amie. Même aujourd'hui, alors que je sais quels fils de culpabilité se faufilent dans la corde de ta loyauté, alors que je comprends les excuses au long cours que tu n'as jamais pu me faire.

En arrivant à New York, j'étais certaine de faire ce qu'il convenait. Je suis entrée chez toi – j'ai reconnu la vieille affiche de *Grey Gardens* au mur, la vieille odeur de la cannelle dans le café – et j'ai ressenti un immense soulagement. Je me suis assise à la table de ta cuisine et je t'ai raconté ce qui s'était passé, et comment Richard m'avait engagée. À la fin, je me suis levée pour m'étirer et mon dos a craqué si bruyamment que ça nous a toutes les deux fait rire. Je savais que j'avais eu raison de venir chercher ton aide.

Tu as bien sûr accepté de faire un film avec moi. Tu étais enthousiaste.

On s'y est mises tout de suite, on a fait de longues promenades de brainstorming, on a posé les bases d'un plan de production. On avait décidé d'utiliser des extraits des films qu'on avait faits en quatrième, ces vieilles cassettes VHS étiquetées au ruban adhésif et au feutre (tu avais acheté un magnétoscope juste pour qu'on puisse les voir). Les films étaient à peu près inintelligibles ; nos voix d'adolescentes de treize ans étaient trop faibles pour que le micro merdique du caméscope les capte correctement, et comme on avait fait tous les montages avec la caméra, nos personnages sautaient d'un bout à l'autre de l'écran, défiant le temps et l'espace.

Mais c'était un vrai bonheur à regarder. J'y ai retrouvé la jeune fille que j'étais. Une jeune fille qui pensait qu'elle savait jouer. Qui pensait qu'elle pouvait être sorcière, inspecteur de police, ou tout ce qu'elle voulait. Qui n'avait peur de rien.

Je me suis endormie sur le canapé en rêvant à tout ça. En faisant ce film avec toi, j'allais pouvoir redevenir cette jeune fille-là.

Nous avons convenu que je commencerais par écrire le récit général, un document sous forme de script qui nous guiderait pour le collage du film tel que nous le concevions. Pendant ce temps, toi, tu t'occuperais de réunir les fonds.

Tu as tenu ta part du plan. Tu as reprogrammé tous tes autres travaux, et tu as presque immédiatement pris le temps de rédiger un excellent projet d'appel à financement. Tu n'as pas perdu de temps pour l'envoyer à des producteurs, et tu t'es mise à prendre des rendez-vous pour des cafés et à organiser des rencontres de présentation de projet. Tu étais confiante, compétente, comme toujours ; tu étais sûre de l'histoire que nous allions raconter.

Mais moi, je n'ai pas pu faire ma part. C'était trop douloureux d'écrire sur Richard.

J'ai passé toute la semaine assise à ta table de cuisine, incapable d'écrire. J'ai enlevé les feuilles mortes de tes plantes, j'ai fait de longs joggings, et je me suis acheté de beaux stylos, des carnets neufs – en vain. Les yeux rivés sur un document Word vide, j'étais tellement submergée de dégoût que je pensais que j'allais vomir. J'avais envie de vengeance, j'avais envie de justice, mais je n'avais pas envie d'écrire sur ce qui s'était passé.

Ou peut-être était-ce juste parce que je n'arrivais pas à voir comment je pourrais le faire.

Tous les soirs, au dîner, je te mentais. Je te disais que le récit avançait bien. J'avais juste besoin de plus de temps, disais-je. Si je t'avais dit la vérité, je craignais que tu veuilles m'interroger, pour que j'*ouvre les vannes*. Je craignais que tu me proposes d'esquisser un rapide plan d'ensemble pour moi, *pour nous débarrasser de cette première page blanche*. Je craignais que tu me pousses une fois de plus à raconter mon histoire d'une des centaines de façons que tu avais tentées au fil des ans. Je craignais de finir par raconter ta version de la vérité et non la mienne.

— Ouais, ça avance super bien, disais-je. J'ai juste besoin d'un peu plus de temps.

Un jour, alors que j'étais en train de ne pas écrire, j'ai ouvert le document qui contenait ma transcription des entretiens avec Richard. Ce texte était si familier que c'en était presque réconfortant. Combien d'heures avais-je passées au milieu de tous ces mots ? J'ai failli me mettre à les retaper encore une fois. J'ai tout de suite refermé mon portable.

Et si je n'arrivais jamais à expulser de ma tête la voix de Richard ?

Peut-être qu'avec plus de temps j'aurais fini par y arriver. Peut-être que j'aurais écrit le film que nous avions imaginé. Peut-être que j'aurais fini par fendre l'armure.

Au lieu de ça, le jeudi après-midi, Richard m'a envoyé un mail. Ce mail était joyeux, tout en minuscules.

> c'est juste pour prendre de vos nouvelles !
> j'espère que vous ne travaillez pas trop dur sur ce dernier chapitre.
> quoi que vous fassiez, ce sera super !

Dix jours avaient passé depuis notre dernier entretien. Je m'étais dit que Richard se taisait parce qu'il avait honte de ce qu'il avait fait. Je m'étais dit qu'il m'évitait.

En réalité, il me prenait seulement pour une idiote.

Ce soir-là, tu m'as trouvée sous une couverture, sur le canapé.

— J'ai la migraine, j'ai dit. J'ai juste besoin de rester allongée là sans bouger ni parler.

Le lendemain matin, on est sorties de l'appartement ensemble. Tu avais rendez-vous pour un café avec un producteur. Je t'ai dit que j'allais voir le médecin que tu m'avais recommandé, spécialiste des migraines. On devait se retrouver après pour déjeuner.

Au lieu de ça, je suis partie de New York. Je ne t'ai pas revue depuis.

Parce que la vérité, c'est qu'en sortant de ton appartement, je suis allée voir Richard.

Il avait proposé qu'on se retrouve dans un restaurant mexicain près du Meatpacking District, un piège à touristes dans un immeuble ancien avec du fer forgé partout.

Il avait choisi un lieu tranquille ; il était dix heures, un vendredi, le restaurant venait d'ouvrir, il n'y avait personne. Deux serveurs en polo noir se tenaient à leur poste au fond de la salle ; ils bavardaient gaiement en espagnol. D'un geste, ils nous ont fait comprendre qu'on pouvait bien s'asseoir où on voulait. Je me suis dirigée vers une table près de la porte et je me suis assise le dos vers le mur, avec ma valise à mes pieds.

— Merci d'être venue, a dit Richard. Je peux pas vous dire comme ça m'a fait plaisir, hier, quand j'ai reçu votre mail. Je suis content qu'on puisse parler.

J'ai regardé la salle du restaurant : objets de déco offerts par des brasseries, enseignes en néon, drapeaux multicolores, et silhouette en carton d'un pirate sous un palmier.

— C'est complètement désert, j'ai dit.

— C'est pour ça que je l'ai choisi, il a dit.

— Vous avez peur que je fasse une scène ?

— Je me suis dit que vous apprécieriez qu'on puisse parler au calme.

Un serveur est venu pour poser une corbeille de chips mexicaines et un bol de sauce piquante entre nous. Richard a levé la tête et il a dit, "merci", mais le serveur l'a ignoré et est reparti sans un mot.

J'observais Richard. Ce n'était pas le Richard que tu as vu dans ce livre. Plus petit, pour commencer – plus petit que sa voix ne le laisse imaginer. Il portait un costume mais pas de cravate, et le col de sa chemise bleu clair était suffisamment ouvert pour laisser voir sa pomme d'Adam. Il avait les épaules larges et un visage de bébé ; il avait l'air très lisse, comme s'il avait dépensé beaucoup d'argent pour rester en pleine forme. Mais il n'avait pas les cheveux gominés, et pas les dents pointues. Il ignorait qu'on travaillait sur le film, et n'avait pas envoyé de journaliste pour l'empêcher de voir le jour en nous faisant chanter. Ce n'était pas le monstre que je m'étais imaginé pendant toutes ces années.

— Ça fait vraiment longtemps que j'y pense, il m'a dit. Ça m'impressionne beaucoup, je vous le redis, que vous acceptiez comme ça de me voir, que vous me donniez cette chance. (Il parlait vite, et trop, exactement comme il le faisait pendant nos entretiens, emplissant tout l'espace.) Ça n'a pas non plus été facile pour moi. Ça fait longtemps que j'ai envie de faire ça.

— De faire quoi ? je lui ai demandé.

— Ben, m'excuser.

— Qu'est-ce qui vous en empêchait ?

Il a lâché un petit rire gêné.

— Faut croire que j'avais trop peur, il a dit.

— L'abri de la peur, j'ai dit.

— Je sais, il a dit. Je sais que c'est hypocrite.

Il s'est penché en avant et il a pris une chips, sans y penser. Puis il s'est rendu compte de ce qu'il faisait et il l'a reposée. Il a souri, il a fait un petit geste en direction de la corbeille.

— Je suis bête, il a dit.

— Bon, et là, vous allez me présenter vos excuses ?

Il s'est mis à parler. D'un truc qui s'était passé un peu avant qu'il ait trente ans. Un soir, au dîner, une amie très proche lui avait confié qu'elle s'était fait agresser sexuellement à la fac. Richard était rongé de culpabilité pour ce qui lui était arrivé au lycée. C'était horrible, il me disait. Il continuait à croire qu'il était quelqu'un de bien, malgré les erreurs qu'il avait pu commettre. Mais c'était horrible. Il voulait me voir, et se faire pardonner d'une manière ou d'une autre, mais il ne voyait pas comment c'était possible, jusqu'à ce qu'il ait l'idée de m'engager.

— Je voulais pas vous embêter, faire ressurgir de vieilles douleurs, voyez ? Mais j'avais envie de savoir si vous vous portiez bien. Et j'avais de l'argent, je me suis dit que je pourrais peut-être vous aider, dans votre carrière. Je voyais ça comme un cadeau secret, il a dit. Ça faisait de moi une espèce d'ange gardien, voyez ?

Il souriait presque en me parlant, comme s'il s'oubliait lui-même, et puis, d'un coup, il semblait se rappeler, et il me regardait en plissant le front de façon exagérée, pour mendier mon approbation. Mais même quand il me regardait, j'avais la sensation de ne pas être vraiment là. Il se parlait à lui-même. J'aurais pu demander à n'importe qui dans la rue de venir prendre ma place, ça n'aurait rien changé pour lui. J'aurais pu être un mannequin posé sur cette chaise.

— Vous voulez bien m'excuser un instant ? j'ai dit.

Il s'est levé en même temps que moi, comme un gentleman. Du fond de la salle, je l'ai vu regarder son téléphone d'un air distrait et soucieux. Notre tête-à-tête n'était qu'une chose parmi mille autres pour lui. Je n'avais rien mangé de la journée, mais j'ai vomi dans les toilettes.

Quand je suis revenue à la table, il a rangé son téléphone et il s'est levé poliment. Mais je ne me suis pas assise.

Il a baissé les yeux sur sa chaise, il voulait se rasseoir.

— Ça va ? il a demandé.

— Non, j'ai dit. Pas du tout.

— Qu'est-ce que je peux faire ? il a demandé.

— Je peux pas rester, j'ai dit. Je suis désolée, mais je peux pas.

J'ai tout de suite regretté d'avoir dit que j'étais *désolée*.

— Qu'est-ce que je peux faire ? il a redemandé.

J'ai failli m'en aller. Mais au lieu de ça, j'ai fermé les yeux. J'ai pensé à toi, Haley. Tu me demandais toujours, *Quand est-ce que tu te décideras à dire la vérité ?*

Quand je connaîtrai la vérité.

J'ai ouvert les yeux.

— Je veux que vous me racontiez ce qui s'est passé, j'ai dit. Rien que les faits. Depuis le début. Après, je m'en irai.

— D'accord. D'accord. Mais asseyons-nous, il a dit.

Je me suis assise sur le rebord de ma chaise.

Richard s'est éclairci la voix, a pris une chips. Je l'ai regardé la tremper dans la sauce, la mettre dans sa bouche d'un seul morceau, puis la mâcher, le front plissé.

— Je ne sais pas quoi dire, dit-il après avoir dégluti.

— Pourquoi étais-je dans votre voiture ce soir-là ? j'ai demandé.

— Je vous raccompagnais chez vous.

Il a remué sur sa chaise, s'est calé plus au fond.

— Je ne vous connaissais pas, j'ai dit.

— Vous étiez avec un ami à moi, il a dit. Vous dansiez avec lui. À la soirée.

— Non, j'ai dit, d'une voix si nette que Richard a tourné la tête pour voir si les serveurs nous écoutaient. (Et je me suis mise à parler encore plus fort.) Je veux que vous me racontiez l'histoire entière, depuis le début.

— Je me souviens plus de grand-chose, il a dit.

— Mais plus que moi.

Il a écarté ses mains et il m'a souri d'un air désespéré.

— C'est dur de parler de ça, il a dit.

— Vous pourriez commencer par me dire pourquoi vous êtes allé à cette soirée, j'ai dit. Vous pourriez me dire, je suis allé à cette soirée parce que je voulais me trouver une fille avec laquelle baiser.

Il a froncé les sourcils, il ne semblait pas comprendre.

— Ou bien, je suis allé à cette soirée parce que j'avais envie de me bourrer la gueule.

Richard a soupiré profondément.

— J'étais pas ce genre de mec.

— Je suis allé à cette soirée parce que…

— Les jeunes, ça va à des soirées, il a dit. Y a pas de raison précise.

— Racontez-moi l'histoire, j'ai dit.

Il a mangé une autre chips.

J'ai dit :

— Je suis allé à cette soirée parce que tous mes amis y allaient. Je suis allé à cette soirée parce que j'avais rien d'autre à faire. Je suis allé à cette soirée parce que j'étais…

— Parce que quand tu faisais partie de l'équipe, c'est ce que tu faisais, il a dit.

INT., RESTAURANT MEXICAIN – TEMPS PRÉSENT

RICHARD mange une chips, essaie de faire bonne figure.

Il plaque une main sur ses yeux, secoue la tête. Puis il soupire, il se motive, et il commence.

RICHARD

> Cette soirée, ils l'avaient appelée "la fête où on baise tous, Richard aussi". Ils arrêtaient pas de me chambrer comme ça parce que je me faisais pas assez de filles.

INT., LA SOIRÉE – 1999

Un groupe d'adolescents traîne dans un salon. La chaîne hi-fi diffuse *Juicy* à plein volume. Les jeunes rient et boivent des shots d'alcool.

LE JEUNE RICHARD se tient debout contre un mur, il sirote un gobelet rouge. Il est maigre, sensible. Seul. Il porte un jean, un T-shirt noir, et son BLOUSON DE L'ÉQUIPE DE CROSSE.

POINT DE VUE DE RICHARD :

Une grappe d'adolescentes ricanant se tournent vers lui, bavardent entre elles en cachant leurs bouches derrière leurs mains.

Elles s'aperçoivent qu'il les regarde et elles se détournent de lui, pour éclater de rire.

Richard regarde ses chaussures, puis le plafond, gêné.

RICHARD (VOIX OFF)

En fait, j'étais jamais sorti avec la moindre fille. Mais ça, jamais je l'aurais avoué aux autres gars de l'équipe.

INT., LA SOIRÉE – UN PEU PLUS TARD

Richard vide le reste de sa bière dans l'évier. Au moment même où il se retourne, un ADO IVRE le pousse sur le côté pour VOMIR dans l'évier.

Richard grimace et sort de la cuisine.

Il s'en va.

RICHARD (VOIX OFF)

J'étais un mec timide. Ça me semblait jamais juste. Que ce soit toujours les filles qui aient le pouvoir de décider.

EXT., LA MAISON OÙ A LIEU LA SOIRÉE, JARDIN DE DEVANT – PLAN SÉQUENCE

Richard claque la porte derrière lui et se dirige vers le trottoir.

RICHARD (VOIX OFF)

Les mecs doivent sans cesse essayer ; y a que les filles qui peuvent dire oui ou non.

Richard s'arrête alors que le volume de la musique devient soudain plus fort – quelqu'un vient d'ouvrir la porte d'entrée. La porte claque et la musique est de nouveau assourdie, et on entend un mec qui rit, ivre.

Richard lève les yeux au ciel, soupire profondément. Il sait déjà qui est là dans son dos :

MAX

Hé, enfoiré !

Richard se retourne. MAX est un grand mec aux petits yeux. Il a un bras autour de la taille d'une FILLE, il la porte à moitié. Ils sont complètement ivres.

RICHARD
(agacé)

Je rentre chez moi, Max.

MAX

Raccompagne-nous, mec !

POINT DE VUE DE RICHARD : Max titube, tombe de la terrasse et s'étale dans l'herbe, entraînant la fille avec lui.

Richard regarde le visage de la fille alors qu'elle tente difficilement de se relever. Elle repousse ses longs cheveux bruns derrière ses oreilles.

RICHARD (VOIX OFF)

J'arrêtais pas de me dire...

INT., RESTAURANT MEXICAIN – TEMPS PRÉSENT

Richard adulte explique l'histoire à ALICE ADULTE.

RICHARD (PLAN-SÉQU.)

...qu'elle était trop belle pour Max. Je trouvais qu'il ne méritait pas de sortir avec une fille aussi belle.

Alice LE FIXE, on lit de la colère et de la stupéfaction sur son visage.

RICHARD

Vous me croirez sans doute pas, mais j'espérais vous demander de sortir avec moi.

GROS PLAN SUR LE VISAGE D'ALICE. Elle regarde fixement Richard sans dire un mot.

INT., LA VOITURE DE RICHARD

Richard tient la portière ouverte pendant que la fille monte sur la banquette arrière.

POINT DE VUE DE RICHARD : La fille cafouille un peu pour trouver la ceinture de sécurité, puis elle parvient à s'attacher.

Richard lui adresse un petit geste avec son pouce levé. Elle rit, d'un rire alcoolisé, et lui renvoie un gros pouce levé sarcastique.

Il s'en rend compte trop tard : Max monte aussi sur la banquette arrière.

RICHARD

Allez, Max, déconne pas.

Max grogne, laisse rouler sa tête en arrière sur le haut du dossier, et S'ÉVANOUIT.

RICHARD

Assieds-toi à l'avant, enfoiré d'abruti.
Je suis pas votre taxi.

Max ronfle.

La fille rit. Richard soupire, puis il a une idée.

Il se penche par-dessus la fille, attrape la ceinture de sécurité de Max, l'attache.

RICHARD

Dors bien, mon ange.

Il tapote le front de Max.

Max ne se réveille pas du tout. Il grogne et il remue un peu.

MAX

(marmonnant)

Fous-moi la paix.

La fille rit de nouveau. Richard lui sourit, lui offre un autre pouce levé. Elle lui répond d'un pouce levé somnolant, cale sa tête contre la fenêtre.

Richard s'installe au volant, démarre. Il conduit ; de temps à autre, il jette un coup d'œil à la banquette arrière.

RICHARD

(s'efforçant de prendre un air détendu)

Bon, où est-ce que t'habites ?

LA FILLE

Tutwiler's Cove.

RICHARD

Ah, cool. J'ai un ami qu'habite là-bas.

LA FILLE

Y a plein de gens qu'habitent là-bas.

Richard regarde par la fenêtre, se motive. Puis :

RICHARD

Au fait, je m'appelle Richard.

Il jette un coup d'œil à la banquette arrière.

La fille s'est endormie.

INT., VOITURE DE RICHARD – UN PEU PLUS TARD

Richard tourne dans une rue sombre. Il gare la voiture, laisse le moteur en marche. Il se retourne vers la banquette arrière.

Max et la fille dorment tous les deux, tête rejetée en arrière.

Richard rassemble ses nerfs, puis tend le bras...

POINT DE VUE DE RICHARD : il touche le GENOU NU de la fille, à travers la déchirure de son jean.

RICHARD

Hé. Hé.

Elle se redresse et cligne des yeux, l'air perdu.

LA FILLE

Qu'est-ce qu'y a ?

RICHARD

C'est moi, Richard, tu te souviens ?

Elle lui adresse un regard noir.

RICHARD (PLAN-SÉQU.)

Elle est où, ta maison ?

La fille regarde par la fenêtre, toujours perdue, vraiment très ivre.

RICHARD (PLAN-SÉQU.)

On est à Tutwiler's Cove. C'est laquelle, ta maison ?

LA FILLE

380 Poplar Street

Max lâche un bruyant GROGNEMENT incompréhensible.

Max a roulé sur le côté et il essaie d'ouvrir la portière, il cherche la poignée, les yeux toujours fermés.

RICHARD

On n'est pas encore arrivés, Max. Attends.

MAX

(marmonnant)

Faut que j'aille pisser.

Max réussit à ouvrir la portière et manque de tomber de la voiture.

Richard et la fille regardent dans deux directions opposées. Par la fenêtre, on voit Max tituber jusqu'au bord de la route. Puis il PISSE BRUYAMMENT.

MAX

(grognant de plaisir)

Aah, oui ! Oui, la vache, oui !

Richard tapote le volant avec ses doigts. Il déteste Max.

La portière arrière s'ouvre. Max reprend place sur la banquette arrière. Il a maintenant les yeux ouverts. Il se donne des claques, il se réveille.

MAX

Yoouu-hou !

RICHARD

Bienvenue parmi nous, cow-boy.

MAX

(à la fille)

Alors on s'en va faire la fête chez toi, Alice ?

(bref silence)

...Alice ?

Richard se retourne. La fille - Alice - est de nouveau inconsciente. Presque allongé sur la banquette arrière, un bras derrière son cou, Max lui caresse la joue du revers de l'autre main.

RICHARD

Hé, mec !

MAX

Quoi ?

RICHARD

Lâche-la. Tu viens de te pisser sur les mains.

Max ne bouge pas. Il adresse à Richard un sourire sarcastique.

Puis il se tourne et, lentement, délibérément, il LÈCHE LA JOUE D'ALICE. Il se retourne vers Richard.

MAX

Voilà, c'est nettoyé.

Énervé, Richard touche de nouveau le genou d'Alice, tente de la réveiller.

Elle se contente de s'affaler de l'autre côté contre l'épaule de Max. Max sourit, la serre contre lui.

MAX

Va te faire foutre, mec.

Richard démarre et FONCE dans la rue.

INT. RESTAURANT MEXICAIN – TEMPS PRÉSENT

Alice adulte a les yeux fermés. On la voit respirer profondément.

RICHARD ADULTE (PLAN POITRINE)

Donc, ouais, il t'a léché la joue, mais il ne s'est vraiment rien passé de pire.

Alice adulte serre fort ses yeux fermés, essaie de ne pas pleurer.

EXT., 380 POPLAR STREET – DEVANT CHEZ ALICE

Richard ouvre la portière arrière et se penche pour extraire Alice de la banquette. Elle est toujours inconsciente.

Max sort de l'autre côté et fait le tour de la voiture pour venir l'aider.

Ils prennent chacun un de ses bras sur leurs épaules. Ils commencent à la porter vers l'entrée.

Elle a la tête calée sur l'épaule de Richard.

RICHARD

Elle sent le bonbon.

MAX

(levant les yeux au ciel)

Tafiolle.

Ils la portent jusque sur la terrasse. La lumière du dehors est allumée, mais la maison est sombre.

Les deux garçons regardent la porte d'entrée, hésitent un petit instant.

MAX

Y a qu'à la laisser là.

D'un geste, il montre un BANC en bois sur la terrasse.

RICHARD

Hé, mec, ça caille vraiment, dehors.

MAX

Tu veux qu'on réveille ses parents ?

Richard secoue un peu la fille pour essayer de la réveiller.

RICHARD

Alice. Alice, réveille-toi. Alice, on a besoin de ta clé.

Max lève les yeux au ciel.

MAX

Elle est HS, mec. Viens, on se tire. Fait

pas si froid, ça ira bien.

Richard soupire, regarde autour de lui.

RICHARD

D'accord.

Les deux garçons se penchent et l'installent sur le banc.

Elle s'effondre sur le flanc.

MAX

On dirait une clodo.

RICHARD

T'es qu'un sale con.

Richard ENLÈVE SON BLOUSON DE L'ÉQUIPE DE CROSSE et couvre la fille avec.

RICHARD

(à Alice)

Je reviendrai le chercher plus tard.

Ils se détournent d'elle et partent au petit trot, traversant le jardin vers la voiture de Richard.

Derrière eux, une LAMPE s'allume dans la maison. La porte d'entrée s'entrouvre.

LA MÈRE D'ALICE sort et VOIT le nom sur le blouson :

ROTH
36

La mère d'Alice CRIE.

INTÉRIEUR, VOITURE DE RICHARD – UN PEU PLUS TARD

Richard est toujours en colère, il serre le volant à deux mains.

Max se balance d'avant en arrière sur la banquette arrière, riant hystériquement.

MAX

T'as vu comment elle a gueulé, sa mère ? Bon sang, elle était pas contente ! Oh mec, putain de Dieu, le délire que c'était !

INT., 7-ELEVEN – UN PEU PLUS TARD

Richard est assis sur le siège conducteur de sa voiture, il sirote un soda.

POINT DE VUE DE RICHARD : Par la fenêtre, une JEUNE PUNKETTE derrière la caisse enregistreuse, rouge à lèvres bleu, cheveux orange vif. Elle rit et secoue la tête en face de Max, appuyé sur le comptoir, qui sourit et qui flirte.

INT., LE DENNY'S – UN PEU PLUS TARD

Max et Richard entrent dans le bar-restaurant ouvert 24h/24.

L'endroit est désert à l'exception d'une table pleine de gars de l'équipe de crosse.

Il y a aussi une fille :

HALEY MORELAND. Un type costaud a un bras autour d'elle, et elle déconne avec tout le monde. Elle se retourne et sourit à Richard en le voyant arriver.

HALEY

Hé, salut Ritchie Rich !

RICHARD

Ça va, Moreland ?

Ils se saluent en se heurtant les poings, Richard prend place à table.

ALICE (PLAN POITRINE)

Attends, quoi ?

CUT SUR :

INT., RESTAURANT MEXICAIN – TEMPS PRÉSENT

Alice fixe Richard.

RICHARD

Haley Moreland. Bon Dieu, ça fait un bail que j'ai pas pensé à elle. On était potes. Elle sortait avec un ami à moi. Mais elle était vraiment comme un des mecs, voyez ?

Alice ferme les yeux.

RICHARD (PLAN-SÉQU.)

Qu'est-ce qui va pas ?

ALICE

Allez-y, continuez.

Alice garde les yeux fermés.

INT., LE DENNY'S – UN PEU PLUS TARD

La conversation s'anime de plus en plus, alors que Max en arrive à la chute.

MAX

Et on l'a laissée là sur ce putain de banc !

Tout le monde éclate de rire, tout le monde parle en même temps.

— Je ne sais pas pourquoi je les ai laissés dire, a dit Richard quand il a eu fini. J'imagine que je n'avais pas envie d'en parler avec Max – ça pouvait être un vrai connard, quand il voulait. Et peut-être qu'une part de moi se disait qu'ils arrêteraient peut-être de m'emmerder parce que j'étais puceau. J'étais qu'un con d'ado ! Je ne pensais pas aux conséquences. Je n'ai jamais pensé que l'histoire allait tourner comme elle a tourné.

Il a mangé une autre chips. J'ai bu une gorgée d'eau. Il n'y avait rien à dire.

— Ce qui me rendait fou, ce qui me rendait vraiment fou par rapport à la façon dont tout le monde en parlait, c'était qu'en fait, *j'avais sauvé cette fille*. Enfin, vous, je veux dire. Max aurait sans doute fait… des trucs moches, si j'avais pas été là. C'est injuste de dire que j'ai fait autre chose qu'empêcher que ça se produise. Mais je sais que c'était ma faute, j'ai été con de marcher dans cette histoire. J'aurais dû dire à tout le monde qu'il mentait, que ça ne s'était pas produit.

Il a expiré comme s'il avait pleuré.

— Je sais que ça a mal tourné. (Puis il a dit :) C'est bon de pouvoir enfin me libérer de ça.

Je ne pouvais pas le regarder.

— Vous… vous allez bien ? il a demandé.

— Vous ne m'avez jamais touchée, j'ai dit en direction de la table.

Je pensais le dire comme une question, mais c'est sorti comme une accusation.

— Non, il a dit.

— Je croyais que si, j'ai dit.

— Comme je vous l'ai dit, je vous ai touché le genou. Et Max vous a léché la joue.

— Je disais aux gens que je n'étais pas vierge, j'ai dit. Je ne savais pas comment le dire autrement.

J'ai fini par lever la tête vers lui. Ses yeux étaient écarquillés, et il secouait lentement la tête.

— J'ai toujours cru que vous le saviez, il a dit.

L'espace d'une seconde, j'ai vu le garçon qu'il était au lycée, qui ne se rendait même pas compte que personne ne lui avait jamais dit qu'il se fourvoyait.

— Richard, j'ai dit, comment aurais-je pu le savoir ?

Il a baissé les yeux vers ses mains sur ses cuisses.

— J'ai toujours cru que les filles savaient ce genre de chose.

Le bruit dans la salle était brouillé, comme des parasites sur une cassette VHS. J'ai cru que j'allais encore vomir. Il continuait à parler.

— Vous n'imaginez pas le poids que ça a été pour moi, toutes ces années.

Il a lâché un petit rire sans relever les yeux de ses mains, stupéfait.

J'ai pris mes affaires et je me suis levée. Je n'ai pas regardé Richard alors qu'il commençait à se lever aussi en disant qu'il était désolé, en me demandant si j'allais bien, mais mon champ de vision se contractait, et je suis sortie du restaurant en trombe, j'ai déboulé dans la rue pleine de passants, j'avais du mal à respirer, avec l'étrange néant de l'histoire de Richard qui s'ouvrait comme un puits sous mes pieds.

Je t'ai envoyé un texto pour te prévenir que je quittais New York. Je suis désolée, t'ai-je écrit. Il s'est passé quelque chose ce matin et j'ai besoin de temps pour réfléchir. Tu as tout de suite planté ton rendez-vous pour me répondre Attends Alice, non ! stop ! Mais j'étais déjà partie.

Dans l'avion pour Barcelone, j'ai commencé à avoir mal à la tête. Le temps qu'on atterrisse, c'était devenu vilain ; il y avait des nuages noirs qui s'amoncelaient aux marges de mon champ de vision, et je savais que ça allait être dur.

J'ai retrouvé mon appartement exactement comme je l'avais laissé. Le soleil sur mon patio était plus beau que jamais, les succulentes continuaient à ramper lentement pour déborder de leurs pots. Une semaine de courrier s'était empilé derrière la porte d'entrée ; les lettres étaient toutes adressées aux locataires précédents. Je les ai poussées de côté d'un petit coup de pied, j'ai verrouillé la porte, et j'ai enfoui ma tête sous mon oreiller alors que mon champ de vision se réduisait à une tête d'épingle.

Cette migraine a duré une semaine. J'espérais qu'elle avait exprimé le pire de mon chagrin, mais quand la douleur a commencé à refluer, j'ai trouvé le vrai désespoir qui m'attendait, aussi pesant qu'un sédatif. J'ai essayé de courir, j'ai sillonné la ville de part en part. Je me suis assise sur des bancs et j'ai regardé le monde passer. J'ai vécu des jours entiers sans dire le moindre mot. J'ai traîné chez les bouquinistes ; je n'arrivais pas à me concentrer suffisamment pour lire, mais je trouvais du réconfort à me promener dans l'odeur familière du rayon des romans policiers.

Il s'est passé un mois avant que je réalise que je bouillais de colère.

J'en voulais puissamment à Richard de m'avoir volé une si grosse part de ma vie. Les heures que j'avais passées avec lui au téléphone. Les années pendant lesquelles je n'avais pas parlé de ce qu'il s'était passé – de ce que *je croyais* qu'il s'était passé – et les années pendant lesquelles ça m'avait dévorée de l'intérieur. Les nuits sinistres pendant lesquelles je me sentais tellement cabossée que j'en avais envie de mourir, ou tellement cabossée que j'en étais venue à éprouver de la reconnaissance vis-à-vis de Q alors même qu'il me coupait des gens que j'aimais. Et tout le travail que ça me demandait pour garder ces blessures à l'intérieur de moi ; la gorge qui n'arrête pas de se serrer de terreur à l'idée que quelqu'un pourrait les sentir dans ma voix. J'en voulais puissamment à Richard d'avoir créé une histoire qui avait façonné ma vie, alors même qu'il la jetait par-dessus son épaule comme une pincée de sel renversé. Il n'avait pas eu besoin de m'agresser à l'arrière de cette voiture. L'histoire faisait assez de dégâts toute seule.

C'est ce que je voulais te dire quand tu es venue à Barcelone pour le festival du film. Quand j'ai entendu ta voix au téléphone, mon cœur a bondi. Je me suis précipitée hors de chez moi. J'étais très impatiente de te voir, parce que j'avais enfin compris comment ton histoire s'entremêlait avec la mienne, et pourquoi tu me pressais depuis toutes ces années. Tu étais amie avec Richard, et Max ; tu sortais avec un autre joueur de crosse ; tu étais là le soir où la rumeur est née. Depuis, tu es en quête de pardon. C'est pour ça que tu m'as apporté des biscuits l'été après la terminale. C'est pour ça que tu as consacré toute ta carrière à créer un espace où les femmes puissent parler.

J'aurais aimé pouvoir te dire ça il y a des années : je te pardonne. Ce n'était pas ta faute.

Je te l'aurais dit à Barcelone. Je t'aurais expliqué pourquoi je m'étais enfuie de New York, pourquoi j'avais laissé tomber notre film. Mais tandis que je marchais en rond autour de ton hôtel, je me suis rendu compte que tu risquais de ne pas me croire. J'imaginais la conversation que nous allions avoir – *Tu es en train de plaider pour leur version de l'histoire, Alice !* – et je n'avais pas la force de me battre avec toi sur cette question.

Peut-être n'y crois-tu toujours pas, même après tout ça. *Pourquoi devrait-on croire Richard ?* diras-tu.

Mais Haley, je t'en supplie : crois-le. Moi je le crois à cause du nombre de détails qu'il m'a donnés, et du ton de sa voix. J'avais déjà passé des heures à l'écouter parler. Je sais qu'il me disait la vérité : l'histoire qui avait fracassé ma vie était un mensonge.

Dans l'avion pour Barcelone, avant que ma migraine ne devienne vraiment vilaine, j'ai jeté un coup d'œil par-dessus l'épaule du type assis à côté de moi et j'ai vu qu'il regardait *Black Christmas* sur son ordinateur portable. Quand il a remarqué que je le regardais, il a souri et il a retiré ses écouteurs.

— C'est un film d'horreur, il a dit. *Black Christmas*. Mais ne vous inquiétez pas, c'est pas trop gore.

— J'adore *Black Christmas*, j'ai dit.

— C'est vrai? (Il s'est redressé un peu sur son siège, intéressé.) Vous savez que ce film a pour ainsi dire inventé le genre *slasher* ? On aurait jamais eu *Halloween*, ni même *Saw*, sans lui. (Il s'est tu, m'a regardée pour voir si j'étais bien impressionnée comme il fallait.) Et le plus dingue, c'est qu'il a été tourné par le même réalisateur que celui qui a fait *A Christmas Story* ! Vous savez, le film où y a une lampe en forme de jambe.

— Ouais, Bob Clark, j'ai dit. Il a aussi fait *Porky's*.

Le type m'a regardée comme si je venais de sortir une pièce de vingt-cinq cents de son oreille.

— C'est là-dessus que je fais ma thèse ! il a dit, presque en criant.

J'étais contente de sortir un peu de mes pensées. On a fini par discuter pendant une heure, tandis que notre avion accélérait le coucher du soleil. Ce type était un je-sais-tout, mais il avait envie de me faire plaisir, avec ses yeux grands comme des yeux de peluche. Il se rendait en Espagne pour faire une spectaculaire déclaration d'amour à une femme qui l'avait quitté des années auparavant mais qui était restée une amie chère. Il débordait d'espérance romantique et brûlait de m'en parler.

— Elle ne sait pas que j'arrive, il a dit en écarquillant les yeux pour me convaincre qu'il agissait correctement. Mais je crois qu'elle sera heureuse de me voir.

Je l'ai encouragé en acquiesçant, et je lui ai posé des questions. Je n'avais aucun conseil à lui donner. J'avais seulement envie de savoir ce que ça faisait d'être ce genre d'homme, si sûr de son cœur bien-pensant.

Quand les lumières se sont éteintes, il a fermé son ordinateur et il s'est endormi comme une masse. J'étais jalouse ; je ne me rappelais pas la dernière fois où j'avais pu dormir comme ça. Il se frottait encore les yeux quand on a débarqué.

— Bonne chance, Nick, je lui ai dit en plissant les paupières à cause de la migraine, et je l'ai laissé se débattre pour sortir son sac à dos miteux du compartiment à bagages.

J'ai repensé à ce type le soir où je t'ai laissée en plan à Barcelone. C'était un mauvais soir, désespéré et sombre. Assise sur mon patio, enveloppée dans une couverture, me haïssant moi-même, je regrettais de ne pas pouvoir te parler sans craindre que tu ne me croies pas. J'aurais aimé pouvoir te raconter mon histoire avec la même certitude inébranlable que celle avec laquelle ce type m'avait narré la sienne. La même certitude inébranlable que j'avais sentie dans la voix de Richard.

Et puis j'ai entendu une voix dans ma tête.

Qu'est-ce qui t'en empêche ? disait cette voix. *Son histoire n'était de toute façon pas si géniale que ça.*

Au début, j'ai cru que c'était ta voix, Haley. Mais j'ai compris ensuite que c'était la mienne.

Je me suis redressée et j'ai jeté ma couverture sur le côté. J'ai pris mon ordinateur, j'ai ouvert un nouveau document, je me suis mise à écrire.

L'automne de notre dernière année de lycée, mon pote Max Platt se fit arrêter pour avoir braqué un pointeur laser sur un avion. Nous ne savions même pas que c'était illégal. C'était une des choses les moins graves que Max ait jamais faites, et c'était hilarant de voir que ce fut à cause d'elle qu'il finit par avoir des ennuis. (C'était encore quelques mois avant toute cette histoire avec la fille du lycée privé.) Nous étions au Denny's, bien sûr, lorsque nous apprîmes ça…

J'ai décidé d'écrire du point de vue d'un témoin. C'était la meilleure approche pour dévoiler une vérité à laquelle je n'aurai jamais accès directement. C'était un adolescent ordinaire – un connard, un abruti – mais plus j'écrivais, plus je l'aimais. Il voulait juste s'intégrer ; être intégré, c'était être invincible. Ce personnage était facile à construire – tellement facile que j'en étais sidérée, au début. Mais j'imagine que ça n'a rien de surprenant ; on a passé nos vies à écouter des hommes comme lui.

La liberté que j'éprouvais en écrivant depuis son point de vue était très enivrante. J'avais beau le punir et le punir encore, il se sentait toujours certain d'être en chemin vers quelque chose de meilleur, et il se sentait aussi toujours certain de l'avoir mérité. Il se sentait toujours en sécurité dans son corps. Il a même été assez fort pour tuer Q.

Je l'ai appelé Nick, comme le type de l'avion ; je lui ai donné le même cœur confiant. Puis je me suis servie de lui pour expulser la voix de Richard hors de ma tête.

Et tout cela, Haley, forme le livre que tu viens de lire. C'est le livre d'horreur que j'ai toujours rêvé d'écrire. Un livre d'horreur pas comme les autres, peut-être, mais qui raconte l'histoire la plus terrifiante que je connaisse. J'espère que tu accepteras ça, enfin, comme l'histoire que tu as toujours voulu que je raconte.

Je l'ai écrit à ma façon. J'en ai fait un thriller, un livre d'horreur, une autobiographie, un roman noir. J'ai utilisé les brouillons de ma rédaction de candidature pour l'entrée à la fac, j'ai utilisé des mails et d'autres documents trouvés pour ancrer cette histoire dans la réalité – parmi tout ce que j'ai, ces choses sont ce qui se rapproche le plus de "preuves", d'éléments tangibles qui montrent que mes souvenirs, bien que rares, sont réels. J'ai inséré quelques passages des transcriptions de mes entretiens avec Richard, mais quand est venu le moment de sa confession, j'ai basculé sa voix sous forme de script de cinéma ; je ne voulais pas lui laisser le dernier mot. J'ai peuplé le récit des fantômes et des monstres qui me hantent depuis si longtemps, et puis je les ai massacrés ; en un sens, ce livre est un exorcisme. Mais c'est aussi le genre de livre que j'aimerais lire. Parce que la voix narrative n'est pas la seule propriété des agresseurs, et le droit de s'amuser non plus.

J'avoue que par moment je me suis servie de ce livre pour punir des gens qui ont pu me faire du mal. Mais là, assise sur mon balcon, sous les rares étoiles visibles du ciel et au milieu des myriades de lumières de la ville qui m'entoure, je me rends compte que je m'en suis aussi servie pour pardonner.

Raison pour laquelle j'ai décidé de te l'envoyer, Haley.

J'espère que tu m'aideras à le faire publier. On devra l'appeler *roman*, bien sûr (nous savons toutes les deux le danger qu'il y a à présenter l'histoire d'une femme comme une histoire réelle). Mais je suis sûre que tu verras que tout ça est vrai. Et même si tu n'y crois pas – même si personne ne me croit plus jamais – je saurai que c'est vrai, parce que je l'ai fait ; parce que ça m'appartient.

REMERCIEMENTS

Emily Forland, parce que c'est la meilleure.

Lindsey Schwoeri, pour ton brio.

Ryan Boyle, Meighan Cavanaugh, Allie Merola et tout le monde de chez Viking pour s'être aussi bien et intelligemment occupés de ce livre pas facile. Jon Riley et Oliver Gallmeister pour l'avoir emporté à l'étranger. Rose Tomaszewska pour le titre.

La Bloedel Reserve, la Fondation Robert W. Deutsch, et The Mount pour le temps que j'y ai passé et l'intérêt des sites. Robert Knisely, pour avoir partagé sa cabane dans les bois.

Paul Dobry, Heather Wells Peterson, JT Petty, et R.F.I. Porto pour avoir lu et amélioré bien des versions, sans oublier Elena Burgueño, Dana Cann, Amal Giknis, Sarah Langan, Emily Meredith, Patrick Murray, Tim O'Brien et Jasmine Oore.

JT Petty une nouvelle fois, pour m'avoir fait découvrir *Men, Women and Chain Saws*. Lina Brunton pour avoir toujours été de bon conseil.

Reed Petty. Susans Bell Knisely.

Et Oliver Baranczyk, avec une balle.

DERNIÈRES PARUTIONS

Helene Bukowski, *Les Dents de lait*
S. Craig Zahler, *Dédale mortel*
Kathleen Dean Moore, *Sur quoi repose le monde*
Keith McCafferty, *Le Baiser des Crazy Mountains*
James McBride, *Deacon King Kong*
Claire Holroyde, *La Comète*
Amity Gaige, *Sous nos pieds l'océan*
Piergiorgio Pulixi, *L'Île des âmes*
David Vann, *Komodo*
James Carlos Blake, *Vies et morts de Stanley Ketchel*
Giulia Caminito, *Un jour viendra*
Peter Swanson, *Huit crimes parfaits*
Rye Curtis, *Kingdomtide*
David Heska Wanbli Weiden, *Justice indienne*
Edward Abbey, *En descendant la rivière*
Larry McMurtry, *Les Rues de Laredo*
Elliot Ackerman, *Le Passage*
Benjamin Whitmer, *Les Dynamiteurs*
Andy Davidson, *Dans la vallée du soleil*
Tiffany McDaniel, *Betty*
Keith McCafferty, *La Vénus de Botticelli Creek*
William Boyle, *L'Amitié est un cadeau à se faire*
Alex Taylor, *Le Sang ne suffit pas*
John Farris, *Furie*
Joe Wilkins, *Ces montagnes à jamais*
Lea Carpenter, *Rouge, blanc, bleu*
Peter Swanson, *Vis-à-vis*
Mesha Maren, *Sugar Run*
James Crumley, *Le Canard siffleur mexicain*
Craig Johnson, *Dry Bones*
James McBride, *Le Vent et le lion*
Pete Fromm, *La Vie en chantier*

Cet ouvrage a été imprimé sur du papier
dont les fibres de bois proviennent
de forêts durablement gérées

IMPRIM'VERT®

CET OUVRAGE A ÉTÉ COMPOSÉ PAR C. MALÉCOT À PORT-VENDRES.

ACHEVÉ D'IMPRIMER SUR ROTO-PAGE
PAR L'IMPRIMERIE FLOCH À MAYENNE
EN JUILLET 2021
POUR LE COMPTE DES ÉDITIONS GALLMEISTER
13, RUE DE NESLE
75006 PARIS

DÉPÔT LÉGAL : AOÛT 2021
1re ÉDITION
N° D'IMPRESSION : 98689
IMPRIMÉ EN FRANCE